Era uma vez,
há muito tempo atrás...

CB064283

Brigid Pasulka

Era uma vez,
há muito tempo atrás...

Tradução
Adalgisa Campos da Silva

Título original: A LONG, LONG TIME AGO AND ESSENTIALLY TRUE

Copyright © 2009 by Brigid Pasulka

Direitos de edição da obra em língua portuguesa no Brasil adquiridos pela EDITORA NOVA FRONTEIRA PARTICIPAÇÕES S.A. Todos os direitos reservados. Nenhuma parte desta obra pode ser apropriada e estocada em sistema de banco de dados ou processo similar, em qualquer forma ou meio, seja eletrônico, de fotocópia, gravação etc., sem a permissão do detentor do copirraite.

EDITORA NOVA FRONTEIRA PARTICIPAÇÕES S.A.
R. Nova Jerusalém, 345 – Bonsucesso
Rio de Janeiro – RJ – CEP: 21042-235
Tel.: (21) 3882-8200 – Fax: (21) 3882-8212/8313
http://www.novafronteira.com.br
e-mail: sac@novafronteira.com.br

Texto revisto pelo novo Acordo Ortográfico

CIP-Brasil. Catalogação na fonte
Sindicato Nacional dos Editores de Livros, RJ

P329e   Pasulka, Brigid
          Era uma vez, há muito tempo atrás... / Brigid Pasulka ; tradução Adalgisa Campos da Silva. – Rio de Janeiro : Nova Fronteira, 2010.

          Tradução de: A long, long time ago and essentially true
          ISBN 978-85-209-2198-2

          1. Mulheres jovens – Ficção. 2. Avós – Ficção. 3. Cracóvia (Polônia) – Ficção. 4. Romance americano. I. Silva, Adalgisa Campos da. II. Título

CDD: 813
CDU: 821.111 (73)-3

Alguns nomes poloneses foram modificados e algumas palavras polonesas foram simplificadas ou aportuguesadas para tornar a pronúncia e o significado mais claros para os leitores não fluentes no polonês.

Para Anna e Anita, sem as quais minha Cracóvia não existiria

"Deixem-me contemplar mais uma vez Cracóvia,
seus muros, onde cada tijolo e cada pedra me são caros."

— *Papa João Paulo II na Błonia em Cracóvia, 10 de junho de 1979*

1
Uma terra distante

Pombo não era de ficar sentado suspirando, portanto, quando viu a bela Anielica Hetmańska no Velho Morro Pelado, no dia seguinte foi falar com o pai dela.

A aldeia de Pombo ficava a três colinas e dois vales dali, e ele só encontrou com a moça graças à Providência, ou "por acaso", como começariam a dizer alguns depois dos comunistas e suas meias tentativas de secularização. Calhou que ele tinha ido visitar o irmão mais velho, Jakub, que estava passando o verão no antigo campo das ovelhas para cuidar do rebanho Hetmański; calhou que ela estava fazendo uma tarefa para as Parcas e o pai, levando um vidro da poção especial de ervas para a fertilidade ovina confeccionada por ele. Normalmente, claro, uma donzela ficar a sós com um homem solteiro — e ainda por cima para tratar de procriação ovina — seria considerado *verboten* ou *nilzya* ou qualquer que fosse o equivalente polonês antes que os nazistas e os soviéticos fuçassem a língua para se apropriar de todas as palavras para proibição. Mas o irmão de Pombo, Jakub, era um tolo, um tolo meigo, e Anielica corria mais risco de torcer um tornozelo na caminhada do que de se ver em perigo por causa dele.

Calhou que Pombo vinha subindo a encosta exatamente quando o sol deslizava morro abaixo, e, ao ver o irmão falando com a moça diante do antigo barracão das ovelhas, parou imediatamente e escondeu-se atrás de uma árvore para olhar. O vento vinha por trás, e ele não conseguiu entender uma palavra do que diziam, mas viu o irmão falando e arregalando os olhos. Já tinha se acostumado com o jeito de falar do seu irmão e só estranhava quando o via falando com desconhecidos. Jakub falava com a mandíbula cerrada, franzindo e desfranzindo os lábios em volta de uma grade de dentes impenetrável, o que, juntamente com a falta de pausas em seus pensamentos, criava um zumbido grave e monocórdio. A única inflexão de suas palavras vinha através de seus olhos, que se esbugalhavam quando havia uma palavra que ele queria enfatizar, e rapidamente voltavam ao normal. Era muito parecido com um rádio ligado fora de sintonia: irritante a princípio, mas bastante fácil de ignorar passados mais ou menos vinte anos.

Quem não estava acostumado a falar com ele, em geral, ficava inclinado para trás, com um pé apontado para o lado, procurando um fim que nunca chegava no monólogo contínuo, e acabava interrompendo uma de suas frases no meio antes de se despedir depressa e dar o fora. Mas a moça não estava assim. Na verdade, parecia estar se inclinando na direção de Jakub, balançando o queixo ao acompanhar cada palavra dele, os lábios entreabertos antecipando o que ele diria a seguir com uma atitude que tinha muito de interesse e prazer.

Ela era absolutamente espetacular. Tinha pernas fortes e maçãs do rosto salientes, uma tez de sangue e leite e uma boca em forma de coração. Pombo de repente se encheu de admiração pelo irmão por ter a coragem de ficar ali em pé e emendar uma conversa normal com tão bela criatura. Agachou-se atrás do pinheiro, observando-os por talvez uma meia hora, e só se encaminhou para o barracão quando ela já descia a outra encosta.

— Quem era *aquela*?

O irmão ficou olhando pensativo para o topo vazio da colina até bem depois de a moça ter desaparecido.

— ... Aquela, ah, aquela, aquela é o anjo, ela me trouxe remédio, para as ovelhas, não para mim, e também me trouxe pão fresco, sabe, ela vem me visitar sempre, é a filha de Pan Hetmański, me trouxe ervas para as ovelhas dele, para eles terem mais ovelhas, e eu não vi você chegar, há quanto tempo estava olhando... — Jakub inspirou fundo através dos dentes.

— O anjo? Como assim "o anjo"?

Pombo e o resto da família estavam sempre atentos para indícios de que a simplicidade do irmão tivesse se tornado algo mais preocupante.

— ... se soubesse que você estava aí eu teria apresentado você, embora ela tivesse vindo para falar comigo, ela vem sempre falar comigo, e "o anjo" é o *nome* dela, Anielica, e ela é filha de Pan Hetmański, não vai demorar nada a voltar, ela disse, talvez traga ervas ou pão ou...

— Ela *é* muito bonita — disse Pombo, e levou o balde de leite do jantar de domingo para dentro do barracão das ovelhas, pousando-o no banco. O irmão foi atrás.

— ... quem sabe um livro, às vezes ela lê para mim, sim, ela é muito linda, não é, mais linda do que a mamãe, não diga isso à mamãe, mas diga à mamãe que gostei das meias que ela fez para mim, está muito frio aqui em cima esse verão, não de dia, mas de noite, e Pan Hetmański trouxe cobertores extras semana passada, ele é muito bonzinho, e eles têm duas dúzias de ovelhas, mas é estranho que não morem numa casa melhor, é só um casebre lá na Meia-Aldeia, nada de especial, nossa casa é muito melhor, eu acho...

Às vezes a lenga-lenga podia continuar indefinidamente.

O negócio era agir, e Pombo sabia exatamente o que fazer.

Ao longo da história, desde as oficinas medievais até os prédios de apartamentos reformados na União Europeia, nós, poloneses, sempre fomos conhecidos por nossas *złote rączki*, nossas mãos de ouro. A habilidade de consertar carros e computadores, moldar máquinas Enigma e bolos de casamento artesanais, erguer igrejas de aldeia e arranha-céus americanos — tudo sem jamais abrir um livro, dispor de um diploma ou esboçar uma planta. E já que conquistar uma bela moça usando todo um leque de partes do corpo só passou a ser aceitável recentemente, na primavera de 1939, Pombo tomou a decisão solene de conquistar Anielica com as mãos. Especificamente, jurou transformar o casebre modesto dos pais dela na inveja dos outros vinte e sete habitantes da Meia-Aldeia, numa casa que os faria exclamar "Hosana nas Alturas" toda vez que passassem por ela.

Além de Jakub, Pombo tinha oito irmãs, que lhe haviam ensinado a importância de uma camisa limpa e de uma barba bem-feita. E assim, no dia seguinte, antes de amanhecer, ele vestiu as roupas de ir à igreja, pegou os sapatos de casamento do pai, e empreendeu a longa caminhada por duas colinas e três vales até a porta da família Hetmański. Bateu e aguardou pacientemente no caminho modesto, cheio de mato e da lama do degelo das montanhas, até Pan Hetmański finalmente aparecer à porta.

— Desculpe importuná-lo de manhã tão cedo, Pan, mas eu estava pensando se o Pan se incomodaria se eu fizesse umas benfeitorias na sua casa. De graça, claro.

— Você quer fazer benfeitorias na minha casa?

— De graça.

— E como você disse que se chamava?

— Todo mundo me chama de Pombo.

Pan Hetmański ficou ali parado, vestido com seu camisolão farto, e esfregou o queixo pensativo.

— E em que benfeitorias exatamente você tinha pensado?

— Bem, esse caminho, por exemplo, ele poderia ser calçado... e poderia ter um muro no jardim para não deixar os ciganos entrarem... e a gente poderia colocar vidros nessas janelas... e um telhado novo de zinco, talvez.

Pan Hetmański conteve um sorriso de desdém.

— De graça, você diz.

Outro homem poderia ficar ofendido em vez de achar engraçado, mas Pan Hetmański era um montanhês e não um fazendeiro, e, portanto, mais preocupado em usufruir sua terra do que em trabalhá-la. Ademais, pela quantidade de rapazes que andara rondando por ali ultimamente, ele já percebia o que Pombo estava tramando: via que o pedido não era para trabalhar no casebre, mas sim em algum lugar perto de sua filha de quinze anos, Anielica. Pelo menos este tinha a decência de vir à porta oferecer algo útil.

— E como eu sei que você não vai deixar minha casa em ruínas?

— Se quiser ver meu trabalho, posso levá-lo à casa dos meus pais. Fiz uma *remont* completa no verão passado.

— E você vai trabalhar de graça?

— Sim, Pan.

— E isso teria alguma coisa a ver com minha filha?

— Deixo isso a critério do Pan. Na hora certa, claro.

— Não vou ajudá-lo com trabalho nenhum.

— Claro que não, Pan.

— E se encostar nela, jogo você da montanha e deixo os javalis selvagens roerem seus ossos.

— Claro, Pan.

— *E* se você inventar *histórias* dizendo que encostou nela, corto sua língua para minha mulher usar como almofada para espetar as agulhas de bordar.

— Isso não vai ser necessário, Pan.

Os outros haviam se assustado facilmente com essa conversa, e, enquanto estava ali parado na porta de casa olhando sério para Pombo,

Pan Hetmański lamentou não o ter recebido com uma faca ou um furador em punho para parecer mais ameaçador.

— E quando começa?

— Agora, se quiser. Eu trouxe uma muda de roupa.

— *Agora?* Santo Deus, você *é* afoito. Por que não guarda o entusiasmo até o fim de semana? — Sorriu. — E o que mais estiver movendo você.

— Sexta-feira à noite, então?

— Sábado de manhã — retrucou Pan Hetmański, contendo outro sorrisinho.

— Vamos ver se ele aparece, o rapaz — resmungou para a mulher depois de fechar a porta.

— Espero que sim. Preciso mesmo de uma almofada de alfinetes nova.

A atenção dada a Anielica no último ano não era de todo inesperada. Uns diziam que até fora planejada por Pan Hetmański. Ele sempre fora conhecido como um homem de grandes sonhos nascido num vilarejo e, embora se ocupasse com o modesto negócio de ovelhas, transmitiu seus sonhos aos filhos. A um, ele dera o nome do grande rei medieval Władysław Jagiełło, o que, apesar dos transtornos burocráticos que causou, demonstrou ser o nome perfeito para um *partisan* quando veio a guerra. Na época em que a filha nasceu, ele elevara suas ambições a alturas ainda maiores.

O próprio anjo ouvira toda a conversa do canto do cômodo principal, onde fingia estar bordando.

— Quem era? — perguntou ao pai da maneira mais indiferente que conseguiu.

— Diz que se chama Pombo e que é de uma das aldeias do outro lado do Cavaleiro Cochilando.

O Cavaleiro Cochilando era o nome dos otimistas para o Cavaleiro Adormecido, uma formação rochosa e uma lenda que, segundo se acredita, desperta em épocas difíceis para ajudar o povo polonês. Após ter ficado completamente exaurido com tártaros, otomanos, turcos, cossacos, russos, prussianos e suecos, porém, ele já não se levantava havia tempo, e, nos anos da ocupação nazista, passaria a ser conhecido também como o Cavaleiro Que Dormiu Demais e, mais tarde, na época dos soviéticos, o Raio do Cavaleiro Fiteiro.

— Pombo?

— Pombo.

— É por causa do nariz ou do modo de andar?

De fato, Pombo era bem-dotado no que dizia respeito ao nariz, e seus pés eram virados para dentro, fazendo com que os dedos se beijassem a cada passo.

— Tomara que não seja por causa do tamanho do pinto — interrompeu a mãe de Anielica, com um riso rouco. Na tradição das mulheres *górale,* ela ficara curtida pelo vento e pela neve implacáveis que açoitavam as Tatras.

— Felizmente, ele não me forneceu essa informação.

— E *por que* ele vai trabalhar na casa de novo? — perguntou Anielica.

— Não vê? — A mãe riu. — Seu pai vendeu você a quem der o maior lance.

— Vendeu? Do que a senhora está falando? Não seja ridícula! Esse é igualzinho aos outros. Vai desistir antes mesmo de ter chance de olhar pela janela.

— Não se enxerga nada através do raio do papel-manteiga de qualquer maneira — disse a mãe de Anielica, meneando o braço na direção da filha.

— Mas isso não quer dizer que ele não possa imaginar tudo do quintal.

Anielica foi até a janela. Levantou a beira do papel-manteiga e observou o vulto desaparecer no bosque, repuxando os cantos dos lábios para cima, armando o arco que acabaria cravando firmemente a flecha no coração de Pombo.

2
Mãos de ouro

As mãos de Irena são largas e fortes, as veias parecem raízes irrompendo do solo. Observo-as de um banco imprensado entre a porta e a velha máquina de costura Singer enquanto ela faz um bolo de ameixa. Primeiro, elas se retorcem e se contraem enquanto preparam a tábua de trabalho e enfileiram os ingredientes, depois pairam indecisas por um momento acima da tábua, banhando-se na claridade cálida e dourada. Elas se transformam no ar, perdendo um pouco do volume, batendo como asas, e, quando pegam impulso suficiente, mergulham e amontoam a farinha, fazendo um furo no meio. Pegam os ovos como pedras e os quebram na borda da tábua. Aparam as gemas brilhantes deixando as claras escorrerem por entre os dedos para uma tigela. Soltam as gemas no meio do monte de farinha e trabalham a massa sem piedade até transformá-la numa farofa e finalmente numa bola, as bases das mãos moldando-a na tábua, as pontas dos dedos envolvendo-a, quase lhe fazendo cócegas.

— Nunca vi ninguém fazer bolo tão depressa quanto você — digo.

— *Złote rączki* — diz Irena. Mãos de ouro.

Dizem que todos os poloneses as têm, e que é assim que você sabe o seu lugar na vida, pela destreza de suas mãos, que elas sabem antes de você se você nasceu para fazer bolos ou abater animais, aconchegar crianças ou pintar quadros, pregar pregos ou tocar jazz. Muito antes do nascimento, os movimentos são coreografados nos tendões em formação.

— Acho que nasci sem elas — digo.

— Ei? Por que não fala polonês normal em vez desse raio de polonês *góralski*? Eu praticamente tenho que virar as orelhas do avesso, e continuo sem entender uma palavra do que você está dizendo.

Ela sorri. Irena adora mexer comigo por eu ser uma *góralka* — uma montanhesa —, embora ela também tenha nascido nas montanhas.

Sorrio também.

Irena franze o cenho. Neste último mês, ela anda tentando me ensinar a confrontá-la como sua filha, Magda, faz. A insolência é a única língua que ela realmente entende.

— Enfim, todos os poloneses têm mãos de ouro. Até os *górale*. Pelo menos as suas devem ser boas em coisas *góralskie*: cortar pelo de ovelha, depenar galinha e fazer bolo — diz ela.

Balanço a cabeça.

— Nela sempre me expulsava do fogão.

— Por quê?

— Dizia que não queria que eu acabasse cozinhando para os outros.

— Ela está certa.

Irena pega uma caneca de manteiga na prateleira em cima da pia. Molha uma faca e crava-a na manteiga úmida. Joga um pedaço na forma de metal, fazendo rodelinhas, massageando o excesso na pele seca. Pega a bola de massa e começa a tirar pedaços, jogando-os na forma.

— Irena?

— Sim?

— Lembra do meu avô?

— Só um pouquinho. Mas ouvi muitas histórias sobre ele. Ele foi uma lenda. Matando *szwaby* a torto e a direito, explodindo transportes e colocando minas camufladas nos bosques... bam! Preciso como um pombo. Isso foi durante a guerra, quando havia nazistas morando no Wawel. — Irena se inclina e finge cuspir no chão, como faz sempre quando tem que dizer algo desagradável. — Mas dizem que mesmo depois de ter ido para Cracóvia, ele continuou combatendo os soviéticos clandestinamente. Dizem que a rua do Pombo recebeu esse nome em homenagem a ele, e que ele conhecia o papa.

Logicamente, não era preciso perguntar que papa. Nos dois milênios da Igreja Católica, sempre houve um único papa para nós.

— Então foram os soviéticos que o mataram?

— Na verdade, quando eu era muito pequena, lembro de meus pais pensando que ele não estava morto coisa nenhuma, que apenas tinha recebido uma passagem só de ida para o Ocidente. Minha mãe dizia que ele devia estar instalado confortavelmente em alguma sala de estar na Inglaterra, bebericando chá com leite.

— Acha mesmo?

Irena franze novamente o cenho. Despeja as claras numa tigela larga e bate-as com uma mola até criar picos brancos e firmes.

— Agora? Não. Depois de tantos anos? Se estivesse vivo, teria descoberto uma maneira de entrar em contato com sua avó. Do jeito que a amava... mas até onde sei... — Ela olha para mim, deixando as mãos sem supervisão. — Você nunca falou sobre isso com sua avó?

— Ela quase não falava dele.

— Por quê?

— Não gostava de me contar histórias com finais tristes. Dizia que tinha vivido ela mesma todos os finais tristes para eu não ter que fazer isso.

— Bem, não tenho problema nenhum em contar finais tristes, começos tristes ou meios tristes — diz Irena.

Sorrio.

— Você sente falta dela, não?

— Muita.

— Vai melhorar — diz Irena com um aceno de cabeça decidido, e aí volta ao que estava fazendo. Troca a mola por uma colher de pau e acrescenta a espuma branca à massa na forma, depois pega uma ameixa e começa a descaroçá-la. Os pedaços de ameixa entram na forma com mais pitadas de massa, e, ao terminar, ela mete a forma no forno e fecha a porta. Varre a farinha que ficou na tábua para a lixeira, guarda a tábua ao lado da geladeira, olha as batatas no vapor para o jantar, enche a chaleira, acende a estufa, puxa um banco para se sentar e o encaixa na passagem estreita.

— Ah — diz, relaxando afinal só quando encosta o traseiro no banco. — Cozinhar para si mesma é sempre melhor do que cozinhar para um marido. Lembre-se disso quando estiver acorrentada a um alcoólatra ingrato que bate em você e em seus pimpolhos gritadores. — Ri, jogando a cabeça para trás.

— Irena, por que diz que vou me casar com um alcoólatra?

— Só estou brincando. Nas montanhas vocês também têm piadas, não têm?

Estudo o rosto dela. Ela tem uns cinquenta anos, cabelos curtos crespos e pretos como carvão e olheiras pretas permanentes, não importa o quanto durma. Já usa dentadura, que não é do tamanho certo e que, ao lhe distorcer os lábios, transforma seu sorriso numa expressão alucinada.

— Sabe, meu pai sempre me disse que eu nunca me casaria, que já nasci meio encalhada.

Irena torna a franzir o cenho.

— Ora! Isso foi justo antes que ele declarasse ser o rei da Pérsia e desmaiasse na própria urina?

A chaleira apita, e ela se espicha para pegar dois copos na outra prateleira acima de mim. De uma lata vazia que guarda perto da pia, tira dois saquinhos de chá, já marrons e secos de tão usados. Irena consegue espremer cinco xícaras de chá de um único saquinho, usar um fósforo durante uma semana, untar duas fatias de pão com a manteiga que os outros deixam na faca, e lavar uma pia cheia de pratos com meio litro de água quente. Sua sovinice é sua marca de nascença da aldeia, sua impaciência, a mancha da cidade, onde vive desde os cinco anos.

— Você está com quantos anos, afinal? Vinte e um?

— Vinte e dois.

— Encalhada aos vinte e dois? Ora, você ainda nem rachou a lombada do seu livro.

— Tem gente na aldeia que considera vinte e dois anos já encalhada.

— Tem gente que ainda acha que o Sol gira em torno da Terra. Que outra *bzdury* ele meteu na sua cabeça?

— Não me lembro mais.

— Ótimo. Continue assim.

É mentira, claro. Quando se é criança, cada palavra entra como uma farpa. Mesmo quando a pele cresce por cima, a gente ainda a sente ali. Ele me disse que eu nunca seria bonita, que eu acabaria encalhada, uma *stara panna,* um cogumelo velho, que seria melhor eu aceitar o primeiro homem que mostrasse um mínimo de interesse. E, para dizer a verdade, eu nunca fui a Anielica da aldeia, como dizem na minha terra. Em fotos, saio sempre com as feições contraídas, e meu cabelo é muito louro, minhas sobrancelhas quase somem. Meus lábios finos se encolhem embaixo do meu nariz, e não importa a minha expressão nem a fonte de luz, as sombras conseguem encontrar todos os buracos e calombos. Desde que me lembro, todo mundo, com exceção de Nela, me chama de Baba Yaga, por causa da velha bruxa do conto de fadas.

Irena faz os pratos, e nós os levamos para a sala, onde jantamos na mesa de centro. No mês em que estou morando com ela, a mesa gradualmente se despojou de sua formalidade, primeiro perdendo as toalhas de linho, depois a boa porcelana e, então, os guardanapos coloridos. Hoje Irena come com o prato equilibrado nos joelhos. Ela cozinha bem, mas é prática, e o menu nunca muda. *Kotlet schabowy,* batata com salsa, pepino e creme, *kompot,* e chá.

— Pode me passar o controle? — diz.

Sinto o cheiro das ameixas derretendo no merengue. Irena zapeia os comerciais e para numa retrospectiva. É só isso que passa na televisão atualmente, ao que parece — retrospectivas e comerciais. Para trás e para a frente, comunismo e capitalismo, passado e futuro, e tudo o que podemos fazer no presente é olhar para ambos com descrença. Primeiro, desfilam todos os conhecidos líderes do Solidariedade dos anos oitenta — Wałesa, Popiełusko, Walentynowicz, Lis, Gwiazda — seguidos imediatamente pelas barras de chocolate dançantes e as meninas aldeãs limpíssimas conduzindo vacas pelas campinas.

Irena tira o som da televisão e fareja o ar. Ela nunca usa o *timer*, mas seus bolos sempre saem perfeitamente assados. Ela empilha os pratos sujos e os leva para a cozinha. Ouve-se uma chave na porta, e minhas pernas se contraem na beirada do sofá.

Irena resmunga algo baixinho.

— O que foi, *mamo?*

Magda entra, como sempre, cheirando a perfume e cigarro, balançando os braços ao andar, girando nos calcanhares como uma dançarina aparafusada numa caixa de música. Irene me contou que antigamente Magda sonhava ser bailarina, mas suas ancas cresceram muito, e seus artelhos separados se rebelaram contra o sapateado. Depois disso, ela dedicou-se a ser promotora, embora, no momento, esteja quase perdendo o primeiro ano da faculdade de direito.

— Falando em solteironas — comenta Irene da cozinha —, já diz o ditado: quem dá leite de graça não consegue vender a vaca. Onde você dormiu ontem à noite?

— No paraíso — diz Magda, e suspira teatralmente.

Deixa a bolsa cair no chão e mexe no cabelo, cortado no estilo pajem, agora popular entre as universitárias. Uma parte de mim se irrita com ela, com sua pretensão e com a maneira como trata Irena, e a outra é fascinada com seus rituais femininos secretos — os vidros de maquiagem e de esmalte em seu quarto, o cheiro de primavera quando ela sai do banho, os sapatos de salto espalhados perto da porta. Magda sempre parece ter saído da capa da *Elle* ou da *Kobieta*, e acho que um dos motivos pelos quais me ignora é eu cortar o meu próprio cabelo e comprar minhas roupas a quilo. Às vezes pego-a olhando para minha mochila e meus sapatos de sola grossa de borracha, logo desviando a vista, como se essas coisas fossem espinhas gigantes ou membros amputados; se ela as fitasse por muito tempo, poderia até pegar a minha feiura.

— Calce umas pantufas — repreende-a Irena. — Não preciso lavar esse chão mais do que já lavo.

— São sapatos novos. Estou tentando amaciá-los.

— Sapatos novos? Com o dinheiro de quem?

— Żaba comprou para mim.

— Quando um garoto se chama Sapo, isso deve nos dizer alguma coisa.

— Às vezes os sapos acabam se revelando príncipes.

— E às vezes se limitam a passar a vida sentados numa vitória-régia. Você andou fumando?

Fico paralisada sentada na pontinha do sofá. Em toda a minha vida só conheci uma casa, e andava por ela sem pensar. Agora, de repente, tenho que me preocupar com o lugar onde boto a escova de dentes no banheiro, quando posso usar a máquina de lavar e por quanto tempo posso deixar uma xícara de chá vazia na mesa sem me sentir mal quando alguém a leva embora. Em frente ao hall de entrada, Irena puxa a porta do forno e bate a forma no fogão. Pega pratos e garfos e serve o bolo.

— Cadê o meu pedaço? — pergunta Magda.

— Na loja. Se correr, ainda pode comprar.

— Sabe, *mamo*, um dia você vai desejar ter me tratado melhor.

— Ah, claro. Não seja tão dramática. Primeiro foi lúpus, depois Parkinson precoce, depois fadiga crônica... qualquer desculpa para não estudar. *Głupia gęś* — diz Irena. Burra idiota.

— Não quero preocupá-la, mas vou fazer uns exames amanhã.

— É mesmo? Enquanto estiver no médico, por que não pede a ele para consertar suas pernas para que elas fechem?

— Talvez você é que esteja precisando sair e arranjar alguma coisa, *mamo*. Talvez isso deixasse você com melhor humor. Já vi como aquele

Pan Guzic fica de olho em você quando você vai dar comida para os gatos no pátio. E o Stash? Ele sempre teve uma queda por você.

— *Głupia panienka* — diz Irena. — Espero que não pense que o que você está recebendo daquele garoto-sapo possa ser considerado *uma quedinha*.

— Tem razão. Eu nunca usaria o *diminutivo*.

— *Bezczelna* — resmunga Irena.

A implicância constante das duas me deixa nervosa, como uma tempestade se formando embaixo de mim. Às vezes quero me levantar de um pulo e mandá-las parar antes que seja tarde demais, mas sei que entre mães e filhas isso nunca é simples assim. Sento no sofá, com um olho na cozinha e outro na televisão. Há uma sequência de imagens chuviscadas de manifestantes levando um banho de mangueiras de incêndio na Rynek, e, pelo jeito como a câmera pula e se inclina, imagino a pessoa tentando mantê-la oculta embaixo do casaco, fugindo da mira das mangueiras. Na cozinha, Magda se serve de um pedaço de bolo, deixando cair migalhas no chão.

— Limpe isso — diz Irena.

Em vez de limpar, Magda pega um prato na prateleira e vai para o quarto. Olha para trás e me vê sentada na sala diante de um televisor mudo, e franze a testa para mim. Bate a porta do quarto ao entrar, e o painel de plástico treme na moldura.

— E não bata a porta! — grita Irena.

Ela entra na sala trazendo dois pedaços de bolo e pousa-os na mesa baixa a minha frente.

— *Bezczelna* — resmunga. — Tentar dizer alguma coisa para essa menina é perda de tempo.

Ela pega o controle e aumenta o volume, e durante o resto da tarde, a voz monocórdia da retrospectiva compete com a batida de rock de Goran Bregović vindo do outro lado do apartamento.

3
O não namoro

O irmão de Anielica, Władysław Jagiełło, simpatizou imediatamente com Pombo e, na tradição dos grandes reis, foi para o quintal, arregaçou as mangas e pôs-se a construir um muro. Foi pelo muro que Pombo decidira começar, de forma sutil e galante, no perímetro mais externo da propriedade da moça. Disse que era para impedir a entrada dos javalis selvagens e dos ciganos, mas todo mundo entendeu o objetivo da obra — marcar seu território contra outros aspirantes a pretendentes. E Pan Hetmański concordou com que o muro fosse o primeiro projeto porque, depois de sofrer tantas invasões de russos, tártaros, otomanos, turcos, cossacos, prussianos e, meu Deus, até de suecos, é um instinto primal de todos os poloneses em qualquer parte cercar e murar o que nos pertence: nossas casas, nossos apriscos, nossas praças comuns, até nossas sepulturas.

Para construir o muro, Pombo e Władysław Jagiełło extraíram as pedras de um local mais elevado na montanha, onde a floresta encontrava o pasto e formava pedras do tamanho de uma cabeça humana. Pombo e suas mãos de ouro tateavam o lugar à procura dos melhores contornos e formatos, encontrando instintivamente as irmãs de cada pedra para que elas se encaixassem sem rachar e resistissem a uma marrada de carneiro ou um chute de um cigano irritado.

Depois de murar o quintal, os dois rapazes passaram uma semana inteira na floresta, abatendo árvores, cortando e aparelhando tábuas. A família Hetmański passou três noites dispersada pelas casas da vizinhança enquanto eles escavavam um porão decente e construíam bases decentes para um piso decente, não mais a palha com barro com que a família convivera durante anos, mas sim tábuas tão ajustadas e lisas que a sujeira era inteiramente removida sem que a vassoura agarrasse em farpas ou o pó ficasse preso entre as tábuas. No fim da terceira noite,

Pombo reuniu a família e abriu a porta da casa para que seu trabalho pudesse ser inspecionado. Postou-se diante da lareira com as mãos na cintura, observando, nervoso, a menina Anielica correr as mãos pelo assoalho liso.

— É lindo — disse ela.

Ele riu, um sorriso disfarçado como um bigode à sombra do nariz.

— E agora também tem um porão. Mais tarde, eu mostro a vocês.

Pombo jantou sentado no muro com Władysław, como sempre fazia, e quando o sol era apenas reflexos dourados no pé das árvores, levou a família até um monte de folhas mortas atrás da casa. Ele as afastou para mostrar um alçapão guarnecido de duas alças de corda, uma das quais ele puxou com força enquanto Władysław Jagiełło fazia o mesmo com a outra, revelando um buraco redondo com uma escada de madeira. Władysław Jagiełło desceu primeiro, e o resto da família foi atrás.

— Por que tão escondido? — perguntou Anielica.

— Só por via das dúvidas.

— De quê? — perguntou Anielica.

— Só por via das dúvidas — repetiu o pai.

Todos os demais aprovaram com um gesto de cabeça e, quando voltaram à superfície, repuseram o alçapão e espalharam as folhas e a terra por cima para parecer o mais natural possível. Pani Hetmańska estava tão emocionada com o trabalho que eles haviam feito que quebrou o gelo habitual, abraçando primeiro o filho e depois Pombo — a terra e a fuligem da cara dele deixando em sua blusa de algodão uma marca semelhante ao sudário de Torino. Pombo enrubesceu e abaixou a cabeça, encabulado. Então, sem a menor cerimônia, exatamente como tinha feito todas as noites havia várias semanas, juntou as ferramentas, vestiu o casaco e pôs-se a caminhar pelos dois morros e três vales até a casa de seus pais.

A transformação do casebre dos Hetmańskis naquele verão foi quase um milagre. Em maio, as janelas estavam trocadas e guarnecidas com vidros transparentes e estruturas resistentes, e havia uma bomba ligada ao encanamento para fazer uma pia de cozinha. Em junho, houve o acréscimo de dois pequenos cômodos, um de cada lado do aposento principal. Em julho, Pombo chamou Pan Hetmański num canto e teve uma *conversa séria sobre higiene*, oito anos antes do envio de voluntários comunistas às montanhas para que tivessem suas próprias *conversas sérias sobre higiene* com os *górale*. Sem êxito, se pensarmos bem. Não que os *górale* fossem contra a higiene em si; antes, eram simplesmente contra qualquer pessoa *de fora* dos muros de seus jardins tentando dar qualquer tipo de sugestão sobre o que se passava do lado de *dentro* dos muros de seus jardins. Os comunistas acabaram aprendendo a valiosa lição de que as políticas subsequentes aplicadas aos montanheses deveriam pular habilmente a etapa da discussão. Pombo, porém, passados apenas alguns meses, ganhara mais respeito aos olhos de Pan Hetmański do que os comunistas jamais ganhariam, e o resultado foi que, numa sexta-feira, Pombo e Władysław Jagiełło desceram a montanha com uma padiola de peles de ovelha e voltaram dois dias depois trazendo um trono de porcelana para Anielica e o resto da família.

Pombo trabalhou incansavelmente todos os dias naquele verão, só parando para almoçar; ele e Władysław comiam do lado de fora, primeiro no muro e depois no banco que haviam construído com a sobra das tábuas do piso. Ficaram íntimos como irmãos. Władysław Jagiełło, que sempre fora meio mole, admirava a força de Pombo, um pouco mais velho, e, no outono, se transformara juntamente com a casa; as costas agora fortes, as mãos ásperas, a pele queimada de suor e sol, sua força de vontade mais forte do que nunca. E Pombo gostava de ter um rapaz de sua idade com quem podia conversar de verdade, e não só a quem podia interromper.

Além dessa amizade, Pombo nunca pedira nada em troca, inclusive quase não vendo Anielica, que em geral ficava dentro de casa ou desaparecia na floresta. Pani Hetmańska, que já gostava mais do rapaz, tentava mandar a filha sair pela manhã com um jarro de água fresca ou um pedaço de pão com manteiga, mas, apesar da aparência, Anielica tinha uma timidez doentia e mal conseguia olhar para ele. Quando a via chegando, Pombo pegava a camisa, limpava a cara com ela e rapidamente a vestia. Eles nunca falavam nada além do mais cortês "Muitíssimo obrigado" e "Não tem de quê", e Anielica sempre regressava à casa com uma bandeja vazia e uma cara decepcionada.

Os outros residentes da Meia-Aldeia observavam o curioso não namoro com grande interesse, e, diariamente, eram feitas pesquisas de opinião. Embora os resultados fossem sujeitos a variações, em média, cerca de cinco em cada vinte e sete residentes da Meia-Aldeia achavam que Pombo não falava porque perdia a fala diante da beleza de Anielica. Cinco achavam que ele era um covarde, que não tinha colhões para falar com ela e fizera o trabalho todo à toa. Dezesseis achavam que ele era um idiota, e que a única língua que falava era a do trabalho, a língua de suas mãos.

Mas Pombo não era idiota. Como se viu, era mais letrado do que todos os habitantes da Meia-Aldeia, exceto a rara beldade em torno da qual estava construindo a casa. Como o filho mais velho — além de Jakub, ninguém jamais contava Jakub —, ele fizera os dois primeiros anos da escola primária em sua aldeia, mas seus pais não conseguiram arcar por muito tempo com a extravagância de comprar sapatos, especialmente na velocidade com que seus pés cresciam. Então ele fez um trato com um dos filhos do vizinho se comprometendo a realizar as tarefas do menino todos os dias se este lhe trouxesse livros e lhe ensinasse tudo o que tivesse aprendido na escola.

E Pombo também não era *głupek* em relação a mulheres. Aprendera uma coisa sobre elas com as oito irmãs e se, com o passar dos anos, só tivesse assimilado isso, já ficaria comprovado que um rapaz não sofre em vão por ser criado numa casa com tantas irmãs. Ele conseguiu compreender que o coração de uma mulher não é comprado pela moeda do amor que um homem sente por ela. O coração de uma mulher é conquistado pelo que ela sente por si mesma quando ele está por perto, e, à medida que o casebre lentamente se transformava numa casa de três cômodos em volta dela, Anielica não podia deixar de se sentir ainda mais linda, ainda mais digna.

Em algumas moças, este tipo de orgulho poderia ser aplicado à aparência, emplastrado como camadas de maquiagem, mas em Anielica, o orgulho enchia seu coração de dentro para fora e, quando olhava em volta, acabava vendo pelas janelas de vidro transparentes o quintal depois do caminho de pedra recém-assentado, onde Pombo e seu irmão pregavam folhas de zinco para fazer o que passaria a ser conhecido como o Melhor Telhado Que Alguém Já Viu Deste Lado do Cavaleiro Que Dormiu Demais. Se riu do nome, você nunca viu o telhado. Lá estava ele, agachado em cima das folhas de zinco, rindo de algo que o irmão de Anielica dissera, os movimentos de seu braço repercutindo-lhe nas costas, a luz do sol pousada em seu narigão.

O que remete à teoria do vigésimo sétimo residente da Meia-Aldeia, segundo a qual Pombo não estava nada atrás das atenções de Anielica, mas sim das de Władysław Jagiełło, e que, nisso, fora bem-sucedido desde o primeiríssimo dia. Tratava-se de uma posição arriscada de assumir porque todo mundo sabe que na Polônia não havia ar-condicionado, sem-tetos, boa comida mexicana nem homossexuais até os comunistas irem embora. O vigésimo sétimo residente deveria ser elogiado por estar à frente do seu tempo. Mas, na verdade, ele estava errado. O coração de Pombo sempre respondera e sempre responderia somente a Anielica, e depois de toda a especulação a respeito deles, foi o próprio anjo quem acabou encontrando as palavras para quebrar o silêncio.

4
Os sete bons anos de Pani Bożena

O BONDE NÚMERO 8 passa na rua Królewska como uma faca cortando o raio de um toco de árvore, cruzando as perimetrais que dividem a cidade, lentamente revelando sua idade. Bem no meio está a praça principal, a Rynek, guardada por seculares *kamienice* estucados que haviam abrigado os oficiais nazistas sem relevância suficiente para viver no castelo de Wawel — aqui, cuspo no chão por Irena. Em seguida, vêm os prédios idealistas do pós-guerra, construídos com suor honesto por homens honestos, imediatamente seguidos por tentaculares *osiedla* projetados por homens desonestos com sobras de subornos e desfalques nos anos cinquenta e sessenta. Depois disso, aparecem os prédios mais robustos, como o de Irena, dos anos setenta, quando Gierek mandava e todas as prateleiras estavam cheias, e depois os conjuntos habitacionais caindo aos pedaços construídos com ressentimento entre as greves dos anos oitenta. Finalmente, há as residências unifamiliares com portões altos, construídas só nos últimos anos, com dólares americanos novinhos em folha. Faço esse caminho duas vezes por dia, passando por uma quantidade estonteante e sem fim de ruas secundárias e carros, retrocedendo no tempo de manhã, avançando para o futuro à tarde.

Pani Bożena é dona de um *kamienica* de esquina inteira na praça do Bispo. Fica quase ao lado da escola de música e de um par de consulados, um lugar grandioso e bastante arborizado, o que talvez seja o motivo de ter a preferência das prostitutas. Essas, na praça do Bispo, são consideradas as mais baixas na hierarquia, as moças que não são admitidas nos hotéis e nem nos bares de apostas, aquelas que nem sequer conseguem encontrar um *alfons* para explorá-las. Elas se aglomeram nas calçadas vestidas com minissaias de couro falso e botas de pistoleira, usando maquiagem carregadíssima, que de manhã está brilhante e alaranjada. Irena contou-me que a maioria delas é ou iugoslava ou da aldeia, então sinto uma afinidade estranha com elas. Somos irmãs aqui, quero lhes dizer quando as vejo sendo deixadas depois da noitada da véspera, forasteiras nesta cidade onde você só pode dizer que é "daqui" após três gerações. Em vez disso, fico parada na escada da entrada de Pani Bożena e olho para o céu, fingindo não as ver, observando-as de rabo de olho.

Espero o trompetista tocar o *hejnał* na Santa Maria às 8h em ponto antes de apertar a campainha. Fico ali parada pacientemente, escutando o eco subir e descer a escadaria grandiosa. Há seis apartamentos no *kamienica* de Pani Bożena, mas agora estão todos vazios à exceção do dela.

— Eu poderia alugar os outros apartamentos, claro — diz ela sempre, as pálpebras aborrecidas com a ideia. — Mas essa vida, de senhoria — acrescenta, mexendo os dedos cobertos de anéis num gesto de desaprovação —, não é para mim.

O que ela quer dizer é que isso está abaixo dela, e que não precisa alugar os outros apartamentos. Seu finado marido era exatamente o tipo contra o qual Irena protesta furiosa diariamente, uma autoridade desonesta no governo da cidade, que viveu justo o suficiente para comprar o prédio onde mora Pani Bożena e mais alguns outros por apenas *grosze* logo no início das privatizações. Por isso, Pani Bożena é uma mulher com escadarias que ecoam e dinheiro graúdo, que, no início, eu levava para a feira, fazendo as mulheres atrás de mim na fila resmungarem e me xingarem com os olhos enquanto os vendedores corriam de barraca em barraca para arranjar troco. Para dizer a verdade, não sei para onde vai todo o trocado quando lhe devolvo. Ela deve diligentemente levá-lo de volta ao banco toda semana para trocá-lo por notas grandes e estalando de novas. Afinal de contas, sem as notas de quinhentos mil złotych, sem o *kamienica* vazio e os roupões de banho de seda, sem uma moça da aldeia para lhe fazer as compras, a comida e a limpeza, ela se limitaria a ser mais uma pensionista em vez de a Grande Dama da praça do Bispo.

Pani Bożena custa a abrir a porta e, quando finalmente aparece, está usando um roupão cor-de-rosa com plumas em volta do busto e dos punhos.

— Será que precisa tocar a campainha tão alto? Vai acordar os mortos. Não que eu esteja perto da morte, claro. — Fica parada na porta e levanta a bainha do roupão. — Já viu pernas assim numa pensionista?

Há uma mulher e uma criança passando na calçada, e a mãe lança um olhar estranho para Pani Bożena.

— Bem... já viu?

— Não.

Quero acrescentar que nenhuma outra pensionista jamais levantou o roupão para me mostrar.

— Claro que não. Essas são as pernas de Olívia de Havilland. Eu já lhe contei que as pessoas me diziam que eu era parecida com ela?

Olho para a linha de base em sua mandíbula, o batom borrado, a sombra roxa lhe escorrendo nos pés de galinha. Balanço a cabeça e entro atrás dela.

O edifício é uma fortaleza, uma boneca *matryoshka* de portas, cada par menor que o precedente, e Pani Bożena abre cuidadosamente cada conjunto com a chave escolhida do gigantesco chaveiro que ela balança ritmadamente ao subir as escadas.

— Pensei que você fosse consertar aquela campainha, por sinal.

— Não melhorou nada?

Na verdade, passei as duas primeiras semanas fazendo experiências com a campainha, envolvendo o badalo com pedaços de materiais diferentes — lã, fio, depois algodão, então um pedaço de cetim cortado de uma calcinha velha dela. Primeiro ela reclamava que estava muito alto, depois, muito baixo, e finalmente me dei conta de que independentemente do que eu fizesse com a campainha, ela continuaria abrindo a porta reclamando de alguma coisa. Era melhor ser da campainha.

Ela aperta os olhos e escolhe a chave certa no chaveiro. Enxerga mal mas recusa-se a usar óculos. Penduro o casaco e a mochila num dos ganchos ao lado da porta, e ela vai na frente para o seu quarto. Senta-se diante da penteadeira, no banco de veludo verde, em cuja superfície amassada surgiram duas meias-luas com o passar dos anos. Ela endireita as costas e o pescoço como se houvesse alguém observando-a.

— Será que poderia dar uma retocada no meu rosto, Baba Yaga? — pergunta.

Ela ri como uma criança cada vez que diz meu nome, o sorriso distribuído igualmente entre os olhos e a boca, os cachos brancos translúcidos emoldurando-lhe o rosto como a palha fina do alho. Ela se parece um pouco com Shirley Temple, na verdade. A idade só começa a transparecer em sua cara quando ela está desgostosa ou quando se maquia. Destampo o creme, abro um lenço de papel e ponho mãos à obra.

— E você poderia me fazer um penteado igual ao da Elizabeth Taylor hoje? — pede ela.

— De *Cleópatra*, *O pai da noiva* ou *Gata em teto de zinco quente*?

Acho que em parte é por isso que ela me mantém, porque conheço todos os filmes antigos.

— De *Dinastia*.

— Essa é Joan Collins.

— Ah. Então Joan Collins. Naquela cena que antecede sua briga com Krystle no estúdio. Quando tem o cabelo todo preso no alto da cabeça.

— Tudo bem.

Fico parada entre ela e o espelho para ela não ver que tudo o que estou fazendo é remover a maquiagem. Passo-lhe o creme no rosto e lhe digo para fechar os olhos enquanto corro as pontas dos dedos por suas pálpebras e lhe passo um pincel seco nas faces. Pego uma peruca e tento colocá-la, mas Pani Bożena se irrita e passa o resto do dia com a peruca torta na cabeça.

Pani Bożena tem sessenta e tantos anos, a mesma idade que Nela teria, mas, para dizer a verdade, Nela era muito mais bonita. Poderia facilmente ter passado por uma estrela de Hollywood. Tinha longos cabelos louros que ela enrolava à noite e escovava de manhã, deixando-os macios e ondulados. Usava blusas finas e saias coloridas, que conseguia confeccionar com o tecido que sobrava de suas clientes e dos pacotes de ajuda humanitária, e uma gola de pele destacável que ela colocava alternadamente nos suéteres e no casaco em três estações do ano. Sempre havia escassez, mas mesmo se só fosse à igreja ou ao mercado ou para o trabalho na agência postal em Pisarowice, ela pintava os olhos e usava batom vermelho. Uma coisa pornográfica, diziam-nos no escotismo, mas, para mim, ela era linda, e quando estava atrás do balcão nos correios, eu sempre achava que ela devia estar fazendo entrevistas para a televisão e dando autógrafos, em vez de embrulhando e selando pacotes. A única coisa que faltava era um Clark Gable ou um Marcello Mastroianni ao lado dela, com um sorriso aberto, trazendo pacotes da sala dos fundos, e fazendo troco.

— Um pouco mais de ruge — diz Pani Bożena. — Não se atreva a me deixar com a cara desbotada.

Passo o pincel de novo em suas faces.

— Pronto — digo, e recuo.

Ela se olha no espelho.

— Está melhor. Está bom, muito bom.

E aí ela se veste enquanto começo as tarefas. Tirar o pó é sempre a primeira da lista. Seu apartamento é montado quase inteiramente por bibelôs: pratos de cristal, molduras de prata, paninhos de renda, castiçais, estatuetas de crianças e bichos, mantas, baleiros, globos de cristal, caixas de madeira embutidas, alfinetes soviéticos antigos, crucifixos e ícones. Se fossem todos retirados de seus lugares ao mesmo tempo, estou convencida de que o *kamienica* inteiro implodiria, por isso pego peça por peça para limpar, começando pelo baleiro na prateleira alta da cozinha na segunda-feira, e terminando na sexta com o quadro do papa no quarto de dormir. Depois de tirar o pó, Pani Bożena gosta que eu varra as escadas. Às vezes, há roupa para lavar ou peças de renda para deixar de molho no sal, mas passo quase a manhã inteira comprando o *obiad*.

Sou péssima cozinheira, e não digo isso como as moças da minha idade o fazem querendo se gabar e parecer liberadas. Quando comecei a trabalhar para Pani Bożena, isso me deixava nervosíssima. Ela começava a recitar pratos e ingredientes exóticos — molho holandês, bearnês, pesto, patê, crepes, caviar, suflê, *paella*, vacínios —, coisas que ela e as outras esposas de governantes comiam, ao que parece, enquanto o resto de nós contemplava vidros de vinagre nas prateleiras. Todas as manhãs, eu corria para lá e para cá por três horas, como se fosse uma questão de vida ou morte, primeiro a uma das livrarias na Rynek para decorar uma receita, depois ao mercado na Nowy Kleparz e, então, a uma das lojas especializadas na cidade velha. Eu media tudo meticulosamente, cronometrava tudo com precisão e sujava todas as panelas da cozinha. Eu fazia o meu melhor. E depois, pelo resto do dia, tinha que ouvir Pani Bożena reclamar do lixo queimado que eu lhe dava para comer.

Então, num dia milagroso, eu descia a rua Dominicana quando encontrei um letreiro vermelho vivo se destacando num dos *kamienice* em tons pastéis. O hipermercado Europa. Ainda respiro fundo quando entro lá. Quão deslumbrantes, quão assépticas são as gôndolas! Posso circular por ali com uma cesta de plástico verde no braço e pegar qualquer coisa nas prateleiras. O hipermercado Europa oferece cinco tipos de picles, seis tipos de kefir e leite em caixas de papelão. Há seções separadas de padaria, carnes e bebidas alcoólicas, as três posicionadas nas laterais e produzidas com o visual de chalés da aldeia. O corredor central é um freezer comprido com pacotes de comida pronta despachada dos quatro cantos do mundo: frituras chinesas, hambúrgueres americanos, quiche lorraine. Ah, quem dera que Nela pudesse ver isso. Da primeira vez, passei mais de uma hora olhando e só comprei um pacote de *pierogi*. Quando entreguei à caixa uma das notas de quinhentos mil złotych, ela nem estremeceu e, ao terminar, eu tinha quase mais uma hora para passear na Błonia. Desde então, volto todos os dias.

Talvez eu devesse fazer um daqueles comerciais de televisão. *O hipermercado Europa mudou a minha vida.* E aí passeio por um pasto vestida com minha saia longa e minha blusa bordada, conduzindo uma vaca.

— Sua comida certamente melhorou — diz Pani Bożena. — Esse é o segundo melhor pato de Pequim que já comi. E o que é isso? Uma bomba de chocolate?

— Com um toque de expresso.

— Muito bom. O *melhor* pato de Pequim que já comi, claro, foi no dia de São Silvestre, no ano em que eu estava em Łódź fazendo o filme. Isso foi em, vamos ver, 1951...

Ouço. É principalmente para isso que sou paga. Companhia. Uma grande dama não deveria ter que comer sozinha. Uma grande dama deveria ter sempre alguém por perto para escutar suas histórias. Uma grande dama não pode ser invisível. Portanto, ouço sobre comprar nas Pewex e ir a festas com as outras esposas de governantes. Em geral, ela gosta de contar histórias sobre os sete primeiros anos depois da guerra, os sete anos em que cantou no Teatro Velho e em um dos cabarés, os sete anos em que foi uma pequena celebridade, chegando a ser chamada aos estúdios em Łódź para fazer um filme. Łódź! Imagine! Aqui, embaixo deste cogumelo mágico, foi onde Wajda encontrou suas cinzas e seus diamantes, do outro lado daquela ponte de pedra é onde Kieślowski e Véronique começaram suas vidas duplas. Quando Irena conseguiu o trabalho com Pani Bożena, achei incrível a sorte que eu tinha. Pensei que eu iria ouvir em primeira mão sobre a terra de fadas que sempre imaginei, onde elfos encantados e seus projetores dourados fiam o tênue fio de luz que tece as plateias de cinema pelo mundo.

— ... e essa foi a mesma festa em que Andrzej Wajda fez um brinde com um copo de vinho e realmente bebeu tudo de um gole só. Imagine! Muito russo, muito canhestro... Então, quando ele me ofereceu um papel num dos filmes dele, recusei definitivamente.

— Recusou Wajda?

— Sim. Eu o recusei. Disse-lhe que nenhum filme bom jamais poderia sair de um homem tão, tão grosseiro. Afinal de contas, Picasso não arrotava suas obras-primas.

— E não se arrepende disso?

— Absolutamente. O que ele fez desde então, eu lhe pergunto.

Enumero-os nos dedos.

— *Kanal. Geração. Cinzas e diamantes. O casamento. O homem de mármore. O homem de mármore* era um dos preferidos de minha avó. Ela me contou como os espectadores levantavam no final e cantavam o hino...

Pani Bożena me olha com uma expressão de desaprovação, como se eu tivesse gritado durante a missa, e imediatamente eu me calo. Ela estende o copo pedindo mais vinho.

— Um sucesso fugaz — diz. — A cor do mês. Nada que dure, certamente. Mas a comida naquele dia de São Silvestre foi espetacular. De aperitivo, eles tinham miniaturas de *blinis* com caviar vermelho e ovos de codorna cozidos com molho picante e...

E este é o problema com as histórias de Pani Bożena. São exatamente iguais a seu apartamento, inteiramente feitas de bibelôs, de banalidades, do ramerrão diário que acontece em todos os trabalhos, de modo que ela poderia estar falando do ofício de sapateiro ou da criação de ovelhas ou do trabalho em fábrica. Já ouvi falar em Piotr, o Motorista, que tinha cicatrizes horrendas na cara, e Piotr, o Maquinista, que tinha sapatos surrados. Sei em que tipo de carro buscavam-na quando estava em Łódź, a marca de chocolates enviados ao seu camarim e quanto custava o seu batom. Sei como um dos pianistas no cabaré tocava deliberadamente uma nota errada em uma das canções dela e como a costureira do estúdio em Łódź tinha ciúmes dela e tentava fazer suas roupas muito justas.

Retiro os pratos e entro na cozinha para botar água no fogo para o café de Pani Bożena.

— Você não está fazendo de novo a mesma água suja, está? — grita Pani Bożena da mesa.

— Hoje comprei Tchibo. Serve?
— Moído ou solúvel?
— Moído.
— Ah, vai ter que servir, acho eu. Desde que não seja aquele Nescafé horroroso que você comprava. Dava para fazer um carro andar com aquele Nescafé horroroso.

Às vezes me deprime ouvi-la falar. Faz com que eu sinta uma falta horrível de Nela. Pani Bożena e Nela nunca teriam se dado bem. Nela podia pegar mesmo coisas banais — ovelhas, chá, livros, velhas rotinas — e manuseá-las até ficarem completamente novas, grandiosas e brilhantes.

— Já lhe contei sobre o café que eles serviam no cabaré?
— Não.
— Colombiano puro, torrado, finamente moído. Ah, eles faziam tudo lá...

— Ela não foi sempre assim — diz Stash quando chega à boate. Ele tem um bigode grisalho e um rabo de cavalo amarrado na nuca, e usa sempre a camisa com as mangas arregaçadas até metade do antebraço. Parece um pouco com Peter Fonda, com a luz certa. — Eu lhe digo, ela agora sofre de *skleroza*, mas havia uma época em que era realmente alguma coisa.

— Eu sei, uma voz de pássaro, um corpo de anjo. Ela me diz todo dia.

— Não só — diz ele, e começa a baixar as cadeiras. A sala é comprida como uma catacumba, com um piso de concreto e uma confusão de suportes de microfone, alto-falantes e fios numa extremidade. É abarrotada de móveis incompatíveis: uma grande espreguiçadeira de vime, alguns tamboretes baixos, cadeiras de sala de jantar com uma talha intrincada, bancos, mesas de piquenique e mesinhas de aço onde mal cabem dois copos e um cinzeiro. Toda noite, imagino ser necessário um milagre para transformar a sala em boate antes da chegada do primeiro cliente, e toda noite, surpreendo-me ao ver que a única diferença entre dia e noite no Stash's é virar as cadeiras de pernas para o ar e trocar a luz fluorescente do teto por velas.

— Sabe, nós a chamávamos de Bożena, Santa Padroeira dos que Estavam na Lista Negra.

— Os músicos?

— Músicos, pintores, escritores, jornalistas. Antigamente bastava um grama de criatividade para imunizar a pessoa contra um emprego estável. Era ela quem segurava a gente naquela época.

— Pani Bożena?

Stash senta-se no bar, a única peça do mobiliário do local que vale alguma coisa. É de carvalho maciço com um acabamento lustroso em que não resisto tocar cada vez que passo. Ele estica os braços compridos por sobre o balcão do bar e se serve de um Okocim tirado da torneira.

— Com certeza. Se você precisasse de um emprego, ela era a pessoa a quem procurar. Se precisasse de alguém com quem ficar em Varsóvia ou em Zakopane, ela sempre tinha um amigo simpático. Se precisasse só de uma bebida e de um pouco de companhia, ela tinha uma conta aberta no Pod Gruszką para todos nós.

— É mesmo?

Ele dá um gole no chope, e a espuma gruda em seu bigode.

— O marido dela, bem, que Deus o tenha, mas quando estava nesta terra, ele era igualzinho aos outros burocratas, só queria saber de si mesmo... mas era completamente apaixonado por Bożena, e, de certa forma, ela sempre conseguia convencê-lo de que cada favor era o último que ele teria que fazer. Não sei como ele não teve mais problemas por causa disso. — Stash toma outro gole. — Não sei como Irena não lhe contou isso tudo.

— Ela está muito ocupada falando mal dos políticos e de Magda.

Stash ri.

É por Irena que consegui esse emprego também. Para conseguir fazer alguma coisa na nova Polônia, você tem que conhecer alguém que conheça alguém que conheça alguém que possa *załatwić* a coisa para você. Stash e Irena aparentemente se conhecem desde os anos setenta. Apenas amigos, disse-me Irena. Nada de *bara-bara*.

Stash pega outro chope.

— E como ela está?

Sorrio. Este é realmente o único assunto pelo qual ele se interessa, e tenta disfarçar o interesse arranhando com a unha uma mancha imaginária no bar.

— Está ótima.

— Magda ainda está lhe dando problemas?

— O exame dela é daqui a um mês. Irena acha que ela não passa.

Stash dá um suspiro profundo. Tomo isso como um sinal de desdém por Magda, o que de alguma forma me dá uma pontinha de satisfação.

— Se ao menos ela soubesse do que a mãe abriu mão por causa dela.

— Como assim?

Mas o assunto é cortado pelos gritos de dois dos outros músicos entrando. Eles já se conhecem há tanto tempo que, quando se cumprimentam, suas vozes se misturam exatamente como seus instrumentos quando eles tocam. Stash lhes serve bebidas, e eu me ocupo acendendo todas as velas, colocando algumas novas na cera derretida, às vezes pondo um novo pavio na massa dissolvida. Tem gente que acredita que, nos pingos da cera, se pode ver o futuro.

Depois de beber alguma coisa, eles começam a ensaiar. Eu nunca tinha ouvido jazz Dixieland antes de começar a trabalhar aqui, nunca tinha conhecido um músico de verdade, a menos que se conte Pan Romantowski e seu violino. Acho que os imaginava ligeiramente acima do resto de nós, como santos ou anjos, segurando seus instrumentos no ar como cálices, envoltos numa aura dourada. Mas Stash e seus amigos seguram seus instrumentos como garfos e facas. Eles suam. Riem e mexem uns com os outros quando estão tocando, como garotos jogando futebol. Em geral, não consigo identificar a linha que separa o aquecimento deles da apresentação propriamente dita; as mesas acabam de começar a encher e os intervalos entre o serviço de bebidas ficam cada vez menores.

A outra atendente do bar, Kinga, em geral chega por volta de sete e meia, mas hoje está atrasada. Ela é miúda, com um cabelo cor de cereja vivo e gestos infantis. Suas mãos se agitam ao lado do corpo quando ela está entusiasmada, e seu lábio superior se dobra, cobrindo seus dentes, quando ela sorri.

— Como estava o pequeno Franek hoje? — pergunto. Kinga toma conta de um garotinho que ainda não saiu das fraldas na rua Rainha Jadwiga durante o dia.

— Triste. — Ela faz beicinho. — Eu disse a ele que, em breve, eu iria para a Itália. Treinamos como dizer *ciao-ciao*.

Desde que a conheço, Kinga me diz que vai sair do país em breve. Quer ir para Roma trabalhar como *au pair* — cuidar de crianças e fazer outros trabalhos domésticos no exterior em troca de casa, comida e a chance de aprender uma língua estrangeira — mas, realmente, qualquer lugar serve. Ela disse que, no *liceum*, tentou ir estudar na França, depois fez planos de se mudar para a Suécia com Martin, o turista sueco por quem estava apaixonadíssima. Até chegou a se convencer de que ganharia a loteria do *green card* para os Estados Unidos. Mas nada jamais vingou.

— Teve notícias da agência?

— Continuam tentando me encaixar numa família.

— Quanto tempo acha que ainda vai demorar?

— É para qualquer momento. — Ela põe as mãos nos quadris e gira para listar as garrafas nas prateleiras atrás de nós. — Se não fosse por aquela sueca idiota que se meteu na jogada, eu estaria com Martin em algum lugar da Lapônia a essa altura — diz, suspirando.

Stash toca o trompete, alguns sopros rápidos sinalizando o intervalo. Ele nunca se dá ao trabalho de ligar o estéreo; portanto, só se ouve o burburinho das vozes aumentando em frente ao bar.

— Uma *setka* — grita alguém e, quando vou pegar um copo para uma dose única, outros três caem no escorredor. Kinga pula do meu lado. Ela já trabalha aqui há três anos, e suas mãos são ágeis e ligeiras comparadas às minhas, que tateiam e batem na torneira e na beirada do bar.

— Você está bem? — diz ela enquanto suas mãos dançam na torneira, evitando com destreza esbarrar nas minhas. — Parece que doeu.

— Um chope — diz alguém.

— Pequeno ou grande?

— Grande.

— Três mil.

— E uma para mim.

— Três mil.

Reviro o bolso do avental à procura de troco.

— Um Żywiec pequeno.

— Não tem Żywiec — diz Kinga. — Só Okocim.

— Então Okocim.

— Dois mil.

— Podia me ver um suco de laranja, por favor?

Ergo os olhos. É um garoto mais ou menos da minha idade com cabelo desgrenhado cor de água suja.

— Suco de laranja e o quê?

— Só suco de laranja... e mais nada.

— Dois mil.

— Me desculpe, mas eu... eu toco hoje... sou o clarinete... o clarinetista.

— É?

— Sou. Acabo de começar. Verdade.

— Vamos — grita uma voz de trás —, pare de flertar e comece a servir.

— Espere a sua vez, Janek! — grita Kinga para ele. Ela se estica por cima de mim. — É, sim. Acabou de começar.

Encho demais o copo de suco de laranja, que respinga na minha mão toda.

— Santa Periquita — murmuro, e ele sorri.

Enxugo o copo e o entrego a ele.

— Obrigado — diz ele.

— De nada.

Ele sorri de novo para mim antes de desaparecer na multidão.

— Obrigado! — ruge Janek. — De nada! Que tipo de lugar está virando isso aqui? Quando você se der conta, vai ter toalhas de renda e turistas de duas noites.

— Se isso ajuda, seremos sempre grosseiras com você — diz Kinga.

— Achei que a bruxa tinha que ser a outra.

Janek ri alto, como se fosse o homem mais engraçado do mundo.

Observo o rapaz durante o segundo e o terceiro números. Tento observar Stash e os outros também, mas meus olhos se voltam direto para o *klarnecista*, as demais pessoas desaparecendo em volta dele. Ele me lembra uma versão mais confusa de Steve Dallas de *The Sweet Smell of Success*, a camiseta preta velha e desbotada, as calças com cinco centímetros a menos no comprimento e lustrosa de tanto ser passada. Dá para dizer que ele é um ou dois anos mais moço do que eu, e ainda assim é tão seguro, com os lábios grudados no bocal, a cara molhada, os quadris balançando ligeiramente com a música. Mesmo cercado dessas lendas.

Kinga me flagra.

— Ele é bonitinho, não é?

— Como assim?

— O *klarnecista*. Não finja. Você está babando.

— Não sabe o nome dele?

— Claro que sei — diz ela.

— Como é?

— *Klarnecista.*

Ela ri, revelando dois dentes tortos na frente virados para fora como asas de borboleta. Rapidamente fecha a boca.

— Quando ele começou?

— Sexta-feira passada, mas o dia certo dele vai ser quar-ta-fei-ra — ela cantarola isso e batuca as sílabas no meu braço. — E ele é ótimo. Stash diz que é um instrumentista nato, que se continuar assim, será um dos melhores em alguns anos.

— Não está interessada nele?

Kinga ri de novo.

— Ele é *polonês* — diz, como se isso devesse ser óbvio para mim. — Além disso, em mais algumas semanas, já estarei longe daqui. *Ciao-ciao* por ora.

Torno a olhar para o palco.

— Você devia falar com ele.

— Certo. Simplesmente ir até lá falar com ele.

— Olhe, não precisa ser sobre o massacre em Katyń.

— Sobre o quê?

— Só pergunte o que ele gosta de fazer nos fins de semana, e torça para que ele entenda.

— Eu nunca saí com um rapaz. Os poucos rapazes da aldeia eram como irmãos para mim, e nunca cheguei a ter bastante intimidade com as meninas no *liceum* para conhecer os irmãos e os primos delas.

Após o terceiro número, não há bis nem espera, só o arranhar das cadeiras, o barulho oco dos copos vazios nas mesas, uma corrida para a porta. São quase onze horas, e a maioria das pessoas está correndo para pegar os últimos ônibus e bondes. Começo a lavar os copos no bar enquanto Kinga ziguezagueia entre as mesas com uma bandeja apoiada na anca estreita, recolhendo os perdidos. As duas mesas grandes de piquenique ao longo da parede continuam sem fazer nenhum movimento para se levantar. São estrangeiros — ingleses, na maioria —, quase todos grisalhos e barrigudos. Professores de inglês e pequenos empresários que ou moram perto ou têm dinheiro para pagar a corrida de táxi. Continuam conversando, sem se perturbar com o êxodo, rodeados por algumas moças polonesas, também seguras da carona para casa. Há umas apoiadas nos ombros dos homens, outras sentadas em seus colos. São as mesmas moças todas as semanas, mas parecem circular pelo grupo até cada uma delas ser envolvida pelo disse me disse como por uma nuvem de mosquitos.

— Poderia me ver mais um suco de laranja, por favor?

De repente sinto um calor nas faces.

— Claro.

Sirvo o suco de laranja e o passo para ele. Ele está em pé no bar e bebe o suco enquanto termino de lavar os copos. Sinto seus olhos em meu rosto, e de repente me arrependo de não ter passado batom, lavado o cabelo hoje, usado minha jaqueta azul Itália 82 com a qual sou sempre elogiada.

— Então, você é daqui? — diz ele afinal.

— Não — balanço a cabeça. — Da aldeia. — Quando cheguei, eu dizia Meia-Aldeia, mas logo percebi que as pessoas da cidade sempre falam da aldeia como se só houvesse uma, como se todas fossem intercambiáveis. Ninguém se dá ao trabalho de perguntar qual.

— Qual?

Olho para ele.

— Chama-se Meia-Aldeia. Perto de Osiek. Depois de Nowy Targ.

— Meia-Aldeia? É engraçado.

— E você é de Cracóvia?

— De Huta, na verdade.

— Ah.

Ninguém jamais admite ser de Huta. Huta é uma verruga de concreto no lado leste da cidade, um punhado de *osiedla* e siderúrgicas construídos nos anos cinquenta, o antídoto comunista para as universidades e teatros de Cracóvia.

Estamos ambos calados. *Amnésia do amor*, era como Nela falava quando isso acontecia em filmes. Minha mente corre à procura de outra coisa para dizer, mas me deu um branco total, absoluto, de enlouquecer. Conservo a cabeça baixa, lavando os copos, e o silêncio pinica a nossa volta. Ele acaba de beber o suco e se estica para colocar o copo vazio na pia.

— Último ônibus — diz ele, pegando o estojo no tamborete. — *Na razie.*

— *Na razie.*

Ele sai da boate, os ombros meio curvos, olhando para mim ao sair. Quando sobe as escadas que levam ao nível da rua, só vejo as pernas de suas calças pela janela da frente. As calças são uns três centímetros mais curtas do que deveriam ser, e observo seus tornozelos passando no alto da janela rumo ao ponto de ônibus.

— Então? — Kinga volta para o bar com a bandeja de copos vazios.
— E aí?
— Aí nada.

Ela bate com a mãozinha na testa.

— *Oj!* Nada?
— Nada.
— Nem mesmo o nome dele?
— Nada.

Mas a sensação não é de nada. A cada dia que estou aqui, a visão da cidade que Nela me prometeu encolhe e recua constantemente, ultrapassada pelas rotinas e obrigações diárias que carrego como uma pedra da casa de Irena para a de Pani Bożena, para o Stash's e de volta para a casa de Irena. Mas hoje à noite, pela primeira vez desde que cheguei embaixo do toldo apagado e cinzento da estação de trem, sinto o atrito da pederneira contra essa pedra, uma pequena centelha de possibilidade, e é o suficiente para iluminar a cidade de contos de fada de que Nela me falava — a filigrana delicada de ruas, as cornijas brilhantes dos edifícios, os postes de luz que se estendem até Królewska como formações de vaga-lumes, mostrando o caminho para a casa de Irena.

5
Czesław

Os pais de Anielica preocupavam-se com o silêncio aparente de Pombo em relação à filha deles. O acerto que haviam feito com Pombo no verão lhe dava direito a pedir praticamente qualquer coisa, e eles concordavam com os demais habitantes da Meia-Aldeia que a transformação do casebre Hetmański certamente valia uma filha caçula, até mesmo uma tão bela quanto Anielica. Mas como o verão terminava e ele não fazia proposta decisiva alguma, os pais começaram a recear que ele nada fosse pedir em troca, que talvez tivesse mudado de ideia após observá-la de perto, que talvez os boatos espalhados pelo vigésimo sétimo residente da Meia-Aldeia de que o rapaz realmente estivesse atrás da companhia de Władysław Jagiełło fossem verdadeiros.

Então Pan e Pani Hetmańska decidiram agir, inventando mais desculpas para mandar Anielica ao quintal e arranjando mais pretextos para chamar Władysław para dentro de casa, pois com certeza não havia um rapaz mais trabalhador nem um futuro marido mais confiável do que Pombo em todas as aldeias vizinhas. Quando se acrescentava essa pergunta às pesquisas, os vizinhos concordavam plenamente.

Enquanto os Hetmańskis e os outros habitantes da Meia-Aldeia estavam todos de acordo em relação a Pombo, a família dele se dividia quanto a Anielica, nove para um — ninguém jamais contou o voto de Jakub. O pai e as irmãs de Pombo eram muito favoráveis à união, tanto que haviam liberado Pombo de suas tarefas e obrigações durante todo o verão. Sua mãe era contra. Nada tinha contra Anielica ou os Hetmańskis pessoalmente. Eles moravam a dois morros e três vales dali afinal de contas, e ela só sabia o que o filho lhe contara sobre eles. Mas como quase todas as mães de aldeia, ela sempre desejara que o rapaz fosse padre, cuidando dos interesses da paróquia a vinte metros de sua porta.

Andara lhe plantando esta ideia na cabeça desde que Pombo era bebê, e embora ele a tivesse considerado por um tempo, aos treze anos acostumara-se a brincar com a mãe dizendo que tinha um nariz muito protuberante para prostrar-se diante do altar na cerimônia de ordenação.

— Se é muito grande para se prostrar diante do altar, então também é muito grande para beijar uma moça sem provocar uma concussão.

— Às vezes, de um grande sofrimento, vem um grande amor — respondia Pombo.

— Você lê muito — cortava a mãe.

Pombo, na verdade, tinha pensado muito nessa eventualidade, do encontro de seu nariz com o dela. Seu nariz, que era torto e nodoso como um carvalho crescendo em direção a uma abertura inconstante no dossel da mata, e o dela, que era reto como um pinheiro, comprido e aristocrático, realçando as maçãs salientes e os longos cílios. Sem aquele nariz, ela seria apenas uma aldeã bonitinha, florescendo tão fugazmente quanto a edelvais no chão da floresta; com ele, sua cara se elevava à de uma beldade imponente e lendária que entraria para o folclore das aldeias vizinhas. "Bem, ela certamente não era a Anielica da cidade" e "Quem você acha que é, moça? Anielica Hetmańska?" são apenas alguns dos adágios que ainda hoje podem ser ouvidos na região.

Pombo, que não se deixava esmorecer com nada, certamente não se intimidou com desafios nasais. Afinal de contas, incontáveis gerações de poloneses conseguiram procriar apesar dos narizes. Não, sua hesitação tinha um motivo mais profundo. Pombo já não pensava como garoto, mas sim como homem — isto é, com o cérebro finalmente deixando seu pinto alguns passos para trás. Mesmo depois que Anielica começou a lhe deixar bilhetes — amassados dentro de nós na madeira, debaixo de montes de pedras —, ele ainda temia cometer um erro. Então esperou e trabalhou, esperou e trabalhou até ser impossível interpretarem equivocadamente a sinceridade de suas intenções.

Finalmente, perto do fim de julho, era hora de agir novamente. E, embora não fosse uma pessoa de pedir permissão, pela segunda vez, vestiu as melhores roupas formais, pegou emprestados os sapatos de casamento do pai e apareceu à porta dos Hetmańskis (que ele entalhara), olhando nervoso para as janelas (que ele construíra), seus sapatos percutindo no caminho de pedra (que ele assentara). Tinha a cara rosada de tão esfregada, os tufos de cabelo alisados com banha na testa, da melhor maneira possível.

— Que diabo! Quem é *esse*? — gritou Pani Hetmańska da pia da cozinha (que Pombo instalara).

— É Pombo! — gritou Anielica agitada, abrindo as persianas internas (que Pombo fizera) para ver melhor.

Pan Hetmański, que começara a considerar Pombo um segundo filho, e só desejava ter estado por perto quando ele nascera para lhe dar um nome mais imponente, abriu a porta e saudou-o calorosamente.

— Pombo! O que o traz aqui num domingo?

— Por favor, Pan Hetmański, meu nome de batismo é Czesław.

— *Czesław*? — ecoou a casa inteira atrás de Pan Hetmański, e Pombo ouviu risadas atrás da porta.

— Numa ocasião dessas, desejo falar como homem e não como pássaro, especialmente um que deixa indiscriminadamente sua marca por toda parte.

— Compreendo — disse Pan Hetmański, contendo um sorriso —, Czesław.

Ouviram-se mais risadas atrás dele.

Pombo pigarreou.

— Eu ficaria muito grato se o Pan me permitisse acompanhar sua filha à igreja hoje de manhã. Na frente do Pan e de sua mulher, claro.

Pan Hetmański entrefechou a porta e fingiu hesitar quanto ao pedido, enquanto, atrás dele, sua mulher e sua filha sussurravam. Quando o silêncio se estendeu muito, elas até lhe atiraram uma almofada e depois um repolho nas pernas por trás, esperando apressar sua resposta.

— Eu permito — finalmente concordou Pan Hetmański. — Com Władysław Jagiełło como acompanhante.

Mais tarde, na festa de casamento, alguns diziam que Pan Hetmański fora ingênuo de deixar Władysław Jagiełło, de dezessete anos, encarregado de seu bem mais valioso — a reputação da filha. Após meses de observação impaciente da relação hesitante, porém, Pan Hetmański decidira que esta precisava era de menos lenha e mais atiçamento. Ultimamente ele também andava preocupado com a recusa do filho em assistir à missa, com sua insistência de que podia rezar melhor sentado embaixo de um pinheiro no bosque do que num banco de pinho numa igreja escura. E embora Pan Hetmański tivesse mostrado uma paciência comedida em relação a isso também, permitir que Władysław Jagiełło acompanhasse Pombo e Anielica à missa apresentou-se como a solução perfeita. Era uma forma de matar dois coelhos com uma cajadada só. De comer o carneiro e ter a lã também.

— Obrigado, Pan, muito obrigado — disse Pombo. — Vou esperar lá fora até Panna Anielica e Władysław Jagiełło estarem prontos.

— Pombo... há... Czesław?

— Pan?

— Normalmente, só depois da construção de um muro e um caminho de pedra é que autorizo que levem minha filha para passear. — Sorriu. — Para referência futura.

— Mas, Pan, depois da primeira semana, eu sabia que um passeio não era a única coisa que eu pediria — disse Pombo, sorrindo —, e o inverno já vai chegar.

6
À venda

Toda sexta-feira à tarde, Pani Bożena me dá duas notas novinhas de vinte dólares. No fim da minha primeira semana, isso parecia uma fortuna e, quando ela me estendeu o dinheiro, quase furei as mãos dela com o olhar. Na aldeia, nunca fomos tão pobres como nossos vizinhos e, se precisávamos de dinheiro, ele sempre aparecia. Mas a não ser em seu trabalho na agência dos correios e pagando os ingressos para o cinema em Osiek, eu quase nunca via Nela tocar num złoty. Em geral, trocávamos coisas. Nela consertava as roupas de Pani Konopnicka em troca de um suprimento constante de ovos frescos, leite e manteiga, costurava e bordava a roupa branca para a igreja em vez de doar dinheiro na *kolęda*, e depois, uma vez por ano, durante a estação do abate, fazia um bom vestido para Pani Walczak e ganhava três ovelhas em troca. Três ovelhas. Nela costurava muito bem.

Então, quando Pani Bożena reconheceu minha surpresa naquela primeira sexta-feira, um sorriso de satisfação se abriu em seu rosto, e desde então, toda sexta-feira à tarde, ela entra no papel de patroa benevolente, uma variação da grande dama.

— Tem certeza de que isso basta? — pergunta.

— Sim, Pani Bożena, é mais do que generoso.

Ela sorri para mim.

— E por que não sai mais cedo hoje? Vá, você merece.

— Tem certeza de que não tem mais nada para eu fazer?

— Não, não. Estarei bem sozinha no fim de semana. E me faz bem viver em condições primitivas de vez em quando.

— Tem certeza?

— Sim, claro. Vá. Aproveite o sol enquanto é moça. Não que eu seja velha, naturalmente. Já viu dentes assim numa pensionista? — Ela ri para mim. — Todos meus.

Balanço a cabeça obedientemente.

— Não, nunca.

Ela sempre segura as notas até o fim. Apresenta-as a mim como se elas fossem o prêmio da Toto Lotek, e eu, por minha vez, pego-as da mão dela como se fossem uma bomba-relógio.

Há tanta coisa em liquidação agora. As vitrines que margeiam o caminho para minha casa parecem a casa de Pani Bożena numa escala maior e de mais bom gosto, como se a cidade inteira pudesse um dia implodir num monte de sapatos Adidas, gravadores de videocassete, filmes Fuji, batons, tabuleiros de xadrez, relógios de pulso, óculos escuros, cigarros, gomas de mascar Wrigley e chocolates Lion. A maioria das pessoas na rua está levando para casa os envelopes de pagamento nos sapatos, as pessimistas mancando, as otimistas num passo mais lépido, e sei que todas elas também se sentem tentadas. Na segunda-feira após o meu primeiro pagamento, uma quantidade de dinheiro tão grande me escorrera por entre os dedos que só pude contribuir com um pedacinho de queijo amarelo para a geladeira de Irena, e naquela semana toda comi meus *kanapki* envergonhada, usando meias fatias de presunto e cortando o queijo mais fino do que eu cortava em casa.

Desde então, tomo cuidado para não gastar. Desvio dos manequins nas vitrines na praça Szczepański. Prendo a respiração ao longo da rua do Sapateiro, onde os aromas dos *kebabs* e das batatas fritas se misturam no ar. Passo pé ante pé pela drogaria alemã com suas fotos gigantes de caras e traseiros impecáveis e suas vendedoras de jaleco e com os cabelos cuidadosamente presos. Troco apenas uma das notas de Pani Bożena às sextas-feiras, e só depois de passar pelo desafio das lojas e quiosques na Rynek. A outra nota vai imediatamente para baixo do colchão, juntamente com o dinheiro que ganho no Stash's. Dizem que há tantos dólares americanos guardados embaixo de colchões na Polônia que poderíamos levar a América à falência se gastássemos como loucos tudo de uma vez só, e às vezes parece que é exatamente o que está acontecendo quando passo pela fila que se estende pelo quarteirão em frente à loja da Adidas.

Mas em um mês, consegui poupar quase cem dólares. O suficiente para alugar um quarto de uma *babcia* numa pensão, mas não para ter o meu apartamento e comprar a minha comida, nem mesmo a menor *garsoniera* em Huta.

Atravesso as Aleje com cuidado no meio de uma multidão e vou ao meu *kantor* habitual, uma barraca administrada por uma mulher e seu marido na praça dos Inválidos. Por alguma razão, está fechada, e em vez de atravessar de volta as Aleje, encontro outro em frente ao parque da Liberdade. A mulher atrás do vidro já viu todos os esconderijos e nem se altera quando me vê meter o maço de złote no sutiã. Mas, meia quadra depois, os cantos já me espetam o peito, e me enfio num beco estreito para arrumar. É só um beco comum, com panfletos e avisos fúnebres colados de ambos os lados; há centenas ligando ruas e pátios pela cidade. Mas neste, a meio caminho, há uma porta vermelha de aço e um pequeno cartaz vermelho, que mal se nota. Kino Mikro. O único outro indício de que é um cinema é um pedaço de papel com o horário da programação do mês xerocado em letras miúdas.

Leio o horário enquanto estou ali parada e arrumo os złote no sutiã. Não há nenhum dos *blockbusters* americanos passando no Kino Kijów nem no Wanda nem no Uciecha, nenhum dos filmes de ação e nenhuma das comédias românticas com "final feliz". Em vez disso, o horário é aflitivamente parecido com os avisos fúnebres a alguns metros dali. Todos os filmes esquecidos: pequenos, antigos, independentes e internacionais. Ainda hoje, poderei ver Roberto Benigni tropeçar nos próprios pés cem vezes e mesmo assim ficar com a mocinha. Se vier amanhã, posso ver Gregory Peck e Audrey Hepburn andando de Vespa pelas ruas de Rzym. Semana que vem, posso ver filmes alemães e franceses sem nenhum soldado nazista, musicais indianos com trajes tremulando na tela como bandeiras, filmes sul-americanos onde cada cena se inicia na cama de outra pessoa, e os velhos filmes de guerra soviéticos, que não passam sequer em Osiek desde que os comunistas foram derrubados pelo voto popular há três anos.

O primeiro filme que vi na vida foi um soviético de guerra, um dentre as centenas de outros com o mesmo enredo básico que eram reprisados constantemente em centros de juventude pela Europa Oriental naquela época. Não me lembro do nome. *Vitória em não sei quê*. Um grupinho de russos louros de olhos azuis filiados ao Komsomol fazendo seu treinamento de verão na floresta é obrigado a virar *partisan* e termina derrotando toda uma companhia alemã com uma pedra e um pedaço de barbante, e um único Kalashnikov. Algo assim. O enredo não era importante. Mas lembro-me da sensação que tive naquele dia, depois que os komsomols mataram o último nazista e a plateia começou a aplaudir. Não porque os russos haviam vencido, claro, mas porque os alemães haviam perdido. E lembro-me da nostalgia que senti ao sair do centro da juventude, decepcionada por ir para casa.

Nos dez anos seguintes, Nela e eu íamos quase todo domingo à tarde. Quando a artrite a venceu, eu fazia a viagem semanal a Osiek sozinha, voltando à tarde para narrar minha versão do filme, reconhecendo os atores da enciclopédia de cinema que viera num dos pacotes de auxílio e dos tabloides em papel cuchê que haviam começado a aparecer em quiosques antes que as cadeiras dos comunistas tivessem sequer esfriado. Depois do *liceum,* eu até trabalhei lá.

O cinema em Osiek foi um dos milagres da minha infância. Ali, eu podia sair da vida durante duas horas preciosas e colar o nariz em quartos e escritórios de estranhos completos, estranhos cujas caras não eram arranhadas nem amassadas pela vida, que se zangavam rápida e articuladamente, deixando pegadas perfeitas quando se retiravam. Mães que não morriam. Pais que não brigavam com avós nem bebiam até cair nem construíam paredes de pedra no meio das salas de estar, exilando as filhas do outro lado. Filhas que se sentiam no lugar delas.

Abro a porta com cuidado e entro, depois vou seguindo as indicações pelo corredor escuro até uma sala na penumbra com os mesmos lambris de madeira e lustres de plástico do centro da juventude em Osiek. Mas não há um balcão adequado, nenhuma proteção de vidro, nenhuma abertura para passar o ingresso. Só há uma moça, sentada no canto numa cadeira dobrável.

— Gostaria de comprar um ingresso? — pergunta a moça. — O primeiro filme começou agora. Ainda é o preço especial da matinê, e você pode ficar para as outras exibições.

— Quanto?

— Seis mil złotych.

Só seis mil złotych. Sucumbo.

Fico para a matinê. E o segundo filme. E o terceiro. As silhuetas a minha volta tornam-se familiares. As precárias fileiras de cadeiras e o assoalho estalante amplificam cada mexida, cada espirro e cada suspiro de modo que quando alguém se mexe, todos nos mexemos; quando alguém se emociona, todos nos emocionamos. Nos intervalos, entreouvimos as conversas do parque, filtradas pelas cortinas de veludo vermelho das janelas abertas.

No fim, Henryk e Anna decidem se mudar para Estocolmo e continuam apaixonados. Alfredo se lembra de Toto antes de morrer. Roberto Benigni tropeça e mesmo assim ganha a mocinha. E o tempo inteiro, quase sinto Nela sentada ao meu lado, o calor de seu corpo, a maciez de sua gola de pele em que eu esbarrava sem querer. Depois de três filmes, estou com a *dupa* dormente e os olhos sonolentos, mas não quero ir embora. Fico ancorada na cadeira até a sala esvaziar e a bilheteira meter a cabeça lá dentro.

— Esse foi o último — diz ela.
— Eu já estava saindo.

Não quero sair.

A noite está quente, então volto a pé para a casa de Irena em vez de tomar o bonde. Adoro a sensação que fica depois dos filmes, o halo de esperança e idealismo que nos acompanha quando saímos do cinema. O mundo se abre, os sonhos ficam tão próximos que parece que dá para tocar neles, e tudo é possível. Penso no *klarnecista* do Stash's. Tadeusz. Kinga indagou para mim. É um nome de outro século. Um nome épico. Nela já lia a história para mim antes mesmo que tivéssemos que decorar trechos dela para a escola, e se divertia ao ler sobre Pan Tadeusz e Zosia e o caso de amor que sobreviveu à guerra brutal, a inimizades de família e a doze capítulos de pentâmetros iâmbicos.

Quando chego à rua de Kazimierz, o Grande, olho para a janela da sala para ver o que Irena está fazendo. Já sei o código — se a janela estiver escura, ela está ou dormindo ou com enxaqueca; se estiver pouco iluminada, ela está lendo uma das revistas de notícias; se estiver muito iluminada, está lendo a letra miúda dos jornais satíricos de que gosta; se estiver piscando, tenho certeza de encontrá-la ali assistindo à televisão. Hoje, está piscando, e, de fato, Irena está sentada na sala assistindo a suas retrospectivas.

Fico em pé na porta da sala. A luz de Magda está acesa do outro lado do corredor, e ela ouve Elektryczne Gitary no toca-fitas. É a música engraçada que a gente ouve em toda parte atualmente, a do cara no ônibus com a folha no cabelo que ninguém se dá ao trabalho de mencionar.

— O que está vendo? — pergunto a Irena.
— Um documentário sobre Katyń.
— É uma batalha?

Ela me olha espantada.

— Nunca ouviu falar em Katyń?

Encolho os ombros.

— O massacre na floresta de Katyń? A brutalidade soviética em Katyń?

Fica dizendo isso de várias maneiras, esperando refrescar minha memória.

Balanço a cabeça.

— Eles não lhe ensinam nada nas montanhas? Isso é o mesmo que dizer que você nunca ouviu falar em Wałęsa.

— É o eletricista? — rio.

— Já não sei se você está brincando ou não, não mesmo. Como é possível você não ter ouvido falar de Katyń?

— Eu lhe disse, Nela nunca contava essas histórias.

— Mas essa não é só mais uma história triste. É nosso passado. Sem isso, não temos nada. Não acredito que você nunca tenha ouvido falar.

— Se todo mundo sabe tanto sobre isso, por que precisam fazer um documentário?

Ela olha para mim, piscando, observando sem acreditar enquanto mergulho num desfiladeiro de ignorância inteiramente novo.

— Minha pequena *góralka* ingênua. Há uma enorme diferença entre *saber* uma coisa e ter a liberdade de *falar* sobre ela. Ufa!

Ela bate a mão na minha direção e volta a atenção para a televisão.

Sento-me na cadeira ao lado da porta. Olho para o quadro em cima do televisor. A tela, maior do que qualquer outra coisa na sala, é de um azul vivo, destacando-se em meio aos marrons e laranjas do resto da mobília. Duas figuras imaculadamente brancas volteiam e se esquivam entre as sombras azuis, uma em forma de mulher, a segunda, menor, mais repetida, como se tivesse mais energia.

— Onde esteve hoje à noite afinal? — pergunta Irena, os olhos ainda na televisão.

— Vendo um filme.

Ela me olha através dos óculos, segurando-os num dos lados porque uma haste quebrou e ela considera um desperdício comprar um par novo.

— Um?

— Na verdade três.

— Com mais alguém?

— Sozinha.

Irena balança a cabeça. Na Cracóvia de Irena, não há teatros, cinemas, restaurantes ou cafés, nem tentações de visitar qualquer um deles. Na Cracóvia de Irena, não há nada senão bondes e barracas de legumes, agências postais, edifícios e, de vez em quando, uma lanchonete.

— Eu sei, eu sei. Sou uma *głupia panienka* por gastar todo o meu dinheiro.

Já ouvi Irena fazer o sermão para Magda: só se pode comer uma refeição por vez, só se pode dormir numa cama, só se pode sujar uma calcinha...

— Para sua informação, eu não ia dizer nada disso. Afinal, se você não puder gastar uns złote no cinema quando é jovem, para que serve a juventude? *Głupstwa są najpiękniesze.* As coisas bobas que a gente faz na vida são as mais bonitas.

— Não é isso que você diz para Magda.

— Você não é Magda. Magda precisa aprender a ter responsabilidade. Você precisa aprender a beleza das bobeiras. — A música no outro quarto para. — Você trabalha, trabalha, trabalha a semana inteira, e para quê? Para ficar sentada com umas velhas e ir ao cinema sozinha. Você não sai, não vai paquerar os rapazes...

— Nem você.

— É diferente. Eu sou velha. Meu livro já está fechado.

— Você não é velha. Tem cinquenta anos.

— Cinquenta e dois — diz ela.

Magda surge do quarto vestida para sair. Fica parada diante do espelho do corredor, se arrumando.

— Vai sair agora? — pergunta Irena. — Os bondes já vão parar de circular.

— Os táxis não.

— Vejo pelo jeito como você está vestida que vai sair com aquele *alfons.* — Aquele cafetão.

Magda não diz nada.

— O que foi? O gato comeu sua língua? Por que não sacode essa sua *dupa* e vê se sai uma frase?

Magda puxa as pálpebras e verifica se tem batom nos dentes.

— Se está olhando para minha *dupa*, deve então ter visto minhas calças novas. Aquele *alfons* comprou-as para mim. O suéter também. Simpático, não?

Ela gira nos calcanhares.

— Ah, as calças estão ótimas. É a sua cabeça que precisa de ajuda. Já esqueceu que falta menos de um mês para sua prova?

— Só trabalho e nada de diversão...

— Só diversão e nada de trabalho...

Ela se encosta no marco da porta e faz pose, afofando o cabelo com os dedos e franzindo os lábios de forma sedutora.

— *Mamo*, me empresta um *stówka*.

— Um *stówka*? Quem você pensa que eu sou? O Vaticano? Já lhe dei dinheiro segunda-feira. E só dei porque você me disse que iria responder às cartas dos turistas.

— Tive que pagar mais exames ao médico.

— Em vez de ir ao médico, talvez você devesse ir a um psiquiatra.

— E tive que comprar um livro para a escola.

— Não se incomode. Você não vai passar — diz Irena. — Talvez você devesse simplesmente largar os estudos e começar a cobrar por essa sua *dupa*.

— Talvez eu comece.

— Por quilo. Vai ganhar mais.

— E já que estava só olhando para minha *dupa*, pode ser minha primeira cliente. — Estende a mão. — Stówka, por favor.

— Acha que sua *dupa* vale um *stówka*? Por que não está estudando hoje à noite?

— Estudei o dia inteiro.

— Não adianta nada estudar o dia inteiro se sai à noite e toma um porre. — Irena balança a cabeça. — Você nunca será promotora. Nem sei por que gasto a minha saliva.

Tão logo Irena diz isso, vejo a cara de Magda se contrair, os ossos subindo à superfície, a testa franzindo. Ela pega a jaqueta e a bolsa e bate a porta da frente ao passar, os calcanhares deixando um rastro de ecos na escada de concreto.

Levanto da poltrona.

— Acho que vou me deitar.

Confie em mim, Baba Yaga, é para o bem dela.

— Desculpe?

— Sei que acha que estou sendo dura, mas só estou tentando motivá-la.

— Não falei nada, Irena.

— Não precisava. Vejo nos seus olhos. Mas estou lhe dizendo, é a única coisa que funciona com ela. Grave o que eu digo, seja qual for a hora que essa menina chegar em casa hoje, ela vai fazer questão de acordar cedo amanhã para estudar mais do que estudou no mês todo. Só para mostrar que estou errada. — Ela se distrai com a televisão, com as imagens em preto e branco de florestas e oficiais passando na tela. — Grave o que eu digo.

7
Não é preciso começar falando do massacre em Katyń

Anielica ficou tão elétrica com o passeio que se vestiu para a missa mais depressa do que nunca, e sua mãe foi despenteá-la para que ela demorasse arrumando o cabelo e não parecesse tão ansiosa. Quando ela finalmente apareceu atrás do irmão à porta, Pombo sentiu um frio no peito mais ou menos como uma saudade, embora estivesse apenas a alguns segundos e alguns metros dela. Levantou-se do banco sem jeito, sem a graça que tinha quando rachava lenha ou amontoava pedras, e distraidamente passou a mão no cabelo, tentando alisá-lo. A banha derretera ao sol, e ele ficou com a mão toda sebosa, depois virou-se e abaixou-se até encontrar uma planta adequada para limpar-se.

Anielica sorriu para ele, que balançou a cabeça ligeiramente em reconhecimento.

— Ei, Czesław — disse Władysław Jagiełło, rindo.

— Fique quieto, irmão — repreendeu-o Anielica. — Quem é você para fazer piada sobre nomes?

Foram descendo para Pisarowice, a aldeia no vale onde ficava a igreja. Em geral, era mais fácil descer direto por uma das depressões escavadas na pedra pelo degelo da primavera, mas Władysław conduziu-os por uma trilha que serpeava pela vertente, descendo suavemente. Era a descida menos eficiente, mas Pombo estava agradecido tanto pelo tempo a mais com Anielica como pelo trajeto fácil de percorrer. Não estava habituado aos sapatos, e sentia as marcas dos pés do pai apertando desconfortavelmente seu dedinho e seu calcanhar cada vez que encontravam até mesmo o mais ligeiro declive. Deixou Anielica ir na frente na trilha estreita, e, ao ver suas saias ondularem, tocou no maço de bilhetinhos dela que ele carregava no bolso de trás como se fossem um baralho de tarô prevendo seu futuro.

Władysław Jagiełło ia bem à frente deles na trilha, dando-lhes privacidade e entretendo-se com os padrões das folhas, as florezinhas miúdas no chão, o canto dos pássaros nas árvores. Mas Anielica e Pombo ainda não conversavam, em parte por causa da timidez dele, mas principalmente porque tudo que precisava ser decidido entre eles já fora decidido na privacidade de seus corações isolados.

Qualquer pessoa na Polônia lhe dirá que na floresta a magia pode surgir de onde menos se espera. Você poderia estar andando numa trilha coberta de mato e, de repente, se deparar com Baba Yaga e sua cabana construída sobre pés de galinha, ou se ver cercado de fadas cantantes ou corvos falantes ou ogres carnívoros. Na verdade, naquela tarde, enquanto eles vinham descendo o morro, ziguezagueando pela "descida mais ineficiente jamais empreendida da Meia-Aldeia a Pisarowice", algo mágico aconteceu, sim. Os pássaros começaram a cantar, não cantos de pássaros, mas sim canções infantis sobre espíritos na floresta, amantes desafortunados e reis há muito falecidos. Pombo, que andara sonhando acordado novamente com narizes, não viu quando Anielica parou de repente, e colidiu com ela, instintivamente indo segurá-la e terminando com seu seio farto na mão. Desculpou-se profusamente, as primeiras palavras coerentes que lhe dissera, mas ela só ficou com o olhar parado, uma expressão de medo e confusão estampada na cara. Ele acompanhou seu olhar pela trilha e deparou-se com o vulto de uma moça com uma blusa branca e uma saia florida, o cabelo escuro e cacheado preso num coque confuso.

— Santa Periquita! — murmurou Anielica, o palavreado mais forte que já usara.

Mas Władysław Jagiełło dirigiu-se sem medo para a moça e envolveu-a nos braços. Foi só então que Anielica reconheceu-a como a menina judia de um dos *shtetls* vizinhos. Anielica não se lembrava de seu nome, mas sabia que era um ou dois anos mais velha que ela e tinha um irmão. A moça estava bem mais adiante, mas reconheceu Anielica também, e quando acabava de levantar a mão para acenar, Władysław Jagiełło, na tradição dos grandes reis, levantou-a, levou-a ao ombro e correu para a mata.

Anielica e Pombo se entreolharam. Aguardaram em silêncio, esperando que eles reaparecessem a qualquer momento, mas os minutos se passavam e Pombo trocava de pé, os pés sufocando dentro dos sapatos.

— O que devemos fazer? — perguntou finalmente Anielica.

— Vamos ter que esperar. Não podemos aparecer na igreja desacompanhados.

Pombo começou a colher ramos de samambaia e a espalhá-los sobre uma tora, o lado dos esporos para baixo para que não lhes sujassem as roupas.

Anielica sentou-se no ninho de samambaias, e Pombo sentou-se ao lado dela, afrouxando os cadarços dos sapatos. O maço de bilhetes em seu bolso lhe comprimia o traseiro, e ele tornou a tocar neles para se tranquilizar. Anielica corou.

Ele havia encontrado o primeiro cuidadosamente enfiado numa rachadura do cabo de sua machadinha, e o segundo metido no balde de breu de pinho que ele estava usando para recobrir a corda de calafetar. Encontrara quase um bilhete por dia durante o mês seguinte, e quando não havia um a sua espera em algum lugar no trabalho, ficava decepcionado. Adorava esses bilhetes. Não eram bilhetes de amor comuns, no sentido de que não procuravam captar nem identificar qualquer emoção. Em vez disso, eram segredos simples, pequenos a princípio, coisas que os pais e o irmão dela talvez soubessem, girando mais perto de seu coração conforme o maço ia terminando. Ele decorara todos.

PERDI O SEGUNDO MOLAR
INFERIOR DO LADO DIREITO.

ADORO LER.

QUANDO ACORDO, NÃO CONSIGO ADORMECER DE NOVO.

NUNCA FUI À CIDADE.

GOSTO DE AJUDAR MEU PAI A FAZER
LICOR DE AMORA.

DOU NOMES PARA NOSSAS OVELHAS.

NÃO GOSTO DO MEU NOME.

Quando eu era pequena,
queria ser cigana.

Quando quero ficar só
vou para o antigo campo das ovelhas.

Choro quando meu pai mata as ovelhas.

Eu odiava nosso casebre velho.

Às vezes leio livros que
não agradariam a meus pais.

Quando eu for mãe,
não quero ser severa como a minha.

Adoro ver você trabalhar.

Eram pedacinhos de sua mente, pacotes discretos de pensamento, mas quando passados a outra pessoa, tornavam-se meias conversas, cortadas no meio, esperando pacientemente para serem completadas. Nos próximos anos, a Resistência usaria um método semelhante para identificar parceiros e colaboradores na clandestinidade, decorando meios diálogos e rasgando ao meio cartões-postais com cenas de sua nação amada mas inexistente, as metades reunidas por ocasião do encontro.

Pombo respirou fundo. Estava suando, com o topo da cabeça e a sola dos pés palpitando. Havia muito a considerar. Tantos atos importantes haviam substituído as primeiras palavras, e agora parecia impossível encontrar as palavras que tivessem o mesmo peso do que já fora feito, do que já fora sentido. Quando você conhece uma moça no mercado ou numa clareira, ou depois da missa, as primeiras palavras não têm importância nenhuma. Podem ser claras e transparentes como perguntar sobre o caminho ou o tempo ou a saúde ou um conhecido comum. Como dizem agora: "Não é preciso começar falando do massacre em Katyń." Mas isso foi ainda um ano antes de Katyń, e, sentado na tora ao lado de Anielica, Pombo de repente sentiu o peso da beleza ímpar dela, o verão de trabalho na casa, a aprovação dos Hetmańskis, sua amizade com Władysław Jagiełło e o bolso cheio de segredos. Amaldiçoou-se em silêncio por não ter falado com ela da primeira vez que a viu no Velho Morro Pelado. Então engoliu em seco, respirou fundo e começou.

— Então, você perdeu o segundo molar inferior do lado esquerdo?

Ela fez que sim.

— É mesmo? Eu também perdi um. Bem aqui — disse ele, afastando o lábio até ela ver o buraco.

Ela corou e sorriu. O silêncio da mata mais uma vez ameaçava descer sobre eles, e ambos se mexeram constrangidos na tora.

— E aqui tem outro que está prestes a ir embora. — Pombo afastou o lábio do outro lado, mostrando uma raiz preta e podre. — Minha mãe diz que é por não os limpar — disse, e rapidamente acrescentou: — Mas eu limpo. Limpo todos os dias. Não quero que pense que não limpo.

De repente, ouviu-se o que parecia um pio de coruja no meio da floresta. Ambos ficaram paralisados, o constrangimento se transformando em alerta, até entenderem a fonte do barulho. Pombo corou e olhou para o chão, e, quando ergueu os olhos, Anielica estava com o sorriso que selou o destino dele, não o destino que sua mãe planejara para ele, mas um igualmente místico. No fim, o vínculo deles seria a única coisa na Meia-Aldeia que resistiria aos nazistas, aos comunistas, aos capitalistas e, mais imediatamente, à queda e à ascensão de Władysław Jagiełło, que começaria naquela manhã.

8
Vampiro, Puta, Pesadelo, Bruxa, Piranha, Cara de Sapo, Vilão, Diabo, Filho da Puta, Escroto, Hooligan e Meio Morta

Quando acordo, Magda ainda dorme. Irena bate panelas na cozinha, fazendo comida para os gatos. Há doze deles morando no pátio, mas só reconheço Hooligan e Meio Morta. Meio Morta porque é muito magra e sarnenta, Hooligan porque tem um lencinho de pelo branco apontando para o queixo. Os outros são lustrosos e pretos, e Irena vive preocupada com a possibilidade de que sejam raptados para sacrifícios em cultos. Ou isso ou se eles contraírem aids felina, o que também anda no noticiário ultimamente. Essas coisas surgiram depois que os comunistas foram embora, conta-me Irena. Não havia cultos nem aids em Cracóvia antes deles, diz ela, não havia crime nem mendigos, e havia um corpo de bombeiros.

— Mas pensei que você protestasse contra os comunistas.

— Ora. Isso foi antes de eu descobrir que os capitalistas não passam de comunistas sem o poliéster.

Ela está de pantufas, em pé diante de um punhado de fígados e rins cortados grosseiramente, cozinhando numa panela. Joga um bolo de macarrão cozido que acabou de tirar da geladeira, e a mistura chia e respinga nela ao ser mexida com uma colherona de alumínio. Espremendo-me para passar por ela, vou à geladeira e começo a pegar os ingredientes para nossos *kanapki*. Irena me diz para não comprar mais comida, mas continuo comprando, e a geladeira está quase explodindo, cheia de queijos amarelos e brancos, presunto e iogurte.

— Ouviu Magda chegar ontem à noite?
— Não.
— Deviam ser três ou quatro da manhã.
— Não ouvi.
— Como pôde não ouvir? Ela foi esbarrando e tropeçando em tudo até chegar ao quarto.
— Acho que não acordei.
— Não sei como. — Irena apaga o fogo e divide a mistura em quatro tampas de margarina. — Ah, não se esqueça de mudar suas coisas para a sala hoje. Abri espaço para você no guarda-roupa.
— Tudo bem.
— Se quiser, pode ficar com o sofá de dois lugares.
— O somiê está bom.
— E me abra a porta quando eu voltar, sim?
— Aham.

Ela leva a comida para o pátio como faz toda manhã. Ouço a porta de entrada bater lá embaixo e vejo-a da janela atravessando o pátio e se encaminhando para a casinha do lixo, pousando a comida perto da cerca de tela desfiada.

— *Psh-psh-psh-psh-psh-psh-psh...* Vam-pi-ro — cantarola, e sua voz sobe quatro andares. — *Psh-psh-psh-psh-psh-psh-psh...* Pu-ta.

E Vampiro, Puta, Pesadelo, Bruxa, Piranha, Cara de Sapo, Vilão, Diabo, Filho da Puta, Escroto, Hooligan e Meio Morta aparecem um por um formando uma ilha apertada a seus pés, o pelo preto reluzindo como um barril de vinho fundo. É uma cena tocante sem a trilha sonora, sem Irena xingando os gatos quando pousa a comida, sem seus resmungos para os seus botões quando volta para o apartamento.

— Esses gatos *pieprzone*. Gasto todo meu dinheiro com esses gatos *pieprzone*. Os Piekarskis, os Brzezińskis, eles são capazes de gastar o dinheiro deles em mobiliário novo e *remont*. Você conhece os Brzezińskis. O homem simpático de cabeça branca do andar de cima. A filha deles acabou de se casar com um holandês patologista ou filantropo ou filatelista ou coisa assim. Reformaram o apartamento inteiro com os proventos. E não consigo sequer fazer com que a minha se levante da cama. — Ela dá uma olhada na cozinha exposta pela luz inclemente da manhã, no pequeno trecho de ladrilho deformado justo embaixo da janela, na pia de porcelana lascada meio bamba na bancada e no carpete surrado marrom no hall de entrada. — Estão me esgotando. — Mas não sei se ela se refere a Magda ou aos gatos ou a ambos.

Ela pesca um fósforo meio queimado na lata ao lado da pia e rouba uma chamazinha azul do fogo da caldeira. Acende o fogão e bota a chaleira no fogo, e aí para pra ouvir. O único ruído no apartamento é o da faca na tábua enquanto fatio o queijo.

— Shhhh... — diz Irena, levando um dedo aos lábios.

Paro. Irena franze o cenho um instante, tentando escutar, depois balança a cabeça.

— Aquela *głupia panienka* — diz, e começa a passar manteiga no pão. — Seria capaz de passar pelo purgatório dormindo.

Termino de fazer os *kanapki*, e Irena joga um saquinho de chá no meu copo. Sentamos nos tamboretes bambos no corredor da cozinha.

— Ela nunca vai passar nessa droga de exame. E provavelmente também vai falhar nos exames de recuperação em setembro. Preguiçosa, preguiçosa, preguiçosa, e bota preguiçosa nisso. Não sei por que ainda me importo. Ela vai acabar trabalhando em loja ou em bar, ou sendo a moça dos cigarros ou de qualquer outra coisa.

Dá uma mordida no *kanapka* e metade dele desaparece.

— Mas Irena, eu trabalho em bar.

— Mas você está começando — diz com a boca cheia —, e não terminando a vida nessa atividade. Essa é a diferença.

Irena fica olhando para a parede entre a cozinha e o quarto de Magda enquanto termina o café da manhã. Pega o prato, joga as migalhas na lixeira e atira-o ruidosamente na pia, depois para de novo pra escutar. Nada. Vai para o corredor e fica parada ao lado da porta de Magda, colando o ouvido no painel de plástico translúcido, pousando os dedos na maçaneta da porta. Volta para a cozinha, abre a geladeira e torna a fechá-la. A chaleira começa a apitar de mansinho e despejo a água nos copos. Ouve-se um barulho alto no quarto de Magda.

— Está vendo? — digo. — Ela já está acordando.

Irena balança a cabeça.

— Não, às vezes ela faz isso dormindo. Bate com a mão na parede.

— Ah.

Ponho açúcar nos copos: três colheres para Irena, uma e meia para mim, e mexo.

— Chega — diz Irena.

Sai decidida da cozinha e entra com ímpeto no quarto de Magda. Ouço-a abrindo as cortinas e remexendo no grande armário de parede que é usado como depósito para o apartamento inteiro.

— Mmmmm...

O precário catre embaixo de Magda deixa escapar um gemido semelhante.

— Ah, pare de resmungar — sibila Irena. Sua voz é abafada pela parede. — Aquele Sapo que estava respirando no seu pescoço ontem à noite não está aqui agora.

— Mmm. Que pena.

— Levante-se. Você precisa estudar. Já perdeu metade do dia.

— Que horas são?

— Meio-dia.

— Não, não é. São oito e quinze.

— Se sabia, por que perguntou?

— Não estou me sentindo bem, *mamusiu*. Acho que estou com um problema nas glândulas. Estão todas inchadas.

— Você está de ressaca, *hipochondryk*. Ou então com sífilis.

— Sobrou alguma coisa de café da manhã, *mamusiu?*

— Na loja. Arranje um emprego e poderá comprar. — Ouço-a abrindo e batendo as portas dos armários num ritmo constante, como um mágico girando pratos, mantendo-os no ar. — Você tem vinte anos. Eu não deveria ter que fazer isso. Olhe Baba Yaga. Não tenho que acordá-la.

— Ela é dois anos mais velha. Daqui a dois anos, serei responsável como ela, juro.

Irena de repente fala mais baixo, e a parede entre nós transforma as palavras em murmúrios monótonos que não entendo direito.

— Tudo bem. *Tudo bem* — diz Magda alto, e a cama range de novo. — Vou me levantar. Pare de me perturbar.

Ela entra na cozinha usando um shortinho e uma camiseta justa. Passa por mim e vai direto para a geladeira, e Irena vai atrás dela, parando na porta. Tento me encolher ao máximo.

— E não desperdice metade da manhã com as unhas — diz Irena.

Meto um *kanapka* na boca, mas fico entalada, e faço-o descer com um gole de chá.

Irena vira-se para mim.

— Já está quase pronta?

Engulo.

— Sim, pronta para quê?

— Depois do café, vamos sair — diz ela. — Você e eu. — Vira-se para Magda. — É isso que a gente faz quando dá duro a semana inteira. Consegue sair de casa.

Magda dá um sorrisinho irônico.

— Aonde se pode ir às 8h30 da manhã num sábado?

— Não é da sua conta, filhinha. *Na rua*. Exatamente como você me diz.

— Mas eu queria lavar umas coisas agora de manhã — digo.

Irena me lança um olhar severo.

— Amanhã. Esta é minha última manhã de liberdade antes dos turistas. Vamos sair.

Vira-se para Magda.

— Viu, você tem o apartamento inteiro para você; portanto, não tem desculpa para não estudar hoje.

Magda torna a dar um sorrisinho.

— Sim, *mamo*. Mais alguma coisa?

— Sim. Chegam hóspedes hoje à noite, então nada de ficar andando seminua pela casa.

— Sim, *mamo*. E você também. Nada de escândalos enquanto estiver na rua. Baba Yaga, fique de olho nela. Não a deixe transar com ninguém.

— *Bezczelna* — diz Irena.

Mas ergo os olhos justo a tempo de ver uma suspeita de sorriso em seus lábios, como uma nuvem passando rapidamente pelo sol, e, de repente, percebo um aperto no peito que é uma sensação muito parecida com ciúme.

A rua Królewska é dividida ao meio quando o sol matinal desponta em cima dos prédios, um conjunto de trilhos de bonde iluminado, o outro escondido na sombra. As calçadas continuam vazias a não ser por uma ou outra *babcia* indo ao mercado ou rezar o terço. Custamos um pouco a chegar à Rynek porque Irena para e deixa comida para os gatos em quatro ou cinco pátios, chamando pelo *domofony* dos que estão trancados, onde avós simpáticas lhe abrem a porta. Em vez de ir direto pela

Królewska, Irena me leva por ruas secundárias, por parques, becos e pátios. Ela atravessa na frente de bondes e no sinal vermelho. Esta é sua cidade. O que Nela e eu conversávamos à beira do fogão de ferro na aldeia era só um cartão-postal do que Irena sabe.

— Aonde vamos exatamente?

Sei pelos *kamienice* que estamos na cidade velha, mas não reconheço nada em particular.

— Tem um cafezinho simpático embaixo da Sukiennice.

— Sabe, Irena — digo, balançando um dedo para ela. — Só se pode comer uma refeição de cada vez, só se pode dormir numa cama, só se pode assoar o nariz num único lenço de papel...

Mas ela não ri. Tem outra coisa na cabeça.

Atravessamos uma rua e, de repente, estamos na praça Szczepański. Segundo Nela, ali havia uma feira movimentada, mas agora é só um estacionamento com lojas em três lados. Irena atravessa o estacionamento, abaixando-se para contornar as cancelas, e eu a acompanho. Para em frente a uma loja chamada Cotton Club, que, a essa hora da manhã, está calma, habitada somente por tediosos manequins na ponta dos pés, espichando o pescoço para enxergar o outro lado da praça.

— Caramba.

— O que é?

— Aqui é onde era o Spatiw.

— O que é Spatiw?

— O bar dos atores. Ouvi dizer que fechou... mas uma loja de jeans? A gente se encontrava aqui antes dos shows.

— A gente quem?

— Todos os encrenqueiros.

— Quem eram os encrenqueiros?

— Bom, vamos ver... tinha Dorota e Sławek, ambos atores, casados, depois divorciados... Krystyna, uma jornalista, terminantemente desempregada. Escrevia para o *Tygodnik* até exagerar com os artigos sobre o triunvirato.

— O triunvirato?

O papa, Wałęsa e Miłosz. Setenta e nove, oitenta e oitenta e um. Essa foi uma história feliz; sua avó devia ter lhe contado esta. E depois tinha Marcin, um dramaturgo, e Seweryn, outro escritor, que fundaram juntos uma revista literária depois da outra. A polícia confiscava a impressora deles e os botava na cadeia por uns tempos, aí eles conseguiam outra impressora e fundavam outra revista, e a polícia encontrava essa também... no fim, deram "uma passagem só de ida" para os dois e ninguém mais ouviu falar neles. E depois Stash, claro, que teve que ver todos os trompetistas medíocres da cidade receber prêmios e apartamentos na Rynek enquanto ele tocava de graça com os amigos...

Ela continua recordando seus velhos conhecidos no caminho para a Rynek. Todo mundo que ela menciona é artista, escritor, cantor, músico ou jornalista, todos ora tolerados, ora ignorados, ora assediados, ora colocados na lista negra, ora exilados nos anos setenta e oitenta. As ruas estão se animando agora, as sombras diminuindo. Passamos por vários lojistas levantando portas e abrindo cadeados.

— Bem aqui. Está vendo aquele letreiro?

— O verde?

Irena aponta para um *kamienica* de esquina.

— Esse é o Pod Gruszką: Embaixo do Pera. Era a boate dos jornalistas.

— E agora?

— Ah, ainda é, mas ninguém fica ali à toa como ficava antigamente. Acho que hoje há tanta inflação, tanta corrupção, tantos crimes e tanta falta de moradia para noticiar que não dá mais tempo. Mas antigamente alguns deles ficavam ali bebendo até de madrugada. Em sinal de protesto.

— Protesto?

— Claro. Quando alguém vive lhe dizendo o que fazer, qualquer coisa que você faça por vontade própria vira um protesto, não?

Penso em Magda, mas não tenho coragem de dizer. Seguimos para um dos cafés ao lado da Sukiennice. Irena pega o cardápio de outra mesa e se senta sem esperar a recepcionista. Abre-o e dá uma olhada nos preços.

— Bem, é só uma vez por ano — diz, mais para si mesma do que para mim. — E hoje à noite tem turistas.

Umas duas semanas atrás, Irena me alertou sobre os turistas. Vejo-os proliferando na cidade velha desde o começo de maio, os italianos com seus suéteres amarrados nos ombros e os americanos com suas garrafas d'água gigantescas, suas mochilas altíssimas e seus célebres traseiros grandes. Já vi bastantes filmes e episódios de *Dinastia* em casa de Pani Bożena para ter uma noção da sua cultura e dos seus hábitos, mas ainda não consigo imaginar que, hoje à noite, estarei dividindo o banheiro com um deles.

Irena hospeda turistas em seu apartamento desde o verão, após a morte de seu ex-marido, Wiktor, o que deixou o terceiro quarto — o meu — vago. Ela diz que isso rende o dobro do que jamais rendeu seu trabalho na cafeteria e lhe deixa os invernos livres para ler e cuidar dos gatos e dos vizinhos idosos. Há três anos, eram, na maioria, conterrâneos poloneses, eslovacos e húngaros, mas, especialmente no verão passado, diz ela, os ocidentais começaram a chegar em massa, pulando de Berlim para Praga, Varsóvia, Cracóvia e Budapeste em trens noturnos como se fossem de exposição a exposição num imponente zoológico de concreto.

— Quando chegam aqui, eles nem sabem mais em que país estão — queixa-se Irena. — Saltam do trem dizendo *Guten Tag* e voltam dizendo *da svidanya*. E aí falam da "Cortina de Ferro" e da "Europa Oriental" como se fôssemos todos um país só. Imagine nos confundir com os alemães orientais, os tchecos e os húngaros! Um alemão oriental, um tcheco, um polonês e um húngaro só concordam quando é para dizer que os tchecos têm melhores dramas para televisão, os eslovacos têm a língua mais confusa e o sinal de nascença de Gorbachev é obra de um pombo.

Rio.

— Mas eu não ligo. Só acho graça e pego o dinheiro deles assim mesmo. — Ela ri. — Pareço uma prostituta, não?

Faço que não com a cabeça.

— Tudo bem, às vezes eu me sinto uma prostituta ali em pé na estação de trem — diz Irena. — Com licença — diz ela em inglês imitando a si mesma. — Quer alugar quarto? Uma noite: cem mil złotych. Muito barato. Muito barato e muito perto de centro.

Ela ri, e, por uma fração de segundo, consigo imaginar como ela era dez anos atrás, sentada com Stash e seus outros amigos, contando histórias, a cara animada.

A garçonete vem. Peço um café e Irena, um sorvete.

— Irena?

— Sim?

— Como conheceu todos os artistas, jornalistas e atores? Achei que você tivesse dito que trabalhava numa cafeteria.

Ela hesita.

— Todo mundo conhecia todo mundo antigamente. Ou pelo menos todos os comunistas se conheciam, e todos os encrenqueiros se conheciam.

— E você era encrenqueira também?

— Da pior espécie. — Ela ri. — Eu era pintora.

— Aquele quadro em cima da televisão?

Ela assente.

— E há outros no guarda-roupa no quarto de Magda. Mas não se tratava muito dos quadros naquela época. Era dos protestos.

— Na Igreja da Arca?

— Você ouviu falar desses?

— Um pouco, por minha avó.

— Achei que ela não contasse histórias tristes.

— Acho que ela pensava que havia um final feliz por aí.

— Ela lhe contou sobre os protestos no Wawel também?

— Um pouco.

— Foram as marchas em que todo mundo entrou. Tanto devotos quanto ateus enchiam o pátio para a missa e depois iam em procissão até a rua Grodzka e inundavam a Rynek. A polícia fechava as saídas e acionava as mangueiras, mesmo no inverno, e às vezes até lançava tinta azul. Quem não conseguia se limpar tinha que fingir de doente e faltar ao trabalho no dia seguinte. — Ela sorri. — Ah, nunca frequentei a igreja com tanta dedicação como quando os padres protestavam irados contra os comunistas. Agora eles só passam o prato, mas houve uma época em que o que eles diziam tinha importância, as pessoas prestavam atenção em cada palavra deles, trabalhávamos todos para o mesmo objetivo. Agora é cada um por si. Aquele *facet* de Harvard. Eu lhe digo, ele pode pegar a economia de choque dele e...

— Foi por isso que você parou de protestar?

— Não. Eu teria continuado mesmo que fosse só para atirar coisas na polícia de *pieprzona*, mas eu queria que Magda conseguisse entrar para a universidade, e ela não conseguiria se a mãe dela fosse uma encrenqueira. Então, quando Magda fez uns dez anos, Pani Bożena me arranjou o trabalho na cafeteria e uma filiação ao Partido.

— Foi aí que você parou de sair com os outros encrenqueiros?

Ela ri.

— Foi. E então, o cúmulo da ironia, essas mesmas pessoas acabaram virando o sistema todo de pernas para o ar de modo que filiações ao Partido já nem importavam mais.

A garçonete traz o nosso pedido, e Irena deixa o sorvete parado diante dela.

— Eu já lhe contei como eles jogavam panfletos do último andar da galeria? Ou arrancavam o calçamento de concreto das praças e o atiravam dos telhados nos carros da polícia?

— Dos telhados?

Ela faz que sim.

— Eles não se davam mal?

— Pegaram Stash algumas vezes. Levavam-no para Rondo Mogilskie e o mantinham ali alguns dias. Deus sabe o que acontecia.

Ela franze a testa igualzinho a Magda.

— Não conte a ele que eu lhe contei, claro.

— Não, claro que não.

O sorvete de Irena derreteu no prato, e ela começa a comer, limpando cuidadosamente as laterais da cumbuca com a colher, em silêncio até terminar. Ela não aguenta esperar pela garçonete, e deixamos o dinheiro na mesa.

— Quero lhe mostrar mais uma coisa — diz.

Os pombos começam a se reunir em volta das bancas de flores, e Irena observa um garoto alimentá-los com alpiste num cone de papel. Vem um enxame deles, e o garotinho, ainda de fraldas, levanta os braços como se estivesse se afogando em pássaros. Sua mãe e sua irmã mais velha olham e riem. Irena sorri. Nunca a vi tão descontraída.

Vamos para a rua Floriańska, no alto da Rynek. O céu de fim da manhã se estende estreito lá em cima e o sol me castiga os braços descobertos e o couro cabeludo. Há dez anos, quando não havia butiques e todo mundo só tinha direito a um par de sapatos novos por ano, Irena e eu talvez não parecêssemos deslocadas na rua Floriańska, mas agora a rua é ladeada de fachadas de limpeza, pedra clara, cromo e vidro polidos e, com minha jaqueta de segunda mão e a bolsa de retalhos de couro falso de Irena, parecemos duas refugiadas do passado.

Há uma exceção para as lojas e butiques, tão deslocadas como nós. A meio caminho na Floriańska, ao lado da loja Vero Moda, há uma parede de painéis de vidro fumê, a gigantesca silhueta vermelha de um pássaro estampada num deles, as asas abertas. Feniks. Já conheço essa boate. Kinga a chama de Lar dos Velhos.

Irena põe as mãos em concha em volta dos olhos e olha pelo vidro escuro, depois recua. Fica ali parada em silêncio alguns minutos, depois balança a cabeça bruscamente, como se a estivesse livrando de algo.

— Este era o terceiro ponto — diz.

— De quê?

— Do Triângulo das Bermudas. Spatiw, Pod Gruszką e Feniks.

— O Triângulo das Bermudas?

— Sempre dizíamos que entre esses três lugares, era muito fácil desaparecer.

— Você quer dizer ser preso?

Ela faz que não com a cabeça.

— Exílio interno. Dentro de você.

Olho o reflexo dela no vidro, desejando poder entrar em seus pensamentos e recuperar todas as histórias em sua cabeça. Graças à edição cuidadosa de Nela, quando cheguei a Cracóvia, minha visão da cidade era simples e imaculada. Nela nunca falava dos nazistas nem dos soviéticos, nunca mencionava a escassez de alimentos ou de sapatos, os apartamentos apinhados, nem os toques de recolher. Nunca a batida à porta no meio da noite nem os gritos que vinham do porão da delegacia no Rondo Mogilskie. Cresci sabendo onde ficava cada paralelepípedo da rua Grodzka, mas nunca ouvi falar na polícia antimotim parada nas calçadas com seus cassetetes e seus escudos. Ela descrevia as famílias sentadas ao redor de suas mesas em *kamienica* grandiosos revestidos de estuque sem mencionar as cadeiras vazias deixadas por guerras, valas comuns, campos e prisões. Sentada no alto do Velho Morro Pelado, eu conseguia facilmente me convencer de que enxergava as agulhas da Igreja de Santa Maria no horizonte, quando isso provavelmente era apenas uma miragem criada pelas desesperadas orações de súplica se elevando dos bancos da igreja, competindo com a fumaça de Huta.

— E você e Stash? — pergunto. — O que aconteceu entre vocês?

— Tenho que ir embora. O trem vai chegar de Varsóvia.

— Não quer me contar?

— Eu contaria, mas vou ter que ir.

Sorrio.

— Obrigada pela *głupstwa*, Irena.

— Aquilo não foi *głupstwa*. Foi só sorvete. Eu lhe mostro uma *głupstwa* outra hora, quando eu não tiver um trem para esperar.

Vejo-a sumindo na multidão cada vez maior de turistas e consumidores. Só tenho que estar no Stash's mais tarde, mas não quero ir para casa e ficar sozinha com Magda, então vou até a Błonia. Venho aqui às vezes depois de fazer as compras de Pani Bożena ou quando quero fugir da cidade. Há um emaranhado de trilhos de bonde, cruzamentos, trilhas de bicicleta e ciganos esmolando para desviar, mas tão logo atravesso para o gramado, para o vasto campo aberto, o rumor do tráfego começa a se dissipar, substituído pelos gritos de crianças correndo pra lá e pra cá e um ou outro latido de cachorro. Encontro um lugar no meio, tiro a jaqueta e amarro-a na cintura. Olho do outro lado dos telhados e dos pontos altos da cidade e tento ver todos os desfechos escondidos atrás das janelas, mas é muita coisa para imaginar.

Deito de costas na grama. O sol está forte, e quando fecho os olhos, vejo cor-de-rosa em vez de escuridão. A grama me espeta. Um inseto me sobe no braço. Ouço um sino de bonde soando ao longe. E quando dou por mim, me deixo levar de volta à aldeia, para o lado da minha avó em nossa casinha de madeira, para o banco diante do fogão de ferro.

9
Queda, conversão e noivado simultâneos de Władysław Jagiełło

— VOCÊ GOSTA DE LER ENTÃO?

Terminada a discussão sobre os dentes, Pombo metodicamente partiu para a outra meia conversa em seu bolso, exatamente como quando terminados os quartos contíguos, partira para pregar o telhado e, terminado o telhado, partira para vedar as frestas entre as toras com corda e seiva de pinho.

— Adoro ler.

— Eu também.

— Não me lembro de você no ensino fundamental.

— Só fiz os dois primeiros anos. Mas meu amigo fez os dois últimos, e trazia os livros para casa e me ensinava tudo que aprendia.

— Como ele se chamava?

— Bartek.

— Bartek Calça Molhada?

— Vou contar a ele que você disse isso.

— Ah, não. Não faça isso. Por favor, não conte a ele que eu disse isso.

Anielica fingiu estar nervosa, mas, no íntimo, suspirou aliviada. Já decidira que, do futuro marido, poderia tolerar praticamente qualquer coisa — ser impotente, tocar acordeom, ter bafo de alho — mas, por mais que tentasse, não poderia se imaginar com um *analfabeta*, um iletrado.

Tornou a sorrir para Pombo, e ele de repente foi acometido por uma crise quase fatal de *amnezja miłości*. Amnésia de amor. Uma epidemia mundial. O silêncio se instalou. Pombo puxou desesperadamente pela memória para se lembrar do último bilhete do maço, de qualquer coisa, na verdade, mas estava com a cabeça inteiramente vazia e só conseguia ver o sorriso de Anielica. Era um sorriso maravilhoso. Ela ainda tinha todos os dentes da frente, e o arco de seu lábio superior era tão acentuado que era visível mesmo quando esticado num sorriso largo.

— Pelo menos você ainda tem todos os dentes da frente — disse ele.

Ela riu.

— E você tem os seus.

— Tenho.

— Eu também.

— Eu sei.

Felizmente, foram salvos pela volta de Władysław Jagiełło e da moça, que vinha aos tropeções com folhas grudadas no cabelo, o que poderia ter dado a impressão de ser uma grinalda de virgem, não fosse pela blusa mal-abotoada e a saia ao contrário.

— Continuamos caminhando? — perguntou Władysław Jagiełło.

Pombo pigarreou, e a moça olhou para a blusa e começou apressadamente a endireitar as roupas. Pombo olhou para o outro lado cortesmente, fingindo seguir o sol através das árvores.

— Vamos depressa. A missa já deve ter começado.

Acabaram de descer por uma das depressões, e Pombo ia na frente, esticando um braço para trás a fim de amparar Anielica quando ela escorregava nos trechos de pedras soltas com seus sapatos de ir à igreja. A moça — Marysia — seguia Anielica, e Władysław Jagiełło ia atrás dela, catando-lhe as folhas do cabelo enquanto caminhavam, abaixando-se e lhe murmurando palavras carinhosas no ouvido.

Anielica e sua família iam à igreja em Pisarowice desde que ela nascera. A igreja ficava tão perto do limite da floresta que, quando entraram no vale, ouviram a congregação cantando e vislumbraram a torre marrom através das árvores. Mesmo assim, foi uma surpresa quando a clareira se abriu no final, e uma decepção particularmente nesse dia. Anielica fez um rápido e silencioso ato de contrição quando pensou que desejava continuar o passeio com Pombo em vez de entrar na igreja.

Não foi a única transgressora por muito tempo. Talvez seja o diabo agindo, talvez meramente as grandes emoções da missa, as vibrações da música, ou o almíscar do incenso. Talvez seja a proximidade de tantos membros do sexo oposto asseados e endinheirados, ou simplesmente o torno da bondade e da pureza apertando de todos os lados, mas havia e sempre haverá mais pensamentos lascivos produzidos durante as poucas horas dos serviços religiosos do que durante todas as outras horas da semana. E foi exatamente este fenômeno que prendeu o Władysław Jagiełło de dezoito anos quando ele parou na beira da clareira e se maravilhou ao ver a torre de madeira erguendo-se para o céu. Botou as mãos nas ancas de Marysia, girou-a e beijou-a na boca, agarrou-lhe firmemente o traseiro e terminou com uma palmada de brincadeira mas audível. Anielica virou-se a tempo de ver o final, o que fez com que se perdesse no ato de contrição e começasse de novo do começo, com mais vigor ainda do que antes.

— Pare, Władek. — Marysia deu-lhe um tapa com força no braço. Anielica nunca tinha ouvido mais ninguém chamar o irmão sem ser pelo nome inteiro. — Você vai me transformar em escândalo bem na frente da sua igreja.

— Por que você deveria se preocupar? — disse. — Além do mais, todo mundo lá dentro está pensando nos próprios pecados.

Todo mundo menos uma pessoa. Pani Plotka sempre se ajoelhava no chão do lado de fora da igreja porque, como dizia, queria deixar os bancos da frente para quem precisava deles. Pani Plotka dizia não ter nenhum pecado na consciência nestes últimos vinte anos, o que a deixava com as mãos livres para atirar a primeira pedra enquanto o resto da congregação usava as suas para bater no peito. *Por minha culpa, minha tão grande culpa. E peço à Virgem Maria, aos anjos e santos, e a vós irmãos e irmãs, que rogueis por mim...*

Pani Plotka vira tudo e prestara toda a atenção à cena na clareira quando Marysia amuou-se com Władysław Jagiełło, quando Władysław Jagiełło tentou acalmar Marysia, quando Anielica se impacientou com os dois e quando Pombo lembrou Anielica que seria um escândalo maior ainda se eles chegassem atrasados ao fundo da igreja, sem o acompanhante. Finalmente, o charme de Władysław Jagiełło venceu Marysia e, após um beijo no rosto, Marysia, cuja aldeia ficava na direção da de Pombo, voltou saltitando para o bosque. A cabeça de Pani Plotka estava agora abaixada em profunda oração, e, quando os três passaram por ela, não a viram espichar os olhos, reunindo todas as provas de que precisaria.

Anielica tomou seu lugar no banco ao lado da mãe, suspirando aliviada quando esta nem sequer registrou sua presença com a visão periférica. O padre já estava no "Hosana nas Alturas", e Anielica começou a cantar alto para compensar a metade da missa que já perdera. Mas sobrepondo-se a sua própria voz, ouvia o tom cristalino da mãe elevando-se ao seu lado a entoar:

Senhor santo, santo, santo
Por que nos dar esta filha desonrada?
O céu e a terra estão cheios de dedos apontando.
Vergonha nas alturas.
Santo é Aquele que vem e me salva da minha vergonha,
Vergonha nas alturas.

Não parou aí. Longe disso. *Pai nosso que estais no céu, santificado seja o vosso nome* virou *Filha nossa que estás em pecado mortal, sujaste o nosso bom nome.* Para o "Cordeiro de Deus", Pani Hetmańska simplesmente mudou os pronomes para "dela" e os enunciava com toda a violência possível. *Cordeiro de Deus que tirais o pecado do mundo tende piedade* DELA. *Cordeiro de Deus que tirais o pecado do mundo tende piedade* DELA. *Cordeiro de Deus que tirais o pecado do mundo...* Anielica não se atreveu a comungar, e sua mãe, para tornar isso mais óbvio, a fez levantar-se, sair do banco e esperar atrás dela enquanto o padre subia e descia a nave. Na bênção final, ela mais do que se fez entender, e Anielica estava apavorada com a volta para casa.

Mas quem salvou Anielica naquele dia acabou não sendo ninguém menos que Pani Plotka, que, após a missa, explicou a natureza exata da vergonha, ou *wstyd*, a algumas das matriarcas das aldeias vizinhas. Fingiu que gritava por causa de Pani Gruba, que estava ficando surda, mas só aumentava o volume distintamente nas frases mais chocantes. Logo, todo mundo da Meia-Aldeia, de Pisarowice e das duas outras aldeias que dividiam a igreja estava ouvindo a história DE COMO AQUELE RAPAZ HETMAŃSKI estava praticamente ESTUPRANDO uma moça, uma judia, bem NA FRENTE DA IGREJA, havia apenas quinze minutos, e que obrigara a irmã a ficar olhando como se aquilo fosse uma espécie de ORGIA. À medida que ela contava a história, o povo que saía da igreja se aglomerava em volta dela, prestando muito mais atenção do que prestara à homilia havia apenas meia hora. Pani Plotka descrevia Władysław

Jagiełło como um PERPETRADOR, Marysia como uma JUDIA DE CONSCIÊNCIA SUJA (MAS NÃO SÃO TODAS?) e o incidente todo como O MAIOR ESCÂNDALO QUE JÁ ACONTECERA na história das aldeias. NO ENTANTO, LÁ VÊM PAN E PANI HETMAŃSKA QUE TERÃO UMA ÓTIMA EXPLICAÇÃO PARA O ABOMINÁVEL COMPORTAMENTO DOS FILHOS, E TALVEZ DEVÊSSEMOS DEIXAR QUE A DESSEM AGORA. No final o controle do volume de Pani Plotka pifara.

Todos os olhos se voltaram para Pan e Pani Hetmańska, aguardando uma resposta, e eles, por sua vez, olharam para os filhos, que estavam encolhidos ao lado do grupo. Pani Plotka, mostrando ser promotora, juíza, júri e pelotão de fuzilamento mais do que competente, concedeu a pausa dramática. A cara de Anielica estava nitidamente cheia de *wtysd*, e Władysław Jagiełło apenas olhava envergonhado para o chão. Foi finalmente Pombo quem se adiantou, quem encarou cem pares de olhos e respondeu pela família, de quem espiritualmente, se não biológica e burocraticamente, já era parte.

— Vou explicar — começou, e Pan Hetmański suspirou aliviado e cutucou a mulher como se registrando a sagacidade de Pombo em alguma discussão tácita pendente. — Władysław Jagiełło beijou *sim* uma moça na frente da igreja hoje de manhã. — Os olhos de Pan Hetmański se arregalaram alarmados, e a mulher o cutucou também, um ponto invisível para empatar a disputa. — Mas foi só um beijo, e além do mais a moça não é uma moça qualquer, mas sim a *noiva* dele.

Władysław Jagiełło ergueu os olhos, espantado, e começou a beliscar Pombo por trás.

— Bem, eu, por minha parte, não ouvi falar em noivado — disse Pani Plotka, e um murmúrio se propagou pela congregação.

— Nem poderia — disse Pan Hetmański, assumindo o lugar de Pombo, que estava ocupado em se defender do ataque de beliscões em seu traseiro. — Władysław Jagiełło e...

— Marysia — interveio Anielica.

— ... Marysia ficaram noivos em particular, e só estávamos aguardando a conversão dela e o fim da obra na casa para anunciar a data do casamento e da recepção.

— Bosta — sibilou Pani Plotka e, agora, o povo voltou a desaprovação para ela por usar um palavreado tão forte na porta da igreja. — Uma recepção na casa do *noivo* e não da noiva?

— Como pode uma família judia oferecer um casamento cristão? — sugeriu Pombo, e o povo começou a murmurar.

— Mas ela vai se converter, claro.

— Foi o que ele disse.

— De fato, eles andaram fazendo uma *remont* completa da casa. Todo mundo sabe disso.

— E não há nenhuma outra razão para fazer tanta obra senão a previsão de um casamento.

O zunzunzum que encheu o pátio foi um alívio, como uma tempestade de verão limpando o ar. Os aldeões, em sua maioria, ficaram contentes com as respostas que a família Hetmański fornecera, e estavam empolgados demais com a perspectiva de uma *wesele* e de ver as benfeitorias na casa Hetmański para ouvir o resto das exortações de Pani Plotka contra a escandalosa união de um cristão com uma crucificadora de Cristo, ou mesmo para reparar no noivo, cuja cara ficara pálida e frágil como casca de ovo. Passaria o inverno todo assim, recuperando as cores só sete meses depois, quando sentiu a respiração de sua primogênita, uma garotinha morena que poderia facilmente ser confundida com uma cigana.

10
O Festival das Virgens

Depois da saída com Irena, começo a ouvir mais histórias como as dela, histórias que Nela omitiu. Na rua. De estranhos. E parece que estavam aqui o tempo todo. Tudo que eu tinha que fazer era ficar em pé no meio da rua ou embaixo de um dos pontos de ônibus, fazer uma conexão imaginária e sintonizar nas conversas que passavam. Passo cerca de uma semana fazendo exatamente isso, e começo a ouvir as pessoas a minha volta falando dos velhos tempos. Da guerra. Dos trens. Da polícia secreta. Da escassez.

— Os jovens hoje não sabem o que é sofrer — ouço uma velha dizer para a amiga enquanto espero o bonde. — Todas essas pizzas e esses *kebabs* agora. Eles ficariam espantados de ver o que comíamos durante a guerra. Lembra do inverno de 1944, quando todo mundo estava tão faminto que cogitamos comer uns aos outros?

E por algum motivo, ambas riem.

Desfaço a conexão imaginária. Para dizer a verdade, não quero ouvir as histórias delas. São apenas mais um fardo terrível de que não preciso. Faço em silêncio uma oração de gratidão para Nela pela edição e vou a pé para o trabalho.

Faz um mês que Tadeusz está tocando no Stash's, e já decorei todos os detalhes particulares e gestos íntimos que me fazem pensar que o conheço. Reparo se sua penugem loura foi raspada, e imagino-o diante do espelho corroído de seu banheiro, navalha em punho, movendo-a cuidadosamente pelo pescoço espichado acima, dando uma escanhoada final antes de chegar ao queixo. Noto que ele usa a mesma camiseta desbotada toda quarta-feira e que, quarta sim, quarta não, ela parece papelão após ter sido recém-lavada e pendurada ao ar livre. Sei que, se o último número termina por volta das onze, ele sai correndo para pegar o ônibus, mas se terminar antes, ele pode ficar mais um pouco para conversar. Sei que ele é tímido porque varia a forma de me cumprimentar segundo um padrão previsível. *Co słychać?* uma hora, depois *Jak leci?*, depois *Jak tam?* e volta para *Co słychać?*.

— Pare de sonhar e simplesmente convide-o para sair — diz Kinga.

— Convidá-lo para sair?

— É a Nova Polônia. Tudo é possível.

— Não posso convidá-lo para sair.

— Por que não? Convide-o para vir conosco no sábado. Será a primeira saída mais adequada de todos os tempos.

É a última semana de Kinga na Polônia e ela está particularmente radiante. Stash deu a nós duas o sábado de folga para podermos comemorar a despedida dela. A cidade está relançando o Festival das Virgens esse ano, e Kinga quer que eu conheça algumas de suas antigas colegas do *liceum* no festival.

Quando a música para depois do terceiro número e começa o grande êxodo, dá para sentir os olhos dele em mim do outro lado da sala. Sinto-o lerdear enquanto guarda a clarineta e se despede de Stash e dos outros membros da banda. Quando consegue chegar ao bar, o salão está quase completamente vazio.

— *Jak leci?* — pergunta ele.

— Ótima. Suco de laranja?

— Obrigado.

Ele fica ali e bebe o suco enquanto lavo os copos.

— Então você trabalha toda noite? — pergunta.

— Em geral folgo às sextas e aos domingos. Mas esse fim de semana, sábado também. É o último fim de semana de Kinga, então vamos ao Festival das Virgens.

— Ah — diz ele.

— Ela vai se mudar para a Itália — digo-lhe, porque é melhor do que o silêncio.

— É mesmo?

— Para ser *au pair*.

— Ah.

Ele faz que sim com a cabeça. Ainda há um pouco de suco em seu copo.

— E você? Trabalha em algum outro lugar?
— Você diz além daqui?
— É.
— Não posso. Tenho que ficar em casa tomando conta das minhas irmãs enquanto meus pais trabalham.
— Ah.
— Mas minha outra irmã pode cuidar delas às vezes. Se eu precisar de uma noite de folga.

O momento se apresenta diante de nós, encarando-nos de frente, mas nenhum de nós parece ser capaz de obrigar as palavras a sair, e mais momentos se amontoam até o primeiro ficar sufocado embaixo de todos. Ele toma o resto do suco de laranja e se estica para pôr o copo na pia. Bate no relógio, um artefato de alumínio antigo com uma correia de couro gasta.

— O ônibus? — digo.
— O ônibus.
— Até quarta-feira que vem.
— *Na razie.*
Às vezes fico tão frustrada que tenho vontade de chorar.

Magda quase não está mais no apartamento. Quando está, vai direto para o quarto e só sai de manhã, quando ouve todo mundo sair. A não ser por sua música e pela fumaça de seus cigarros saindo por baixo da porta, é quase como se ela não morasse mais conosco, e, às vezes, quando Irena fala sobre a filha, os turistas presumem que ela se refira a mim, e nem Irena nem eu os corrigimos.

Há um casal americano mais velho hospedado aqui hoje e eles estão sentados conversando com Irena quando chego em casa. Uma vez que minha cama agora é o somiê dobrável no canto da sala, tenho que me sentar com eles e ser cortês até decidirem ir se deitar. Sempre houve piadas sobre como todos os móveis na Polônia são dobráveis e viram camas à noite. Há uma em que um grupo de primos vai se hospedar numa casa, e quando dá a hora de se prepararem para irem se deitar, eles abrem toda a mobília salvo a única cama de casal grande, em que nenhum dos primos quer dormir porque não sabe como abri-la. Então um deles acaba dormindo no chão. É uma piada muito engraçada se bem-contada.

— Jesus Cristo — diz Irena quando o casal americano se dirige ao quarto de hóspedes. — Achei que eles nunca fossem parar de conversar. Blá-blá-blá.

— Irena, eu não sabia que você falava inglês tão bem. Estou impressionada.

— Não fique. Blá-blá-blá é só o que ouço.

Rio.

— Falando sério — diz Irena. — Eu só entendo uns dez por cento.

— Sério?

Irena bate na testa.

— Esse é um dos truques do ofício. — Ela explica enquanto fazemos as camas. — Primeiro, claro, a regra mais importante de todas é sorrir. Especialmente se forem americanos ou japoneses. Não deixo de sorrir feito uma idiota sem parar.

Sorrio para ela.

— Mais.

— Assim?

— Mais. Até ficar com a cara paralisada. Então você sabe que é suficiente. Agora diga: "Excuse. You will tea or coffee?"

— O que quer dizer isso?

— Não aprendeu inglês na escola? Quer dizer: "Com licença. Desejar chá ou café?"

— Aprendi russo.

— Bem, isso é inútil agora. — Ela tenta me ensinar mais umas frases em inglês: — "Apartamento muito perto do centro", "Não, não é muito longe", e "Que dia você vai embora?".

— É uma língua muito rudimentar — digo. — Feito homens das cavernas.

Ela assente.

— Depois, no bonde, limito-me a lhes perguntar sobre a América ou o Japão ou seja lá de onde eles forem, e eles falam, falam sem perceber quão longe do centro fica o apartamento.

Rio.

— E, naturalmente, balanço muito a cabeça como se entendesse tudo. Mas não movimento a cabeça mais do que a testa. Se você sempre faz que sim como vaca de presépio, eles desconfiam. O truque é que quando falam de alguma coisa complicada, eles tendem a usar as mãos. Portanto, quando os vejo usando as mãos, aperto os olhos e franzo a testa como se me esforçasse mas não conseguisse entender direito. Depois, bem devagarinho, relaxo a testa e começo a balançar a cabeça porque é provável que eles tenham notado que apertei os olhos e estejam tentando esclarecer o que disseram antes.

— E se lhe fizerem uma pergunta que você não entende?

— Digo: "Ah, antes que eu me esqueça!", e aí conto sobre o castelo de Wawel. Ou as minas de sal. Algo que eu sei quase de cor de tanto que já falei. Depois pergunto sobre o trabalho ou a família deles ou a América de novo e me limito a deixar que falem deles mesmos.

— E eles nunca se dão conta?

— Acham que sou a melhor conversadora que já conheceram.

Ela vai até a cômoda embaixo da televisão e abre uma gaveta, abarrotada de cartas.

— Olhe. São todas de turistas. Eles mandam cartões de Natal e fotos. Alguns até me convidam para ir à América.

— Por que não vai?

— Por que eu iria embora daqui?

— Você poderia trabalhar.

— Posso trabalhar aqui.

— Poderia se casar com um americano rico.

— E com que americano horroroso você gostaria que eu me casasse?

— Pani Bożena gosta de John Forsythe.

— Ela pode ficar com ele. Muito velho.

— E Jerry Springer?

— Quem é esse?

— O *facet* na televisão que deixa os gordos irritados.

— Springer... soa alemão.

Ela franze o nariz e finge cuspir no chão.

— Então por que não simplesmente ir a Hollywood, a Nova York e ao Grand Canyon e voltar?

— Por que *você* não vai?

— Talvez eu vá — digo.

Ela tira um punhado de cartas da gaveta e as joga no meu colo.

— *Proszę bardzo* — diz, e ri.

— Qual é a graça?

— Qual é a graça? A única pessoa com menos probabilidade do que eu de conseguir um visto é *você*.

É verdade. Nunca dão vistos para mulheres descasadas, mas nunca, *jamais*, dão vistos a *jovens* mulheres descasadas da aldeia, especialmente as que não frequentaram a universidade nem têm família na América.

— Ora! Quem precisa dessa América, afinal de contas? — diz ela. — Eu só gostaria de saber inglês o suficiente para responder às cartas. Tentei fazer com que Magda me ajudasse, mas essa garota é preguiçosa como uma mula.

— Teimosa como uma mula?

— Isso também. Mas acho que eles simplesmente vão ter que pensar que nós, poloneses, somos mal-educados porque nunca respondemos nossas cartas. A menos que você queira aprender a escrever inglês.

— Irena, por que não aprende?

— Ah, estou muito velha para aprender qualquer coisa. Você vai ver quando tiver a minha idade.

Sábado à noite, espero Kinga na ponte perto da loja de departamentos Jubilat. As margens do Vístula estão infestadas de gente, e há coroas de flores órfãs boiando à beira da água, esperando ser pescadas por seus pretendentes legítimos. Há um palco montado em frente ao castelo, a estrutura refulgindo vermelha e laranja, e uma banda canta versões de canções americanas. Aparentemente, todo mundo na cidade combinou de se encontrar na mesma ponte, e as pessoas me empurram de todos os lados, derramando cerveja e conversando aos gritos. Fico parada num lugar encostada na grade, torcendo para que Kinga me ache. Logo, logo, vejo seu cabelo cor de framboesa vindo em minha direção. Ela estende os braços para mim através da multidão na ponte, fingindo que se afoga.

— Uau! Tem tanta gente! Estou prontíssima para deixar esse raio de país. Olhe para esse *bałagan*.

— Cadê seus colegas do *liceum*?

— Não estou vendo. Mas eles disseram que também tinham ficado de encontrar alguns dos amigos da universidade. No dragão, acho eu. Vamos lá ver.

Levamos meia hora para andar das margens até a estátua do dragão atrás do Wawel.

— Lá estão eles!

Kinga me puxa pelo braço no meio da multidão.

Há duas garotas, Ola e Gosia, e o namorado de Gosia, Paweł. Todos se beijam nas faces; um, dois, três. Ola parece simpática, mas Gosia parece meio *lalunia*. As três foram colegas de *liceum*, mas Kinga nunca tinha visto o namorado de Gosia, então eles conversam sobre seus pontos em comum ou opostos enquanto espero do outro lado e sorrio feito uma idiota, balançando a cabeça, franzindo e desfranzindo o cenho.

— Você é de Cracóvia? — pergunta-me Ola.

— Da aldeia.

— Ah — diz Gosia.

— Essa é Baba Yaga. Trabalhamos juntas na boate de jazz.

— Baba Yaga?

— É só um apelido.

— E na aldeia, você morava numa casa com pés de galinha? — pergunta Gosia.

Seu namorado ri e olha para ela com admiração. Gosia está usando uma das grinaldas de flores de plástico de três mil złotych que vimos à venda no caminho.

— Então. O que já perdemos? — pergunta Kinga.

— Ola perdeu a *wianek* — diz Gosia. — Ah, espere, isso não é novidade.

Ola bate no braço dela.

— Você não pode falar nada.

— Vamos sair do meio desse povo e achar umas cervejas? — pergunta Kinga.

— Na verdade, Monika e Grażyna estão aqui também. Uma amiga delas da universidade está bêbada feito um gambá, e elas só foram levá-la ao banheiro. Já voltam.

— Está cedo demais para isso — diz Kinga.

— Eu sei. Elas disseram que ela está bebendo desde meio-dia.

— Será que todo mundo neste país é alcoólatra? — pergunta Kinga.

— Ah, relaxe.

Ficamos ali parados ouvindo a banda do outro lado do rio. Percebo que algumas das músicas são aquelas que uma das garotas do *liceum* botava para tocar no gravador dela nos intervalos. A nossa volta, as pessoas passeiam, rapazes arrancando as *wianki* da cabeça das moças e fazendo piadas sobre a falta de virgens no festival. Alguns dos mais novos trepam na estátua do dragão. Ola sorri para mim. Sorrio para ela também. Para dizer a verdade, eu preferiria estar servindo no bar no Stash's, ou em casa com Irena vendo televisão.

— Lá estão elas.
— Já estava na hora! Onde vocês andaram?
— Tivemos que ir até o hotel para encontrar um banheiro. Ela está um lixo. Nem consegue andar.
— Talvez alguém devesse levá-la para casa?
— Eu não. É minha última noitada.

Monika e Grażyna estão amparando a garota do meio. Ela está de cabeça baixa, com o cabelo na cara.

— Magda?

Ela levanta a cabeça.

— Baba Yaga?
— Vocês se conhecem? — pergunta Kinga.
— Essa é Magda — digo. — A prima de que lhe falei. Aquela com quem eu moro.
— *Kurwa* — balbucia Magda, olhando para mim. — É Baba Yaga.
— Aqui, vamos botá-la no chão — diz Monika, e elas a sentam no cimento, encostada na estátua do dragão.
— *Kurwa* — torna a dizer Magda. — É Baba Yaga.
— O que querem fazer? — pergunta alguém.
— Grażyna e eu podemos levá-la para casa de táxi — diz Monika —, depois voltar a pé.
— Fale por você — diz Grażyna. — Foi você quem a deixou ficar esse lixo.
— Ela teve um dia ruim.
— Tenho certeza de que ela vai agradecer amanhã por tê-lo melhorado.
— Tudo bem, então, *eu* posso levá-la — diz Monika.
— Você não vai conseguir voltar aqui. Ela não mora na Królewska?
— E depois como é que vamos nos encontrar nessa multidão?
— A gente podia simplesmente deixá-la aqui e se revezar para tomar conta dela.
— Passaríamos a noite inteira indo para lá e para cá no meio da multidão.
— *Kurwa* — resmunga Magda de novo do chão.

— Eu a levo para casa — digo, e todo mundo se vira para mim.

— Não, não — diz Kinga. — É a minha última noite para comemorar. Quero que você fique.

Mas vejo que ninguém mais está se importando de fato, então só resta aquela lenga-lenga de sempre.

— De verdade, não tem problema. Eu a levo para casa.

— Tem certeza?

— Ela é minha prima — digo.

— Vou numa boa se você quiser ficar aqui — diz Monika.

— Sério, não tem problema.

— Tem certeza?

— Claro.

— Volte se puder — diz Kinga.

— Tudo bem.

Mas todas sabemos que não dá para encontrar ninguém nessa multidão. Elas me ajudam a levar Magda para o ponto de táxi em frente ao Jubilat e botá-la no banco de trás. O motorista mal olha para trás.

— Só deve custar uns oito mil — diz Monika.

Entrega-me dois mil złotych e cutuca Grażyna para fazer o mesmo.

— Só vou para Roma na sexta-feira — diz Kinga, beijando-me no rosto; um, dois, à italiana. — Ainda vejo você no Stash's essa semana.

— Tudo bem. *Na razie.*

— *Ciao-ciao.*

— *Hej.*

Quando o táxi se afasta, Magda se acomoda no canto e deixa a cabeça pender para trás encostada no banco. Estico-me por cima dela e abro a janela. O cheiro é igual ao do meu pai: cerveja choca, vômito e cigarro. Stash não deixa ninguém bêbado assim entrar na boate dele. Quando vê uma pessoa mal, ele mexe no pescoço do outro lado da sala, que é o sinal para nós começarmos a servir para ela um quarto de cerveja e três quartos de Sprite. Em geral essa gente nem sente a diferença.

— Merda de Żaba. Merda de Ruda Zdzira.

Magda vai até a Królewska abrindo e fechando os olhos e balbuciando sobre sapos e putas ruivas e os aviões rodando em sua cabeça. Finalmente entendo que seu namorado, Żaba, deixou-a por uma garota que ela chama de Ruda Zdzira, Puta Ruiva.

— E a porra do meu exame é segunda-feira. Não puderam nem esperar até isso terminar. A porra do meu exame. Ai, vou ser reprovada, reprovada, reprovada, e de novo reprovada.

— Você não sabe.

— Sei, sim.

O táxi nos deixa. Faço-a entrar no pátio e subir as escadas.

— A porra do meu exame. Vou ser reprovadíssima.

— Shhh...

Irena e os turistas já estão deitados, levo Magda para o quarto dela. Nunca tinha entrado ali. Já tinha pensado em entrar quando ela e Irena estavam na rua, mas sempre receava que ela voltasse para casa enquanto eu estivesse lá, ou soubesse de alguma maneira. Acho que imaginei que seria um *bałagan,* roupas atiradas para todo lado, restos de chá mofando nas xícaras. Ao contrário, fico admirada de ver como é arrumado. Seu batom e seu esmalte estão alinhados como se fossem munição, a roupa que ela usou ontem bem-dobrada em cima da cadeira.

— Aquele *skurwysyn*. Não consigo acreditar. Aquele *skurwysyn*.

— Pronto, deite-se. Quer um pouco d'água?

Ela faz que sim vigorosamente com a cabeça.

Pego a água da cozinha. Faço-a tirar os sapatos e cubro-a com um cobertor, exatamente como minha mãe fazia com meu pai. Ela também não devia saber por que fazia isso por ele.

— Baba Yaga?

— Sim?

Ela está calada.

— Esqueci.

Chego à porta.

— Ah, já lembrei. Vou ser reprovada feio, porra.

— Você não sabe.

— Não. Minha mãe tem razão, porra. Nunca vou ser porra de promotora nehuma.

— Como ela sabe?

Nenhuma resposta.

— Magda?

Continua não havendo resposta. Fecho a porta atrás de mim.

Domingo de manhã, ainda meio dormindo, ouço Irena tomar uma ducha e levar os turistas para a estação. Durmo mais um pouquinho e, quando me levanto, vou pé ante pé até a cozinha preparar o meu café fazendo o mínimo de barulho possível, sem deixar a faca encostar na tábua e tirando a chaleira do fogo antes que apite. A porta de Magda abre de repente, e eu estremeço.

— Você está de pé.

E, além de acordada, está de banho tomado, vestida e com uma sacola na mão.

— Ei, obrigada por ter me trazido para casa ontem à noite.

Ela encosta no batente da porta da cozinha.

— Não foi nada.

— Sinto muito ter sobrado para você.

— Não tem problema.

Espero que a conversa se encerre ali, mas Magda detém-se na porta.

— Eu estava mesmo um lixo.

Encolho os ombros.

Ela abaixa a cabeça e ajeita a franja.

— Eu lhe contei tudo, não foi?

— Mais ou menos.

Ela fica me olhando enquanto tomo o meu chá.

— Você não vai contar para minha mãe, vai?

— Isso não é da minha conta.

— Obrigada. Acho que não vou aguentar outro "eu disse" agora.

Aponto para sua sacola.

— Vai a algum lugar?

— Monika disse que eu podia ficar uns tempos com ela. Mas não diga a minha mãe. Deixe que ela pense que estou na casa de Żaba. Bem feito. Ela acha que não estudei, bem, deixe que pense assim. Talvez se eu tivesse passado um pouquinho menos de tempo estudando, Ruda Zdzira não teria conseguido abocanhá-lo.

Não sei por que ela está me contando essas coisas. Pela primeira vez, ela parece normal, até digna de pena. Tem a cara pálida e inchada, e a franja torta.

— Promete não dizer nada?

— Prometo.

— Tudo bem.

E ela faz um gesto com a cabeça como se fechasse a tampa de uma caixa.

Irena volta quando estou terminando o chá. Está ofegante, com uma sacola de compras em cada mão.

— Essa *głupia panienka* já acordou? Eu a ouvi entrar de madrugada ontem à noite.

— Ela saiu.

— Saiu? Mas o exame é amanhã. Quem ela pensa que é?

— Para *estudar*. Saiu para *estudar*, acho eu. Foi para a biblioteca.

— Bem, já está na hora, a droga do exame é amanhã. E se ela não passar, sabe o que vou dizer? Sabe o que vou dizer?

— Você tentou de todas as maneiras, *kochana*?

Irena ri.

— Não. Vou dizer "eu avisei". Da próxima vez, me escute, porque eu avisei.

11
A diferença entre o matrimônio e os nazistas

Quando souberam do casamento, os pais de Marysia não exultaram com a união. Eles haviam planejado que Marysia se casasse com um dos rapazes no *shtetl*, e não tinham intenção de assistir à cerimônia nem à recepção. Ficou tudo para Pan e Pani Hetmańska, que estavam na maior felicidade de arrumar o dia em que libertariam seu nome do escândalo que começou no pátio da igreja.

Os Hetmańskis não eram ricos — nenhum *górale* além dos de Zakopane eram verdadeiramente ricos naquela época —, mas pelo menos sua pobreza não era tão abjeta quanto à dos demais. Pan Hetmański administrara seu rebanho com prudência, e suas ovelhas eram conhecidas nas aldeias vizinhas como particularmente férteis. Dizia-se que ele tinha uma mistura especial de ervas com que alimentava as fêmeas, mas que sabiamente escondia a fórmula da própria mulher, porque, no fim, era sua prole limitada que os mantinha meio *grosz* acima da penúria tradicional da aldeia.

O status relativo dos Hetmańskis naturalmente aumentou as expectativas em relação à *wesele*, e todos os velhos ditados vieram pousar nos ombros da família. *Hóspede em casa, Deus em casa. As riquezas de casa com muito gosto oferecemos. Não se serve borche de um castelo.* Ainda por cima, era preciso compensar o escândalo na frente da igreja e a perspectiva de filhos judeus. Havia também os boatos falando da invasão iminente dos alemães, fazendo talvez com que esta fosse a última celebração nas aldeias vizinhas pelo menos até a próxima primavera.

Pan Hetmański, Władysław Jagiełło e Pombo fizeram três viagens para além do Cavaleiro Adormecido naquele agosto, vendendo e trocando o que podiam e levando tudo para casa em forma de comida:

gaiolas de patos selvagens, fieiras de peixes secos, sacos de farinha, sal e açúcar, pedaços de fermento, jarros de azeite e leite de vaca. Nas duas semanas que antecederam o casamento, depenaram a horta, colhendo cada tomate verde, cada cenoura da grossura de um dedo, cada beterraba do tamanho de uma ameixa, cada batata nova, e Pani Hetmańska, Marysia, Anielica e algumas das vizinhas trabalharam com fervor, unindo-se em cima das panelas quentes, dos montes de cascas, dos vidros de conservas. Parecia haver comida para um ano.

Os boatos da invasão alemã corriam desde a primavera, mas não causaram pânico. Sempre havia boatos sobre tudo, especialmente os alemães, e eles só ganhavam o peso e a veracidade que as pessoas permitiam. Pan Cywilski, que morava ao lado da igreja em Pisarowice, tinha um rádio de ondas curtas, que ele montara com peças da última guerra, e que mantinha na janela como um serviço para a comunidade. Em geral, ficava sintonizado na BBC, mas isso foi cinquenta anos antes de os forasteiros professores de inglês, com sua falta de higiene e seus empréstimos de estudante não honrados, mudarem-se para todas as aldeias, tornando-se simpáticos e de classe média de uma hora para outra. Nessa época, só algumas pessoas em toda a região eram capazes de decifrar os grunhidos que emanavam do rádio de Pan Cywilski. Ele próprio afirmava falar inglês como um nativo, mas cada reportagem que fazia contradizia a anterior, e os *górale* acharam difícil acreditar que o grande estadista do mundo pudesse ficar tão inconsistente e absurdo de um dia para o outro.

Pombo sumira misteriosamente alguns dias antes da boda, e só quando Pan Hetmański penou para carregar uma jarra pesada é que viu o quanto já contava com a presença dele como certa.

— Cadê o raio desse garoto? — perguntou à mulher, o resmungo disfarçando a preocupação. — Não acha que ele está pensando melhor a respeito de nossa Anielica, acha?

— Claro que não, seu idiota. Provavelmente, ele só está ajudando a família dele. Ele tem pais e irmãs, sabe. E Jakub, mas ninguém nunca levou Jakub em conta.

Ele tentava observar a filha para ver se encontrava alguma pista. Anielica nunca mencionava Pombo, mas, de vez em quando, enquanto enrolava a massa ou bordava o enxoval de casamento, um sorriso se acendia fugazmente em seus lábios. Pan Hetmański não sabia se o sorriso escondia um segredo passado ou futuro, mas estava satisfeito por ela aparentemente não estar ligando para a ausência de Pombo.

Na véspera do casamento, ele voltou para ajudar a montar a festa. Os vizinhos da Meia-Aldeia haviam emprestado mesas, bancos e tamboretes avulsos, todas as suas cortinas de linho grosseiro, seus faqueiros, suas jarras, seus pratos, seus copos e suas panelas, embora isso significasse que, na véspera, tivessem tido que jantar comendo com as mãos, sentados de pernas cruzadas na relva da clareira principal. A *wesele* Hetmański foi mesmo um esforço comunitário, a primeira campanha de cooperação e solidariedade que os faria atravessar a guerra e os cinquenta anos seguintes.

No dia do casamento, Władysław Jagiełło tinha apenas dezoito anos, mas os lábios secos e as olheiras acentuadas faziam-no aparentar dez anos a mais. Marysia, em contraste, estava vigorosa e corada, mas não por causa do bom clima e sim da excitação do dia ou do enjoo matinal, que, um mês antes do casamento, já tinha matado uma moita de flores silvestres ao lado do casebre de seus pais. De qualquer maneira, ela era a única pessoa ingênua o suficiente para usufruir plenamente o dia. Nesse ínterim, todo mundo nas aldeias vizinhas descobrira a natureza exata do noivo, embora ninguém dissesse uma palavra. Todos nas montanhas sabem que os casamentos, os fenômenos atmosféricos e a história são as três coisas que não podem ser revertidas, portanto, enquanto findavam os preparativos do casamento, os dias encurtavam e os ventos ficavam mais fortes, enquanto aumentavam os boatos da invasão nazista, a Meia-Aldeia passava a ser dominada por um clima de resignação evidente.

— Qual é a diferença entre o matrimônio e os nazistas?

— No fim, dizem que os nazistas acabam com o sofrimento da pessoa.

Todo homem nas aldeias vizinhas afirmava ter inventado essa piada e a repetia para o jovem Władysław Jagiełło a qualquer oportunidade, rindo de como ele empalidecia com a brincadeira.

Mesmo assim, é questionável que Władysław Jagiełło pudesse ter escolhido melhor mesmo se tivesse escolhido com mais cuidado. Marysia era uma otimista rara num país que décadas mais tarde seria declarado "o mais pessimista" por uma comissão da União Europeia — uma das poucas decisões unânimes tomadas em Bruxelas naquele

ano — e o otimismo de Marysia, como esposa de um rei-e-noivo-
-azarado-e-*partisan*-e-migrante num país entalado em meio século de
guerra tanto quente quanto fria, viria a ser de um valor inestimável.

12
Alexis, Blake, Krystle, Sammy Jo e Magda

SEGUNDA-FEIRA DE MANHÃ não há turistas. Como meus *kanapki* e vejo Irena esquecer os dela. Nunca a vi tão nervosa. Dá um gole no chá e o pousa. Vai para o hall de entrada, endireita a fila de pantufas e volta. Abre e fecha a geladeira, e torna a se sentar.

— Daqui a quanto tempo ela vai saber? — pergunto.
— Saber o quê? — diz Irena.
— O exame. Se ela passou.
— Ora — diz Irena. — Pelo que sei, ela nem foi.
— Ela não faria isso.
— Arre, ela faria isso só para me irritar. Não importa que tenha sido ela quem quis ser promotora em primeiro lugar. De qualquer maneira, isso não me diz respeito. Deixe que ela se vire. Ela fez a cama, agora pode se deitar nela.

Pani Bożena quer que eu lhe faça um penteado igual ao da Brigitte Bardot, e tenho que recomeçar do zero algumas vezes porque ela não está satisfeita. Lavo uma porção de roupa e ponho tudo para secar. Passeio entre os freezers no hipermercado Europa para fugir do calor abafado. Muitos estrangeiros vêm ao hipermercado Europa, e acho que os caixas e as moças de sentinela no fim dos corredores às vezes acham que os jeans, os tênis e as jaquetas esportivas que compro na loja de artigos usados são novos. Então tento bancar a estrangeira. Ando devagar, como se estivesse de férias e não tivesse outro lugar onde estar. Aperto os olhos para os letreiros em polonês como se tivesse dificuldade de decifrá-los. Pego as caixas de comida congelada e as garrafas de vinho, e franzo o cenho ou balanço a cabeça aprovando a qualidade enquanto olho disfarçadamente para o preço. Quando vou da padaria ao açougue, à seção de vinhos e ao caixa, ouço as vozes dos vendedores atrás de mim dizendo "Obrigada, Pani" e "Como a Pani quiser" e "Se eu puder ser útil", e quando respondo, tento eliminar verdadeiras montanhas das palavras, até meu sotaque ficar plano e liso, como a ardósia na Rynek. Até acrescento um sotaque francês às vezes e tropeço nas palavras, e quando faço isso o caixa ri mais e conta o troco devagar na minha mão.

Acabo comprando um pacote de ensopado de frutos do mar espanhol para o *obiad*, que Pani Bożena diz lembrar-lhe o cantor que fazia o papel de Don Pasquale na ópera.

— Ele me pediu em casamento — diz —, ou teria pedido se eu já não fosse casada. Enfim, o sonho dele quando se aposentasse era voltar para Katowice e morar com a mãe.

Ela franze o nariz.

— E Katowice é... ruim?

— Horrível. Inabitável.

E então começa a enumerar os outros homens que quiseram se casar com ela, juntamente com os detalhes de seus defeitos.

— Então como você soube que seu marido era o certo?

Ela toma uma longa golada de vinho.

— Foi logo depois da guerra. Não tinha mais nada em Varsóvia para mim. Ele e o irmão estavam indo para Cracóvia começar uma nova vida. E ele me amava muito. Faria qualquer coisa por mim.

Aguardo que ela diga mais alguma coisa, mas, em vez disso, ela volta a atenção para os dois últimos camarões que andou poupando no prato.

— Parabéns. É a quarta melhor *paella* que já comi. Espero que você tenha tido tempo de fazer uma sobremesa. Estou com vontade de comer doce.

— Pudim.

— Serve.

Ela estende o copo para eu lhe servir mais vinho.

Enquanto Pani Bożena tira uma soneca depois do *obiad*, corto as embalagens e sacolas e, de mansinho, escondo as provas nas lixeiras do pátio. Suas sonecas se estendem cada vez mais, e se ela não acordar a tempo para assistir a *Dinastia*, tenho ordens estritas de assistir por ela e contar o que aconteceu naquele dia. Durante algum tempo, fiz exatamente isso. Contei-lhe do atropelamento de que Blake quase foi vítima quando ia para casa depois de sair da cadeia. Contei-lhe da fuga de Krystle do hospital psiquiátrico na Suíça, mas só depois de ter sido hipnotizada pelo médico mau, que a compeliu a ligar para os bandidos avisando onde estava toda vez que via um ventilador de teto. Contei-lhe da colaboração de Alexis com a sinistra rede mundial de economia administrada de um porão em algum lugar da Califórnia, e de Sammy Jo, que é modelo de jeans e dorme com todos os homens que consegue para se vingar da família.

Mas nas últimas semanas, fiquei tão entediada com os Carringtons que andei zapeando os filmes clássicos do canal Quatro. Afinal de contas, como Linda Evans pode competir com Ingrid Bergman ou Maja Komorowska? Como pode John Forsythe se comparar a Marcello Mastroianni ou a Daniel Olbrychski ou a Bogusław Linda? De vez em quando, passam algo americano ou francês ou italiano, mas, em geral, passam todos os grandes diretores poloneses: Zanussi, Kieślowski, Łoziński, Wajda, Holland e Polański, mesmo que ele tenha, de fato, feito o que dizem que fez com aquela moça americana. Pelo menos agora ele pode se privar da humilhação de ter que fazer fila em frente ao consulado americano na rua Stolarska para suplicar um visto.

Hoje, de alguma maneira, Pani Bożena consegue dispensar a sesta depois do *obiad*, e franze o nariz, tentando conciliar o que está na tela com as histórias que inventei.

— E John? Pensei que você tivesse dito semana passada que os bandidos finalmente haviam acabado com ele. Mas ele está com uma cara ótima...

— Esse é o gêmeo dele.

— E Sammy Jo? Por que não está mais trabalhando como modelo nem dormindo com todo mundo?

— A rede econômica mundial de Alexis raspou a cabeça dela. Ela está com vergonha.

— Raspou a cabeça dela?

— Ninguém tem um cabelo assim tão louro. É peruca.

— Ah, coitada da Sammy Jo.

Ando pensando em Magda o dia inteiro. Penso nela sentada embaixo das flechas e das gárgulas da faculdade de direito, debruçada sobre a prova, suando, lutando com seus pensamentos, tentando agarrar o sonho um pouquinho acima dela, o sonho de uma "grande vida".

Eu também já quis uma "grande vida". Quando eu era pequena, tentava subir em tudo que eu pudesse para ver. Eu subia para o antigo acampamento das ovelhas no alto do Velho Morro Pelado, me agarrava no telhado do celeiro como o Homem Aranha, e ficava horas sentada no alto de um pinheiro, manipulando a seiva, deixando a mente vagar por centenas de quilômetros antes de recolhê-la. Em ocasiões diferentes, eu sonhava ser vigia de focos de incêndio, piloto de avião, uma águia voando bem alto, um anjo da guarda. Tudo que me permitisse enxergar longe.

— E o filho *homoseksualny?*
— O quê?
— O *pedał*. Cadê o namorado dele?
— Ah. Ele conheceu Edyta Górniak quando ela fazia uma turnê pelos Estados Unidos. Agora é hétero.
— Eu sabia! Essa Edyta Górniak. Tão *elegancka*. Sabe, eu também fazia muito *pedał* virar hétero na minha época.

Mas agora sei que não haverá uma "grande vida" para mim. Mesmo quando tento me imaginar daqui a cinco anos, não consigo ver além da casa de praia dos Carrington, dos meus dias na casa de Pani Bożena, minhas noites no Stash's, minhas tardes de sexta-feira no Mikro, e dos meus fins de semana assistindo às brigas de Irena e Magda. Pelo menos, quando estava na aldeia, eu podia imaginar algo no horizonte. Aqui na cidade, a sensação que tenho é que os sonhos que antes cresciam na minha imaginação agora não são mais do que um carocinho seco chacoalhando, e a única coisa que consigo ver é o rastro de migalhas das obrigações me conduzindo de um dia ao outro.

Quarta-feira à tarde, topo com Kinga na praça dos Inválidos, ela também a caminho do Stash's.

— Você chegou bem com Magda em casa no sábado? — pergunta.
— Cheguei, mas ela estava um lixo.
— Quando é mesmo a prova dela?
— Foi segunda-feira. Mas acho que ela não tem muita chance.
— Coitada.
— Coitada?
— Não é ela. É o sistema. Eles tornam as provas do primeiro ano impossíveis com o intuito de liberar vagas para alunos pagantes. E isso

é em toda parte, não é só na faculdade de direito. Os únicos que têm alguma chance nesse capitalismo de *pieprzony* são os ricos e os muito bem-relacionados.

— Bem, não é que Magda tenha tentado de verdade — digo. — Você a viu no sábado. A mãe dela diz que ela foi assim o ano inteiro.

— Tentar ou não tentar, teria dado no mesmo — filosofa Kinga. — No fim dá merda. Estou lhe dizendo, Baba Yaga, a melhor opção é sair enquanto pode.

— Quem serviria as bebidas então?

— Falando nisso, Stash já encontrou alguém para me substituir?

— Ele me disse que o cartaz só ficou na janela uma tarde, e dez moças se candidataram. Mas ainda não vi ninguém.

Agora é assim em toda parte. Dez candidatas para cada emprego. O desemprego é... bem, o desemprego é uma história triste que minha avó não haveria de querer que eu contasse e, se eu contasse, Irena me faria mencionar que não havia desemprego antes do capitalismo. E aqui, eu teria que cuspir no chão.

Batemos na janela algumas vezes e Stash sai do escritório, esfregando os olhos. Ele não suporta cuidar da papelada toda nem do inventário.

— Vem alguma moça nova? — nós lhe perguntamos.

— Já veio.

— Quando?

— Sábado. Enquanto vocês duas estavam no festival.

— E?

— Jacek pegou-a roubando do *kasa*. Imagine. Na primeira noite.

— Então tem outra?

Ele encolhe os ombros.

— Não sei. Acho que vou esperar até encontrar alguém de confiança.

— Sinto muito, Stash.

— *Małe piwo* — diz ele. Cerveja pequena. — Há coisas piores. Como foi o festival de *wianki*?

— Foi bom.

— Alguém pescou sua *wianki* no rio?

Meneio a cabeça.

— Não se preocupe, alguém há de fazer isso.

Ele pisca para mim e eu me pergunto quanto mais ele sabe.

O calor desce da rua e entra pela porta de tela improvisada que o próprio Stash fez. No final do primeiro número, Kinga e eu estamos as duas suando, e tento manter a cara seca com alguns lenços de papel amassados. Estou muito mais rápida no bar do que quando comecei. Kinga e eu desenvolvemos uma coreografia implícita em nossos movimentos, e sentirei falta disso, e dela, quando ela for embora.

— Volto nas festas — diz ela. — Ou talvez você possa vir me visitar em Roma.

— Seria divertido — digo, mas, para falar a verdade, era como se Roma fosse Marte.

Ela e Stash entram no escritório entre o segundo e o terceiro números, e ela troca o avental pelo último pagamento. Quando nos despedimos, é com muitos beijos e *ciao-ciaos*, e pelo resto da noite, começo a pensar que ela talvez esteja certa. Talvez a única forma seja ir embora. Mesmo se ela voltar um dia, talvez, aí, o país esteja na maior prosperidade, e ela tenha uma mala cheia de moeda estrangeira e outra língua.

— *Co słychać?*

Depois do terceiro número, ele me pega desprevenida. Tem as faces rosadas, e a nascente do cabelo molhada.

— Não muito — digo.

— Como foi o Festival das Virgens?

— Divertido. Cheio de gente.

— Hmm — diz, e então se limita a ficar ali parado.

— Suco de laranja?

Ele faz que não com a cabeça. São quase onze horas, e ele mostra o relógio, o mesmo velho relógio de alumínio que usará provavelmente até virar pensionista.

— O ônibus? — pergunto.

— O ônibus.

— *Na razie.*

— *Na razie.*

Estou resignada. Resignada a ficar encalhada, destinada a ser um cogumelo velho, a deixar minha *wianek* se desintegrar enquanto vai boiando *Wisła* abaixo, passando por Jubilat e saindo da cidade, sem jamais ser resgatada. Mas, ao chegar à porta, ele se vira, os ombros caídos emoldurados pelo portal.

— Olhe — diz, de repente muito sério. — Olhe... Eu estava me perguntando se você tomaria um café comigo uma hora dessas. Quero dizer, um café, um chá, uma cerveja, o que você quiser. Bem, talvez cerveja, não. Tenho certeza de que você está enjoada de servir cerveja o dia inteiro, e eu não bebo muito mesmo. Mas quem sabe a gente pode se encontrar em algum lugar na Rynek um dia desses.

— Tudo bem — digo.

— Tudo bem?

— Seria ótimo.

Ele sorri, triunfante, sua tez rosada brilhando na luz difusa. Ele deve passar o dia inteiro bebendo quefir e suco.

— Que tal domingo, então? Estou livre no domingo. À tarde, quer dizer.

— Domingo está ótimo.

— No Adaś?

— Tudo bem — torno a dizer. Sinto-me como uma *dupek* sorridente.

— Às 3h?

— Ótimo.

— Ótimo. — Afasta-se depressa e esbarra num homem quadrado que também está de saída. — *Przepraszam* — diz encabulado ao homem.

A porta de tela emperra desconjuntada no calor, e Tadeusz tem o cuidado de não olhar para mim ao sair.

— Ele convidou?

Stash aparece atrás de mim e joga mais dois copos na pia.

— Você sabia?

— Estou contente que você finalmente tenha conseguido tirá-lo do sofrimento. Ele é um bom garoto.

— Tímido.

— É, tímido, nervoso. Mas você nem quer o mais meloso da sala, Baba Yaga. Pergunte a Irena. Risque isso. Não pergunte a Irena.

Na rua, finalmente, há um ventinho aumentando. No caminho de casa, fico repetindo mentalmente a conversa com Tadeusz, substituindo o que eu disse por coisas mais inteligentes que eu poderia ter dito, pensando no que vou usar no domingo e no que Nela acharia dele. O único conselho que ela me deu na vida foi nunca me casar com um

"Mas". Isso foi logo depois que assistimos ao filme *Ele não me bate, ele não bebe, mas...* e acho que ela confiava em mim o bastante para saber que eu evitaria os dois primeiros. Ela mesma nunca sossegou. Embora meu avô tivesse morrido havia muito tempo, às vezes eu a flagrava parada diante do varal ou na frente do fogão, imóvel como uma estátua, a solidão vindo à tona em seus olhos. Quando eu lhe perguntava qual era o problema, ela simplesmente me dava um sorriso e tocava o pelo macio da gola, acalmando quaisquer pensamentos tristes que lhe tivessem passado pela cabeça.

Ela quase nunca falava dele diretamente, como se tocar nele até com sua voz fosse tristeza demais para aguentar. Quando eu era pequena, eu só sabia que o nome dele era Czesław, que quase todo mundo o chamava de Pombo, que ele era carpinteiro, que tinha um nariz adunco como o meu e usou culote e quepe na guerra. E que não era um "Mas", porque só com a lembrança dele e com a única foto sépia que guardava embaixo do travesseiro, ela recusou terminantemente quase todo homem das aldeias vizinhas. Os casados, ela mandava de volta para as esposas, claro, com uma bofetada na cara e o dobro de Aves-Marias que o padre lhes daria. Os solteiros, ela deixava rondarem a uma distância segura. Eles cortavam nossa lenha, abatiam nossos frangos, revolviam nosso jardim, mas isso era o mais perto que jamais chegariam do coração de Nela. Depois que meu pai foi embora, o único homem que jamais pôs os pés lá em casa foi tio Jakub, e isso só porque era irmão de meu avô e retardado, e ela tinha pena dele.

Magda já saiu de casa há três dias, e os turistas estão na rua, de modo que o apartamento dá a sensação de ser enorme só com Irena e comigo. Quando entro em casa, ela está assistindo à televisão, ou melhor, está deitada no sofá de olhos fechados e os joelhos encolhidos no peito enquanto calha de a televisão estar ligada.

— O que está vendo?
— Congelou na emissora.

Ela pega o controle remoto e bate com ele na mão, estica o braço e aperta com força os botões. Nada acontece, e nenhuma de nós se levanta para mudar de canal. É um concurso chamado *Mister Polônia*, e, no momento, os concorrentes estão dando entrevistas na frente de uma campina falsa, sorrindo timidamente para o entrevistador e esforçando-se para serem engraçados. Irena encosta a cabeça no braço do sofá e torna a fechar os olhos.

— Adivinhe, Irena — digo.

— A menos que tenha ganhado a Toto Lotek, deixe para amanhã.

— O que foi?

— Estou menstruada de novo, droga. Devo ser a mulher mais velha na terra que ainda menstrua. *Cholera jasna.*

— Posso lhe trazer alguma coisa? Chá, talvez?

— Que tal uma filha nova? Aquela *głupia gęś* não passou na prova. E sabia que não passaria. Por isso não tem andado em casa. Deve estar amigada com aquele rapazinho enquanto conversamos, esquecendo que algum dia quis ser promotora acima de tudo.

Estou quase lhe contando sobre Magda, Żaba e Ruda Zdzira, dizendo que ela só estava preocupada com a prova, e que certamente vai passar nas provas de recuperação em setembro. Mas fico quieta. Engulo a verdade, e ela fica entalada na minha garganta. Porque a verdade mais importante é que estou aliviada por Magda ter sido reprovada. Eu sou a filha responsável, e Magda, a pródiga. Eu sou a preferida de Irena, talvez não a estrela, mas a substituta que sempre faz o que tinha que fazer. Só de eu achar isso, Irena já se envergonharia de mim.

Irena suspira.

— Dois anos perdidos — lamenta. — Ela nem pode entrar num programa novo para o próximo ano agora. Dois anos perdidos por causa de um garoto idiota.

Ela abre um olho.

— O que ia me dizer?

— O quê?

— Você entrou e disse "adivinhe?".

— Ah. Tadeusz me convidou para sair. O *klarnecista* de que lhe falei.

— Que maravilha — diz ela, sem entusiasmo nenhum.

— Vamos sair domingo.

Ela não responde. Olha os rapazes na tela com luzes no cabelo, desfilando na passarela com calções de banho justos e camisetas.

— Sabe de uma coisa? — diz.

Inclino-me à frente.

— O quê?

— Eu deveria ter votado nos desgraçados dos comunistas. Essa merda nunca teria acontecido no governo dos desgraçados dos comunistas.

Não sei se ela se refere à Magda ou ao *Mister Polônia*. Talvez seja tudo a mesma coisa.

13
A guerra depois da guerra para encerrar todas as guerras

No dia do casamento, quando a família Hetmański chegou à igreja em Pisarowice, havia um alvoroço na clareira, e Pani Hetmańska começou a suar diante da possibilidade de seu filho e a noiva dele causarem ainda outro escândalo. Mas, quando se aproximaram, o burburinho se decompôs em palavras distintas. *Os alemães. Atravessaram. A fronteira.*

Os que haviam marchado na guerra anterior já haviam feito os cálculos. Até as Tatras, seria uma semana de marcha, decidiram, e isso só se o exército polonês não conseguisse detê-los nem bloqueá-los. Não houve pânico imediato. Na verdade, o padre Adamczyk parecia esticar a missa de casamento como que fazendo um gesto de desprezo para os alemães, e a cabeça dos aldeões viajou, não para a guerra, mas para a perspectiva da *wesele* dali a pouco, onde poderiam examinar tanto a barriga de Marysia quanto a *remont* da casa Hetmański.

Após a missa, Pan Cywilski abriu a câmera que construíra com um fole velho e uma lata de fermento e tirou alguns retratos dos noivos, dos Hetmańskis, e das damas com suas grinaldas de flores, das quais ele gostava especialmente. Władysław Jagiełło e Marysia, contidos por causa do escândalo que causaram na mesma clareira havia um mês, trocaram um beijo casto, e todos aplaudiram, menos Pani Plotka. Ela só estava presente porque não suportava ouvir sobre qualquer coisa que acontecesse na aldeia em segunda mão, mas postou-se na beira da clareira como se esperando que o raio condenatório derrubasse todos aqueles que celebravam o par depravado. Mais tarde, quando o bombardeio alemão começou, Pani Plotka se consideraria vingada, e, até morrer, atribuiria a culpa pela Grande

Guerra, o Holocausto e a ocupação soviética à audácia e à imoralidade do pagão e da judia, como fazia questão de se referir a eles.

Enquanto isso, o outro casal a sair daquele domingo específico começara a namorar às claras. Durante um mês a fio, de manhã cedo, quando Anielica acordava, Pombo já estava sentado no banco que construíra no quintal da casa Hetmański aguardando com os pássaros matinais. Depois do café da manhã, eles subiam o Velho Morro Pelado para render Władysław Jagiełło, que passava a noite no acampamento das ovelhas. Jakub estivera lá direto desde abril, e, por algumas semanas, voltou para a casa dos pais enquanto a família Hetmański se revezava: Pombo e Anielica ficavam de dia, Pan Hetmański ficava no fim da tarde e à noitinha, e Władysław Jagiełło, à noite, o que acabou sendo exatamente o que ele precisava para acalmar os nervos antes do casamento. Pombo e Anielica também prezavam as semanas no Velho Morro Pelado. Eles passavam a manhã inteira e metade da tarde nos pastos vizinhos, conversando e lendo um para o outro, ou um vigiando o rebanho enquanto o outro tirava um cochilo.

À tarde, Pan Hetmański subia para rendê-los, e quando estava no meio do seu rebanho, contava as ovelhas balançando um dedo e abria-lhes a lã, examinando-lhes os flancos à cata de ferimentos. Após a vergonha de seu filho, alguns aldeões murmuravam à boca pequena que ele não devia deixar a filha fora da casa só na companhia de um solteiro apetecível e um rebanho de ovelhas, mas eram precisamente as ovelhas que formavam a primeira linha de defesa da reputação da filha. Qualquer pessoa que já tenha cuidado de ovelhas por uma tarde sabe que não se pode deixá-las sozinhas por um momento sem que elas caiam de um penhasco ou se desgarrem, e, assim, elas eram melhores acompanhantes do que Władysław Jagiełło.

A segunda linha de defesa, claro, eram os próprios aldeões, e Pan Hetmański depositou sua confiança na teia de mexericos que unia todos eles. Ele sabia muito bem que eles relatariam na mesma hora qualquer indecência que vissem, e falava ostensivamente com os vizinhos em voz baixa quando Pombo e Anielica estavam por perto, olhando a toda hora para o casal mesmo quando a conversa calhava de ser sobre os alemães ou a falta de chuva. Na verdade, porém — e Pan Hetmański levaria isso para o túmulo —, ele confiava até mais em Pombo do que no próprio filho.

Após o *ślub*, a noiva subiu o morro para a *wesele* num tamborete de madeira carregado entre Władysław Jagiełło e Pombo. A família ia atrás, depois as damas, segurando as *wianki* como a própria vida com uma das mãos, afastando os homens de suas saias a tapas com a outra. O cenário que encontraram ao chegar à Meia-Aldeia não os decepcionou. A casa tinha um aspecto lindo na luz da tarde, e os vizinhos conduziam uns aos outros em excursões ao interior, olhando primeiro um quarto conjugado e depois o outro. Revezavam-se abrindo a bomba na cozinha e jogando água na privada de porcelana, que fora colocada atrás da casa em seu próprio gabinete por motivo de higiene e não incorporada aos cômodos principais, como se dizia que a pobre gente da cidade fora obrigada a fazer com as dela.

No quintal, cortinas de linho grosseiro que estiveram penduradas o verão inteiro como telas de mosca cobriam as mesas, ancoradas nas pontas com jarras de *bimber* caseiro e vinho de frutas silvestres. Pan Hetmański e Władysław Jagiełło haviam circundado o muro de pedra, pelo lado de dentro, com tochas espetadas no chão cujas pontas cobertas de breu de pinho seriam acesas tão logo o sol se pusesse atrás da montanha. O banquete que apareceu nas mesas, até naquele dia, era referido como "a melhor celebração que qualquer pessoa na Meia-Aldeia podia se lembrar", o que é incrível, realmente, considerando que os superlativos são sempre reservados ao passado remoto. Havia pato assado no barro e cordeiro defumado no pinho, ovos recheados, batatas novas cobertas com manteiga e cebolinha, cogumelos recheados com carneiro moído e queijo, pastel de tudo o que se possa imaginar, tortas frescas transbordando de frutas e queijo fresco, pão fresco e fatias de *oszczypek* derretidas na fogueira.

Os *górale* comeram e beberam até se fartarem. Comeram e beberam até todos os velhos ressentimentos estarem atenuados e transformados em canções, até as fofocas não faladas desabrocharem entre eles como piadas picantes, até esquecerem as letras das canções e as frases mais importantes das piadas. Comeram e beberam até não verem os jarros vazios bebidos pelo mais jovem dos rapazes nem as grinaldas que faltavam na cabeça de algumas das damas de honra. Os *górale* poderiam facilmente ter acabado com o vinho todo em Caná, mas, na Meia-Aldeia, sempre havia mais. Houve brindes à noiva, brindes ao noivo, brindes aos dois sogros, quase sem notar a ausência de um deles, brindes a

Pombo, a Władysław Jagiełło, ao padre, ao general Piłsudski, a Jesus e a Winston Churchill.

Finalmente, quando os brindes dos homens descambaram para a exaltação de certas partes corporais das mulheres, e quando vários homens despiram as camisas para defender a honra dessas partes corporais, Pombo reuniu Anielica, o irmão dela e a noiva dele, e os quatro saíram de fininho para a floresta.

— Aonde vamos? — perguntou Marysia.

— Shh... você vai ver.

Caminharam aproximadamente para oeste, o luar banhando seus pés. Władysław Jagiełło e Pombo começaram carregando Marysia no banco de madeira, mas não estavam tão sóbrios quanto na volta da igreja, e depois de a terem derrubado duas vezes, ela preferiu ir a pé, suspendendo a saia e enfiando a bainha no cós da roupa de baixo, de modo que a saia lhe batia acima dos joelhos. Foram rindo quase o caminho todo, contando novamente algumas das piadas picantes que haviam ouvido naquela noite e compartilhando fragmentos de fofocas, alheios à pequena multidão que se formava atrás deles: as damas de honra que os haviam seguido por curiosidade e não paravam de rir, os homens que haviam seguido as damas por motivos óbvios, os garotos mais novos que haviam seguido os homens, torcendo para que estivessem prestes a descobrir uma nova reserva de *bimber*, e os cães que haviam seguido o grupo para fugir do tumulto da festa na casa.

Quando finalmente chegaram à clareira, os quatro pararam de supetão e perceberam o alvoroço atrás deles. Pombo, que parecia um colegial de terno e sapatos, de repente ficou ruborizado e formal como no dia em que pediu a Pan Hetmański para levar sua filha para dar uma volta.

— Państwo Władysław Jagiełło Hetmańcy... — pigarreou. — Posso lhes apresentar, por ocasião do seu casamento, este pequeno sinal de nosso apoio. — Enfiou duas tochas de breu de pinho no chão e acendeu-as. Primeiro, elas bruxulearam e crepitaram, mas por fim suas chamas firmes revelaram o segredo da ausência dele, o segredo do sorriso de Anielica durante os primeiros dias antes do casamento. Era uma cama de casamento, construída no mais recôndito da floresta. Pombo passara um dia inteiro vagando pela mata até encontrar o lugar certo: terreno plano, bem-drenado, com quatro árvores formando um quadrado perfeito.

Ele limpara o mato e fixara as braçadeiras diretamente nos troncos, depois encaixara entre eles seis galhos fortes e aparelhados. Vergara galhos menores e mais verdes e os transformara em cabeceira e pés da cama, e Anielica ajudara-o a enrolar trepadeiras em volta da estrutura e decorá-la com flores e folhas frescas. Eles rechearam dois lençóis com agulhas de pinheiro para fazer um colchão e cobriram-no com peles de ovelhas. A própria Anielica colhera a penugem e as plumas de todos os gansos e galinhas nas cinco aldeias vizinhas, e costurara e enchera um travesseiro comprido e um *pierzyna* que eram lançados para o alto como nuvens, cobertos de linhos que ela salgara, bordara e passara.

— É nossa intenção, claro — prosseguiu Pombo —, ajudar vocês a construir um teto em cima dessa cama, um quarto embaixo desse teto e uma casa em volta desse quarto.

A clareira estava em silêncio. Estavam todos — as damas, os rapazes, os garotos, os cachorros e Władysław Jagiełło — estupefatos com a magnanimidade do gesto. Até hoje, salas cheias de avós na área ainda podem ser silenciadas com a mera menção da cama de casamento. Foi só Marysia — a jovem, simples, otimista e agradecida Marysia — que conseguiu falar.

— E essa cama? — disse cautelosa. — Essa cama toda é para mim?

Władysław Jagiełło e Anielica riram, mas Pombo e o resto do povo compreenderam-na bem. Todos eles haviam crescido com pés na cara e cobertores que nunca esticavam o suficiente para cobrir todo mundo.

— É — disse Pombo afinal. — É toda para você

— E para mim — gritou Władysław Jagiełło, agarrando a noiva e atirando-a na cama, fazendo-lhe cócegas até ela dar gritinhos. — Não se esqueça de mim.

As damas que ainda tinham sua *wianki* enrubesceram e desviaram a vista. Os garotos tentaram dar uma espiada, e os rapazes olharam para as copas das árvores, pois, de repente, os gritinhos de Marysia foram abafados pelo zumbido de aviões no céu.

Eles não contavam com os aviões. Quando os homens da aldeia declararam que os alemães levariam duas semanas para chegar, tinham feito o cálculo com base em passadas e bolhas, e não em ataque, força ascensional e desvio de rota. Alguns dos aldeões nem percebiam o que era o barulho ao longe.

— As tochas! — gritou Pombo. Virou as duas tochas de cabeça para baixo, apagando-as na terra, e saiu disparado na direção da casa Hetmański. Anielica foi atrás dele.

— Fique aí — disse ele. — Todos vocês menos Władysław Jagiełło.

Ele nunca dera a Anielica nenhum tipo de ordem, e a gravidade desta assustou-a.

— Tenha cuidado — disse ela.

— Nós voltamos. Fiquem aí.

A "guerra depois da guerra para encerrar todas as guerras" começara.

14
Pan Tadeusz

Fico repetindo mentalmente a conversa com Tadeusz, tentando tocar nela e não deixar que desapareça. Mesmo assim, é quase uma surpresa quando o vejo a minha espera na estátua de Mickiewicz no meio da Rynek. É a última semana de junho, mas ventou e choveu a semana inteira. Tadeusz está só com uma camisa social azul e a mesma calça preta que usa para ir à boate. Quando me encaminho para ele, meu coração começa a bater desordenadamente, como a velha máquina de lavar de Pani Bożena quando começa a girar, e paro embaixo dos arcos da Sukiennice para observá-lo. Ele roda sem sair do lugar, me procurando, e espero até ele virar para o outro lado. Ele me vê quando já estou a poucos metros dele, e finjo ter acabado de vê-lo.

— Então vamos ao Jama Michalika? — pergunta bruscamente como se já tivesse tido na cabeça os primeiros minutos da conversa.

— Claro. Por que não?

Quando descemos a rua Floriańska, Tadeusz me conta tudo sobre o Jama Michalika. Ele me conta sobre a Polônia Jovem e os boêmios bebendo absinto e discutindo literatura, os artistas que pagavam a bebida com seus esboços, e o Cabaré Pequeno Balão Verde que foi fundado ali. Isso nos dá assunto para conversar, e eu me limito a ouvir e balançar a cabeça como se já não tivesse ouvido essas histórias mil vezes de Nela, como se não tivesse procurado o Jama Michalika no meu segundo dia em Cracóvia, como se não ficasse parada do lado de fora toda vez que passo, desafiando-me a entrar.

Ele segura a porta para mim, e passamos pela velha *babcia* e pelo balcão do *garderoba*.

— *Dzień dobry*, Pani.

— Bom dia. Ainda está frio lá fora? — A *babcia* coloca duas etiquetas no balcão.

— Está.

— Dizem que vai chover mais tarde — acrescenta Tadeusz.

Ela vira meu casaco nas mãos antes de pendurá-lo, e faz uma expressão de aprovação. É uma capa de chuva curta e leve com uma gola ampla e um cinto como Katharine Hepburn costumava usar. Nela a fez para si própria nos anos setenta, mas está voltando à moda.

— Você devia ter um casaco também, filhinho — diz ela retirando a segunda etiqueta.

— Não estou com frio, Pani — insiste ele.

Dá para ver pela maneira como Tadeusz vira a cabeça que, apesar de toda a sua conversa, ele também nunca esteve no Jama Michalika. Está escuro a não ser pela luz colorida saltitando no vitral do alto, e, quando nossa vista se acostuma, os esboços e os murais surgem da escuridão como os olhos dos bichos na floresta. O avental branco do garçom lhe chega quase aos pés, e ele dá um sorrisinho irônico quando Tadeusz puxa para mim uma das cadeiras descomunais, à Alice no País das Maravilhas.

— Chá? — pergunta o garçom.

Faço que sim com a cabeça.

— Dois — diz Tadeusz.

— Mais alguma coisa?

Mas ele já nos avaliou, e nem se dá ao trabalho de oferecer os cardápios.

Tadeusz pigarreia.

— Você queria mais alguma coisa? — pergunta.

— Não, não — digo, calculando quanto só um chá deve custar aqui.

— Não — diz Tadeusz ao garçom, como se estivesse traduzindo para mim.

Acomodamo-nos, e há um momento de silêncio. Eu sorrio e ele sorri.

— Você tem um sorriso bonito — diz ele.

— Obrigada — agradeço.

Silêncio.

Eu nunca tive uma cárie — sugere ele.

— É mesmo?

Ele põe a mão na boca. Tem o hábito de pigarrear e tapar a boca antes de falar, como se tivesse uma doença altamente contagiosa.

— Felizmente. Como somos nove, não temos exatamente recursos para levar todo mundo ao dentista.

— Ah.

Há mais um longo silêncio. Chega o chá, com colheres de prata e torrões de açúcar, rodelas de limão, biscoitinhos *wafers* e a conta, e Tadeusz negocia de forma inepta o serviço do chá e o pagamento.

— Então como é? — pergunto quando o garçom vai embora. — Com tantas irmãs.

À medida que ele fala, a imagem em minha mente vai sendo preenchida, embora não exatamente onde eu traçara as linhas. Ele tem dezenove anos, e é o mais velho, e moram todos num apartamento de três cômodos num *osiedle* em Huta. Terminou o *liceum* ano passado e anda ocupado cuidando das irmãs enquanto os pais administram a *lombard* que abriram alguns anos atrás.

— Mas estão passando um aperto. Muita gente vendendo e ninguém comprando, nem mesmo para recuperar as próprias coisas. E há muitas *lombardy* agora.

— É verdade. Aqui tem praticamente uma em cada quadra.

— E você? — pergunta ele. — Tem irmãos?

— Sou só eu.

— E seus pais? O que eles fazem?

— Nada. Quer dizer, minha mãe faleceu.

— Quando?

— Quando eu tinha seis anos.

— De quê?

— Câncer.

— Sinto muito. E seu pai?

— Foi embora logo depois.

— *Boże*.

Encolho os ombros.

— Então quem criou você?

— Minha avó. Nela. Ela só faleceu este ano. Logo depois da Páscoa. Sempre achou que eu devia vir para Cracóvia. Passou uns dois anos aqui depois da guerra, e sempre falava nisso.

Ocorre-me justo agora que não falei realmente sobre ela com ninguém desde que cheguei aqui. Nem com Irena.

— Como ela era?

— Como assim?

— Assim, como ela era? Era gorda? Fazia bolos e tortas?

Olho para Tadeusz e os olhos dele me estimulam.

— Ela era incrível, mesmo. Linda. Todo mundo dizia que poderia ter sido uma estrela de Hollywood. Tinha um cabelo comprido e louro como Veronica Lake, e todos os homens nas aldeias vizinhas eram loucos por ela.

— Veronica quem?

— Veronica Lake. Sabe, a artista de cinema americana.

Tadeusz dá de ombros.

— Mas ela acabou sendo agente dos correios. E costureira. Era o que fazia em Cracóvia logo depois da guerra também. Ela e minha tia-avó Marysia faziam uniformes de dia e fantasias para o Teatro Velho à noite. No escuro. Ela dizia que era assim logo depois da guerra, todo mundo trabalhando no escuro, e o escuro era tanto que, à noite, o país inteiro desaparecia.

Tadeusz sorri, e penso em seus dentes perfeitos sem nenhuma cárie. Temo estar aborrecendo-o, mas quando começo a falar de Nela, parece que não consigo parar.

— Ela também costurava muito bem. Tinha clientes até em Nova York, e o tecido chegava pelo correio, tecidos lindos que não se compravam nem nas lojas Pewex naquela época. Ela fazia um vestido por ano para uma mulher da nossa aldeia, e essa mulher pagava com três ovelhas.

Tadeusz ri.

Enrubesço.

Tomamos nosso chá. Falamos mais da aldeia, de Huta, da ida de Kinga para Roma para trabalhar como *au pair* e de todas as nossas colegas de classe que querem deixar o país. O garçom retira nossas xícaras com impaciência, e eu tenho a terrível sensação de que a tarde está acabando antes de ter deslanchado, que pode ser cortada a qualquer momento, as pontas muito bem-aninhadas.

— Vamos embora? — pergunta finalmente Tadeusz, e sinto a decepção no estômago.

Ele espera até eu estar em pé para se levantar, e, ao sairmos, ambos damos uma última olhada na sala. Buscamos meu casaco no *garderoba*, e Tadeusz deixa mil złotych na bandeja de metal da *babcia*.

— Agora, use seu casaco da próxima vez, filhinho — ela provoca.

— Não estou com frio, Pani — ele torna a dizer.

Ficamos parados na rua. Continua ventando forte, e as nuvens deslizam cada vez mais baixo, desafiando-me.

— Bem — diz ele.

— Você tem que ir para casa?

Ele pigarreia.

— Não necessariamente.

— Quer dar uma volta pelo Planty?

— Claro.

Claro. Fácil assim.

Atravessamos o portão da cidade e passamos pela velha fortaleza a caminho do Planty, o cinturão de árvores e relva que cinge a cidade velha. Quase todo mundo o chama de Zona do Bombardeio atualmente por causa de todas as aves que pousam nas árvores. Há mais uns casais fazendo o mesmo circuito que nós, alguns mais velhos, trajando capas de chuva elegantes, outros da nossa idade, agasalhados com jaquetas esportivas. Tadeusz enfia as mãos nos bolsos. De vez em quando, olha timidamente para mim, mas não conversamos muito.

— Então, quando começou a tocar clarineta? — pergunto.

E esta é a pergunta, a pergunta que se insere nas brechas de sua polidez e faz com que ele se abra, esquecendo-se de tapar a boca e pigarrear. Suas mãos saem dos bolsos acenando e gesticulando, e ele tem que falar depressa para acompanhá-las. Outro casal que passa por nós vira-se para olhar. Ele só aprendeu a tocar há dois anos e meio, conta-me, numa clarineta que fora deixada na loja. Um amigo de seu pai conhece um amigo que tem um amigo que conhece Stash, e Stash concordou em deixá-lo tocar lá uma vez por semana de favor.

— De favor? Stash diz que você é o jovem *klarnecista* mais promissor de Cracóvia.

Ele tenta disfarçar o sorriso, mas vejo que está satisfeito.

— Não.

— Verdade. Então ele não lhe paga?

Ele encolhe os ombros.

— Só em suco de laranja.

— Você devia pedir que ele lhe pagasse.

— Ah, eu não poderia. Só tocar com eles é uma honra.
— Por que não? Ele paga os outros, e você é tão bom quanto eles.
— Você está dizendo isso para me agradar...
— Não estou, não.
— Você acha mesmo?
— Por que não?

Ele para no meio do caminho e se vira para mim.

— Sabe, você tem razão. Eu *vou* pedir. O que eu tenho a perder?

Ele parece um doido, as bochechas coradas de excitação, a cabeleira desgrenhada alisada pelo vento, seu entusiasmo formando um escudo protetor em volta dele. Em volta de nós.

— Vou falar com ele — repete Tadeusz.
— Deve falar — digo.
— Eu vou. — Ele ri, nervoso.
— Deve mesmo.
— E você então?
— O que é que tem eu?
— E você? O que quer ser quando crescer? — Ele sorri.

Estamos de frente um para o outro, no meio do caminho, os outros casais desviando de nós.

— Uma atendente de bar rica e famosa — digo rindo.

Ele não ri.

— Falando sério.
— Sério? — pergunto. Ele tem no rosto a mesma expressão intensa de quando está tocando. — Não sei.

Ele me olha, na expectativa.

— Ora, vamos até a universidade — digo.

Suas mãos estão de novo metidas nos bolsos, e ele chuta pedras imaginárias.

— Na verdade, eu devia estar indo para casa. Parece que o céu vai desabar.
— Eu também.

Mas é mentira. Não quero que isso acabe realmente.

Vamos para o lado da praça dos Inválidos, onde ele pode pegar um ônibus para Huta.

— Então é isso que você quer ser, um *klarnecista*? Profissionalmente, quero dizer?

— Se eu puder. A chance é pequena, mas eu estava pensando em ficar uns tempos no Stash's ganhando um pouco de experiência para poder tocar em algumas outras boates, e depois, no futuro, formar meu próprio conjunto (meu amigo Konrad é trompetista) e aí começar a agendar meus próprios compromissos, primeiro aqui em Cracóvia, e depois talvez em Varsóvia e Katowice...

Mantenho-o falando sobre isso o máximo que posso, por toda a rua Królewska, passando pela loja vinte e quatro horas, e entrando no pátio de Irena. O vento aumentou de novo, e as nuvens estão mais carregadas.

— Sinto muito. Esse tempo todo estou abusando do seu ouvido.

— Tudo bem.

Ele me leva à porta de entrada.

— Obrigado — diz. — Essa tarde foi muito gostosa.

— Foi.

— A gente podia sair de novo um dia desses.

— É.

Tenho a sensação de estar num daqueles filmes russos de época com cartões de dança e luvas até os cotovelos, e tudo o que quero fazer é agarrá-lo pelos ombros e puxá-lo para mim, sentir seus lábios de clarineta colados nos meus, sentir o calor de sua exuberância se infiltrando na minha pele. Em vez disso, ele me dá um selinho na boca e vai embora depressa.

— *Na razie* — diz olhando para trás.

— *Pa.*

Irena está na sala, assistindo à televisão. Há um especial sobre o papa com os mesmos retratos que sempre mostram: o rapazinho de calças curtas, o jovem esquiando nas Tatras, o jovem padre rezando missa numa canoa emborcada. Irena ergue os olhos e resmunga. Ela passou a semana inteira de mau humor.

— *Cześć*, Irena. — Ouve-se um barulho no apartamento. — Magda voltou?

Irena faz que não com a cabeça.

— Turistas. Alemães. — Ela finge cuspir no chão.

Ouço a chuva começar exatamente aí, gotas gordas caindo no balcão, e imagino Tadeusz com aquela camisa social, procurando abrigo embaixo de uma árvore ou um toldo.

— E como foi o seu programa? — pergunta Irena, sem desgrudar os olhos da televisão.

— Foi bom.

— Não se preocupe. Você pode ensiná-lo a beijar.

— Como assim?

— Bem, quem esse garoto pensa que é? Um assassino? É como se ele tivesse um dardo envenenado na boca ou coisa assim.

— Você estava nos *espionando?*

— É a minha janela. Além do mais, o que mais nós velhotas temos para fazer a não ser olhar jovens puritanos estragarem uma coisa simples como o ato de beijar?

— Assistir às suas retrospectivas do papa e rezar seu rosário, como as outras velhotas.

Ela sorri, satisfeita com meu progresso.

— Ah, já vou para o inferno mesmo.

— Não diga isso, Irena.

— O quê? Eu não me importo — diz ela. — É lá que estão todas as pessoas interessantes afinal de contas.

O papa está olhando o povo na praça de São Pedro.

— Se eu cometer erros de italiano — diz ele —, corrijam-me. — O povo ri e aplaude.

— Irena?

— Sim.

— Você pensa alguma vez em voltar a pintar?

Ela olha para mim, meio surpresa.

— Ora. Não há tempo para pintar na Nova Polônia. Ninguém liga mais para essas coisas. Nem mesmo eu.

— Tem outra coisa, então?

Ela me olha, confusa.

— Como assim?

— Bem, você tem algum tipo de sonho? Sobre o futuro.

Ela estuda os flashes do Vaticano: o papa correndo em seu jardim particular, olhando os documentos em sua mesa, ajoelhado em seu santuário particular para a Virgem Maria, parado ao lado de um carro branco, caindo, a roda de gente se fechando em volta dele.

— Irena?

Ela pigarreia e fecha os olhos com reverência.

— Meu sonho... — diz.

Espero.

— Um caminhão.

— Um caminhão?

De repente, ela abre os olhos.

— Sim, um caminhão. Um caminhão grande. Da cidade. Vai estacionar no pátio e jogar todos esses gatos vira-latas sarnentos de *pieprzone* na traseira, e o motorista vai vir *remont* minha cozinha, instalar a CNN e pedir Magda em casamento. Sim. Este é o meu sonho.

E dá uma boa gargalhada.

15
A tempestade antes da calmaria

Ninguém passou a primeira noite de bombardeio na própria cama. A segurança estava em outro lugar — no celeiro de outra pessoa, no porão de outra pessoa, na aldeia de outra pessoa. No fim, houve uns trinta da *wesele* que se reuniram na cama de casamento na floresta em vez de encarar a vulnerabilidade de suas próprias casas. As crianças foram metidas debaixo do gigantesco *pierzyna*, e mesmo assim ficaram espichando a cabeça para ouvir os tímpanos e os címbalos ao longe, para ver os lampejos da aurora cor-de-rosa no céu muito antes de nascer o sol. As mulheres se reuniram em pequenos grupos em volta da cama, as vozes confiantes ao tranquilizar as crianças e inseguras ao se dirigir umas às outras. Os homens sentavam-se encostados nas árvores, sem sair do perímetro, guardando suas famílias, contra o quê, ainda não sabiam.

Pombo e Władysław Jagiełło haviam corrido para apagar as tochas no quintal, e voltado para casa com alguns dos convidados e todos os cobertores e roupas de cama da Meia-Aldeia antes de sumir de novo. Lá em cima nos pastos era frio à noite, mas a cama de casamento, escondida no coração da floresta virgem, estava bem-isolada com camadas de folhagem e detritos. Além disso, naquela primeira noite, ninguém dormiria tanto tempo que desse para deixar o frio se instalar dentro das cobertas.

O bombardeio continuou a noite inteira. Era impossível dizer a que distância caíam as bombas, pois o barulho ecoava nos picos e era engolido inteiro pelos vales. Nos intervalos, ouviam-se murmúrios abafados e tosses, o movimento de corpos deitados sobre agulhas de pinheiro e folhas, e um ou outro grito de uma criança respondendo aos seus sonhos. Os bichos, espantados com o barulho, começaram a mandar equipes de reconhecimento, e vigiavam os habitantes da Meia-Aldeia de uma distância segura. Anielica e Marysia, recém-irmãs, abriram mão de um cobertor para Pani Hetmańska e uma das outras mulheres da aldeia, e se encolheram embaixo de um dos lençóis de linho.

Da segunda vez que partiram, Pombo e Władysław Jagiełło passaram o resto da noite fora, só voltando de manhã com baldes de *pierogi* e carneiro frio e histórias da noite da véspera. Foram primeiro ao Velho Morro Pelado para controlar Jakub, depois desceram para Pisarowice e seguiram para o *shtetl* de Marysia e a aldeia de Pombo. Várias casas em Osiek haviam sido atingidas, disseram. Os homens saíram correndo das casas tão logo ouviram o barulho dos bombardeiros, pegando pedras e atirando-as nos traiçoeiros postes de luz das ruas. Mas não foram suficientemente ligeiros, e várias mulheres e crianças haviam sido mortas, as crateras deixadas no chão testemunhando o luto da cidade.

Isso pôde ser confirmado. Todo o resto era especulação apavorada. Uns diziam ter visto os paraquedistas alemães pousando ao alvorecer nos pastos para além de Osiek, e aí, se agachavam, esperando tornar a escurecer. Outros nas outras aldeias estavam carregando as carroças com seus pertences. Uns já estavam na estrada, dirigindo-se às cidades, onde julgavam ser mais seguro.

Os participantes da festa, que havia apenas algumas horas dançavam o *zbójnickiego*, cantando "*Ej, ty, baco, baco nas*", e brindando às partes do corpo de suas mulheres, estavam sentados num silêncio frio em volta da cama de casamento enquanto ouviam e comiam, interrompidos apenas pelo eventual nervosismo das crianças menores, que ainda não sabiam ler o silêncio, e que só queriam ir para casa, ficar com seus próprios brinquedos, seus próprios frangos e cordeiros de estimação. Na verdade, as crianças costumam ter o instinto correto nas crises, e Pombo também começou a insistir para que os convidados do casamento voltassem para suas casas para fazer os preparativos durante o dia, enveredando-se pela floresta e levando o máximo que pudessem carregar de sobras de comida.

O próprio Pombo ficou para ajudar a retirar as mesas e os bancos do quintal dos Hetmańskis e, aí, após uma rápida conferência com Pan Hetmański e Władysław Jagiełło, voltou para casa para estar com os pais e as irmãs, prometendo vir encontrar a família na cama de casamento na manhã seguinte.

O trabalho não parou o dia inteiro. Pani Hetmańska e Anielica embalaram decentemente o resto das sobras, que haviam sido guardadas às pressas embaixo de cestos e panos. Embrulharam os pães em papel e armazenaram as cebolas e os cogumelos secos nas vigas. Fizeram picles e colocaram em vinagre os pepinos e repolhos remanescentes, e salgaram a carne, deixando-a ao sol para secar. Pan Hetmański e Władysław Jagiełło passaram a manhã fazendo covas para as batatas e para três grandes tonéis vazios, que encheram de comida — carne salgada, farinha e queijo num deles, cenouras e beterrabas acondicionadas em areia num outro, álcool, óleo e conservas no terceiro. Selaram as tampas, cobrindo-as de terra, espalhando as folhas e pedras para não levantar nenhuma suspeita.

Pan Hetmański foi para a floresta naquela manhã e fez outro buraco para suas coisas de valor, mas recusou-se a contar sua localização a qualquer dos familiares, temendo que esse conhecimento os fizesse presas dos alemães. Todo mundo parecia estar fazendo o mesmo, e quando se viam por entre as árvores, os homens de cada casa evitavam os olhos uns dos outros e seguiam cada um para o seu lado. Depois da guerra, uns voltariam e escavariam a esmo à cata dos pertences de suas próprias famílias ou de outras, deixando a mata um campo minado de buracos inesperados e tornozelos torcidos.

— Por que simplesmente não botamos tudo no porão? — perguntou Anielica.

Seu irmão e seu pai trocaram olhares cúmplices.

— Que porão? — perguntaram.

— O que Pombo construiu.

— Ninguém sabe do porão, Anielica. E ninguém pode saber. Você não pode contar a ninguém. Guarde para você como um gole de água.

A única coisa de valor que os Hetmańskis mantinham acima do chão era o quadro da Madona Negra de Częstochowa que ficava pendurado no cômodo principal. Toda noite, antes de irem para a cama de casamento na floresta, ou Anielica ou a mãe o encostava no muro do jardim para pedir proteção. Na verdade, o quadro protegeu a casa fielmente até meados de novembro, quando dois alemães bêbados usaram no para treinar tiro ao alvo. O objeto foi então retirado para a parede do cômodo principal, onde todos os que entravam podiam ver os buracos de bala na testa lisa da mãe, rasgando o peito da criança sobrenaturalmente calma em seu colo. "*Bóg zapłać*", murmurava Pani Hetmańska toda vez que passava pelo quadro desfigurado. Deus lhes pagará.

Nas duas primeiras semanas, os Hetmańskis e Marysia passavam as noites na cama de casamento, os dias se preparando para o pior. Marysia chorava e chorava por sua família, mas Władysław Jagiełło não a deixava voltar ao *shtetl*, assegurando-lhe que eles certamente haviam fugido e logo se reencontrariam.

Pombo voltava para sua família toda noite, regressando antes da aurora, e quando Anielica abria os olhos de manhã, lá estava ele, exatamente como prometera, sorrindo para ela de um toco no limite da clareira. Ela deslizava de baixo do enorme *pierzyna*, tomando cuidado para não acordar os pais nem o irmão e sua noiva, que dormiam em peles de ovelhas a vários metros de distância. Nessas primeiras semanas, Anielica dormia vestida, como todo mundo, e guardava um grampo no punho para prender o cabelo. Ela ficava ainda mais bonita assim, e Pombo lhe dizia isso todas as manhãs no passeio matinal pela floresta, sem ter irmãos ou mexericos ou ovelhas como acompanhantes. Aquela não era hora para Pan Hetmański impor restrições ao namoro deles, e mesmo se quisesse fazê-lo, era tarde demais. Sem jamais tocar em Anielica, Pombo já conseguira chegar ao mais fundo de seu coração. Era só uma questão de aguardar — as bombas pararem de cair e a noiva ter mais idade — para dar início a um noivado decente.

O casal voltava para a cama de casamento todas as manhãs quando ouvia a voz de Pan Hetmański, e a família inteira voltava junta para a casa, tomava café e discutia o reconhecimento de Pombo da noite anterior. Pombo nunca aparecia de mãos abanando, e sempre trazia fósforos ou chá ou notícias para estocar. Pan Cywilski tirara seu rádio da janela temendo um confisco, mas continuava aberto para negócios como uma agência de informações de um homem só.

Quase todas as estações polonesas haviam sido tiradas do ar nos primeiros dias, e o vale todo contava com a BBC e Pan Cywilski, cujo inglês foi mais uma vez questionado quando ele relatou as atrocidades dos alemães por intermédio de Pombo: as execuções nas praças de mercado, os trens, o esfacelamento das famílias, as detenções de judeus e poloneses e judeus poloneses e poloneses judeus e ciganos e professores e autoridades e padres. A Polônia toda estava em marcha.

Os alemães estavam forçando migrações para o centro do país com trinta quilos de pertences por família e cinco minutos para embalar tudo. Quem sobrou nas cidades estava fugindo para as aldeias, quem sobrou nas aldeias estava fugindo para as cidades, e os alemães estavam bombardeando todas as estradas entre as cidades e as aldeias, matando tudo que se movesse, pilhando tudo que não o fizesse, absolvidos por seus próprios capelães e pelos padres poloneses que valorizavam mais este mundo que o outro.

— Seguramente Pan Cywilski está exagerando.

— Mas o padre Adamczyk me deu a mesma informação. Ele também queria que eu dissesse a todo mundo que a missa seria rezada como de hábito até os alemães o arrastarem do altar.

O que seria só uma questão de meses.

— Claro que os britânicos vão intervir. Afinal de contas, eles têm que honrar o tratado.

Mas a centenas de quilômetros dali, em vez de bombas, os britânicos lançavam panfletos, insistindo para que os alemães reconsiderassem. Em vez de fogo de metralhadoras, havia o aplauso na Câmara dos Comuns quando líderes dos três partidos proferiam discursos sobre a honra e faziam exortações à ação. Os franceses, com o mais profundo sentimento de *fraternité* pela Polônia, ocuparam umas dez aldeias abandonadas na fronteira alemã antes de recuarem rapidamente.

— Estou lhes dizendo, isso depende de *nós* — concluía Pombo solenemente depois de cada reportagem.

— Mas o que podemos fazer? — perguntava Anielica. — Temos que esperar os americanos.

— Os americanos? Os americanos não têm nenhuma preocupação no mundo. Por que haveriam de se envolver? Não, isso depende de nós.

16
A beleza das burrices

No fim de julho, Tadeusz e eu já caímos numa rotina. Ele me encontra depois da casa de Pani Bożena às sextas-feiras e vamos juntos ao Mikro. Aos domingos, encontramo-nos numa lanchonete perto da Nowy Klerparz. Nossas conversas são sempre as mesmas. Sempre sobre o futuro — o futuro dele como *klarnecista* —, como se cada vez que mencionássemos isso, estivéssemos incubando a ideia com o calor do nosso hálito. E aí, depois, ele me acompanha à casa de Irena, onde continua me assassinando com selinhos na boca. Como a tortura chinesa da água, acrescenta Irena.

Já faz quase um mês que Magda saiu de casa, e Irena cada dia fica mais nervosa.

— Não acredito que aquela *głupia panienka* esteja amigada com aquele Sapo. Quem sabe, a esta altura ela pode até estar casada ou prenha. Aos vinte anos. Bem, essa é uma vida ótima para você. E depois de tudo que tentei fazer por ela.

— Irena, você não sabe se ela está grávida. Nem sabe se está com Żaba, aliás.

— Se não estiver com aquele menino, então por que não vem para casa?

— Talvez esteja com medo.

— Com medo de *quê*?

— Talvez do que você diria sobre ela ter sido reprovada.

— Com medo? Magda nunca teve medo de nada na vida, certamente não da minha opinião. Quem dera ela tivesse medo de alguma coisa. De ter um futuro que não dê em nada, por exemplo.

Ficamos caladas um instante. Ela olha para mim do sofá.

— O quê? Diga.

— Não é da minha conta.

— Diga.

— Sei lá. Acha que talvez você às vezes pode ter sido muito dura com ela?

Irena ri.

— Claro que sou dura com ela! Se não fosse, ela não teria chegado tão longe. Olhe só, ela não teria feito nem o ensino fundamental nem o *liceum* sem a minha pressão constante.

— Mas talvez para a prova você tenha ficado muito em cima dela às vezes?

— Talvez o problema seja eu não ter ficado em cima dela o suficiente. Ora! Talvez por isso toda a sua geração seja tão apática — prossegue —, porque vocês não têm ninguém tentando empurrá-los para o outro lado.

— Não somos todos apáticos.

— São, sim. Pelo menos metade de vocês é. A outra metade está ocupada demais desperdiçando toda a sua liberdade com o aqui e agora.

— Bem, talvez isso não seja apatia. Talvez só estejamos paralisados pelo excesso de escolhas.

— Isso é um absurdo — diz Irena. — Não existe excesso de escolhas. Você simplesmente escolhe algo e assume.

Ela se recosta no sofá e liga a televisão.

— Já não me importo mais. É a vida dela, deixe que ela a estrague.

— Só que você se importa.

— Não me importo, não.

— Então por que fica aí sentada reclamando disso toda noite?

— E quem lhe ensinou a me responder?

— Você.

— É. Ensinei. E se está lembrada, você só respondeu depois de várias semanas sendo pressionada. E é *exatamente* isso que estou tentando fazer por Magda.

Um homem com um leque de pelos brancos saindo das ventas aparece à porta.

— Com licença. Com licença. Perdão. Focê tem Já? *Kamillentee?*

Tenho, tenho.   Irena abre um sorriso.   Eu faz você. Levo no quarto você. No *Zimmer*. Mulher sua quer também?

— *Ja, ja*. Mulher também. *Danke*. Quer porta fechada?

— Sim. Porta fechada — diz Irena.

O velho sorri e fecha a porta na própria cara sorridente.

— Malditos camisas pardas — murmura Irena.
Levanto da cadeira, bato os calcanhares e faço a saudação nazista.
— Eu faço — digo, mas Irena nem esboça um sorriso.
— Pode deixar. — Ela se levanta do sofá.
— Irena, de verdade, fique aí. Eu faço.
— Não faz, não. — Ela me empurra e vai passando.
— Para que isso?
Vou para a cozinha atrás dela. Ela acende o fogão e joga a chaleira no fogo.
— Eu disse que eu fazia.
— Mas por que me empurrou?
— Hoje é o chá. Amanhã é passar os lençóis deles. Ano que vem, você estará na estação esperando os trens.
— E o que isso tem de errado?
— Tudo.
— Mas você faz.
— Fui feita para isso.
— Talvez eu também tenha sido.
— Não. Já criei uma atendente de bar permanente, não vou ser responsável por outra.
Ela contrai os lábios fechando a boca como uma criança recusando-se a comer.
— Irena, sei que você está aflita por causa de Magda, mas...
— Magda. Você. Toda a sua geração. As liberdades que você tem hoje para nós eram só um sonho. Você tem um mundo de oportunidades, e o que faz com elas? Vai todos os dias para os mesmos trabalhos medíocres e fica sentada na minha sala.
— Talvez seja essa a vida que eu queira.
— Então você sofre de falta de imaginação.
A chaleira apita e Irena arruma dois copos de água quente numa bandeja de alumínio ao lado de dois saquinhos de chá novos, o açucareiro, um pires e duas colheres. Leva a bandeja para o quarto de hóspedes e bate delicadamente.
— Ah, *danke*, obrigado.
— Não há de quê.
— Espere, espere, minha mulher, ela ter *Fragen*. *Fragen* de turista.
Irena os convida a ir à sala, e um minuto depois, eles se envolvem no

tiroteio do inglês, de Auschwitz e da Igreja de Santa Maria, trajetos de bonde, restaurantes e cafés. Irena sorri tanto para os alemães que parece que sua cara vai estourar. Eles se demoram meia hora ali, enquanto espero educadamente sentada no sofá, e, quando saem, imediatamente fazemos o somiê e o sofá e nos deitamos. Irena se mexe e pigarreia algumas vezes como sempre faz antes de adormecer. Ela nunca falou comigo como falou hoje à noite, e acho que estou esperando que ela amenize a situação amanhã, exatamente como minha mãe fazia quando havia uma discussão na casa.

— Você sabe de alguma coisa, não?

Mexo-me no somiê.

— Como assim?

— Você sabe de alguma coisa sobre Magda.

Os olhos dela estão no mesmo nível que os meus no escuro.

— O que faz você dizer isso?

Ela não responde. Deixa os olhos fazerem tudo.

— Tudo bem — digo baixinho. — Ela não está na casa de Żaba. Nem está mais com ele.

— O que mais?

— Eles terminaram uns dias antes da prova. Ele a traiu com uma das amigas dela, e ela ficou muito perturbada, e sabia que não ia passar. Por isso saiu de casa.

— E esse tempo todo ando doente de preocupação. Onde ela está, então?

— Por favor, não conte a ela que eu lhe contei. Jurei que não falaria nada.

— Estou pouco ligando para o que você jurou. Onde ela está?

— Na casa da amiga dela. Na casa da Monika.

— Monika, a que também estuda direito?

— É.

Irena se vira para a parede.

— *Głupia gęś*.

— O quê?

— Acabei de chamar você de *głupia gęś*. Não entende? Ela só lhe contou porque achou que você me contaria. E em vez de contar, você esperou um mês.

— Sinto muito, Irena.

Ela não responde.

— Eu disse sinto muito, Irena.

Encosto-me bem na parede, e todo o meu corpo sente sua resistência. Quero me sentir envolvida de novo, protegida, segura, como eu estava na aldeia. Enrolo-me bem no cobertor, e tento me consolar pensando em Tadeusz, mas a solidão que se abriu dentro de mim é tamanha que uma pessoa não consegue preencher. Tento me tranquilizar ouvindo a respiração do apartamento — a roda do medidor de luz, o ranger do andar de cima, Irena se mexendo e suspirando ali perto de mim — mas isso só faz com que eu me sinta mais só, como se daqui até o sofá fosse a maior distância do mundo.

Ela já saiu quando me levanto de manhã. Stash vê que há algo errado assim que passo pela porta naquela tarde.

— O que está incomodando você?

— Conhece alguma *babcia* que tenha um quarto para alugar?

— O que aconteceu?

— Não sei. Acho que talvez eu me mude.

Conto-lhe tudo, e ele se limita a ouvir. Quando Stash ouve, você vê que ele está realmente ouvindo e não apenas fingindo.

Quando termino, ele sorri calmamente.

— Ela disse mesmo para você ir embora?

— Não.

— Olhe, garanto que ela disse algumas coisas das quais se arrepende agora. Garanto que quando você chegar em casa, tudo já será passado para ela. Você sabe que ela faz tudo com o máximo de rapidez e eficiência possível, e isso inclui zangar-se e esquecer o assunto.

Torço para ele ter razão. Quando estou indo para casa naquela noite, preparo o que vou dizer. *Sinto muito, Irena. Eu devia ter lhe contado. Se você não quiser mais que eu more aqui, vou entender.* Tento acompanhar a trilha dos "se" na minha cabeça se eu tiver que me mudar, mas não consigo imaginar a ausência de Irena, assim como nunca podia imaginar a presença dela em minha vida alguns meses atrás.

Vejo a luz da janela da rua de Kasimierz, o Grande, e imagino-a sentada no sofá lendo uma de suas revistas de notícias. Meu coração começa a bater mais depressa. A conversa que andei planejando metodicamente na cabeça até chegar em casa começa a incomodar. Mas quando entro em casa, a porta da sala está fechada e ouço vozes baixas.

— Baba Yaga, é você? — grita Irena quando ouve a porta da frente abrir. — Baba Yaga, *chodź tu*.

Penduro a mochila, calço as pantufas e abro a porta da sala. Magda está ali. Está sentada ao lado de Irena no sofá, os olhos inchados de chorar, a cabeça pousada no ombro de Irena, que lhe afaga o cabelo.

— *Cześć*.

— *Cześć*.

Fico ali parada um minuto na porta, sem saber o que fazer. Nunca as vi sem estarem discutindo.

— Venha. Sente-se — diz Irena.

— Não quero interromper.

— Tudo bem — diz ela.

— Acho que vou me deitar mesmo — diz Magda. — *Dobranoc*.

Afasto-me para deixá-la passar.

— *Dobranoc* — responde Irena.

Sento-me na poltrona ao lado da porta, mas Irena já começou a vestir o pijama, então me levanto e começo a preparar o somiê.

— E como estava o Stash's hoje à noite? — ela pergunta.

— Bem. — Tento recordar tudo o que ensaiara no caminho, mas só uma coisa vem à tona. — Irena, eu me mudo se você quiser.

— Por que cargas d'água eu haveria de querer que você se mudasse?

— Eu só pensei que você poderia querer.

— Bem, pois não pense.

Ela puxa o lençol para cobrir a cabeça e o deixa assentar no sofá.

— Mas, Irena, eu me sinto péssima por ter mentido para você.

— Ótimo. Mas você também me disse a verdade. Magda e eu tivemos uma longa conversa hoje. Uma longa conversa. E também falei com a mãe de Monika. E sabe o que ela estava fazendo o tempo todo em que esteve fora de casa? O tempo todo em que eu não estava em cima dela?

— O quê?

— Estudando.

— Estudando?

— Todos os dias. Os dias inteiros.

— Para quê?

— Para os exames de recuperação em setembro.

— Acha mesmo que ela tem chance de passar depois de ter sido reprovada neles uma vez?

Irena se vira e me lança um olhar estranho. Puxa o edredom do armário e joga-o em cima do lençol.

— Bem, talvez seja a maior burrice minha acreditar que ela possa.

— Sinto muito mesmo ter mentido para você, Irena. E se quiser que eu me mude, basta dizer.

Irena se detém e põe as mãos na cintura.

— Baba Yaga, sua avó alguma vez lhe contou sobre o dia em que ela expulsou um *skurwysyn* nazista que estava tentando estuprar minha mãe?

— Não.

— Algum dia ela lhe contou como o seu avô atirou no *skurwysyn* soviético que estava tentando botar fogo na casa com meus pais e comigo dentro?

— Não.

— Bem, você não vai a lugar nenhum.

Apaga a luz e se deita. Apenas consigo ver seu vulto do outro lado do quarto e, dessa vez, ela está me encarando.

17
A simulação de vida

O PRIMEIRO INVERNO foi relativamente fácil, considerando o que a BBC e Pan Cywilski haviam previsto. As ovelhas todas estavam a salvo no celeiro, e havia dinheiro a ganhar com a venda de batatas, produtos agrícolas enlatados e lã para as cidades. Os alemães, que haviam estabelecido um acampamento permanente em Osiek, não subiram a serra intimidados pela neve, e, nas eventuais visitas, andavam com um passo tão pesado e xingavam tanto que era impossível não ouvi-los chegar.

Pombo e Władysław Jagiełło acabaram trazendo a notícia da destruição completa do *shtetl* de Marysia, e todos os vizinhos observaram Marysia com atenção, esperando que ela entrasse em desespero. Ao contrário, a criança gentia-judia que crescia dentro dela parecia conservar seu otimismo, e ela assumiu a calma sobrenatural da Madona, apesar da tragédia brutal que com certeza havia se abatido sobre seus pais e seu irmão. Os habitantes da Meia-Aldeia e de Pisarowice a esta altura estavam com muita pena da moça para chamá-la de crucificadora de Cristo ou contar os meses decorridos desde o casamento, que escandalosamente somavam seis, e quando veio a notícia de que nascera um bebê, mesmo com os alemães em Wawel, mesmo com os abutres rondando no céu, os vizinhos na Meia-Aldeia e em Pisarowice vieram inundar Marysia de atenções e presentes.

A família Lukasiewicz de Pisarowice trouxe seis vidros de purê de cenouras frescas, e os Bodjas, uma galinha, que eles tiveram a previdência de não ferver nem transformar em pasta, e que continuou fornecendo uma produção consistente de ovos por um par de anos. O filho Romantowski trouxe um violino numa tarde ao pôr do sol, e tocou uma canção de ninar que fez o bebê Hetmański adormecer no ato. Até Pan Cywilski apareceu numa tarde para instalar um motor e uma manivela no berço de madeira e, assim, o bebê podia continuar sendo embalado por uns bons vinte minutos enquanto a mãe cuidava de outras coisas.

A criança acabou sendo uma bichinha rechonchuda de cabelos pretos encaracolados e um ar calmo exatamente como o da mãe. Quando segurava a filha no colo, Marysia se parecia muito com a Madona Negra dos retratos que, há apenas seis meses, estavam em todos os muros e cercas. Władysław Jagiełło recuperou as cores e tornou-se o melhor pai que já houve, começando pelo nome que deu à filha. No espírito pretensioso de seu pai em relação à descendência, vários nomes femininos foram sugeridos, incluindo Rainha Jadwiga (embora este tivesse sido imediatamente rejeitado por ser incesto nominal), Marie Curie, Kopernika e Chopina. Mas Władysław Jagiełło, que sem as comparações constantes com seu xará teria sido considerado um homem bom e bem-sucedido, já havia decidido. Chamou-a de Irena. Não Santa Irena nem Rainha Irena ou Irena, a Grande. Só Irena. E quando as pessoas descobriram — inclusive Pan Hetmański —, incrivelmente, quase não fizeram estardalhaço, do mesmo modo como quase não faziam mais estardalhaço por coisa nenhuma.

No verão de 1940, todo mundo já estava exausto por causa da guerra. Depois que Hitler desfilara por Varsóvia, depois que os *shtetls* haviam sido evacuados, os rádios confiscados, os livros queimados, as escolas fechadas, o castelo de Wawel tomado, os professores fuzilados e os generais exilados, o que mais os nazistas poderiam fazer? O que mais?

Não satisfeitos em deixar a pergunta retórica pairar no ar, os aldeões observavam suas folhas de chá e os pingos da cera de suas velas atentamente em busca da resposta. Iam em tropel a astrólogos, quiromantes, examinadores de cristais, médiuns, necromantes e mágicos. Pani Plotka colocou um letreiro anunciando-se como adivinha, encostando-o no portão de casa junto com seu retrato da Madona Negra de Częstochowa, e as outras mulheres sussurravam e reviravam os olhos para ela. Mas, logo depois, iam de fininho para a porta dos fundos.

No fim, Pani Plotka conseguia tramar com precisão todas as fofocas da Meia-Aldeia a Osiek. Se ela lhe dissesse que seu marido a estava traindo ou que sua vizinha estava roubando ovos de seu galinheiro, você teria certeza de que encontraria o delinquente alguns dias depois, com a boca na botija, a cara vermelha e se desculpando se soubesse o que era bom para ele. Mas, assim como os jornais, as estações de rádio e os clandestinos que passavam, ela foi terrivelmente imprecisa em relação ao fim da guerra. A primeira data de paz de que se falou foi 12 de dezembro, depois que um grupo de peregrinos foi a Częstochowa e viu o número 12 gravado no manto da Madona Negra de verdade, e, nos cinco anos seguintes, os boatos sobre o fim da guerra ressurgiam com poucos meses de intervalo. Os alemães se renderam e deixaram a Polônia sob o controle da Líbia. Hitler levou um tiro numa discussão com um de seus generais, depois foi morto num duelo com Stalin. Os judeus em Auschwitz fizeram um levante e jogaram os *Kommandanten* do campo nos fornos. Os oficiais poloneses dados como mortos andavam, na verdade, planejando um golpe contra Hans Frank e o resto dos *szwaby* bebericando seus *schnapps* no castelo de Wawel.

Quando começavam, todos os boatos soavam verossímeis, sustentados pela BBC ou Nostradamus, e todos eles eram otimistas no fundo. Mesmo mais tarde, depois de suas casas terem sido saqueadas, sua comida, racionada, seus filhos, obrigados a ingressar no Baudienst, suas filhas e irmãs, estupradas, seus padres, levados embora, os *górale* sempre, de alguma forma, cultivaram esperança suficiente para manter uma vida relativamente normal.

Życie. Ou pelo menos *życie na niby*. Simulação de vida.

Tosquiavam as ovelhas. Preparavam as refeições. Iam à feira em Pisarowice e traziam café *ersatz*, mel *ersatz* e pão *ersatz*. Liam os avisos fúnebres e os panfletos colados nos postes de mensagens, fingindo não entender os escritos em alemão. Mandaram os filhos menores para a escola primária todas as manhãs até a escola fechar. Foram à igreja todo domingo até a igreja fechar. Visitavam os amigos e cumprimentavam os conhecidos. Quando por acaso encontravam um alemão, simplesmente o tratavam como um incômodo, notoriamente fingindo não o ver e mesmo assim evitando-o, exatamente como uma pessoa evitaria um velho demente ou um cão danado.

Mas por trás de sua vida *ersatz* batia o coração da Resistência. Não havia informantes na Meia-Aldeia nem em Pisarowice, porque todo mundo estava envolvido. Pombo, Władysław Jagiełło, Pan Wzwolenski e o menino Epler mais velho estavam espalhados pelo interior lutando pelo Exército do País — em polonês, "Armia Krajowa", que foi o exército de resistência do país durante a guerra —, montando emboscadas e armadilhas na floresta, conduzindo novos recrutas pelas montanhas, fazendo reconhecimento e distribuindo jornais clandestinos, e todos os aldeões guardavam o segredo e acomodavam os *partisans* enviados para pernoitar na aldeia. A recém-remontada casa Hetmański tornou-se o quartel general da resistência na Meia-Aldeia. Pani Hetmańska, Anielica e Marysia começaram a lecionar para as crianças de manhã, organizar um teatro para elas à tarde e costurar uniformes à noite.

Naturalmente, tinham que tomar precauções. De vez em quando, soldados alemães se aventuravam a subir até a Meia-Aldeia e encontravam o caçula Epler encostado numa árvore, apertando com o pé um botão preto disfarçado que Pan Cywilski ligara a uma lâmpada escondida numa toca de camundongo na casa Hetmański. Tão logo a lâmpada piscava, as crianças saíam da aula e se dispersavam. Os meninos pulavam a janela e iam se distrair rachando lenha ou cavucando os jardins, e, por isso, havia meias covas e meios montes de lenha em toda parte. As meninas escondiam os livros no compartimento secreto do armário que Pombo havia feito, e pegavam um apetrecho menos ameaçador — um bastidor, um rolo de pastel ou um batedor. Quando chegavam à porta da frente, os alemães não conseguiam ver os vestígios de Sienkiewicz em seus lábios, as pistas de Mickiewicz galopando em suas mentes. Nem a pequena lâmpada rolando no bolso do avental da mulher mais velha.

À noite, tanto pela companhia quanto para poupar querosene, as mulheres e as crianças da Meia-Aldeia se reuniam na casa Hetmański. As crianças mais velhas saíam uma por uma para pôr as menores na cama. Quanto mais tarde, mais franca era a conversa, e as mulheres podiam passar a noite inteira conversando e costurando: às vezes fantasias para o teatro infantil, às vezes uniformes para o Exército do País, ou aplicando insígnias polonesas em uniformes alemães, ou ainda fazendo uniformes novos. Sempre havia uma delas sentada com uma capa de edredom inacabada no colo para poder jogar lá dentro os uniformes e quepes se chegasse um visitante inesperado, mas depois de alguns embates com os *partisans*, os alemães não estavam propensos a se arriscar na floresta, e após a primeira pilhagem da aldeia, que rendeu pouquíssimas coisas de valor, era perda de tempo subir desde o vale.

Então os habitantes da Meia-Aldeia continuaram trabalhando juntos e compartilhando os segredos uns dos outros. Com exceção de um: o porão embaixo da casa Hetmański. Só os Hetmańskis e as tábuas do chão sabiam.

18
O porão embaixo das ovelhas

Para dizer a verdade, espero acordar amanhã de manhã e ver que a noite passada desapareceu por completo, evaporou. Espero que Magda durma até meio-dia, que Irena continue se queixando dela, e que nada mude. Mas, quando me levanto, a luz no quarto de Magda já está acesa, e Irena está sentada na cozinha, sorrindo e tomando o seu chá, quase sem olheiras nenhumas.

— É o sétimo sinal — diz Irena. — Acho que a terra está prestes a cair no mar.

E é exatamente o que espero — que a terra caia no mar e a trégua termine. Mas todo dia elas me surpreendem, e se surpreendem mutuamente também. Magda já está acordada estudando quando saio de casa toda manhã, e Irena faz chá para ela e finge que não sente cheiro de cigarro quando sabe que Magda está fumando na janela. Stash concorda em contratar Magda por algumas noites para substituir Kinga, e ela fica de trabalhar mais duas noites no bar de vinhos na esquina de São Tomé, o Incrédulo.

— *Niesamowite* — passa a ser o mantra de Irena. Incrível. — Ela vai ter dois trabalhos! E estudar! Estou vendo com meus próprios olhos, e mesmo assim! Nunca pensei que isso aconteceria! Sabe que ela até foi ao armazém ontem à noite sem que eu pedisse? Nunca me orgulhei tanto. Devíamos comemorar.

— Comemorar?

— É, sair.

— Mas você já saiu uma vez este ano.

— Não seja esperta. Vamos ao Piwnica. Nós três.

— Só acredito vendo.

Mas Irena insiste a semana inteira. Piwnica, ou "Porão", é o que a geração dela chama de Porão Embaixo das Ovelhas. A minha chama de

Barany, ou "Ovelhas", por exemplo: "Vamos às Ovelhas", e geralmente isso significa a discoteca ou o cinema no primeiro andar. Quando a geração de Irena diz Piwnica, não há dúvida de que se referem ao Cabaré. Nela vivia falando no Cabaré, e esse é um dos monólogos que Irena repete aos hóspedes o verão inteiro, embora eles geralmente só fiquem ouvindo educadamente e acabem indo a um dos bares ocidentais na rua de Sant'Ana.

— Sete horas no sábado — diz ela para mim. — A gente se encontra na Rynek embaixo da estátua de Mickiewicz. Meu velho amigo Jósef ainda é o porteiro. Tenho certeza de que vai nos deixar entrar de graça.

— Mas Magda e eu trabalhamos nessa noite.

— Já liguei para Stash e tratei disso.

Encontro Tadeusz no Mikro sexta-feira. Está passando *Sami Swoi*, e, na volta para a casa de Irena, citamos falas um para o outro, como Nela e eu fazíamos no ônibus quando voltávamos do cinema em Osiek. Recontamos as brigas dos vizinhos por causa da vaca, do gato, dos ovos e das panelas até não conseguirmos mais rir.

— Finalmente falei com Stash — diz Tadeusz de repente.

— E?

— E ele disse sim.

— Vai lhe pagar?

Tadeusz faz que sim com a cabeça.

— Que ótimo! Como você fez isso?

— Eu disse que tinha outra oferta para tocar durante a semana.

— Muito esperto.

— Eu tinha.

— Outra oferta?

— Do U Moniaka. Alguém de lá esteve no Stash's e me ouviu tocar.

— U Moniaka?

U Moniaka era uma boate com cadeiras combinando e turistas de duas noites ao lado da Rynek.

E Stash disse que não queria me perder.

— Que máximo! Viu?

Ele sorri e pega minha mão.

— Não é muita coisa.

— O importante não é o dinheiro.

— Obrigado.
— Eu não fiz nada.
Ele aperta minha mão.
— Fez, sim.

E, de fato, tenho a sensação de que a vitória é tão minha quanto dele. Vamos de mãos dadas até em casa, a casa de Irena, entrando num silêncio confortável. Imagino Tadeusz daqui a dez anos, o *klarnecista* que todo mundo vem ver, talvez até em turnê ou administrando a própria boate. E me vejo sentada na plateia vendo-o tocar, fazendo o trabalho de escritório na saleta dos fundos, servindo bebidas, ou animando a plateia enquanto transito entre as mesas.

Ficamos parados embaixo da luz amarela da entrada de Irena e ele me beija, não simplesmente o selinho de um assassino, mas por um tempo que dá para eu sentir o calor de seus lábios colados aos meus. E, enquanto subo as escadas, há algo se infiltrando dentro de mim, talvez os primeiros vapores do amor, talvez apenas o futuro finalmente se mostrando.

No sábado, Stash consegue que a sobrinha do trombonista e uma amiga dela deem cobertura no bar aquela noite. Ajudo-o a se organizar e depois rumo para a Rynek. Os bancos de madeira em volta de Adaś já estão apinhados de adolescentes fazendo brincadeiras brutas, chutando os tênis uns dos outros, roubando os chapéus ou as mochilas uns dos outros e resgatando-os depois para chamar atenção. Pergunto-me se eles ao menos ainda leem *Pan Tadeusz* na escola ou se sabem que a primeira estátua de Mickiewicz foi derrubada pelos nazistas durante a guerra. Espero os quinze minutos de praxe, os *kwadrans akademicki*, mas às 19h15, não há sinal de nenhuma delas. Olho entre os arcos iluminados da Sukiennice esperando ver Irena primeiro, passando apressada na sua velocidade costumeira, segurando uma sacola plástica cheia de potes de margarina e garrafas de leite vazias. Mas é Magda que surge pela arcada do meio, os pés como de bailarina, as pernas compridas na frente como se estivesse provando a temperatura da água a cada passo. Está todo mundo de mangas curtas, mas Magda está de suéter, e uma echarpe leve amarrada no pescoço. Desde que voltou, não dissemos realmente nada além das fórmulas de cortesia trocadas no hall, e começo a ficar um pouco nervosa.

— *Cześć.*
— *Cześć.*
— Deixe-me adivinhar. Ela não está aqui?
— Tenho certeza de que vai chegar. Falou nisso a semana inteira.
Magda ri.
— Fala em ir para Paris desde a Lei Marcial.
— Acha que ela não vem?
— Ela já foi a Paris?
— Mas parecia tão categórica sobre isso.
— Ha! — Magda puxa um cigarro e o acende. — Se você quiser, podemos esperar mais um pouco, mas ela não vem. Cem por cento.
— Acha mesmo que não?
— É garantido.

Olho para a torre do relógio atrás da pálida e amarela Sukiennice, como uma chaminé erguendo-se atrás de um transatlântico, luzes balançando ao longo do comprimento. Magda está ali parada fumando. O jeito como ela inclina a cabeça para o lado e a fumaça some atrás dela lhe dá um ar sofisticadíssimo, parecido com Audrey Hepburn ou Claudia Cardinale.

— Magda, sinto muito ter contado a ela.
Ela encolhe os ombros.
— Sabe como ela é. Eu não aguentei.
Ela dá um sorrisinho.
— Primeiro, fiquei com raiva, mas acho que acabou sendo melhor. Há anos não nos damos tão bem.
— Por quê?
Ela dá uma longa pitada no cigarro.
— Não sei. Um dia, eu fazia tudo o que ela mandava e, no outro, eu dizia "não" só para dizer não, e ela dizia "sim" só para dizer sim. Você nunca fez isso com sua mãe?
— Nunca chegamos tão longe.
— Sinto muito. Eu esqueci.
— Tudo bem.

Ficamos ali paradas mais alguns minutos olhando a torre do relógio e procurando Irena. As pessoas estão correndo para não perder seus compromissos.

— São 19h25 — diz Magda finalmente.

Esfrega a ponta do cigarro delicadamente na ardósia e guarda a guimba no bolso.

— Vamos. Acho que o porteiro vai me reconhecer de todo modo.

Ele a reconhece, sim. É pouco mais velho que Irena, corpulento, com cabelos brancos formando uma ferradura em volta da cabeça, e quase grita de alegria ao pegar a mão de Magda e beijá-la.

— Magda! E onde está minha Irenka? — pergunta.

— Em Paris. Onde mais?

— Ela não sai mais de casa — diz ele. — Ninguém a vê há muito tempo.

— Ninguém a não ser os gatos.

— Já soube disso. Bem, estou honrado por ela ter mandado a bela filha no lugar dela. — Magda faz uma pequena reverência. — Essa é sua amiga? — pergunta ele.

Magda hesita.

— Nossa prima da aldeia. Baba Yaga.

Ele sorri.

— Prazer em conhecê-la, Baba Yaga. Por favor, não me coma. Juro-lhe que sou puro de coração.

Magda ri alto. Sorrio por educação.

— Bem, o show supostamente começa em cinco minutos — diz ele —, mas eles nunca começam na hora. Vão beber alguma coisa primeiro, e venham me procurar se tiverem problema para encontrar lugar.

Dzięki.

— Qualquer coisa por Irenka. — E ele faz uma grande mesura.

O Porão Embaixo das Ovelhas é uma visão de alguém sobre a vida após a morte. No pé da escada principal, pode-se escolher virar à direita ou à esquerda. À direita, há a pesada porta de carvalho que dá no Cabaré. À esquerda, há o comprido túnel de pedra para a discoteca, devidamente cheio de luzes vermelhas e fumaça e decadência, a música retumbando direto nos seus ossos. Há uma fila de gente no túnel, esperando para passar pelo segurança. Vamos para a direita, e quando a porta de carvalho se fecha atrás de nós, rapidamente somos atraídas para um labirinto de salas menores de pedra e arcadas onde ecoam gargalhadas e o tilintar de copos, tudo presidido por um homem de terno branco e cabelo branco ralo e um apito de prata pendurado na pança.

— Esse é Piotr Skrzynecki — diz Magda. — É o diretor.

— Já vi fotos — digo —, mas quando ele ainda não tinha essa barriga de cerveja.

— É câncer.

— Ele não tem cara de doente.

— Dizem que ele é tão carismático que o tumor simplesmente aprendeu a conviver com ele.

Magda me entrega uma vodca com suco de laranja, e eu aceito. O porteiro deu um jeito de avisar ao bar, e o barman não aceita nosso dinheiro. No segundo copo, começo a relaxar, ou talvez seja só impressão minha, já que Magda está ficando mais tensa. Acho que não é o álcool que a faz sentir-se mais segura, mas sim o mero ato de segurar uma bebida. Ela olha por cima de mim e começa a narrar o desfile de pessoas que passam. Essas são as filhas de um ator famoso. Aquele é um artista que faz cartazes e é dono de uma galeria na rua São João. Aquele é um romancista que veio passar uns dias aqui depois de ter emigrado para a Suécia há vinte anos.

— Judeu — acrescenta.

Finalmente, Piotr Skrzynecki sopra seu apito de prata e todo mundo vai para a sala principal, que é ainda mais bonita do que a descrição que Nela ou Irena fizeram. É toda branca, como um sonho. O teto é coberto de lençóis brancos, suavizando os cantos da sala e tornando difusos os contornos das vigas com tons suaves de cinza. E depois há brinquedos de criança e implementos de fazenda e instrumentos de cozinha todos pendurados precariamente no teto, pintados de branco.

Eu daria qualquer coisa para que Nela vivesse mais uma noite e visse o Cabaré, ou mesmo para eu poder chegar em casa e descrevê-lo para ela depois. Eu lhe contaria que tinha encontrado o repositório de todos os finais felizes, a passagem secreta entre o cochilo e o sonho, o cofre da liberdade não correspondida, as preciosas catacumbas da alma polonesa. Esses anos todos, eles estavam descansando embaixo das pedras da Rynek, dentro de um porão, atrás de uma porta de carvalho, só se animando nos sábados à noite num palco humilde e rangente com apenas o dobro do tamanho do piano de cauda espremido ao lado.

Provavelmente há trezentos de nós para presenciar isso, apinhados neste porão, sentados em cadeiras dobráveis, em traves e em pedras que se projetam da parede, em grades, até mesmo nos cantos do palco. Magda e eu encontramos lugares num parapeito do fundo, grudadas em outras três moças. Quando todo mundo está acomodado, o espetáculo começa, de supetão. As luzes se apagam e o jazz cigano começa a gemer, seguido pelas soberbas e nostálgicas canções folclóricas que não ouço desde que sentava no colo de Nela quando era criança. Há as imitações de Wałęsa, sátiras da vida na Nova e na Velha Polônia, incontáveis piadas russas, uma imitação de um político americano tocando saxofone e falando sobre suas cuecas, e mais canções, mais canções, uma atrás da outra, que vêm num crescendo cair sobre nós. A música me pega pelos ombros, a nostalgia, pela garganta, a alegria, pela barriga. Tento desesperadamente ingerir tudo, engolir e segurar aquilo inteiro, deixar que vibre em minha barriga e arda na ponta dos meus dedos, e sinto uma das maiores decepções da minha vida quando as luzes se acendem de novo, quando os cantores e os atores fazem as mesuras finais e saem pisando na tampa do piano.

Aplaudimos até nossas mãos coçarem, tentando desesperadamente fazer com que os aplausos os tragam de volta, mas o palco permanece vazio e abandonado. Ficamos zanzando alguns minutos depois, mas sem os artistas somos iguais a ovelhas perdidas seguindo o público para a pesada porta de carvalho. Depois de passar algumas horas sentados tão espremidos, respirando o mesmo ar, sendo acariciados pela mesma música, parece que nossa separação merecia mais cerimônia.

Em vez disso, a canção de Money M tocando aos berros da discoteca nos engole, e subimos com relutância as escadas. Na rua, o vento quente aumentou. Olho para Magda abotoando seu suéter e ajustando a echarpe em volta do pescoço como uma velha, e de repente me sinto ligada a ela, como os sobreviventes que escapam do destino num acidente espetacular. Posso dizer pelo seu silêncio que ela também deve sentir a mesma coisa. E indo com ela para casa pelas ruas iluminadas pela luz dos postes, sinto a mesma ligação com todas as pessoas por quem passamos, como se nos encaixássemos como as pedras de um muro, como se tudo o que eu visse fosse meramente uma extensão de mim mesma, um pedaço da mesma alma. As luzes, as árvores, as fachadas das lojas, os quiosques, os adolescentes, os ciganos, os avós. E então, quando me viro para Magda, isso parece completamente natural, como se sempre tivéssemos sido íntimas e tagarelas, como se ela nunca tivesse me ignorado e eu nunca tivesse tido ciúmes dela.

— Então, você falou com ele?

— Com quem?
— Żaba.
— Só para brigar com ele.
— Deve ter sido horrível. Como você descobriu?
— Ele foi à casa dela uma noite e eu dei com eles descendo a escada.
— *Boże.*
— Sabe, o pior foi que eles nem tentaram se justificar ou negar qualquer coisa ou pedir desculpas.

Ela se cala. Estamos na Karmelicka, em direção ao letreiro em néon da Biprostal ao longe.

— Nunca vou perdoar isso. Sabe, os dois simplesmente me olharam como se eu fosse muito idiota, muito ingênua. Como se a culpa fosse minha porque eu devia saber.

Silêncio de novo, como se as frases fossem telégrafos individuais, e eu tivesse que esperar a próxima chegar pelo fio.

— A ironia é que, quando se conheceram, eles não se suportavam, e eu pelejei para fazer com que eles se dessem bem, para que se gostassem.

— E quanto tempo você esteve com ele?

— Sete meses. Mas com ela... oito anos, porra. Ela era minha melhor amiga. *Melhor.*

Continuamos conversando até chegar em casa. Poderia ser o Cabaré. Poderiam ser as bebidas grátis ou a garrafa de vodca que tiramos do armário quando chegamos em casa. Poderia ser que Magda se sentisse tão isolada quanto eu, que nós duas estivéssemos trancadas dentro de nós, esperando que algo — um passarinho, uma folha trazida pelo vento, uma pergunta — lançasse uma ponte sobre o fosso.

Ficamos conversando sentadas na cozinha até três da manhã. Conto-lhe sobre a aldeia, sobre meus pais, sobre Nela e os vizinhos, e ela, por sua vez, me conta sobre seu pai, sobre Żaba, sobre seu medo de ser reprovada nos exames de recuperação em setembro. O vínculo entre mim e Irena desenvolveu-se lentamente, *krok* a *krok*, empurrado apenas pela força dos ponteiros do relógio, mas minha amizade com Magda é forjada nessa única noite, nesse único lampejo de luz nos marcando a fogo na hipotenusa do triângulo que as três vamos nos tornar, o triângulo em que será muito fácil se perder.

19
Confissões

No segundo ano da guerra, Pombo e Władysław Jagiełło passavam na casa só uma vez por semana, trazendo mantimentos quando as coisas iam bem, pedindo alguns quando não iam. Sempre que ficavam de um dia para o outro, dormiam escondidos no celeiro; do contrário, passavam as noites em *bunkers* abertos na floresta, ou em outros celeiros em outras aldeias. Por sua vez, eles enviavam os companheiros do Exército do País para pernoitar na Meia-Aldeia, sempre entregando como passe a mesma metade surrada de cartão postal da paisagem das Tatras com um desenho tosco de um pombo calcado a lápis no verso. Depois de vários meses, de tanto ser molhada, a paisagem desbotou e criou bolhas, e o desenho a lápis estava sempre mudando à medida que apagava e era refeito. O cartão ficara tão mutilado que quem o levava em geral não tinha noção do seu valor, não tinha noção de que era, na verdade, um ingresso de ouro que lhe compraria uma boa noite de sono, uma cama macia de feno, uma refeição quente, uma muda de roupa e uma visão fugaz da moça mais bela que as montanhas já haviam produzido.

No primeiro ano da guerra, os Hetmańskis se arriscavam a dividir o jantar em casa com os convidados — sempre eram chamados de convidados, nunca estranhos ou soldados ou *partisans* ou mesmo visitantes. Eles se sentavam em volta da grande mesa de larício que Pombo havia construído e compartilhavam as novidades e quaisquer piadas novas sobre o Führer que tivessem ouvido, falando sempre com esperança e otimismo. Então um dos convidados elogiava a mesa, e Anielica apontava entusiasmada para tudo que as mãos de ouro de Pombo haviam construído na casa, como se, ao fazer isso, ela pudesse evocar o resto do seu corpo. Palavras simpáticas sobre Pombo circulavam pela mesa, e Anielica se deleitava com elas até Pan Hetmański anunciar que era hora de se recolher. Ele levava os convidados para o celeiro, onde estes olhavam com ceticismo para o estreito espaço entre o feno e a parede, avançando pouco a pouco de lado até chegarem a uma cova de canto, alojamento perfeito para um ou dois homens dormirem.

Durante a guerra toda, Pombo enviou *partisans* para serem alojados, mas, depois do primeiro ano, as reuniões passaram a ser menos alegres, a comida mais escassa. Não se trocavam mais nomes, e a grande mesa de lariço ficava em silêncio a não ser pelo barulho dos talheres nos pratos. Com o tempo, os convidados já não apareciam mais, e o cartão simplesmente era passado por baixo da porta. Mas quase todos, a essa altura, já tinham ouvido falar da beleza de Anielica, e tentavam olhar furtivamente para seu braço claro e seu rosto iluminado pelo luar quando ela deixava o balde do jantar no celeiro.

Um dia, quando deixava o balde, uma mão lhe agarrou o braço. Era desconhecida e áspera, mas, por alguma razão, ela não se assustou.

— Sou eu — disse ele, confirmando o que as extremidades dela já sabiam.

— É você.

Ele a puxou para dentro do celeiro e estreitou-a contra o peito. Cheirava a floresta, seiva de pinho e folhas secas, cogumelos molhados, plumas, pelo e mofo. Beijou-a rapidamente nos lábios, depois recuou. Mesmo na guerra, quando caíram todas as outras barreiras sociais, esta mantinha-se em pé.

— Quando nos casarmos — começava às vezes Pombo, mas as convenções o impediam até mesmo de terminar a frase.

— Sinto sua falta.

— Vir não tem sido seguro.

A vista dela se adaptou à luz, e ela ficou olhando enquanto ele pegava alguma coisa dentro da mochila, torcendo por um *laska* de linguiça ou um vidro de geleia. Pan Hetmański dizia que em Zakopane ainda se podiam encontrar essas coisas. Mas, em vez de comida, Pombo sacou uma coisa de metal, uma coisa que reluzia até nos raios de luar que se infiltravam pelas frestas do celeiro, e Anielica de repente viu que aquilo era o cibório da igreja.

— O padre Adamczyk. Ele foi levado embora.

— Por quê?

— Por se recusar a ouvir confissões.

— Os nazistas se mudaram para Pisarowice?

— Estão transformando a igreja em *bunker*. Preciso que você guarde isso em casa. No guarda-roupa, embaixo de um pano limpo. Amontoe só coisas sem valor na frente. Reverencie isso todos os dias.

— Mas se estão transformando a igreja em *bunker*, não havia guardas em volta dela? Como conseguiu tirar isso?

— Havia guardas, sim... claro que havia guardas. Mas estavam todos bêbados, claro. Sim, estavam bêbados, como os alemães quase sempre estão, então a gente chegou de fininho por trás, amarrou e vendou todos eles.

Ele não conseguiu olhar nos olhos dela ao dizer isso, e, quando lhe deu o cibório, suas mãos tremiam.

— É de segurar o Santo Sacramento.

Ela sabia que isso não era a verdade inteira, mas pegou o cibório dele e o guardou no armário como ele pedira, e o Santo Sacramento foi repartido em dezesseis avos e distribuído por trinta segundos, só nos dias santos, pelos três anos seguintes.

20
A diferença entre matrimônio e *Pierogi Ruskie*

Conto a Pani Bożena que estive no Cabaré no fim de semana.

— Ah, agora não é nada como antigamente — diz quando subo a escada atrás dela. — Agora são só truques e palhaçadas, algumas músicas que ficam na cabeça.

— Achei incrível.

— Nunca vai ser como era.

Hoje, ela quer que eu a deixe com o visual da Gina Lollobrigida. Senta-se no banco da penteadeira e saca um emaranhado de fios e metal de uma das gavetas. Enrolo, eriço, prendo e espeto a peruca, que, no entanto, nunca fica como devia. Ela coloca um vestido branco, caminha pela sala como se estivesse saltando obstáculos invisíveis e fala com um tom coquete na voz. Embora esse tipo de coisa não seja novidade, ela andou meio diferente nesse último mês, como se as estrelas de cinema estivessem eclipsando lentamente a sua personalidade de modo que, quando chegar a hora, é muito possível que ela morra como Shirley MacLaine ou Elizabeth Taylor ou Katharine Hepburn em vez de Pani Bożena.

Fujo por umas duas horas e trago de volta um pacote de *curry* indiano e pão árabe do hipermercado Europa. Comemos em silêncio, e passo a tarde inteira com uma sensação de sufocação. Quando ponho o pé na rua no fim do dia, suspiro aliviada.

O apartamento de Irena, por outro lado, ganhou vida desde a noite do Cabaré, os dias se estendendo numa conversa sem fim enquanto a gente entra e sai de casa, uma falando com a outra cada qual do seu canto, pegando um assunto, deixando-o de lado dali a pouco e retomando-o mais adiante.

— *Mamo*, o que você está cozinhando? — grita Magda do quarto.
— *Pierogi*.
— *Ruskie*?
— Já sente o cheiro? Ainda nem botei a cebola na panela.
— Estou com fome.
Há outra pausa, e depois, da cozinha:
— Sabe de que é mesmo esse cheiro?
— De gato?
— De casamento.
— *Casamento*?
— Ah, *Boże*, lá vem você de novo com o ódio aos homens.
— Casamento — prossegue Irena. — Você passa uma hora fazendo comida, sua em bicas, fica abatida de tanto trabalhar... — Ouço as portas dos armários abrirem, a lixeira ser reposta embaixo da pia — ... e aí, duas horas depois, seu marido vai ao cagador e você acaba tendo que pensar numa outra refeição. Sempre que eu não sabia o que fazer, fazia *pierogi ruskie*.
— O "cagador", *mamo*? — Ouço Magda rindo do quarto.
— Pode rir — diz Irena —, mas você vai ver como é. Vocês duas. E depois, eu é que vou rir por último.
Ouve-se o estrondo de algo de metal caindo na cozinha.
— Quer uma ajuda aí? — pergunto.
— Está brincando? — grita Magda. — Se ajudá-la, vai estragar tudo; aí ela não poderá mais reclamar.
— Tem razão — responde Irena. — Tenho que alimentar anos de gratidão e culpa se quiser ter uma de vocês por perto na minha velhice. Feito dinheiro no banco. Foi o que minha mãe fez. Ela não era idiota.

Em agosto, há um fluxo ininterrupto de turistas no apartamento de Irena, o Mikro exibe uma sequência de filmes de praia, e a plateia no Stash diminui em prol dos cafés ao ar livre que se reproduzem diariamente na Rynek. Mas os ingleses continuam vindo. Eles fazem um gesto de cabeça e sorriem quando me veem, mas há um entendimento implícito entre nós de que eu não sou como as garotas que rondam a mesa deles e riem de tudo que eles dizem. Magda nem chega perto deles. Diz que é alérgica aos colonizadores, como os chama, e puxa a manga até o ombro para me mostrar as bolinhas microscópicas que chama de urticária. Nossas conversas agora vão da casa de Irena para o Stash's e vice-versa, o que faz os dias correrem mais juntos ainda.

No fim do segundo número, Tadeusz volta ao bar. Tem o rosto corado e puxa a camiseta preta de dentro da calça, abanando-se com a barra. Tenho pronto seu copo de suco de laranja, e metade desaparece no primeiro gole. Normalmente, depois do segundo número, Magda assume enquanto fugimos para uma mesa encostada na parede e conversamos sobre como ele tocou até então naquela noite. Ele mantém um inventário na cabeça — uma coluna com as notas que saíram muito gemidas ou viraram espuma na palheta, a outra com as que soaram tão cristalinas e verdadeiras como o trompete de Stash ao lado dele. Ele toca nelas como nas contas de um rosário e fica me perguntando o que achei desta ou daquela parte.

Nesta noite específica, porém, ele pula do banco e some no escritório de Stash. Volta com um paletó embolado.

— Aonde você vai?

Ele ri.

— É quando a gente sabe que tem namorada. "Aonde você vai? Aonde você vai?"

— Muito engraçado.

Mas não consigo deixar de sorrir. Namorada. Ele me chamou de sua namorada.

Tadeusz pega minha mão, me leva para uma mesa vazia no canto e me entrega o paletó. Dentro, há uma coisa com quinas, e abro cuidadosamente a trouxa.

— Alguém empenhou isso lá na loja e nunca veio reclamar. Meu pai disse que eu podia pegar para mim.

— O que é?

— Veja você mesma.

Tiro a coisa do paletó e passo a mão no plástico granuloso, nos cantos arredondados, no acabamento cromado. Pressiono com as pontas dos dedos a proteção de borracha preta em volta do visor e da alça de mão. Brinco com a tampa da lente e abro a pequena tela.

— Tenho também mais umas fitas para ela. Tem um lugar em Huta que acabou de abrir onde você pode comprar se precisar de mais.

— Mas o que é isso?

— Como assim? É uma filmadora.

— Sei que é uma filmadora, mas para quê?

— Pensei que, já que você é tão louca por cinema, talvez pudesse começar a fazer seus próprios filmes.

A filmadora fica me olhando, como uma criança trazida pela cegonha, seu único olho mirando-me, totalmente submisso.

— Aqui — diz Tadeusz, e pega a câmera. — Basta apertar isso.

Acende-se uma luz verde, e ele a aponta para mim.

Tapo a lente com a mão.

— Não faça isso — diz ele.

— Não quero que ela quebre.

Rio, e tomo-a dele. Aponto a câmera para ele, e sua cara aparece, corada e sorridente, na telinha.

— Simples assim?

— Simples assim.

Aperto o botão stop e seguro o aparelho no colo.

— É linda, Tadeusz. Obrigada.

— Experimente — diz ele. — Brinque com ela por aí.

— Vou brincar.

— Você poderia fazer algumas tomadas da boate, treinar em Magda.

— Vou treinar.

Stash tira uma nota longa e aguda do trompete.

— Tudo bem. Vejo você depois.

Tadeusz se debruça e me dá um beijo no rosto, apoia as mãos na cadeira e se levanta dali. Levo a câmera para o bar e encontro um pano de prato limpo para embrulhá-la.

— O que é isso? — pergunta Magda.

— É uma filmadora. Tadeusz me deu.

— Eu não pensei que estivesse tão louco assim.

Dou-lhe um tapa no braço.

— Assim não. Foi só uma coisa que estava largada na loja de penhores dos pais dele. Ele achou que eu poderia gostar de brincar com ela.

Magda desembrulha-a do pano de prato.

— *Fajne* — diz.

Retira a tampa da lente e aponta-a para mim, mas tapo a lente com a mão.

— Vamos — diz Magda.

— Não.

— Só uma tomada pequena.
— Não.
— Ótimo, então vou filmar seu namorado. — Ela encontra o botão do zoom e aponta para o palco. — Ah, Tadeusz.
Ela suspira e começa a fazer ruídos de beijos no microfone.
— Me dê isso — digo.
Pego a filmadora dela e desligo-a, embrulho-a no pano e amarro-a bem.
— Alguma ideia do que vai filmar?
Encolho os ombros.
— É só para dar risada. Ele sempre diz que tenho mania de cinema.
— Tem? — E de repente percebo quão pouco sabemos uma da outra, como o tempo da nossa relação de meras primas distantes é muito maior do que o da nossa relação de amigas de verdade.
Quando chego em casa, guardo a filmadora na prateleira alta do meu quarto, mas ela fica me olhando no escuro e não consigo dormir. Meto-a na mochila e deixo-a ali, e quando Pani Bożena vai fazer a sesta depois do *obiad* no dia seguinte, pego-a de novo e a desembrulho. Não assisto a *Dinastia*; não assisto ao filme no canal Quatro. Só fico ali sentada segurando a filmadora, olhando para ela, passando os dedos nas bordas.
— O que está fazendo?
Sobressalto-me. Pani Bożena levanta cedo da sesta. Hoje de manhã, ela queria ser Liz Taylor em *Cleópatra*, e me fez fazer com um fio de cobre uma tiara com uma cascavel dando um bote do meio da sua testa. Deve ter dormido com ela.
— Nada. Só estou descansando.
— O que é isso?
— Uma filmadora que me deram.
— Para quê?
Para quê. Exatamente. Minto.
— Achei que eu podia começar a gravar *Dinastia* à tarde para você poder assistir quando acordar da sesta.
— Você consegue fazer isso?
— Acho que sim. Tem uma loja de artigos eletrônicos na rua Comprida. Posso perguntar se preciso de fios especiais ou coisa assim.
Pani Bożena me empurra para a rua com uma nota de quinhentos mil złotych, e, na tarde seguinte, a câmera obedientemente grava Sammy

Jo e o resto do pessoal, a fita gemendo e chiando para mim como se eu fosse a maior traidora do mundo.

Quando vou para casa, Magda está trabalhando no bar de vinhos, os turistas estão trancados no quarto para dormir, e Irena está lendo a revista de notícias na sala.

— O que foi? — pergunta sem levantar os olhos.

— Nada.

— Que tipo de nada?

— Nada. Estou bem.

— Você não está bem. Nesses últimos dias você não disse uma palavra.

— Estou com muita coisa na cabeça.

— É o *klarnecista*?

— Não exatamente.

— Então o quê, exatamente?

Mas quando tento lhe contar, sai tudo uma confusão de Tadeusz, Magda, a câmera, *Dinastia*, a faculdade de direito, Kinga, Itália, Pani Bożena e uma clarineta. Enquanto falo, ela franze a testa como faz com os turistas, só que a testa nunca relaxa mostrando que ela entendeu. Na verdade, quanto mais falo, mais ela contrai o rosto.

— Ah, antes que eu me esqueça. Viu a notícia sobre o incêndio da floresta perto de Katowice? Dizem que foi o pior incêndio em décadas, e dois bombeiros já morreram.

— Irena, já conheço todos os seus truques para turista.

— Isso não foi um truque para turista. Achei que você realmente quisesse saber.

— Vou tomar banho.

Saio da sala e acendo a luz do hall.

— Baba Yaga — ela grita.

— Sim?

— Paris.

— *Co*?

— Eu sempre quis ir a Paris. Andar de metrô e passear à beira do Sena e visitar o Museu d'Orsay. Esse é o meu sonho.

— É mesmo?

— É mesmo.

21
E a gente vai fazer o quê?

No quarto ano da guerra, de bichinha rechonchuda, Irena se transformara numa menina de três anos magricela e sebosa. Marysia e Anielica ficavam sentadas na frente do fogão remendando os uniformes que haviam confeccionado três anos antes, vendo Irena brincar nas sombras do lampião a querosene e atrevendo-se a falar em alto e bom som de suas esperanças para o futuro.

— Talvez, depois da guerra, possamos nos mudar para Brook-leen, e a pequena Irenka possa aprender inglês e se casar com um *biznesmen* — dizia Marysia.

— Ou Cracóvia — sugeria Anielica. — Dizem que em Cracóvia todas as mulheres são princesas e todos os homens são tolerantes e bonitos.

Irena adorava brincar na terra como uma menina cigana, e Pani Hetmańska tentava segurá-la em casa no meio do dia, esfregando-a todas as noites para manter sua tez clara. Ninguém mais se preocupava. Marysia, com seu cabelo escuro e encaracolado metido embaixo de um lenço, vivera abertamente entre eles durante toda a guerra sem incidentes, e, no geral, a Meia-Aldeia continuava sendo uma toca de camundongo esquecida no *lebensraum*. Muitas outras aldeias se fragmentaram, claro, viraram-se umas contra as outras à menor provocação e se dividiram ao longo de fronteiras irregulares: poloneses contra poloneses, judeus contra judeus, poloneses contra judeus, nacionalistas poloneses contra comunistas poloneses, poloneses contra ucranianos, ucranianos contra todo mundo, e, como de hábito, todo mundo contra os ciganos. Zakopane inteira estava inundada de geleia e mel e café de verdade, e, no quarto ano da guerra, não era preciso outra prova para confirmar que os homens mais importantes da cidade eram coniventes com a Gestapo.

Na Meia-Aldeia ou em Pisarowice, simplesmente não era assim. Embora discordassem em praticamente tudo antes e depois da guerra, os aldeões eram tão leais uns com os outros como a própria montanha, constantes como a neve. Ninguém denunciou que o Epler caçula, que tinha quase dois metros de altura, já tenha feito treze anos há três anos. Ninguém disse nada sobre de onde vinham os jornais nem quem dormia no celeiro Hetmański. Ninguém denunciou as destilarias de *bimber* que haviam sido montadas no meio da floresta, onde ficava a velha cama de casamento. Ninguém falou do irmão de Pombo, Jakub, que passara a guerra inteira escondido no campo das ovelhas no Velho Morro Pelado, recusando-se a se alistar para servir tanto à Vaterland, quanto à Mãe Polônia. E ninguém jamais falou da escola primária nem do teatro infantil na casa Hetmański nem faltou a uma de suas apresentações noturnas.

As roupas, os acessórios e os lanches diminuíram enquanto a escassez se espalhava, e, no quarto ano, as grandes produções que haviam sido concebidas foram cortadas para apresentações esporádicas de umas poucas crianças em pé diante da sala, recitando Mickiewicz, Asnyk, Sinkiewicz, Reymont, Orzeszkowa ou Miłosz. Mas ninguém cogitava cancelar os espetáculos pois, com tantos livros confiscados no país, todas as escolas fechadas, todas as igrejas transformadas em *bunkers* ou depósitos de munição, todos os cinemas desprovidos de filmes poloneses, esta era a única maneira de imortalizar o espírito polonês. Aliás, melhor que imortalizar, porque enquanto adolescentes de dezesseis, quinze e até mesmo catorze anos entravam para a resistência ou eram obrigados a entrar para o Baudienst, Pan Tadeusz e Zosia, Lygia e Marcus Vinicius, e Justyna e Jan Bohaterowicz remoçavam sempre mais a cada apresentação.

Isso ocorreu não só na literatura mas em todo o país. Com a escassez de comida, combustível e médicos, a cada inverno a idade média da população caía junto com o termômetro. De repente, os jovens estavam encarregados de tudo. A mesma geração que, no começo da guerra, perguntara "E a gente vai fazer o quê?" começou a responder à própria pergunta, corajosamente, com determinação e sem descanso. Pombo e Władysław Jagiełło estavam agora encarregados de várias células na área, e Anielica e Marysia haviam assumido muitas das tarefas dos homens quando os mais jovens deixaram a aldeia e Pan Hetmański começou a mostrar a idade que tinha. Elas tosquiavam as ovelhas, quebravam os torrões de terra no jardim, consertavam o telhado e cortavam lenha. Só não queriam se meter no abate de animais.

Eles haviam adiado aquilo ao máximo, mas quando já não suportava ver os vizinhos comerem mais uma tigela de sopa de repolho com batata, mais um pão *ersatz* com mel *ersatz*, regado a café *ersatz*, Pan Hetmański começou a sacrificar seu rebanho. Foi mais ou menos uma cabeça por mês, portanto o rebanho minguante tornou-se uma espécie de calendário. Como a carne era dividida equitativamente entre todos os habitantes remanescentes da Meia-Aldeia, não era muito. Após se deleitar com uma caçarola de ensopado de carneiro, cada família distribuía o resto da porção pelo mês inteiro, preparando a carne da cabeça, fervendo os ossos para fazer sopas, passando o tutano no pão *ersatz*. De tempos em tempos, Pan Hetmański levava os pelegos, juntamente com os trabalhos de tricô de Anielica e de costura de Marysia, para Zakopane, onde os trocava por farinha de trigo e querosene. Essa viagem significara sempre dois dias a pé, mas tornava-se cada vez mais arriscada.

— Se forem matar um velho por trocar mercadorias por comida, pois que fiquem com isso na consciência se tiverem alguma — dizia com audácia.

Mas a guerra transformara Pani Hetmańska numa pessoa preocupada, e ela implorava para que ele a deixasse acompanhá-lo na viagem, mesmo se isso significasse deixar Anielica e Marysia para trás com Irenka por uns dias.

Primeiro, Pan Hetmański recusou terminantemente, mas a lembrança das ameaças que encontrou na última viagem prevaleceu e, certamente, era mais seguro viajar em dupla, sobretudo com sua mulher, que era forte como um homem. Além disso, os alemães não subiam a Meia-Aldeia desde o verão, e havia rumores de que Hitler já estava fazendo planos de se retirar completamente da Polônia.

Finalmente, após ouvir as três mulheres passarem vários dias insistindo em que "daria tudo certo", Pan Hetmański cedeu. Eles só ficariam fora cinco dias afinal de contas, e ele garantiria que Pombo e Władysław Jagiełło pudessem passar por ali pelo menos uma vez enquanto faziam suas rondas na área.

— E vocês me prometem não deixar a aldeia por motivo nenhum, seja lá qual for?

— Prometemos.
— E que o teatro não vai funcionar enquanto eu estiver fora?
— Mas o que as crianças vão fazer o dia inteiro?
— Vão terminar todas aquelas covas meio abertas e aquelas pilhas de lenha meio cortadas — disse Pan Hetmański. — E vão me prometer ir para o porão se os alemães vierem?

As duas se entreolhavam de soslaio sempre que o porão era mencionado.

— Sim — prometeu Anielica.

Na véspera da partida, Pan Hetmański até tomara a lição da pequena Irenka.

— E se você vir um homem de uniforme que não seja *tata* nem tio Pombo?

— Eu *fecho* a porta.

— E se ouvir um barulhão lá fora?

— Eu *fecho* a porta.

— E se *mama* e *ciocia* Anielica desaparecerem?

— Eu *fecho* a porta.

— E se a *babcia* lhe trouxer uma guloseima, quem sabe um pãozinho com geleia de morango? — perguntou Pani Hetmańska.

— Eu *fecho* a porta.

Todos riram. No terceiro ano, as gargalhadas eram de fato raras, e você tinha que se precipitar e agarrá-las antes que tivessem uma chance de sumir de fininho. Satisfeitos, Pan e Pani Hetmańska partiram pelo meio da neve para Zakopane.

22
E a gente vai fazer o quê?

Quando menos se espera, setembro chega. As calçadas e os bondes ficam vazios de turistas e cheios de estudantes vestidos com seus trajes de primeiro dia — camisas brancas engomadas, macacões e ternos pretos, os menores com flores para as professoras. Irena declara o fim da estação turística em cinco línguas diferentes. *Koniec. Kanyets. Fin. Fertig.* Fim. Torno a me mudar para o terceiro quarto: o dos turistas, pais alcoólatras exilados e primas da aldeia.

É o terceiro setembro que não volto à escola, e só sinto de leve a marca do calendário de nove meses por baixo do esforço prolongado do Ano-Novo até o Natal que todos os demais seguem. Nunca pensei seriamente em ir para a universidade. Isso significaria deixar Nela, e nem ela nem eu sobreviveríamos à separação. "Quando eu morrer..." era como começavam todas as conversas sobre meu futuro. "Mas só quando você morrer" era como terminavam. Isso parecia ainda estar muito longe, e, no fim, chegou sorrateiramente. Eu nem estava ao lado dela quando ela morreu. Cheguei do meu trabalho no cinema em Osiek, e Pani Wzwolenska estava me esperando na porta para me contar que ela havia falecido.

Magda vai fazer os exames de recuperação e passou a semana inteira sem ir ao Stash's. Hoje, Stash está trancado no escritório ao telefone, então ponho as cadeiras no chão e monto tudo sozinha. Já estou acendendo as velas quando ninguém menos que Kinga adentra a casa.

— O que faz aqui? Você devia estar em Roma!

Ela levanta uma mãozinha.

— Nem quero falar nisso. Aqueles *mafia bastardi*. Que *vafanculo*.

— Mas o que aconteceu? — torno a perguntar, e é claro que ela quer falar no assunto. Conta-me tudo sobre a agência de babás de *mafia bastardi*, como começaram mandando-a ser babá na casa de um homem que nem filhos tinha, e depois, quando ela saiu, colocaram-na numa família que esperava que ela encobrisse os casos da mãe, e a menina de oito anos a tratava como empregada.

— No fim, acho que fui despedida pela menina de oito anos. Aí, esgotaram-se todos os trabalhos de verão e a agência me considerou muito problemática depois disso.

— Então aonde vai agora?

— Para a Inglaterra — diz ela sem hesitar. — Tenho uma amiga em Londres que acha que pode me arranjar um emprego, e, de todo modo, aprender inglês é muito mais útil do que aquela língua de *mafia bastardi*.

Stash sai do escritório.

— Achei que tinha ouvido sua voz. O que está fazendo aqui? O que aconteceu?

— Aquela agência de babás de *mafia bastardi*, foi isso que aconteceu. — Ela entra no escritório de Stash e repete a história, e, quando sai, está usando o avental antigo. Supervisiona a área do bar e muda algumas coisas de lugar, depois assume seu posto ao meu lado. — Pronto — diz, e cruza os braços satisfeita, e é como se nunca tivesse ido embora.

Tadeusz e eu combinamos, como sempre, de ir ao Mikro na sexta-feira à tarde. Há uma comédia francesa sobre um açougue num prédio residencial, e o cinema está lotado. Quando vamos para casa, tento lhe falar do ator principal e dos outros filmes que ele fez, mas Tadeusz está com um acesso de *głupawka* — patetice — hoje, e não consegue parar de rir e fazer piadas bobas, encostando a cabeça em meu ombro e me chamando de madame.

— E o que filmô até acorrá, Madame Directorrá? — diz ele com um sotaque francês pior ainda do que o que uso no hipermercado Europa.

— Como assim?

— A filmadorrá, Madame Dirrectorrá, a filmadorrá!

— Ah. Isso.

Para falar a verdade, não parei de pensar na filmadora desde que a ganhei dele. Carrego-a na mochila para todo lado. Ela fica pendurada no cabide do hall de Pani Bożena como um pêndulo enquanto tiro o pó das coisas, sussurra para mim do seu lugar atrás da porta do escritório de Stash enquanto a música toca, e vira um peso morto nos meus ombros quando vou para casa no fim do dia.

— Enton, non filmô nadá?
— Não tive tempo.
— Non teve tempo, Madame Directorrá?
— O que devo fazer? Não ir trabalhar?
— Mas como vai se candidatar para a Łódź, Madame Dirrectorrá?
— Pare com isso, Tadeusz.
— Com quê?
— Com a sua *głupawka*.
— Isso não é *głupawka*. Estou falando sério.
— Você não disse nada sério a tarde toda.
— Agora disse. Por que não se candidatar para a Łódź? — E noto que o sotaque sumiu.
— Não seja ridículo.
— Não estou sendo ridículo. Provavelmente você entende mais de cinema do que os professores. — Ele para na minha frente na calçada, bloqueando o meu caminho. — O que foi que você me disse uma vez... por que não?
— Vou lhe dizer por que não. Porque é muito fora da realidade. Eu nem sei por onde começar. Sabe quantas vagas há na Łódź todos os anos?
— Quantas?
— Não muitas. E para conseguir uma, você tem que conhecer alguém que conheça alguém que possa *załatwić* uma vaga para você.
— Quem lhe disse isso?
— Ninguém precisa me dizer. Eu simplesmente sei.
— Eu simplesmente sei. Eu simplesmente sei — diz ele, e me belisca de brincadeira no braço, mas estou irritada com ele hoje, e quando chego à porta da casa de Irena, sou eu quem lhe dá uma bitoca no rosto antes de me desvencilhar dele.

Na segunda-feira, Magda recebe a notícia de que foi reprovada no exame, mas, surpreendentemente, o mundo não acaba. Ela não fala sobre isso no Stash's porque, diz ela, "o mundo é pequeno e tem muitos ouvidos", mas, no caminho para casa, ela me conta tudo a respeito, como eles se livraram de metade da turma para poderem aceitar mais alunos pagantes, como os pais de alguns alunos contrataram os próprios professores para "aulas particulares" extras.

— E o que vai fazer agora?

Estamos passando pela série de lojas entre as Aleje e a rua de Kazimierz, o Grande: a loja do *bookmaker*, a loja de fotografia com as fotos de formatura do papa na vitrine, a loja de segunda mão, a firma de informática, a loja de vídeos pornográficos aberta pela família que pertencia à realeza no século XV.

— Como assim?

— Em termos profissionais.

— Bem, vou ser promotora, claro.

— Mas como?

Ela começa a contar os passos nos dedos.

— Primeiro, falei com Stash, e ele disse que vai continuar comigo apesar de Kinga ter voltado, porque quem sabe quanto tempo ela vai ficar por aqui mesmo? Então vou trabalhar lá e no bar de vinhos este ano, continuar estudando, me inscrever de novo na primavera, e começar o primeiro ano do zero no próximo outono. E, se tudo der errado e eu for reprovada de novo, felizmente, terei feito uma poupança suficiente para ser uma das alunas pagantes. Não é o que eu quero, mas se for o único jeito...

— Você faria tudo isso só para ser promotora?

— Não quero ser outra coisa.

— Não?

— Não.

Mesmo na Bytomska, as forças naturais estão calmíssimas. Irena não fala nada sobre as provas nem com Magda nem comigo, e a trégua declarada em junho continua.

— Você está bem? — pergunto a Irena.

— Estou ótima.

— Tem certeza?

— Vou fazer o quê? É a vida dela. Ela vai encontrar uma solução.

Enquanto isso, minha mente está preocupada com uma única palavra. Łódź. Łódź, Łódź, Łódź, Łódź. As palavras parecem um trem em movimento, uma canção americana de rap, uma máquina de lavar centrifugando, uma impossibilidade absoluta.

Na quarta-feira, vejo-me almoçando com uma Brigitte Bardot emburrada e embriagada, que está se queixando do *boeuf bourguignon* seco. Embaixo da mesa, dobro e estico os dedos nervosamente, torço-os e os contraio, rondando o espaço que eu sinto se abrir dentro de mim, exigindo ser preenchido por algo grandioso.

— Pani Bożena?

Ela levanta os olhos para me olhar do outro lado da mesa.

— Eu estava pensando... sabe a filmadora... bem... pensei que, quem sabe, você poderia me aconselhar sobre... bem, eu estava pensando em fazer um filme, em filmar alguma coisa... sabe, de brincadeira, nada sério... Pensei, você já esteve nos estúdios de cinema em Łódź e conheceu aquela gente toda, e sabe o que custa fazer um filme...

Brigitte Bardot ri, jogando a cabeça para trás de um jeito que quase me assusta.

— Imagine! — diz.

— Eu sei. É bobagem. Deixe para lá.

Mas a cara dela se ilumina atrás de uma nuvem de vinho tinto.

— Imagine! Esse tempo todo você estava arranjando coragem.

— Coragem para fazer o quê?

— Ora, pedir para eu estrelar seu filme.

— Mas eu não tenho nenhum filme em mente.

— Ora, ora — diz ela. — Não precisa ser tímida. Basta pedir. Quer que eu faça o papel de quem? De Véronique? Holly Golightly? Da rainha Elizabeth?

Quando olho para ela, com a peruca caindo e o rosto afogueado de vinho, imagino ouvir o barulho de peças se encaixando.

— Talvez você pudesse representar você mesma.

— Eu mesma?

— Você mesma.

Ela bebe mais um gole e dá pancadinhas com o guardanapo na boca enquanto pensa.

— Acho que eu poderia fazer isso. Sim. Eu poderia fazer isso. Então está bem. Começamos amanhã. Bem cedinho. Antes, vou fazer uma lista das coisas que precisam de atenção extra no apartamento.

Quando toco a campainha na manhã seguinte, ela me recebe vestida com o melhor robe e um par de pantufas cor-de-rosa com plumas, a maquiagem ainda mais carregada que o normal, o cabelo preso à cigana com um comprido lenço de seda.

— Bem-vinda a minha humilde residência — diz ela, inclinando-se profundamente.

Subo a escada do *kamienica* atrás dela, e ela fica me olhando, sorrindo, como se a câmera já estivesse rodando. Ela mudou os móveis de lugar desde que fui embora ontem à noite, rearrumou alguns dos bibelôs e pendurou lenços nas luminárias para tornar a luz mais sutil. Senta-se à penteadeira, mas hoje está impaciente, e se levanta antes de eu acabar de remover as manchas roxas e vermelhas de sua pele.

— Não quer que eu lhe dê um retoque?

— Não, não, está ótimo. Vamos começar.

Ela se levanta do banco de veludo com toda a graça que consegue reunir nas pantufas. Primeiro, quer ser filmada sentada na cama fazendo os gestos muito femininos de se espreguiçar e bocejar, tocando uma minúscula campainha que arrancou de um dos bibelôs da sala. Aí eu a filmo tomando o desjejum na cama numa bandeja de prata e bebendo chá numa de suas xícaras de porcelana mais finas. Acompanho-a atravessando a sala com um andar afetado, embora ela me faça parar a câmera quando vai se sentar porque percebeu que não consegue fazer isso de maneira graciosa calçada com aquelas pantufas. Filmo-a recostada na espreguiçadeira no canto, as pernas cruzadas e inclinadas, lendo um "roteiro", que não é mais do que uma agenda telefônica, encapada de papel branco liso e inclinada num ângulo cuidadoso. Filmo-a falando com o sinal de discar e chamando-o de "querido" e "*kochana*", fingindo que há um diretor ou produtor do outro lado, ou outro membro do *faux beau monde*. Ela se posiciona para cada tomada e me diz onde devo me colocar. Parece até ter decorado brincadeiras espirituosas para cada cena. A manhã inteira, entretemo-nos com esta farsa, e quando chega a hora do *obiad*, temos que nos conformar com *kanapki*, que comemos nas porcelanas e nos cristais com que Pani Bożena pôs a mesa de véspera.

— Desligue a câmera — diz ela.

Por quê?

— Quer que eu seja vista comendo *kanapki*?

— Ninguém vai ver, eu lhe prometo.

Mas obedeço e deixo a câmera na cadeira do outro lado da sala. Durante a filmagem, Pani Bożena estava sociável e dinâmica, mas agora faz-se um longo silêncio, o ruído da prataria e dos cristais como um metrônomo, arrastando o tempo. Ela bebe quase uma garrafa inteira de vinho com os *kanapki* e logo se irrita comigo por eu só lhe servir meio copo. Finalmente, vai se servir, deixando a garrafa ao lado do prato.

— Eu nunca lhe contei sobre o segundo filme, contei?

— Eu não sabia que houve um segundo.

Pani Bożena cruza os braços no peito e se recosta, afundando na cadeira toda empertigada.

— Foi muitos anos depois do primeiro. Afinal de contas, a posição de mulher de uma autoridade do governo acarreta certas responsabilidades, sabe.

— Claro.

— Enfim, era para eu fazer o papel de Catarina, a Grande — diz ela com um floreio da mão. — Era tudo muito espontâneo, muito corrido. É assim que os grandes filmes são feitos, sabe.

Faço que sim com a cabeça, e sirvo o restinho do vinho no meu copo.

— Acontece que havia outra atriz que queria o papel. O meu. Eu desconfiava que ela estava... como posso dizer isso com delicadeza... transando com o diretor. Não tinha talento. Nem se parecia com Catarina, a Grande. Era só uma cara jovem, feia e imatura.

Ela termina o vinho e vai se servir mais, mas a garrafa está vazia.

— Então o diretor me tomou o papel... me *roubou* o papel. — Pani Bożena respira fundo, o miniacordeão no alto de seu nariz esticando para deixar entrar mais ar nos foles. Seus olhos ficam marejados na luz difusa lançada pelas lâmpadas cobertas, mas ela não se mexe para enxugá-los. — Aquele *buc* — sibila.

A palavra me surpreende. Nunca a ouvi usar uma expressão semelhante, e isso faz com que, por uma vez, eu me sinta realmente na presença de Pani Bożena — não de Katharine Hepburn, não de Elizabeth Taylor, nem mesmo da Grande Dama da praça do Bispo. Só lamento é que a câmera esteja do outro lado da sala, seu único olho fechado, adormecido.

— Deixe eu ver.

— Ver o quê?

— O que você filmou hoje de manhã.

Pego a câmera e abro a tela do lado. Aperto os botões pretos até haver uma Pani Bożena em miniatura sentada na cama, e entrego-lhe o aparelho.

Suas pupilas se movem rapidamente quando ela observa a tela. Posso ver as imagens se acomodando na cara dela, e de repente ela fica com um ar desesperado. Devolve-me a câmera sem uma palavra. Larga-se um pouco na cadeira, e olha para alguma coisa do outro lado da sala.

— Tenho certeza de que você daria uma Catarina, a Grande, maravilhosa — digo para tranquilizá-la.

Ela ergue os olhos, espantada. Rapidamente se endireita na cadeira, um fio invisível puxando-lhe o queixo para cima.

— Ora, *claro* que eu daria.

Ela faz uma longa sesta naquela tarde, e fico sentada na espreguiçadeira com a filmadora no colo, ouvindo-a roncar do outro lado da parede. Penso em quão exaustivo deve ser representar a vida que você gostaria de ter tido, detalhe por detalhe, uma vida que ou foi jogada fora ou tirada ou correu frouxo, uma vida que não tem chance de se ter de volta. E fui eu quem pôs essa vida bem diante dos seus olhos, quem permitiu que ela a segurasse entre os dedos, a embaçasse com seu hálito e percebesse que não lhe pertencia. Quando ela se mexe, embrulho a câmera no pano de prato e guardo-a na mochila. Mas ela não se levanta. Dorme a tarde inteira, e quando dá a hora, vou-me embora. Levo a câmera para casa e guardo-a na gaveta, jurando nunca mais levá-la para lá.

Quando volto no dia seguinte, Pani Bożena atende a porta usando um vestido de algodão simples, de andar em casa, seus cachos finos como palha de alho amassados na cabeça, um bobe cor-de-rosa se projetando da testa como um chifre de unicórnio. Quando subo a escada atrás dela, ela nada diz sobre a véspera.

— E se eu fizer seu cabelo hoje como o da Marilyn Monroe? — pergunto. — Ou da Judy Garland?

Ela para no patamar, vira-se e olha para mim.

— Olhe bem para mim. Acha que tenho alguma coisa da Marilyn Monroe?

Abre a porta, e não tornamos a nos falar até o *obiad*.

23
Vai dar tudo certo

Quando Pombo entrou pela porta da frente na casa Hetmański, viu o conteúdo do armário todo espalhado no chão. Viu o cibório destampado, entornando as hóstias como uma ferida aberta. Viu Marysia seminua, as mãos amarradas atrás das costas, e o irmão de Marysia ajoelhado, a pistola do oficial alemão lhe golpeando a cabeça, abrindo uma ferida do mesmo tom da linha avermelhada que fora usada para bordar a águia polonesa nos quepes. Viu o pai de Marysia prostrado no chão, a barba branca colada nas tábuas, um lacaio alemão só de cuecas pisando em suas costas com um pé descalço.

O oficial olhou para Pombo, mas, antes que pudesse apontar a arma, Pombo tirou a mochila dos ombros e a lançou com força no meio das pernas dele. O irmão de Marysia, apesar de fraco, foi ligeiro em tomar a pistola, e começou a abrir uma águia polonesa na cabeça do oficial, fazendo-o gritar de dor. O lacaio foi pegar a arma, que, para o azar dele, ainda estava no coldre, pendurado nas costas de uma cadeira junto com seu paletó e suas calças, e Pombo aproveitou o ensejo para bater nele até deixá-lo desacordado no chão. Pegou a arma do lacaio do coldre e apontou-a para o oficial, que começara a se defender do irmão de Marysia.

— *Hände hoch*! — gritou para o oficial. — *Hände hoch* e de joelhos!

O oficial obedeceu.

— Você vai pagar por isso — disse o oficial calmamente, o cano da arma apontado na cabeça. — Cometeu alta traição contra o Reich. Você está *acabado*. Assim como o porco que você anda escondendo.

— Engraçado, é exatamente assim que ele chama você.

Pombo chutou de novo a virilha do oficial, e este mordeu o lábio inferior para conter a dor.

Foi só então que Pombo viu Anielica encolhida embaixo da mesa de lariço, nua, amarrada ao pé da mesa que ele mesmo havia entalhado. Ela olhou para ele com o olhar vidrado, como o de uma ovelha justo antes de ser degolada. Mas foi a pele dela que mais o assustou, sua extensão rosada. Dessa pele, ele nunca vira mais do que o equivalente ao tamanho de um envelope, e agora ela estava ali, exposta diante dele como uma ferida aberta, como um cordeiro cor-de-rosa e molhado saindo de dentro da mãe. Ele ficou envergonhado. Envergonhado por si mesmo. Envergonhado por ela.

— Pom-bo — sussurrou ela. Dois sopros secos de ar.

Ele ergueu a mão como que para proteger os olhos do róseo esplendor, mas segurava a arma com firmeza. Deu um empurrão no lacaio fazendo-o ajoelhar-se ao lado do oficial e pôs-se atrás deles. Ficou olhando para suas nucas, memorizando os rodamoinhos em seus cabelos, o ponto de encontro do crânio com o pescoço.

— Qual deles? — perguntou, dirigindo a arma primeiro para um, depois para o outro. — Qual deles?

Anielica começou a chorar.

— Qual deles, droga, *qual deles*?

Passou para a frente deles, e mirou a arma na testa do oficial, que estava ajoelhado ali de cuecas, o paletó abotoado quase até em cima. O oficial endireitou os ombros e empinou o queixo como se estivesse morrendo nobremente pela Vaterland.

— Este?

Anielica abraçou o pé da mesa com mais força e escondeu o rosto atrás do cabelo, que estava solto e emaranhado.

— Ou este? — apontou a arma para o lacaio, que começou a implorar para não morrer.

— *Bitte, bitte... Ich bite Sie...*

Anielica estava calada senão pelos soluços que emergiam violentamente, um a um de sua garganta, como um afogado esforçando-se para manter a cabeça acima da água.

O oficial deu um sorrisinho.

— *Vielleicht hat es ihr gefallen.*

Vai ver que ela gostou. A bala o pegou bem no meio da boca ariana, mandando para os ares pedaços de dentes perfeitos. Anielica gritou. O oficial estrebuchou de costas, um dos pés empurrando o chão em vão. O buraco ensanguentado embaixo de seus olhos deixava-o com o visual de personagem de gibi. Marysia soluçava baixinho enquanto o irmão tentava debilmente desatar os nós que amarravam a mão dela. O pai de Marysia pegou um dos cobertores da cama e cobriu Anielica, que tremia visivelmente.

— *O Gott* — gritava o lacaio. — *Mein Gott.*

Pombo recuou. Segurou a arma estendida à frente, firmando o cotovelo com a outra mão. Abriu outro buraco na virilha do oficial, e o sangue brotou em suas cuecas brancas.

— *Vater unser, der Du bist im Himmel...* — recitou o lacaio.

— Acha que o Pai está ouvindo? — gritou Pombo. — Acha que alguém está ouvindo você, seu boche de merda?

— *... geheiligt werde Dein Name, Dein Reich komme...*

— Cale a boca! — disse Pombo, apontando a arma para a cabeça do lacaio.

— *... Dein Wille geschehe, wie im Himmel so auch auf Erden...*

Pombo atirou nele, não como atirara no oficial, mas sim com misericórdia, entre os olhos. A essa altura, o oficial também já se esvaíra em sangue, e reinava um silêncio absoluto na casa a não ser por um grito agudo vindo de baixo, do porão.

— Eu *fecho* a porta. Eu *fecho* a porta. Eu *fecho* a porta.

Ninguém se mexeu para ir consolá-la.

O pai e o irmão de Marysia fizeram uma fogueira no meio da floresta para amaciar a terra, despiram os corpos e os queimaram. Esfregaram o chão e queimaram os trapos, junto com os uniformes e com as roupas que Anielica estava usando. A fumaça doce subiu para o céu, o único sinal de vida na aldeia deserta. Pombo, enquanto isso, tentava consolar Anielica, mas ela tremia quando ele a tocava, e ele acabou deixando Marysia e sua mãe fazerem isso. Elas a vestiram e a levaram para o porão, onde o resto das mulheres e crianças da aldeia aguardavam. Marysia lhes mostrara a entrada secreta quando se ouviu o tiro que matou o Epler caçula. Estariam todas escondidas em segurança se Anielica não tivesse voltado por causa do cibório, se Marysia, seu irmão e seu pai não tivessem saído correndo para o jardim quando ouviram os gritos de Anielica.

Passaram a noite toda no porão, sem saber qual seria seu destino. Aldeias inteiras haviam virado pó por causa de incidentes idênticos a esse. Ou se voltado umas contra as outras. Naquela noite, ninguém dormiu. Não havia espaço suficiente para todo mundo deitar, então as dezenove pessoas aguardavam sentadas, joelhos encolhidos no peito, revezando-se para esticar as pernas. Quando uma sussurrava, todas escutavam. Quando uma tossia, todas sentiam o coice. E quando Anielica chorava, todas sentiam os soluços no fundo do peito, e todas se colavam nela para consolá-la. Embora tentasse pessoalmente acalmá-la, Pombo só conseguiu fazê-la soluçar mais alto, como se, ao vê-lo, ela visse a cara dos alemães, como se, em suas mãos encardidas, ela visse a violência a que fora submetida.

Ele deixou as mulheres assumirem e ficou sentado na divisa do terreno com Pan Lubicz, o mais velho dos aldeões, que morava na Meia-Aldeia desde que nascera.

— Sinto muito — disse ele ao velho.

— Por quê?

— Por não ter contado a ninguém sobre o porão. Sobre a família de Marysia. E agora a aldeia inteira está em perigo por nossa causa.

Pan Lubicz virou-se para Pombo com bondade nos olhos e lhe deu palmadinhas no joelho.

— O que faz você pensar que não sabíamos? Todo mundo aqui sabia.

E Pani Wzwolenska, que já fora professora e tinha ouvido de morcego, ergueu os olhos do outro lado do porão e sorriu.

24
Załatwić

NEM PRECISO OLHAR para fora para saber que o inverno está chegando. Uma nuvem densa anda se acumulando em meus pulmões, escapando e chacoalhando de manhã, pousando e engrossando à tarde. Irena insiste que é um resfriado provocado pela água gelada sem gás que sempre bebo no bar, mas quando começo a beber o chá receitado, o peso no meu peito só aumenta, e fico cada vez mais rouca.

Não estou acostumada com o carvão que usam aqui na cidade. A fumaça de lenha queima o nariz e a garganta, mas não se instala na gente como a do carvão. Nas duas primeiras semanas de outubro, as calçadas são bloqueadas por montanhas do carvão com que homens de macacão abastecem as entranhas dos prédios, deixando turbilhões de poeira preta na calçada. E, em meados do mês, quase todos os *kamienice* antigos de fachada de estuque da Rynek às Aleje já estão arrotando uma densa fumaça negra. Um falso crepúsculo precede o verdadeiro, e, pela janela no subsolo do Stash's, observo-o cair, como neve num negativo de foto, depois como um capuz, até começar a ver o brilho superficial do meu próprio reflexo na janela.

Já trabalho como atendente de bar há seis meses, sem ter nada em perspectiva. Pelo menos Magda pode separar seu passado do presente e do futuro. Pelo menos, pode dizer: "Quando fui reprovada nos exames da faculdade de direito" e "Quando eu fizer de novo o vestibular na primavera". Para mim, o tempo é amplo e sem limites como a Błonia, espraiando-se para todos os lados. Vendo Tadeusz tocar, me pergunto por quanto tempo é preciso exercer uma atividade antes de se tornar profissional. Quanto tempo ele precisa tocar *klarnet* antes de realmente ser um *klarnecista*? Quanto tempo posso ficar parada atrás desse bar e dizer que não sou uma atendente de bar?

Ouço mais ou menos Kinga contar a Magda sobre sua amiga em Londres que está tentando encontrar uma vaga lá para ela numa escola de línguas.

— Pensei que você estivesse indo para lá trabalhar, não estudar.

— É assim que funciona. A escola lhe arranja um visto de estudante, você vai lá de manhã só para assinar a lista de presença, depois sai e vai trabalhar.

— E onde você vai trabalhar?

— Não sei. Provavelmente num bar.

— Mas você pode fazer isso aqui.

— Mas lá eu posso aprender inglês. E ganhar muito mais.

— É assim que eles começam — diz Magda. — Convencem as pessoas de que elas todas precisam aprender inglês, vêm para cá com o título inócuo de "falantes nativos", se instalam e estabelecem postos avançados que chamam de escolas de idiomas, e, quando percebemos, já compraram metade da Rynek, e a gente está tomando chá com leite. Grave o que eu digo, foi exatamente o que aconteceu na Índia.

— Você é paranoica — diz Kinga. — E hipócrita. Já sabe muito mais inglês do que eu.

— Minha mãe me obrigava a ter aulas quando eu era muito garota para saber das coisas.

— Sua mãe era uma mulher esperta. Você devia pegar seu inglês e dar o fora enquanto pode. Este país está afundando rápido.

— Só porque gente como você está indo embora. Se todo mundo da nossa idade ficasse...

— Olhe, eu amo a Polônia, mas não a ponto de me sacrificar e ser pobre a vida inteira.

— Ser pobre aqui é melhor do que fazer trabalho escravo para os colonizadores — diz Magda, indicando com um gesto a mesa de ingleses. — Além do mais, os rapazes poloneses são muito mais bonitos.

— Aí você me pegou.

E as duas riem.

Chega o intervalo. Quando as deixo, elas estão fazendo um inventário dos rapazes que frequentam a boate de semana a semana. Magda parece ter se recuperado totalmente depois de Żaba. Encontro Tadeusz com seu suco de laranja numa mesa isolada.

— Como vai tudo? — pergunta Tadeusz.

— Bem. E você?

Ele encolhe os ombros.

— Quer ir ao Mikro na sexta-feira? Esse mês todo estão exibindo comédias polonesas.

— Vou ver e lhe digo.

Ficamos calados, ouvindo os gritos e as gargalhadas na sala.

— Sabe, andei pensando — digo. — Irena conhece um monte de gente no Cabaré. Pensei que talvez eu pudesse pedir a ela para *załatwić* um teste para você.

Tadeusz passa o dedo na borda do copo.

— Tadeusz, você me ouviu? Um teste no Cabaré. Como Piotr Skrzynecki.

— Ouvi. Estou pensando.

— O que há para pensar?

— Simplesmente não quero lhe causar problemas. Nem a Irena. Sabe, por Irena ter que gastar seus pedidos de favor comigo, e depois se ela precisar fazer isso para Magda.

— Não custa tentar. Pode imaginar? Tocar no Cabaré? Você seria famoso. *Famoso.*

Tadeusz tapa a boca. Pigarreia e se recosta na cadeira.

— Seria ótimo. Ótimo mesmo.

— Sua voz não está muito animada.

— Eu simplesmente não quero causar nenhuma encrenca para você e Irena.

— Não é encrenca nenhuma.

— Vou pensar.

Alguma coisa me incomoda na expressão em seu rosto e no timbre de sua voz. Tento me convencer de que só estou imaginando coisas, mas depois do terceiro número, ele sai imediatamente, pegando o estojo da clarineta e enrolando no pescoço sua echarpe feita em casa, como uma bobina.

— Aonde vai? — grito para ele.

— Vou perder o ônibus — diz ele. — Me desculpe. Me ligue amanhã.

Na volta para casa, Magda fala sobre um dos rapazes no bar. Continuo pensando em Tadeusz, e quando chegamos, vou direto para a sala.

— Irena, preciso de um favor.

— Hum... — diz ela.

Está assistindo a outro documentário, desta vez sobre a cidade de Lwów.

— Irena, eu estava pensando.
— Hu-hum?
— Já que você conhece umas pessoas no Cabaré...
— Hum...
— Acha que poderia arranjar um teste para Tadeusz com Piotr Skrzynecki?

Ela dá uma gargalhada e tira o som da televisão.
— O que quer dizer isso? — pergunto.
— Quer dizer que é um favor muito grande que você me pede para *załatwić*, um poder de barganha muito grande que eu tenho de fato, e vivendo na nova e empobrecida Polônia, terei que pensar em dar um jeito de tirar proveito disso.
— Diga o seu preço.
— Você não tem como pagar.
— Teste-me.

Irena pensa um pouco. Levanta-se do sofá, vai à cômoda embaixo da televisão e abre a última gaveta.
— Responda às cartas. Essas cartas idiotas de *pieprzone* — diz ela. — As pessoas me escrevem achando que estão sendo simpáticas, mas cada carta é como uma pedra no meu sapato. Você faz Magda responder a elas em inglês para mim, e eu falo com alguém no Cabaré sobre seu *klarnecista*.
— Por que você mesma não pode responder?
— Com o meu inglês?
— Você fala bem o suficiente para fazer com que eles venham com você da estação de trem para início de conversa.
— Sim, mas *escrever* nessa língua infernal... é como se jogassem todas as cartas para o alto e as transcrevessem do jeito que elas pousassem no chão. Não, Magda vai ter que fazer isso. Ando pedindo a ela desde o verão, mas ela diz que está muito ocupada. Não é irônico? Durante anos, ela não escrevia por preguiça. Agora, está muito ocupada. — Ajeita os óculos no nariz e segura delicadamente entre os dedos a parte quebrada. — Então. Está combinado?

Vou para o quarto de Magda e lhe conto, e ela ri.
— Ela está dizendo *bzdury*. Mesmo quando tentei ajudá-la, ela não quis fazer isso. Só me culpa porque se sente culpada. Vamos pagar para ver e Tadeusz terá o teste.

No domingo, Magda e eu jantamos correndo. Tão logo terminamos, levantamo-nos e tiramos os pratos da mesa de centro.

— Relaxem — diz Irena. — Onde qualquer uma de nós tem que estar hoje? Está chovendo granizo lá fora, e dá para ouvir as pedras caindo na grade de metal do balcão.

Irena come o último bocado de *surowka* direto da saladeira e pousa o garfo. Magda acrescenta-o à pilha de pratos que tem nas mãos e vai para a cozinha.

— Vamos responder às suas cartas hoje — grita. — Você disse a Baba Yaga que queria responder às suas cartas, então estamos respondendo.

Irena põe os pés para cima no sofá e se estica ao máximo, com a cabeça apoiada no braço do móvel.

— Hoje não, outro dia, mas não hoje.

— Ah, você não quer.

Magda me joga um pano de prato, e limpo a mesa de centro.

Irena esconde o rosto com as mãos.

— Não me sinto bem. Outro dia. Estou menstruada. O tempo está horrível. Outro dia.

Entro no meu quarto e trago a sacola plástica de canetas e papel, envelopes e selos que juntei na última semana. Quando volto, Magda já está revolvendo a pilha de cartas no colo.

— Vamos, *mamo*, vamos pôr mãos à obra até acabar tudo.

— E quer que eu escreva essas cartas em polonês ou em russo? — pergunta Irena. — Sou bilíngue, sabe.

Magda bota as cartas na mesa e coloca duas na frente da mãe.

— Aqui. Essas aqui são as duas que podem ser respondidas em polonês. O resto, você me dita e eu traduzo para o inglês. Enquanto fazemos isso, Baba Yaga copia os endereços nos envelopes.

Irena esfrega os olhos.

— Mas hoje está muito deprimente. O barômetro está baixo e estou com cólica. Não posso. Hoje não. Só serão más notícias.

— *Mamo*, estou falando sério. Dessa vez eu faço as cartas. Se não for hoje, então nunca mais vou querer ouvir você se queixar sobre elas.

Irena esboça um sorriso, as mãos ainda nos olhos.

— *Głupia panienka*.

Há umas quarenta cartas — na maioria, cartões de Natal, alguns de dois ou três anos atrás, outros com cartas manuscritas anexas. Eu me pergunto se essas pessoas pelo menos se lembrarão de Irena, mas sei que, se não escrever, não vai tirar as cartas da cabeça. Magda revolve a pilha. Entrega-me um envelope para copiar o endereço e abre a carta no colo.

— Tudo bem. Betty e Walt Lyons de Green Lakes, Minnesota — traduz. — Cara Irena... *coś tam, coś tam*... dias maravilhosos... *coś tam, coś tam*... venha nos visitar em Minnesota... *coś tam, coś tam*...

— Onde é Minnesota? — pergunto.

— Perto da Califórnia. Tudo é perto da Califórnia — diz Magda com autoridade. — Menos Nova York. Tudo bem, *mamo*, o que quer responder para eles?

— Não sei. Nem lembro quem eles são.

— Não acredito, Irena — digo. — Você se lembra de todos os hóspedes. Quantos anos têm, em que os filhos trabalham...

— Eu disse. Hoje não estou a fim.

— *Drogi* Betty *i* Walt...

Magda olha para a mãe.

Irena levanta a mão como se fosse uma viseira e franze os olhos para Magda.

— Caros Betty e Walt. Não me lembro de vocês, mas lembro que são daquele país que nos empurrou aquelas novelas horrorosas e aqueles hambúrgueres gordurosos.

Magda balança a cabeça e ri. Começa a escrever. Irena meneia a mão languidamente, como se estivesse regendo uma orquestra apática imaginária.

— As coisas estão terríveis aqui na Polônia. Há muita pobreza e muito desemprego, e os imundos porcos capitalistas de seu país que quiseram essa revolução não estão fazendo nada para ajudar o povo. Quando caiu o comunismo, vocês nos deixaram como esterco no pasto. — Irena sorri. — Escreva, filhinha, escreva.

— Caros Betty e Walt — traduz Magda para nós. — Sinto ter demorado tanto a lhes escrever, mas isso não significa que eu não pense em vocês com frequência. Na verdade, lembro-me como se fosse hoje de sua visita a Cracóvia. As coisas estão difíceis neste momento na Polônia. Mas há muitos desafios, os poloneses são fortes e hão de superar isso com o tempo.

Irena pigarreia e continua.

— Hoje, chove canivete lá fora, e me sinto uma merda. Minha filha Magda foi reprovada na faculdade de direito e agora está trabalhando num bar. — Ri do próprio pessimismo.

— Não se esqueça de lhes contar sobre a prima que veio passar uns tempos e não quer ir embora — acrescento.

— Sim, sim, boa ideia — concorda Irena. — Acrescente isso.

Estamos todas às gargalhadas.

Magda pigarreia e lê para nós o que escreveu.

— Ainda tenho saúde, graças a Deus. E Magda está trabalhando para um dia ser promotora, como sempre sonhou. Uma prima querida da aldeia veio morar aqui e nos trouxe muita alegria.

— Não sei se lhe agradeço ou vomito — digo.

— Minha amiga diz que é assim na América — insiste Magda. — "Como vai? Em que posso ajudar? Deus o abençoe... Tenha um bom dia."

Irena continua.

— Não há a menor possibilidade de algum dia eu ter dinheiro para comprar a passagem aérea para Minnesota, e, mesmo que tivesse, eu iria para algum lugar mais interessante como Nova York ou Califórnia. Além do mais, seu maldito consulado não concede visto a ninguém, e nos trata como cachorros, fazendo-nos passar dias na rua, na chuva.

— Obrigada pelo simpático convite — lê Magda. — Espero que algum dia eu possa visitar a América. Lembranças a seus filhos. Sua amiga, Irena.

Magda põe na mesa de centro a carta com o envelope que sobrescritei enfiado embaixo. Ela e Irena escrevem mais duas desse tipo, as quais ela coloca na mesa ao lado da primeira. Ela se levanta para supervisionar as três cartas.

— E o resto? — pergunto.

— É tudo sistemático — diz ela. E, naturalmente, ela pensou em tudo para obter o máximo de eficiência. Enquanto endereço os envelopes, ela lê o resto das cartas para Irena, e Irena decide se responde com a versão um, dois ou três.

— Versão zero.

— Não há versão zero.

— Exatamente — diz Irena, amassando a carta. — Ele era um *babiarz*... da Holanda. Só estava interessado na minha *dupa*.

— Sua *dupa*? — Magda e eu nos entreolhamos e caímos na gargalhada.

— Podem rir, mas, acreditem ou não, há alguns homens nesta terra que, em algum momento, se interessaram pela minha *dupa*.

Começamos a copiar as cartas, mudando os nomes e os estados, eliminando filhos, acrescentando bichos de estimação. Magda supervisiona e corrige as provas quando ficam prontas. O trabalho anda depressa, sumindo atrás das histórias de Irena sobre os hóspedes: o italiano que se apaixonou perdidamente por ela e por Magda no mesmo fim de semana; o americano que perdeu a casa num incêndio e estava dando a volta ao mundo com o dinheiro do seguro; a suíça que acordava toda manhã e ficava de cabeça para baixo; o casal americano que botava as malas atrás da porta do quarto porque achava que Irena entraria ali durante a noite para roubá-los.

— Eles já tinham mais de setenta anos, acho eu. Eram todo enrugados. Mesmo se quisesse o dinheiro deles, eu ficaria com muito medo de abrir a porta e surpreendê-los no ato! — Ri. — Mas dinheiro parece ser a primeira coisa que pensam na América.

— Certo — diz Magda. — Como se aqui ninguém pensasse em dinheiro.

— Por desespero — diz Irena. — É diferente.

A pilha de cartas não respondidas na mesa diminuiu. Verifico as outras gavetas embaixo da televisão e encontro outro pequeno maço.

— Algumas nos escaparam — digo entregando-as a Irena.

Ela abre uma. Ficamos em silêncio, ouvindo a tempestade lá fora enquanto ela olha o papel. Ela franze o cenho e me devolve a carta.

Não é de um dos turistas. *Cara Irena*, diz em polonês, na mesma letra uniforme gravada em nossos dedos desde as séries primárias. *Sinto muito pela notícia da morte do seu marido.*

Magda vai pegar a carta. Entrego-a para ela, e ela a lê franzindo a testa do mesmo jeito que a mãe. Irena revolve o resto da pilha. Magda termina a carta e se recosta na poltrona.

— Vou postar essas — digo, juntando as terminadas, e nenhuma das duas protesta que é domingo à noite nem que cai uma tempestade lá fora. Só quando fecho a porta atrás de mim, só quando estou parada no corredor que as ouço começar a falar.

Lá fora, a chuva gelada me açoita a cara. Não me dei ao trabalho de pegar um guarda-chuva, e agora não posso voltar. Os quiosques e as vitrines das lojas estão às escuras, e as ruas e as calçadas estão quase vazias, exceto por um ou outro vulto encolhido embaixo dos toldos ou das estações de bonde. Corro com as cartas embaixo do casaco e meto-as na pequena caixa vermelha pendurada na parede ao lado do correio. Corro para o grupo de três cabines telefônicas um pouco mais adiante. Estão começando a substituir as antigas cabines telefônicas comunistas azuis da cidade por novas de um amarelo vivo, a cor dos ônibus escolares e dos táxis nos filmes americanos. Entro numa delas, fecho a porta e me sento no chão de metal canelado.

Às vezes tenho a sensação de que Irena e Magda estavam destinadas a ser minha família de verdade, de que eu realmente estava destinada a crescer aqui no apartamento na rua de Kazimierz, o Grande, de que eu estava destinada a morrer em Cracóvia, ser sepultada no cemitério Rakowicki, com Irena embaixo e Magda em cima. Às vezes parece que os seis primeiros anos que passei na Meia-Aldeia ouvindo sobre a morte de minha mãe e o tropeço de meu pai, seguido de sua queda do outro lado do muro foram um erro terrível, e os quinze que passei com Nela foram apenas um sonho. Às vezes, tenho a sensação de que fui deixada pela cegonha na casa errada ou de que houve um erro de algumas centenas de quilômetros no traçado dos muros da cidade e eu simplesmente acabei do lado errado. Mas hoje à noite, sinto a distância entre nós — os quilômetros se estendendo da aldeia à cidade, o espaço entre ser filha e ser prima, os anos cavernosos da minha ausência.

Sento na cabine telefônica ouvindo os barulhos da cidade num domingo à noite — o gelo batendo no metal, o ronco esporádico de um bonde ou de um carro passando, minha própria respiração. Observo o vidro se embaçar e sinto o frio do metal passando para o meu traseiro. Torno a amarrar a echarpe para que me cubra o nariz, bafejando ali dentro breves bolsos de calor, que logo se dissipam. Agasalho-me bem com o casaco. Enfio as mãos no calor das axilas. Fico mais ou menos uma hora ali sentada, esperando a tempestade passar, e, quando volto, nenhuma delas me pergunta onde estive.

25
Não vida

Quando voltaram para a casa da Meia-Aldeia, Pan e Pani Hetmańska tiveram uma surpresa agradável ao ver Władysław Jagiełło e Pombo, e gritaram e riram quando a pequena Irenka entrou correndo no quarto conjugado gritando:

— Eu *fecho* a porta. Eu *fecho* a porta.

Pan Hetmański enfiou a mão num saco como Święty Mikołaj e revolveu-o à cata de uma guloseima para a "ciganinha", como a chamava. Enquanto ele procurava, o silêncio na casa ficou tenso, e a pequena continuou encolhida atrás da porta.

— *Cyganka*, por que está fazendo isso? Venha cá pegar sua guloseima.

— Eu *fecho* a porta. Eu *fecho* a porta. — E bateu a porta com tanta força que ela repicou no marco.

— Por que ela está se comportando desse jeito? E por que esse tapete está aqui? — Abaixou-se, fazendo careta por causa da rigidez na coluna, e levantou o tapete. Espiou as manchas no chão à luz fraca do lampião de querosene, e ergueu os olhos, alarmado.

— *Barszcz* — sugeriu Władysław Jagiełło.

— Ah, sou muito desastrada — disse Marysia, com um riso forçado. — Você me conhece. Derrubei uma panela inteira no chão. A panela inteira de *barszcz*.

— O que está acontecendo aqui? — perguntou Pan Hetmański, aprumando-se todo, o casaco de pele de ovelha e a pelerine deixando-o com a forma de um urso. — O que está acontecendo?

— Devíamos dar uma volta — disse Pombo baixinho, e Anielica entrou no quarto anexo, seguida pela mãe e por Marysia.

Quando Pombo e Pan Hetmański voltaram do passeio, Anielica já estava ferrada no sono com a mãe na cama, e Pan Hetmański puxou um banco para o canto. Ficou ali a noite toda, o peso da cabeça equilibrado na mão, sua faca ao lado, observando o anjo dormir como sempre dormia, de costas, as mãos cruzadas como um cadáver, o peito subindo e descendo muito de leve. Embora tivesse passado dois dias andando na neve carregado de pacotes e peles, seus olhos não queriam fechar, mantidos abertos pela imagem do oficial e do lacaio que ele nunca vira, seus corpos se decompondo embaixo da floresta a alguns metros dali.

Pan Hetmański exigira ouvir todos os detalhes, mas Pombo se recusara a mencionar qualquer um exceto dois: que sua filha tinha se mantido pura em todas as ocasiões que dependeram dela, e que Pombo ainda tinha todas as intenções de se casar com ela tão logo a guerra terminasse e o casamento pudesse ser santificado por um padre honesto e uma *wesele* adequada. As palavras davam a Pan Hetmański um conforto inesperado, e ele as deve ter murmurado um número de vezes suficiente durante a noite para que entrassem no subconsciente de Anielica. Pois quando ela acordou, o inchaço em volta de seus olhos havia sumido e ela esboçou um sorriso para o pai sentado no banco ao lado de sua cama antes de ver a faca no chão e se lembrar por quê.

O mundo voltou a mudar da noite para o dia. Władysław Jagiełło e Pombo dividiam as responsabilidades para sempre haver um deles por perto. Milagrosamente, ou talvez porque já houvesse tantos alemães desertando àquela altura, ninguém veio à Meia-Aldeia investigar o desaparecimento do oficial e do lacaio. O irmão de Marysia, Berek, deixou o porão definitivamente e entrou para o Exército do Povo, que era muito tolerante em relação a judeus desde que estes fingissem não ser judeus. Nos três anos seguintes, contrariando as leis da eugenia, ele acabou sendo um atirador melhor do que Pombo, e depois de matar o máximo de alemães que pôde, voltou a arma para os ucranianos do leste. Ele já sabia — como o resto do mundo acabou descobrindo em Nuremberg — que desde que se esteja combatendo o inimigo, não importa muito quem é o inimigo, pois você pode ir até os subúrbios ricos da Argentina e voltar, e mesmo assim nunca conseguirá encontrar o rato que prendeu os seus vizinhos, atirou na sua namorada, podou sua educação e obrigou você a passar quatro anos num porão sujo com seus pais.

Com o espaço extra deixado para trás, Anielica, Marysia e Irenka passavam cada vez mais tempo no porão com os pais de Marysia, compartilhando histórias, fazendo brincadeirinhas com Irenka e rezando pelo futuro, pois, no fim das contas, todos eles tinham o mesmo Deus. Embora Marysia e Anielica sempre tivessem sido cunhadas, ligadas pelo irmão e o marido, depois que os alemães vieram — e isso passou a significar aquele único dia terrível, e não a guerra inteira — elas se tornaram as irmãs mais unidas que já houve. Uma nunca saía de casa sem a outra. Faziam juntas as tarefas, ensinavam juntas às crianças, dormiam juntas na mesma cama. O que uma bordava, a outra podia pegar no ponto em que a primeira tinha deixado, e era como se o desenho tivesse sido feito por uma única mão. Quando o homem de uma delas estava na Meia-Aldeia, a outra ficava feliz como se fosse o dela. Ambas tinham duas mães, dois pais, e compartiam uma filha, a pequena Irenka, que ia para o colo de Anielica com a mesma facilidade com que ia para o de Marysia.

Na verdade, depois que os alemães vieram, a aldeia inteira se uniu mais do que nunca. A dor de uma família tornava-se a dor de todo mundo. O risco de uma família tornava-se o risco de todos. Todos começaram a colaborar e ajudar os pais de Marysia. Traziam comida, esvaziavam penicos, reabasteciam lampiões, e lhes arranjavam jornais e livros. Naquele inverno, até afanaram oito xícaras de chá e oito pedaços de vela para que os pais de Marysia pudessem acender uma menorá. E para que ninguém passasse fome, Pani Hetmańska organizou as mulheres e as crianças para fazer buracos fundos dentro da floresta e conservar e salgar os produtos silvestres — bagas e verduras, cogumelos e raízes, de vez em quando um faisão ou um javali selvagem que calhasse de cair numa armadilha. Cada família trabalhava de acordo com suas habilidades, e a comida era então distribuída a cada família de acordo com suas necessidades. Puro socialismo antes que os comunistas tivessem tido a oportunidade de fazer dele uma *bałagan*. Puro socialismo embora suas barrigas estivessem sempre meio vazias, ou meio cheias no caso de Marysia, que se agarrava ao seu otimismo em qualquer situação. A divisão amarga de outras cidades e aldeias lhes chegava aos ouvidos, mas os habitantes da Meia-Aldeia continuavam unidos.

Na primavera de 1944, a última ovelha dos Hetmańskis fora abatida. Tanto Pani Wzwolenska quanto a filha de Pani Kierzkowska ficaram viúvas. O inverno fora o mais terrível de que se tinha notícia, e, embora eles tivessem sobrevivido, não havia mais querosene, calçados, carne nem alegria. Na primavera de 1944, a sobrevivência dos aldeões já não podia ser chamada de Vida, nem mesmo Simulação de Vida, mas pelo menos não era Morte, e por isso eles ainda eram gratos.

26
Finados

Passo uma semana sem ver Tadeusz. Ele não me encontra no Mikro sexta-feira, nem vem ao Stash's. Finalmente, quinta-feira, quando estou voltando do hipermercado Europa, ligo para ele do dormitório das professoras no fim da rua de Pani Bożena. A moça na recepção é simpática, e embora saiba que eu não moro lá, olha para o outro lado enquanto eu me fecho numa das cabines.

— Alô — atende uma menina.

— Alô, aqui é Baba Yaga. Eu poderia falar com Tadeusz?

Há risadinhas do outro lado. Sempre que ligo para Tadeusz, o telefone passa por três ou quatro de suas irmãs até finalmente ele atender.

— Alô?

— Tadeusz?

— Baba Yaga? — Ouve-se um grito no fundo atrás dele, acompanhado de risadinhas.

— Você não foi ao Stash's ontem à noite. Fiquei preocupada.

— Eu tive que cuidar das minhas irmãs. Falei com Stash sobre isso.

— Então, você pode assim mesmo ir ao Mikro amanhã? Acho que está passando *Miś*.

— Não sei, Baba Yaga. Meus pais estão mesmo contando comigo para ficar com as crianças ultimamente. Eles estão realmente com problemas na loja, e parece que meu pai não consegue outro emprego — diz.

— Sinto muito — digo. — Eu não tinha me dado conta de que era tão sério.

Há uma longa pausa.

Não desligue — diz ele. — Só um segundo.

Tapa o bocal com a mão, e há uma longa conferência que envolve cinco ou seis pessoas. Olho para a rua deserta, polvilhada de neve, e enrolo o fio de telefone nos dedos.

— Tudo bem, posso encontrar você amanhã. Cinco horas?
— Tudo bem. Cinco horas.
— *Na razie.*

Quando nos encontramos na praça dos Inválidos na sexta-feira à tarde, o lusco-fusco já está baixando através dos galhos das árvores. Nesta época do ano, parece que o céu está sempre escuro ou escurecendo ou começando a clarear. Vemos *Miś*, mas Tadeusz não ri tanto quanto Nela costumava rir, e o filme não parece tão engraçado como antes. Depois, atravessamos o parque da Liberdade, tiritando no frio.

— Falei com Irena sobre o Cabaré — conto a Tadeusz —, e ela disse que vai pedir para você.

Tadeusz mete as mãos nos bolsos, e anda arranhando o chão com os pés.

— Ela diz que acha que pode arranjar um teste. Daí em diante, você tem que se provar, claro, mas pelo menos terá a oportunidade.

Paramos na calçada em frente à loja do *bookmaker*. A cara dele está impassível, o cabelo louro voando em volta do rosto.

— Imagine — digo, mas já sinto que alguma coisa está erradíssima. — Tocar para Piotr Skrzynecki. Pode imaginar?

Tadeusz pigarreia, tapando a boca com o punho.

— Baba Yaga, quero lhe dizer uma coisa. Ando pensando em entrar para o exército.

— O exército?
— O exército.
— Mas...
— Tenho que ajudar meus pais.
— Bem, o salário do exército é tão bom afinal?
— Não a princípio, mas pelo menos é alguma coisa se eu me alistar como voluntário. E depois disso, eu teria mais chance de conseguir uma vaga na academia de polícia.

— Eu não sabia que você queria ser policial.

Ele encolhe os ombros.

— Mas e a sua clarineta?

Ele torna a encolher os ombros. Não consegue me olhar nos olhos.

— Tadeusz, você está tão perto. Tão perto.

— Olhe, se eu não me alistar como voluntário agora, terei que fazer o serviço obrigatório de qualquer maneira.

— Por que simplesmente não tenta *załatwić* uma desculpa médica para você? Todo mundo faz isso atualmente. Tenho certeza de que Stash conhece alguém que poderia ajudá-lo.

— Baba Yaga, tente entender. Tenho que ajudar meus pais — diz ele. — Minhas irmãs.

Sinto uma nuvem negra nos envolvendo de repente. Tento imaginar Tadeusz no exército, o cabelo comprido cortado à escovinha, a barriga apertada, o rosto bem-barbeado. Tento imaginá-lo como um dos garotos que vi na Rynek no encerramento de seu serviço militar: bebendo, gritando e berrando, girando as capas e trepando em postes, os policiais limitando-se a olhar e sorrir, recordando enternecidos o encerramento do serviço deles e a capa guardada num baú em algum canto.

— Ei — diz ele pegando minha mão. — Ainda podemos nos ver.

Para dizer a verdade, isso nem me passou pela cabeça. Tudo o que consigo imaginar é o lugar vazio no palco do Stash's.

— Mas, Tadeusz, não largue agora. Você está tão perto.

— Ainda estou pensando, certo? — diz ele. — Só queria lhe dizer antes que você e Irena se deem ao trabalho de marcar um teste com Piotr Skrzynecki.

— Por que você simplesmente não toca para ele, fala com ele e vê? Garanto que seus pais não iriam querer que você perdesse isso.

— Você age como se fosse uma questão de vida ou morte — diz. — Haverá outras oportunidades. Além do mais, o exército não é tão ruim. Só tem um monte de atividades sedentárias. E tem uma orquestra do exército. Posso tocar para a orquestra para não perder a prática, e depois, quem sabe, tentar de novo quando sair.

— Mas você vai perder o impulso.

Já estamos parados na porta da casa de Irena.

— Tenho que ir — diz ele.

Ele se inclina para me dar um selinho no rosto, depois muda de ideia e me dá logo um beijão na boca. É um beijo molhado, esquisito, e sinto sua língua me enchendo a boca, se revirando como um peixe meio adormecido puxado de um dos tanques no mercado. Parece desesperado, o tipo do desespero que só vem à tona no fim, quando é tarde demais.

— Vejo você quarta-feira — diz ele.

Ele vai embora, e fico ali parada, protestando e discutindo comigo mesma sobre por que ele não pode entrar para o exército, por que deve continuar, por quê, se quer ser um *klarnecista*, deve ser um *klarnecista*. E, pela primeira vez, me dou conta de que meu protesto pouco tem a ver com Tadeusz e sua clarineta.

Durmo mal essa noite, e, no dia seguinte, levanto-me quando ainda não amanheceu e pego a filmadora da prateleira. Não acendo a luz, e sento no chão, brincando com a fita e passando e repassando os clipes de Tadeusz e Pani Bożena na telinha. Irena entra no meu quarto sem bater.
— Vamos. Ande, já. Vamos.
— Irena! Você não bate? E se eu estivesse mudando de roupa?
De fato, tenho a sensação de ter sido flagrada nua, de estar fazendo algo ilícito.
— *Por favor*. Não há nada que eu não tenha visto nesta vida. Vamos. Corra, já. Não há tempo a perder. Ela se estica por cima do catre para abrir a persiana. Uma chuva constante bate nas janelas.
— Aonde vai?
— Shhh... Não quero acordar Magda.
— Aonde vai? — sussurro.
— *Nós* — diz ela — vamos a Malina hoje.
— Aonde?
— Malina. É dia de Finados. Tenho que visitar o cemitério onde o pai de Magda está enterrado.
— Pensei que você não celebrasse os dias santos. Pensei que tivesse dito que queria ir para o inferno, onde estão todas as pessoas interessantes.
— Vou para o inferno quando morrer. Hoje, vou a Malina.
— Por que não leva Magda?
— Ela já tem muito com que se preocupar.
— Mas é sábado. Tenho que trabalhar à noite.
— Vamos voltar a tempo.
— E nem conheci seu marido.
— *Ex*-marido — ela me corrige. — E considere-se uma das felizardas. Aquele *skurwysyn*. Vamos. Chega de desculpas. Vamos. Agora.

Tomamos um bonde para a estação PKS. A chuva parou por ora, mas as ruas estão inundadas, a água formando redemoinhos em volta dos pneus dos carros e quebrando como ondas no meio-fio. Irena caminha alguns passos a minha frente. Eu nem sequer cogitei voltar à aldeia para visitar o túmulo de Nela ou o de minha mãe. Nela providenciara a colocação de crucifixos simples para elas duas, um ao lado do outro em frente à igreja de Pisarowice.

— *Chodź*, lesma — diz Irena.

Ela está levando um ramo de crisântemos embrulhado em papel fino, mas quando pergunto sobre as flores, ela diz que as arrancou do terreno baldio em frente ao apartamento.

— Acha mesmo que eu iria sair para comprar flores para aquele *skurwysyn* morto?

Ela vai empurrando até chegarmos à frente da fila, e pegamos um lugar no ônibus perto da traseira. O corredor está atravancado de sacolas de flores, velas, vassouras, pás de lixo e podadeiras, e o motorista não consegue passar da metade na checagem final. Ele se demora afivelando o cinto de segurança, arrumando os espelhos e os quebra-sóis, conversando com um dos outros motoristas pela janela e aguardando o embarque de mais alguns passageiros. Mas ninguém fica impaciente. Todos temos o mesmo itinerário hoje.

O ônibus vai em marcha lenta pelas ruas estreitas e pelos viadutos baixos da cidade, e, quando alcançamos a ampla *aleje*, deslancha resmungando e gemendo nas outras marchas. Irena olha pela janela. Vejo sua cara se desfranzir e franzir e me pergunto o que lhe passa pela cabeça.

— Irena?

— Sim?

— Me conte do seu marido.

— *Ex*-marido. Wiktor. — Ela nem se dá ao trabalho de olhar para mim. — E não há nada de interessante para contar.

— Deve haver alguma coisa.

— Nos conhecemos no Triângulo das Bermudas. *Koniec*. Fim. Estava condenado desde o início.

Espero a continuação mas, como não vem, tento de novo.

— No Feniks?

Ela me olha.

— Pod Gruzką.

— Isso foi no tempo em que você era pintora?

— Isso foi no tempo em que eu era uma *głupia panienka*, era isso que eu era.

Silêncio novamente.

— E depois?

Ela me olha e ri.

— Você não vai me dar sossego enquanto eu não lhe contar, vai?

— Foi você quem me fez vir. Pelo menos pode me divertir.

Ela ri.

— Muito bem. — Reposiciona-se para ficar de frente para mim. — Era 1972. A gente se conheceu em janeiro, se casou em junho e Magda nasceu em novembro. Lembro que quando namorávamos, meu pai, seu tio-avô Władysław Jagiełło, o odiava. Como eu ainda morava com meus pais, embora já tivesse trinta e dois anos, ainda tínhamos que sair escondido.

— Irena, de junho a novembro são só seis meses.

— Então eles lhe ensinam matemática na aldeia, é? — Ela ri. — Sim, Magda nasceu alguns meses antes do tempo, como tantos bebês poloneses. Enfim, imagine só: eu tinha trinta e dois anos, pintava e me virava, morava com meus pais, já era encalhada, e aparece um bonitão, fazendo de tudo para me impressionar. Ele me impressionou, sim. Com as pessoas com quem eu normalmente andava, não era muito difícil me impressionar, e ele era gerente do hotel Cracóvia e conhecia muitas e muitas pessoas importantes. Me levava aos melhores restaurantes, aos melhores cafés. Saíamos para dançar e todas as moças ficavam olhando para ele, pode imaginar? E depois, muito meigo, dava boa-noite, e à meia-noite eu estava em casa.

— Me parece bom.

— E era.

— Mas?

Ela ri da minha persistência.

— Mas mais tarde, quando nos casamos, ele confessou que, depois de me deixar, voltava para as festas e enchia a cara.

— Você nunca descobriu?

Ela fez que não com a cabeça.

— Como eu disse, eu era uma *głupia panienka*. Pior que Magda, verdade seja dita. Pelo menos às vezes ela admite ser uma *głupia panienka*. Eu sempre me achei acima disso.

Faz uma pausa. Espero pacientemente, e, para minha surpresa, ela prossegue.

— Então nos casamos. — Ela faz um gesto negativo com a cabeça e estremece o pescoço como Nela sempre fazia quando falava de meu pai.

— Sem a vodca, ele até teria sido alguma coisa. Mas acabou virando um bêbado horroroso. Horroroso. Chegava em casa do trabalho tarde todas as noites, bêbado como um gambá. Todas as noites. Mesmo quando Magda era só uma pirralhinha. *Horrível*, sabe?

— Sim, eu sei.

— Sim, você sabe.

Ela torna a olhar pela janela, como se estivesse procurando outra pessoa para contar a história por ela. As ruas apertadas da cidade se desemaranharam, e agora estamos passando por campos abertos onde, ancoradas aqui e ali, há casas com telhado íngreme de duas águas inacabadas, pilhas de blocos de concreto e chapas de aço crispado. De vez em quando, surge um prédio residencial de dez ou vinte andares, como se os prédios na cidade tivessem virado semente e sido levados para o interior por uma forte ventania.

— Então resolvi me divorciar dele. Ah, meus pais tiveram um casamento feliz até meu pai morrer, e minha mãe ficou aflitíssima quando descobriu que eu tinha pedido o divórcio. O divórcio não era comum naquela época. Naquela época, você simplesmente calava a boca e dormia com outra pessoa com a maior discrição possível. E minha mãe, embora morasse conosco e visse o que ele fazia, era uma otimista inveterada. Ficava dizendo que ele iria melhorar, que pararia de beber. Mas pedi o divórcio assim mesmo, e acabei conseguindo.

Os olhos de Irena estão mais escuros agora, os anos estampados em volta deles com a tinta roxa de passaporte. Por um momento, acho que o fim é aquele.

— Mas aí ele se recusou a ir embora.

— Como assim?

— Ele disse que não sairia de casa. Simplesmente se recusou. E, na Polônia, naquela época, não se podia forçar o homem a sair. A mulher podia sair de casa, mas não podia obrigar o homem a fazer isso. Foi aí que ele começou a ficar no terceiro quarto: o seu. Toda noite bêbado. E eu olhava para ele e desejava nunca tê-lo conhecido, ter seguido só com a minha pintura e minha *głupstwa*.

— Mas aí Magda não existiria.

— Exatamente. Então fiquei muito decidida. Muito decidida a não deixar que aquilo tudo fosse um desperdício. Então comecei a procurar um apartamento novo para ele. Para Wiktor.

— Como?

— A verdade era que eu não sabia como aconteceria. Mas comecei visitando o departamento de habitação. Eu ia toda sexta-feira. *Toda* sexta-feira. Já estavam *fartos* de ver minha cara lá, mas eu continuava voltando, e toda sexta-feira, me diziam a mesma coisa: "Seu nome está na lista. Não há apartamentos disponíveis. Volte daqui a alguns meses." Então eu voltava logo na sexta-feira seguinte. E na seguinte. Toda sexta-feira eu fiz isso. Toda sexta-feira durante cinco anos.

— Cinco anos?

— Cinco. Então, numa sexta-feira, disseram que tinham boas notícias para mim e me mostraram um apartamento.

— Então ele se mudou?

Ela faz que não com a cabeça.

— Não. Recusou-se. E depois, mais dois, mas ele também recusou esses.

— Simplesmente recusou?

Ela assente.

— E depois me mostraram uma *garsoniera* na rua Rydla.

— Então ele se mudou para a rua Rydla?

— Não, não. Também não quis se mudar para lá.

— E então?

— E então moramos juntos mais seis anos, e resolvi tirar o melhor proveito disso. Foi no meio da Lei Marcial. Magda tinha dez anos. Eu tinha que pensar no *liceum* e na faculdade para ela. Então larguei a pintura, rompi todos os meus laços, e Pani Bożena me arranjou o emprego na cafeteria.

O ônibus está em silêncio. Os outros passageiros cochilam e a chuva parou.

— Por que vocês não se mudaram para a *garsoniera*?

— Minha mãe ainda era viva na época, e não cabíamos as três numa *garsoniera* minúscula.

— Então quando...

— Quando ele morreu? Logo depois das eleições. Há três anos. Lembro-me de dizer a alguém que era a hora da liberdade do país e da minha também.

— Ele morreu da bebida?

— Não, não da bebida. Tinha um fígado de aço. Não, foi do coração. Aparentemente ele teve um furo no coração a vida inteira, mas ninguém nunca encontrou. Mandei a polícia arrombar a porta dele quando vi que a quantidade de comida na geladeira era a mesma de dois dias antes.

Seus olhos brilham úmidos, e não sei se é da tristeza daqueles anos que lhe espreme o peito ou do alívio fervilhando ali dentro.

— Me lembro de contar a uma amiga na época que eu me admirava que ele tivesse coração.

Ela ri.

— Mas você visita o túmulo dele todo ano?

— Não. Essa é a primeira vez.

— Ah.

— Não sei por quê.

— Por causa das cartas?

Ela não responde. Vira-se de novo para a janela. *Koniec.* Terminou.

Meia hora depois, as paradas do ônibus ficam mais frequentes, com passageiros embarcando e saltando. O ônibus fica animado com gente pegando sacolas, procurando trocado nas bolsas, passando batom, ajeitando o cabelo com os dedos. Saltamos com um grupinho de pessoas se dirigindo ao mesmo cemitério. Do ponto do ônibus, caminhamos em fila indiana pela trilha lamacenta do acostamento, indo às cegas até vermos alguns carros estacionados na beira da estrada e os inconfundíveis dedos frios de granito voltados para o céu.

— Irena, talvez eu espere você aqui — digo.

— Não seja boba. Isso só vai levar um minuto. Eu nem tenho dois minutos para aquele *skurwysyn*. Vamos.

Uma névoa fina nos envolve e puxa os troncos das árvores, como uma criancinha tentando ficar em pé. Continuamos pela trilha, a lama chupando nossos calcanhares, as folhas secas grudadas no chão e nas árvores como sarna. Quando nos aproximamos do portão do cemitério, Irena caminha mais devagar do que o normal, chegando a deixar uma mulher mais velha nos passar a frente.

— Irena — digo de novo —, quem sabe eu só fico aqui esperando você?

— Não seja boba. Você veio até aqui, mais vinte passos não vão matá-la.

Pisamos com cuidado nas estreitas tábuas de madeira que alguém teve a ideia de colocar entre as lápides, e a lama escorre dos lados. Irena me puxa pela manga do casaco, como se eu fosse uma criança, e eu deixo. As lápides aqui são mais elaboradas do que os crucifixos simples no cemitério de Pisarowice, umas do tamanho de pequenas camas suspensas a meio metro do chão, outras demarcadas por uma pequenina cerca de ferro. Flores encharcadas coroam as lápides, e velas cobrem toda a superfície, algumas ainda bruxuleando desafiadoramente no nevoeiro e na garoa. De repente, Irena se vira e me toca na manga.

— Baba Yaga — diz —, talvez você possa me esperar aqui.

Faço que sim com um movimento de cabeça. Vejo Irena se encaminhar para uma pequena lápide perto da cerca dos fundos do cemitério e só então noto que ela usou a melhor saia de lá. Ela suspende a saia e se agacha numa das tábuas de madeira perto de uma lápide simples, limpa a lápide com uns lenços de papel amassados e põe cuidadosamente algumas velas. Sacode o ramo de crisântemos e bota as flores em pé dentro de um vaso de metal já cheio de água da chuva, afofando-as para fazer com que pareçam maiores do que são. Não se detém para inclinar a cabeça nem cruzar as mãos; não vejo seus lábios formando uma prece nem um xingamento. Quando termina, simplesmente solta a saia, levanta-se e volta pelas tábuas bambas, olhando para o chão.

Quando me alcança, saca um lenço de papel do bolso e pressiona os lábios com ele.

— *Skurwysyn* — murmura.

Filho da puta.

Na volta para casa, Irena olha pela janela, a mandíbula contraída. Está quase escuro quando chegamos à cidade. As ruas e os bondes estão apinhados de gente indo e voltando do cemitério Rakowicki, e, quando atravessamos a ponte na altura do Jubilat, vemos os milhares de velas acesas boiando no rio. Deixo Irena no ônibus e salto na praça dos Inválidos. Magda e Kinga já arrumaram as cadeiras e estão sentadas no bar, Magda com seu cigarro, Stash e Kinga tomando cerveja.

— E onde você esteve? — pergunta Magda.

— Como assim?

— Para onde você e *mama* foram sorrateiramente hoje de manhã?

— Ela queria que eu fosse a um lugar com ela.

— Segredo, segredo. Aonde?

— A Malina.

— Para quê?

— Para visitar o túmulo do seu pai.

— *Boże.*

Kinga leva a mão ao peito, as pontas dos dedos apenas tocando o esterno. Em alguém com um peito maior, o gesto poderia parecer vulgar, mas em Kinga, é sincero, como uma criança fazendo um juramento.

— Por que ela haveria de ir lá? — pergunta Magda. — Ela mal consegue pegar um bonde para o outro lado da cidade e, de repente, pega um ônibus de duas horas para Malina? Ela nunca foi antes. Por que iria e reabriria esse capítulo? E por que levaria você? Você nem o conheceu.

Stash olha para mim, impaciente pela resposta.

— Não sei — digo.

Mas é mentira. Eu não sabia hoje de manhã, mas agora sei exatamente por quê. Ela não estava respondendo à fraca batida da nostalgia nem reabrindo um capítulo. Hoje foi para fechar algo. *Koniec.* Fim. E exatamente como as pessoas sofrendo nas retrospectivas e os avós nas estações de bonde que falam sobre a guerra como se ela tivesse terminado umas poucas semanas atrás, Irena precisava de uma testemunha.

27
Os soviéticos hão de mantê-lo aquecido

Eles sabiam que os soviéticos estavam a caminho porque os nazistas de repente se refugiaram na floresta. Eles eram descuidados, deixando rastros na neve e fazendo fogueiras com lenha molhada que fumegava e estalava a quilômetros de distância. Muitos deles eram, na verdade, húngaros e ucranianos que haviam desertado ou sido largados para trás, e com muito gosto abandonaram as armas em troca de suas vidas e um pouco de comida para sustentá-los.

Antes de sobrevir uma calmaria medonha, durante vários dias, viam-se bandos de soldados passando.

— Os soviéticos vão chegar a qualquer momento e botar fogo em tudo. Temos que pegar nossas coisas já e atravessar a fronteira para a Tchecoslováquia.

— Bobagem. Será mais seguro em Cracóvia.

— Você é louco de ir a qualquer lugar. Seremos presas dos nazistas desesperados. Devemos ficar a postos e deixar que os soviéticos nos libertem.

— Nos libertem? Eles vão roubar a comida que não temos, estuprar nossas filhas mais jovens e fazer com que a gente se chame de camarada.

— Que mal há em expressar fraternidade?

— Fraternidade? Por que ninguém diz irmandade?

Como dizem, três poloneses, quatro opiniões, e assustados como estavam pela primeira vez em anos, pelo menos havia uma opção, e eles a saborearam, rolando-a na boca como o buquê de um bom trago de *bimber*. Władysław Jagiełło e Pombo, como muitos no Exército do País, haviam sido liberados para regressar à Meia-Aldeia e proteger suas famílias e seus vizinhos, e os dois montaram guarda durante três noites seguidas antes de ouvir as granadas de morteiros no alvorecer úmido da terceira manhã. Só deu tempo de reunir as mulheres, as crianças e o cibório e botar todo mundo no porão.

— E a comida? — perguntou Anielica.

— Vamos deixar metade aqui em cima para eles acharem. Do contrário, vão ficar procurando. Me deem também os seus grampos de cabelo.

Marysia e Anielica entregaram obedientemente os grampos, seus cabelos lhes caindo nos ombros. Pombo sorriu para o futuro que estava só do outro lado da serra, o futuro em que, se quisesse, veria os longos cabelos dela soltos todas as noites.

— Eles vão achar que encontraram tudo que sobrou.

— Mas isso *é* tudo que sobrou — disse Anielica.

Era verdade. Eles não tinham mais nada a perder, portanto as coisas só podiam melhorar a partir dali. Faltavam apenas algumas semanas para a virada da sorte. Meses, no máximo. E agora não eram necromantes nem políticos falando. Era um homem que atravessara a floresta, árvore por árvore, durante cinco anos, que comera tudo que fosse remotamente comestível, que suportara vinte decepcionantes rumores do fim da guerra, que lutara valentemente com dinamite e pistolas e jornais quando isso era tudo o que eles tinham. Eles só precisavam sobreviver ao desfecho.

A cara de Anielica ficou de repente muito séria. Ela agarrou a mão de Pombo e o beijou na boca. Nenhum dos aldeões se espantou. Para eles, Pombo e Anielica já eram casados havia muito tempo, se não por união oficial, pelo menos pela separação que haviam suportado.

— Por favor, fique aqui desta vez — murmurou ela.

Ambos sabiam que ele não poderia. O velho Pan Lubicz estava agora preso ao leito, e sua mulher, com a ostentação de uma longa vida já vivida e o fardo dos velhos ossos, insistia para que, se tivessem que morrer, morressem juntos, em sua própria casa, em suas próprias camas, e não como ratos num porão.

— Não se preocupe — disse Pombo a Anielica. — Eu estarei bem. Eles estarão bem. Ficarei vigiando da rerrete do Lubicz hoje à noite, e, de manhã, depois de oito horas de fogo de morteiros, eles serão persuadidos a nos deixar transferi-los para um lugar seguro antes que aconteça alguma coisa. E amanhã à noite, estaremos todos aconchegados neste mesmo porão.

Anielica tocou no rosto dele.

— Está mentindo?

— Eu minto — confessou ele, e procurou os olhos dela para se absolver. — Eu menti.

— Mas está mentindo agora?

Ele apertou a mão da moça no seu rosto para sentir a pressão dos dedos dela no osso de sua mandíbula.

— Ainda não sei — disse ele.

Lá fora, a lua cheia lançava sombras que entranhavam na neve como sangue. Pombo atravessou sorrateiramente a cidade, passou pela pedra que marcava o túmulo do menino Epler, não deixando de virar, girar e voltar sobre os próprios passos na neve, misturando suas pegadas com as do tráfego geral. Não havia sinal de luz em nenhum lugar da aldeia, nem mesmo na casa Lubicz. Pani Lubicz não permitira que ninguém ficasse lá com ela e o marido.

— Se tivermos que morrer, não será com o sangue de jovens nas mãos.

Ela já expulsara Pombo de sua casa naquela noite, mal aceitara a Luger alemã que ele deixara com ela, uma das muitas que subtraíra dos recrutas em fuga na semana anterior.

Ele alcançou a lateral da casa Lubicz e pisoteou em silêncio a neve em frente à retrete. Esfregou um punhado de neve nas dobradiças, e elas abriram silenciosamente. Tateou à cata da tábua e a repôs em cima da abertura. No inverno, o cheiro não era terrível. Sempre havia um excedente de cinzas nessa época do ano, que eram generosamente jogadas nos buracos para conter o fedor e as traiçoeiras estalagmites. Ele fechou a porta e sentou-se na tábua. O luar se infiltrava pela fresta, um fio de luz deslizando por seu nariz adunco. Havia muito tempo que Pombo não conseguia ficar sentado à toa. Desde que a guerra começara, estava sempre em movimento — cavando *bunkers* ou dando ordens, carregando suprimentos, reconhecendo o terreno, montando armadilhas. Mesmo agora ali sentado na privada, as pernas, as costas e as mãos estavam agitadas, sentindo que deveriam estar fazendo alguma coisa — levantando ou cortando ou martelando ou arrastando.

Sua mente também estava agitada, e ele a ocupou prestando atenção nos ruídos de sua aldeia de adoção — o ranger das árvores, o grunhido dos javalis selvagens ao longe, o sussurro do vento abafado pela neve, a velha teimosa andando pela casa arrastando os pés a duas paredes dali. Ele permitia que sua mente pousasse rapidamente em cada som antes de chamá-la de volta para dentro da latrina, onde ele se dava conta da própria respiração e de um ou outro rangido da madeira. Em outras circunstâncias — isto é, não sentado numa privada no meio de um inverno polonês aguardando a invasão do exército mais violento do mundo — aquilo poderia ter sido pitoresco.

Não houve morteiros. Eles subiram a pé de Pisarowice, na maior escuridão, xingando em russo. Pombo procurou o aço gelado da pistola no bolso do capote. Acariciou o cano como acariciara os dedos de Anielica, encaixou a mão na empunhadura como se fosse a palma da mão dela. Qualquer coisa por Anielica, repetia sua mente, seu mantra desde que se haviam conhecido.

— *Chort vazmi*, não tem porra nenhuma de trilha aqui.

— Camponeses da porra.

— Olha só a porra de quem está falando, Dima.

— Estou bem olhando pra porra dele, Sasch. De onde você disse que era mesmo, de dez quilômetros a leste da última retrete na União?

— Cala essa boca, porra, senão eu mesmo lhe mostro a porra da próxima retrete.

— *Goluboy*.

— Porra de veado é você.

— Querem calar a boca? Falam tão alto que a porra dos franceses em Versailles podem ouvir.

Só havia três deles — aparentemente, era só isso que a Meia-Aldeia merecia — e quando Pombo saiu de fininho, ouviu um último rangido da casa ao lado quando Pani Lubicz se levantou da cadeira. Posicionou-se atrás da retrete e traçou mentalmente uma linha imaginária. Se eles fossem alemães, a linha seria no arrombamento da porta, mas eles eram soviéticos, e ele não podia lhes poupar a latitude. Embora o monstro alemão já tivesse conseguido engolir a Europa e palitar os dentes com os ossos, agora eles eram só garotinhos assustados, alguns de apenas catorze anos, e eram organizados e disciplinados, até em retirada.

O Exército Soviético, por outro lado, era de fato, centenas, milhares de exércitos independentes, cada qual com carta branca — ou *biała karta*, se calhasse de você ser vítima dele — para inventar e implementar as brutalidades mais originais jamais infligidas, desde que não difamassem Tio Stalin e Vovô Lenin, o que só podia ser feito mediante fraqueza e capitulação. Aparentemente havia um suprimento sem fim de soldados soviéticos, como se eles tivessem sido cultivados em alguma fazenda coletiva na Ucrânia e, estivessem onde estivessem e fosse de que fosse a escassez, eles sempre conseguiam encontrar a bebida alcoólica. Alguns *partisans* contavam histórias de uma brigada russa que esvaziara uma loja de perfumes em Budapeste, de uma receita que pedia que se passasse graxa no pão e deixasse o álcool ser absorvido antes de raspar o verniz seco e consumir o pão. Esses três também não pareciam firmes nas pernas, e continuavam tropeçando e se empurrando mesmo quando chegaram à clareira plana.

— Tudo bem seus camponeses fodidos, cadê vocês, porra? Saiam, saiam de onde estiverem, porra!

— Shhh...

O que pedia silêncio acabou prevalecendo, e rastejou para frente, conduzindo os outros com meneios da mão. A casa Wzwolenski era a mais próxima do caminho, e eles começaram ali. Pombo observava de trás da retrete, o coração disparado. Torcera para que os soldados estranhassem a cidade vazia, desconfiassem de uma emboscada, mas, em vez disso, o silêncio parecia torná-los mais valentes. Ele se perguntara depois de quantas casas eles entenderiam que a guerra e os alemães haviam esgotado tudo o que eles tinham de valor, que não sobrara sequer uma gota de álcool. Desde o outono, não havia álcool na Meia-Aldeia. O trigo, as batatas ou as bagas que houvesse eram para ser comidos, não destilados, e ninguém tinha tempo nem energia de fazer *bimber*; portanto, as pessoas simplesmente passavam sem isso.

— Achei!

Os três saíram da casa Wzwolenski com uma garrafa marrom. Um deu um trago e passou a garrafa aos outros. Duas rodadas, e acabou-se. Aparentemente, a mãe de Pan Wzwolenski não estivera doente à toa nos dois últimos domingos.

— Tem que ter mais alguma coisa por aqui em algum canto.

— Saiam, saiam de onde estiverem, porra.

— Não teve graça na primeira vez. Cale a boca.

— Não tem mais ninguém aqui afinal. Ninguém na porra da aldeia toda.

— Cale a boca.

Com um gesto de mão, o líder deu permissão para que os outros dois soldados se retirassem, à maneira dos ditadores de republiquetas baixinhos de bigode.

A casa Hetmański era a próxima, e quando eles chutaram a porta, o estalo medonho das dobradiças foi como nós de dedos quebrando. Pombo estremeceu. Ficou com o estômago embrulhado ao ouvir pratos vindo abaixo, madeira rachando, estilhaços de vidro caindo no chão. Imaginou o resto da aldeia encolhido no porão ouvindo a destruição, a percussão das botas acima de suas cabeças, e rezou para que as pessoas ficassem quietas, para que Irenka, especialmente, não gritasse. Quando saíram da casa, o líder segurava uma vassoura de gravetos, gravetos que Pombo amarrara, a vassoura que Anielica usara para varrer o piso, piso que ele cortara de troncos de árvores, as árvores que já haviam protegido a casa do vento e dos inimigos.

— Nada. Nada, porra! Umas batatas e um grampo de cabelo.

— Camponeses da porra! Devem ter enterrado tudo antes de chegarmos, porra.

A chama começou pequena, no máximo do tamanho de um inseto se contorcendo entre dois dedos. Absolutamente inofensiva até multiplicar-se no feixe de gravetos da vassoura.

— Fico com esse grampo de cabelo se você não quiser.

— Eu lhe disse que ele era *goluboy*.

— *Goluboy*, nada. É para minha *dyevushka*, Marina, lá em Sokol.

— Vá em frente. Fique com a porra do grampo. Quando encontro minha *dyevushka* lá em casa, ela não fica mesmo com o cabelo preso por muito tempo.

— Você não tem porra nenhuma de *dyevushka*. Quem haveria de sair com você, porra?

— Ah, calem a boca vocês dois. Estou de saco cheio.

As chamas individuais se transformaram numa bola de fogo do tamanho de uma cabeça humana, o cabelo fumegando violentamente. Pombo não se preocupou com os aldeões no porão. Ele e Władysław Jagiełło haviam discutido calmamente essa eventualidade e decidido que quando sentissem cheiro de fumaça, teriam tempo de deixar o porão e poderiam passar o resto da noite junto à velha cama de casamento, onde eles haviam empilhado metade dos cobertores e *pierzynas* da aldeia, por via das dúvidas.

— Vamos, Dima. Vamos.

O homem ficou segurando a vassoura mais um instante, decorando as chamas, iluminando a cara. Tinha pele clara, traços finos e um nariz comprido, como os jovens niilistas aristocráticos nos romances de Turguêniev.

— *Halt* — gritou Pombo de repente. — *Hör auf.* Está é uma propriedade do Terceiro Reich que vocês estão destruindo. Devo solicitar que parem e desistam.

Pombo falou uma vez em alemão e depois em russo com sotaque alemão, puxando os sons russos suaves do fundo da garganta, tornando-os mais guturais, mais teutônicos. Após cinco anos de luta, ele e todos os demais eram fluentes na língua da guerra.

Mas os russos apenas riram.

— Ouviram isso? Esta é uma propriedade do Terceiro Reich.

— Que porra de Terceiro Reich?

Pombo tentou mudar ligeiramente a voz.

— Vocês estão cercados por nós.

Os russos morreram de rir.

— Bem, então vocês têm lugares na primeira fila para a fogueira.

— Eu disse *desistam. Tepyer.*

O oficial agarrou a vassoura pelo cabo e a enfiou de cabeça por entre os caixilhos quebrados. Fez-se um pequeno clarão no interior da casa, que, de repente, parecia viva, como se fosse mais do que uma casa, mais do que madeira e pedra. O trabalho duro das mãos de ouro de Pombo, seu namoro, sua amizade com Władysław Jagiełło, sua casa de adoção, todas as suas privações durante a guerra quando tudo o que eles tinham de verdade era a casa. Tudo isso estava virando fumaça nas mãos de alguns russos bêbados. Pombo ergueu a pistola e alvejou o oficial no peito. O homem caiu duro na neve.

— Merda, são os alemães, porra. Seus bodes loucos — gritou um deles, protegendo-se atrás da pedra no meio da clareira. O outro correu para a descida. — Não sabe que vocês perderam a guerra, porra? Dima, aonde você vai? Dima!

— Ele está lá — gritou Pombo para ninguém senão ele mesmo.

Atravessou correndo os quintais dos fundos, rodeando no sentido horário o russo solitário no meio da clareira.

— Me dê cobertura — gritou Pombo, e saiu correndo de novo.

— Entendido — ele mesmo respondeu do outro lado da clareira.

O russo hesitou um instante atrás da pedra, depois desceu correndo para Pisarowice atrás do outro soldado. Pombo deu dois tiros para o alto. Foi um gesto extravagante. No quinto ano da guerra, era um corpo, uma bala, e já havia algum tempo que os alemães estavam sendo sovinas até em relação a essa regra.

Enquanto isso, as chamas se alastravam depressa, e a casa Hetmański resplandecia um laranja sobrenatural. Pombo tirou a tampa do buraco da retrete e usou-a como pá para jogar neve no fogo.

— Władysław Jagiełło — gritou para o chão —, suba aqui!

Logo foi acudido por Władysław Jagiełło, Pan Hetmański e pelo pai de Marysia, que conseguiram apagar o fogo. Milagrosamente, o único dano permanente foi uma mancha carbonizada na parede exatamente do formato da Polônia no século XV, quando ela era o maior Estado da Europa. Isso, claro, foi logo saudado como um sinal que os quiromantes e adivinhos nunca foram capazes de igualar. A guerra, pelo menos para a Meia-Aldeia, finalmente terminara. E embora as pessoas no porão tivessem ouvido claramente o que acontecera, todas elas participariam com entusiasmo do encobrimento, e nunca diriam uma palavra em voz alta sobre o fato de que Pombo matara para proteger a casa, e não Pan e Pani Lubicz.

28
E o filhote também

Depois do dia de Finados, Irena começa a abrir todas as outras gavetas do passado, tirando a poeira das lembranças e extirpando-as de verdade. Começa ligando para as velhas amigas e marcando encontros com o pretexto de ajudar a *załatwić* uma segunda chance para Magda na universidade.

— É irônico, não? — ela me diz. — São as mesmas amigas que deixei de ver para priorizar que Magda tivesse uma oportunidade melhor.

Os telefonemas que ela dá são no seu estilo habitual — francos, bruscos e eficientíssimos —, mas quando volta à noite dos cafés na cidade velha e de festas na periferia, vem afogueada com as lembranças e as relações reatadas. Já não tem tempo de ouvir as notícias nem as retrospectivas, e quando lhe pergunto o que ela acha da Pequena Constituição que acabou de ser aprovada, ela só quer falar da velha amiga com quem esteve na noite anterior.

Há duas semanas, Tadeusz anda me evitando. Nas tardes de sexta-feira, ele está muito ocupado ajudando os pais a esvaziar a loja, e, nas de domingo, tem que tomar conta das irmãs. No Stash's, ele vai para a fila do banheiro nos intervalos, e depois do terceiro número, fica perto do palco conversando com os outros músicos até o último minuto.

— Tadeusz — chamo-o, seu suco de laranja largado no bar.

— Tenho que ir. O ônibus.

— Espere.

— Sinto muito. Não posso. Ligo para você amanhã.

Mas não liga. Na verdade, ele não vem mais ao bar, e toda noite quando chego, ao me perguntar como estou, Stash parece mais sério do que de hábito, e dá pra ver na sua cara que está interessado em saber.

Acabo não aguentando e pergunto.

— Ele não lhe contou? — pergunta Stash.

— Não.

— Ele foi embora para entrar para o exército. Disse que vocês dois tinham conversado sobre isso.

— Mais ou menos.

— Sinto muito, Baba Yaga. Eu já teria lhe contado. Achei que soubesse.

Passo o resto da noite ensaiando conversas imaginárias na minha cabeça, e cada pequena interrupção me irrita.

— Sabe alguma coisa sobre aquele cara? — pergunta-me Magda.

— Não.

— E sobre aquele?

— Não.

— E aquele alto ali? É bonitinho.

É exatamente este lado de Magda que a mãe dela teme, o que poderia derrubar o lado mais lógico, mais racional.

— Magda, não sei nada sobre nenhum deles. Se você não notou, o único rapaz com quem já falei aqui foi Tadeusz.

— Cadê ele afinal?

— Acho que ele terminou comigo, está bem?

— Acha?

— Ele anda me evitando há duas semanas, e Stash acabou de me dizer que ele foi embora.

— Ele não lhe disse?

— Não.

— Que *kretyn*.

Mas também não estou pronta para ouvir isso.

— Cadê Kinga afinal? Até onde sei, ela ainda trabalha aqui. Mas ela está a noite inteira sentada com aqueles ingleses.

Um inglês em particular está tentando ajudá-la a aprender inglês. É gordo e de meia-idade, com uma pele cor de maionese e cabelo ruivo encaracolado. Seu nome é Ronan, e ele dá aulas de inglês no Instituto Agrícola desde antes das mudanças. No início, Kinga propôs fazer uma permuta de línguas, oferecendo conversação em polonês em troca da conversação em inglês, mas ele disse que já havia desistido do polonês, que já morava aqui havia cinco anos com apenas umas dez palavras e se dava muito bem.

— Vá em frente. Descanse um pouco se quiser — diz Magda. — Eu assumo.

— Ela simplesmente não devia estar se aproveitando assim. Estou cansada disso.

— Você só está magoada por causa de Tadeusz — diz Magda. — Não se preocupe. Sabe o que dizem... homem é feito bonde. Sempre tem mais um para te atropelar. — Ela ri.

— Eu realmente não estou no clima, Magda.

— Está bem. Está bem. Mas se você está tão zangada com ele, por que simplesmente não lhe dá uma bronca?

— Não posso fazer isso.

— Por quê? Ele não deveria sair dessa impune. Dê o troco a ele. Melhor do que descontar em mim.

Quanto mais penso no assunto, menos consigo tirar a ideia da cabeça. Sei que, se eu ligar, há grande chance de uma de suas irmãs atender o telefone e ele não querer falar. Como sempre nos encontramos na Rynek, não sei exatamente onde ele mora em Huta, mas digo a Stash que preciso lhe devolver uma coisa importante, e ele finalmente me dá o endereço que está na *dowód osobisty* de Tadeusz. Acontece que é do lado mais distante de Huta, e levo uma hora de ônibus para chegar lá. O tempo todo, vou ensaiando mentalmente, cortando e acrescentando palavras aqui e ali, reformulando as frases para causar o máximo de efeito. Pergunto a várias pessoas no ônibus e na rua que direção tomar, e finalmente encontro o *osiedle* certo.

É muito diferente do centro, mais como uma aldeia de concreto do que cidade. Crianças correm para um lado e para o outro no pátio amplo sem a supervisão de um adulto, a roupa congelada se agita na corda, bancos quebrados protegem a porta de entrada. A fechadura está quebrada, e subo direto. Encontro o número do apartamento dele, me encosto na parede do corredor e tomo fôlego. Ouço uma gritaria lá dentro, cada irmã berrando mais que a outra e Tadeusz mandando-as ficarem quietas.

A vizinha chega da rua, e ficamos as duas paradas em silêncio enquanto ela procura as chaves. Ela me olha desconfiada e abre a porta só o suficiente para passar espremida, como se eu fosse entrar e assaltar a casa dela. Não escuto os passos dela lá dentro, e imagino-a me olhando pelo buraco da fechadura.

Fico mais cinco minutos ali parada, o coração batendo na parede. Não consigo fazer o que eu queria.

— Fez o que queria? — Magda me pergunta quando chego ao Stash's mais tarde.
— Aham.
Estou muito envergonhada para lhe dizer o contrário.
— Como foi? O que você disse?
— Não quero falar nisso.
— Lembro quando fui brigar com Żaba. Eu realmente desabafei. Foi uma sensação ótima mesmo.
— É. Foi.
— Bem feito para aquele filho da mãe.
— É.

Quando chegamos em casa naquela noite, Irena está acordada nos esperando. Ainda está com metade da roupa que usou para sair com as amigas, um suéter cinzento macio de gola alta na parte de cima, e embaixo, a calça do pijama. Ela nos conta que a mulher do irmão mais velho de sua amiga Krystina tem uma amiga na secretaria da faculdade de direito que conseguiu apagar todo o primeiro ano horroroso de Magda do seu histórico escolar e *załatwić* uma vaga para ela no vestibular da primavera.

— Está brincando, *mamo*.
— De jeito nenhum, filhinha.
— Você achou realmente alguém para fazer tudo isso?
Irena assente.
— Ah, *mamusiu*!
Ela atira os braços em volta do pescoço da mãe e a beija.
— Me largue, sua *wariatko*! — diz Irena. Mas quando sorri, mostra os dentes todos. — E para essa aí, uma vaga no vestibular para o departamento de geografia.
— Para o quê?
— Para o departamento de geografia.
— Para mim?
— Por que não?
— *Por quê?*

— É o mais fácil de entrar. Podem até aceitar uma moça de um *liceum* de aldeia. Mas você ainda terá o seu *magister* da Jagiellonian quando se formar.

— Irena, não vou fazer o exame de geografia.

— Que pena. Já me dei ao trabalho de *załatwić* isso. Você vai. Ao menos, você vai manter Magda fazendo o que tem que fazer com os estudos dela, e isso vai tirar aquele *klarnecista* assassino da sua cabeça.

— Magda, você contou a ela?

— Sinto muito. Eu não aguentei. Você sabe como ela é.

— Ora — diz Irena, com um gesto de desdém. — *Srał go pies.* — Que o cachorro mije nele. — E o filhote também — acrescenta.

E é assim que, de repente, dedico todo o meu tempo livre a me preparar para um vestibular de um assunto que não me interessa a mínima. Aprendo sobre os beduínos, fendas geológicas, Pangeia, e uma coisa chamada ozônio. Tenho que estudar também para a parte de história polonesa, e me esforço para separar as batalhas e reis e tratados que estão todos embaralhados na minha cabeça. Mas Magda e Irena estão felizes, e, para dizer a verdade, até eu estou feliz de algum modo. Feliz de sacudir as rotinas que transformaram os meus dias numa massa sem forma desde maio, feliz de pensar em Nela sorrindo para mim com orgulho. Com um pouco de sorte, no próximo outono poderei dizer que sou uma universitária, fazendo provas, carregando livros didáticos de um lado para o outro, encontrando colegas de turma à tarde nos cafés. Não uma Grande Vida, mas uma vida fácil. Não há ninguém brigando. Não há ninguém morrendo. Não há paredes. Irena, Magda e eu conversamos de um cômodo para o outro sem a menor cerimônia quando estamos juntas no apartamento, e, quando não estamos, poupamos histórias para contar depois umas para as outras.

— Já contou a *mamo* sobre o Réveillon? — grita Magda de seu quarto.

— O que sobre o Réveillon?

Irena está fazendo de novo *pierogi ruskie*, pegando com a colher porções em forma de pequenas meias-luas do recheio de batata e queijo, cortando rodelas de massa com um copo.

— Stash vai fechar a boate e dar uma festa privada. Queria que convidássemos você.

Irena para. Fazê-la parar seu movimento é como travar uma roda com um pau, e o copo bate na tábua de madeira.

— Então? — grita Magda. — O que acha?
— Acho que vocês devem ir se divertir.

Suas mãos recomeçam do ponto em que ela largou, molhando com a ponta do dedo as beiradas da massa, fechando os pastéis e jogando-os na água fervente.

— *Mamo*, mas, e *você*?
— Eu já tenho planos.

Ela acende outra boca do fogão, bota uma frigideira no fogo e joga um pedaço de toucinho lá dentro. Pega uma escumadeira no cano em cima da pia, e, quando os pastéis estão cozidos, pesca-os da panela de água fervente e joga-os na frigideira. Eles chiam e pipocam, e ela os acalma com a escumadeira.

— Irena, ele quer muito que você vá.
— Vamos, *mamo*, vai ser divertido.
— Eu disse que já tenho planos.
— Planos com os gatos?
— Isso não é um depoimento, Pani Promotora.
— Só estou tentando ajudar você a se divertir um pouco.
— *Bezczelna*.

Mas, quando ela diz isso agora, soa inócuo.

Magda e eu dizemos a Stash que estamos tentando convencer Irena.

— Acha que ela vem?
— Não sei.

Ele se senta num dos bancos.

— Meu Deus, não a vejo há... anos.
— E quando ela o convenceu a me dar um emprego? Ou a nos dar uma noite de folga para ir ao Cabaré?
— Ah — diz ele. — Vocês a conhecem. Foram telefonemas de dois minutos, e dava para ver que ela mal podia esperar para desligar. Combinamos de nos encontrar para tomar um café da primeira vez, mas ela desmarcou. — Ele alisa o cabelo ajeitando o rabo de cavalo, e vejo que tem os dedos sempre curvados e abertos para as teclas do trompete. — Acham mesmo que ela vem?

— Vamos fazer com que venha. Vamos arrastá-la até aqui — diz Magda.

— Só vendo para crer.

Mas de repente, a festa começa a ganhar proporção. Na manhã seguinte, ele vai ao *hurtownia* comprar mais bebidas alcoólicas, embora o armário já esteja cheio, e passa quase a noite inteira circulando pela plateia e convidando mais gente. Chega de manhã cedo alguns dias naquela semana para esfregar o chão e dar uma limpeza geral no escritório, e, de seu círculo de amigos, recolhe todas as toalhas brancas que consegue, as quais engomamos e passamos numa das mesas de piquenique. Ele nos dá cem mil złotych para ir ao mercado comprar velas brancas decentes, e nós as espalhamos pelas mesas em pequenas xícaras de chá brancas que ele comprou para o bar mas nunca usou. Enfeitamos o teto com guirlandas de luzes natalinas e, quando Stash desliga as lâmpadas fluorescentes e acende as natalinas, todos dão um suspiro de admiração.

— Stash, está lindo.

E ele olha em volta, as mãos na cintura, satisfeito.

29
A vida ficou melhor, camaradas; a vida ficou mais alegre

A BRIGADA RUSSA que veio investigar na manhã seguinte era sóbria e organizada, reservada exatamente para essas ocasiões. Era comandada por um jovem tenente de olhos vivos que falava no polonês de Mickiewicz e cujos olhos fizeram um inventário silencioso da aldeia antes que ele abaixasse a pistola polida. O corpo do soldado soviético fora limpo e colocado numa plataforma de neve no meio da clareira, e todos os aldeões estavam reunidos ali em volta, vestidos com seus trajes típicos, que tiravam do armário duas vezes por ano para os festivais. O filho Romantowski estava tocando no violino o hino nacional soviético, que aprendera ouvindo Pombo cantarolá-lo enquanto trabalhava.

Eles haviam passado metade da noite acordados preparando a clareira, enfeitando-a com tudo o que havia de vermelho na cidade: lenços e panfletos que o Exército do Povo havia disseminado, retalhos de tecido, echarpes, paletós e saias, todos vermelhos, amarrados em paus enfiados na neve. Abriram os últimos vidros de geleia de framboesa, que estavam guardando para a Páscoa, e pintaram palavras de ordem soviéticas na neve com a geleia. Trabalhadores do Mundo, Uni-vos. Destruam os Fascistas no Mar e nas Montanhas. Rumo ao Futuro Promissor. A Vida Tornou-se... Mas a geleia acabou.

— *Tovarish* — disse Pombo, pegando o tenente calorosamente pelos ombros.

Camarada. O soldado ao lado do tenente deu uma estocada nas costelas de Pombo com o cano da pistola, mas o jovem tenente ergueu uma mão enluvada, e o soldado recuou.

— Sejam bem-vindos, libertadores soviéticos — começou novamente Pombo.

O tenente observou-o com desconfiança.

— Estamos aqui para investigar o ataque a um de nossos grupos de avanço ontem à noite que resultou na morte de um de nossos camaradas.

Os olhos de Pombo foram atraídos para a retaguarda do grupo, onde reconheceu um dos homens da noite da véspera.

— Claro, camarada. — Pombo usou a modulação exagerada do dialeto *górale*. — Até ontem à noite, os alemães ainda dominavam a aldeia, e seus homens, seus corajosos sobrinhos de Joseph Stalin, chegaram e libertaram a cidade: um pelotão alemão de vinte e cinco talvez. Os seus só tiveram uma baixa e tiraram a vida de cinco ou seis *szwaby* em contrapartida.

— Cinco ou seis?

O jovem tenente ficou intrigado. Um dos homens do grupo sacou um caderno e um toco de lápis e começou a tomar notas.

— Sim, camarada — respondeu Pombo.

— E os corpos desses cinco ou seis?

— Os alemães conseguiram arrastá-los para a floresta. Para aquele lado — apontou.

O tenente moveu o queixo, e dois do grupo foram investigar o lugar onde, naquela manhã, Pani Wzwolenska havia sacrificado as últimas galinhas e as crianças haviam se revezado arrastando umas às outras pelos pés na neve.

— Há sangue — gritou um dos russos. — E neve batida.

O tenente foi até o esquife de neve sobre o qual jazia o corpo do niilista de Turguêniev.

— E você, um jovem forte e saudável, passou a guerra inteira sem fazer nada aqui nessa aldeia?

— Ah, não, camarada. Estive lutando com o Exército do Povo. Acabei de voltar para a área há poucos dias para proteger minha família do êxodo alemão desesperado, e para dar as boas-vindas aos libertadores soviéticos, naturalmente.

— O Exército do Povo?

— Tenho os documentos.

O que foi uma surpresa para todos, mas, efetivamente, Pombo meteu a mão dentro do casaco e sacou os documentos atestando que lutara pelo Exército do Povo, e não pelo Exército do País polonês.

— E onde sua célula operava?

— Sobretudo na área de Kielce.
— E você combateu diretamente os alemães?
— Sim.
— E seu nome é?
— Lariço.
— Lariço.
— Como a árvore.
— Como a árvore.

O tenente riu um pouco do simplório a sua frente. Os soldados que foram examinar o caminho voltaram. Conferenciaram baixinho com o tenente, e o tenente dirigiu-se a Pombo.

— Haverá uma convocação para as cidades em algumas semanas. Vá para Cracóvia e registre-se como um combatente da liberdade para poder obter os benefícios e o reconhecimento que merece.

— Sim, camarada.

— A Polônia vai se tornar uma grande nação socialista. Quando o socialismo pegar, não haverá pobreza, nem mesmo aqui nas montanhas. Haverá eletricidade em todas as casas e todas as crianças receberão educação. Cada um trabalhará de acordo com sua habilidade; cada um receberá de acordo com sua necessidade.

— Sim, camarada. Viva Stalin. Viva Lenin.

— Viva Stalin. Viva Lenin.

Quando os soldados partiram, levaram o corpo com eles, mas os aldeões deixaram a plataforma e as decorações na clareira para o caso de outra brigada voltar. Aja como se.

Nas semanas seguintes, chegava uma informação atrás da outra por meio de Pombo e Pan Cywilski, a quantidade de cidades e campos libertados crescia como um monte de lenha. Dresden. Colônia. Gdańsk. Nuremberg. Ruhr. Buchenwald. Bergen-Belsen. Berlim. Veneza. Dachau.

Mussolini enforcado. Hitler morto. Göring, não muito atrás.

Tinha acabado. Eles deviam estar aliviados. Mesmo assim, numa noite de lua, quando Anielica e Pombo saíram para dar seu passeio noturno, ela começou a chorar convulsivamente.

— O que foi? O que foi?

Ele tentou consolá-la, mas desde a noite do Barszcz, que era como agora se referiam àquela noite terrível — pela mancha que deixara —, ela estremecia sempre que ele tentava abraçá-la.

— Eu só vejo vermelho. Vermelho, vermelho, vermelho, e mais uma vez vermelho. Primeiro os alemães, agora os soviéticos. E a Polônia? E a Polônia?

Ele pegou o lenço dela e tentou lhe enxugar os olhos, mas ela o tomou dele e os enxugou ela mesma.

— Olhe para lá — disse ele — e me diga o que vê.

Ela olhou para a clareira, para os pedaços de pano congelados e enrijecidos.

— O túmulo do menino Epler. E vermelho. Só vermelho.

— Isso é o que os soviéticos veem — disse Pombo com delicadeza. — Agora olhe para a neve. Olhe para a neve de nossas amadas Tatras.

Ela tornou a olhar em volta, e, dessa vez, era vermelho e branco, vermelho e branco, só faltando a águia.

— Tem razão — disse ela. — Agora eu vejo. Eu vejo.

E, pela primeira vez desde a noite do Barszcz, ela o abraçou e o estreitou contra si.

Na primavera, eles plantaram o jardim e consertaram a casa. Pombo dissolveu sua célula no Exército do País e circulava entre a casa dos Hetmańskis e a de seus pais. Os soviéticos estavam acomodados em Pisarowice e Osiek, mas em geral não levavam em conta a Meia-Aldeia e seus habitantes, já que estes pareciam unanimemente convertidos à causa. Na semana em que a neve desapareceu, Pombo e Pan Hetmański foram para a floresta e tiveram uma "conversa séria sobre Anielica", que durou três minutos contados. Afinal de contas, tudo o que precisava ser decidido já estava resolvido há muito tempo.

30
Véspera do Réveillon

Na última tarde do ano, Pani Bożena e eu estamos tomando chá em silêncio. Fico olhando para o relógio da Torre Eiffel pousado em cima do televisor.

— Você já olhou o relógio vinte vezes — diz ela. — É muita tortura ficar aqui?

Enrubesço.

— Sinto muito. Stash vai dar uma festa hoje à noite. Primeiro tenho que ir em casa trocar de roupa, depois ajudá-lo a fazer mais umas coisas.

Ela olha para mim. Parece envelhecer um pouco mais a cada dia.

— Se quiser vir, será bem-vinda — digo. — Tenho certeza de que seria um prazer para Stash tornar a vê-la.

— Por favor. Se você quisesse me convidar, já teria convidado. Ninguém quer a companhia de uma velha no Réveillon.

— Gosto da sua companhia.

— É? Então por que passa duas horas na rua toda manhã e volta trazendo comida pronta que você comprou em dez minutos?

— Sinto muito. Não achei...

Não sei o que dizer. Tomo outro gole de chá.

— Ah, vá logo — diz Pani Bożena finalmente. — Saia daqui.

— Mas quero ficar. De verdade.

— Vá. Vá logo.

Volto para casa e troco de roupa. Irena ainda está sentada no sofá usando roupa de andar em casa, o cabelo por lavar, um dos gatos que ela resgatou do pátio coberto de neve chiando baixinho em suas mãos.

— Pare com isso. Pare com isso — ela o repreende, balançando-o no ar pelo cangote enquanto ele esperneia. A mão dela já tem uma teia de arranhões. A água no banheiro está correndo.

— Ela começou a se aprontar às duas — diz-me Irena, depois fala mais alto para Magda poder ouvir. — Está demorando mais tempo do que os alemães levaram para tomar Paris.

— Quando você vai se aprontar, Irena?

Irena pega uma fatia fina de presunto num prato da mesa de café da tarde e tira um pedacinho. Mete-o à força na boca do gato, que o devora ruidosamente, como uma pequena pantera negra.

— Pronto, Benito — sussurra Irena. — Seu *skurwysyn* teimosinho.

— Irena, por que não está se aprontando?

— Não posso deixar Benito sozinho em casa hoje à noite. Ele está doente.

Magda sai do banheiro. Está incrível. Está com as calças pretas de Żaba que ela diz que realçam sua *dupa* e uma blusa vermelha decotada com babados no decote. Seu cabelo está brilhante e lustroso rente ao rosto, e ela fez alguma coisa nos olhos que a deixam parecida com Bette Davis. Vem até nós e estende a mão para o gato.

— Ei, Benito... *psh, psh, psh, psh.*

O bicho estica a pata e lhe arranha a mão.

— Ai! Ele deve ter me passado aids de gato.

Magda amua, levando a mão à boca.

— Não seja boba, ele é que deve ter pegado alguma coisa de você.

— Vamos, Irena, depressa. Vamos nos atrasar — digo. — Magda, diga a sua mãe para se aprontar para a festa.

— Você está surpresa porque ela não vai?

— Irena.

— Sério. Eu planejava ir. Se o Benitozinho não estivesse doente.

Magda puxa a orelha.

— Eu não ouvi isso. Tomara que você não esteja com medo de ver Stash!

Irena tenta dar uma palmada no traseiro de Magda, mas esta se esquiva.

— Muito engraçado. Agora vão. Vão para a festa de vocês. Digam a Stash que sinto muito não poder ir.

— Mas, Irena, você não entende. Ele fez esses preparativos todos.

— Tenho certeza de que não fez tudo para mim. Enfim, o que posso fazer? Tenho um gato doente. Ele vai entender. Digam a ele que dou uma passada lá outra noite.

— Por favor, Irena.

— Agora vão. Divirtam-se. Magda, comporte-se.

Quando digo a Stash que ela não vem, ele faz uma cara de decepção, olha para a sala, para a camisa e para a gravata como se elas o tivessem traído, como se todo o trabalho tivesse sido em vão.

— Sinto muito — digo sem convicção. — Eu jurava que ela viria.

— Tudo bem. Tenho certeza de que você fez tudo que pôde. Qual foi a desculpa dela desta vez?

— Tinha uma emergência. Uma coisa importante para tratar.

— Ela está em casa, não está?

— Com os gatos — acrescenta Magda.

— Essa mulher. Eu lembro de quando era preciso amarrá-la numa cadeira para ela não sair de casa — diz ele, e dá um sorriso amarelo.

— *Mama*?

— Ah, você não conhece mesmo a sua mãe.

Mas já tem gente chegando, e ele é varrido dali por uma onda de vozes agudas e beijos; um, dois, três. Kinga chega toda de preto, o cabelo deixando o rosto à mostra.

— Feliz Ano-Novo — diz ela, e nos beija no rosto.

Fomos todas terminantemente proibidas de ir para trás do balcão do bar hoje à noite porque Stash quer que a gente se divirta, então nos sentamos numa das mesas e Stash nos traz suco de laranja e vodca.

Magda levanta o copo.

— *Na zdrowie*. A sua saúde.

— *Za zdrowie* — respondo. Para sua saúde. É uma piada antiga, mas todos rimos.

Stash sobe num dos bancos do bar com o trompete, e sua cara fica quase roxa enquanto ele segura ao máximo a nota de abertura, e aí a música rola a noite inteira, com gente subindo e descendo do palco à vontade, pegando o instrumento que estiver à mão e passando-o em frente quando termina. Quem não está tocando no momento dá atenção no bar.

Observamos Stash tocar ora o trompete, ora o trombone, ora a clarineta, e ele parece uma pessoa diferente com cada um. Lembro-me de

Tadeusz e penso em como ele está perdendo isso. Penso nele, com seu suco de laranja e suas irmãs, e me pergunto se ele ficaria chocado de me ver agora — Kinga, Magda e eu nos embebedando como russos. As bebidas que trazemos do bar ficam mais claras, nossas bochechas, mais afogueadas. As chamas faíscam nas xícaras no centro das mesas e as conversas fluem a nossa volta.

— Já volto — diz Magda.

— Aonde ela vai?

— Provavelmente *flirtować* com algum dos rapazes.

Mas quando volta pouco depois, traz a filmadora. A minha filmadora. A que Tadeusz me deu.

— Essa é a *minha*?

— Achei que podíamos mostrar a *mama* o que ela está perdendo.

— Você entrou no meu quarto?

— Você é sempre bem-vinda no meu quarto — diz Magda, e eu já bebi demais para saber se estou ofendida.

Mexe canhestramente na tampa da lente e nos botões.

— Me dê isso aqui. Você vai quebrar.

Surpreendentemente, seguro a máquina com naturalidade e começo a filmar a festa toda — o palco, o bar, os grupos de amigos em volta da sala, os rapazes em quem Magda quer que eu dê um zoom.

— Não deixe de pegar Stash — diz Magda, e encontro Stash atrás do bar, sorrindo, a gravata afrouxada.

— Viu, *mamo* — diz Magda —, viu o que está perdendo?

Viro a câmera para Magda e Kinga. Magda levanta os cabelos com o braço, faz beicinho e se enfeita como as modelos na *Kobieta*. Levanta-se e vai desfilando para o bar.

— Estou filmando sua *dupa* — grito para ela, e Magda põe as duas mãos nos quadris, requebra um pouco e volta desfilando. Kinga ri tanto que esquece de esconder os dentes. Brincamos mais um pouco com a câmera, depois cansamos. Kinga se levanta para ir ao banheiro.

— Ah — suspira Magda. — Quem me dera ter de novo um namorado.

Quando volta, Kinga traz três pires e um copo longo do bar.

— É o Stash finalmente despachando a gente? — pergunto.

— Não. Vamos ler a nossa sorte.

— Não faço isso desde que tinha dez anos — diz Magda.

— Bem, vamos, *dawaj*. Primeiro você.

Kinga joga um pouco de água no pires e o coloca na minha frente. Solto a vela da xícara e entrego-a a Magda. Ela fecha os olhos e inclina a vela. Os pingos de cera se esparramam ao cair na água.

— Tudo bem.

Magda abre os olhos. Gira o pires a 90° de cada vez.

— Bem, definitivamente, é o perfil de alguém — diz Kinga —, não acham?

Debruço-me na mesa.

— Bem, deste ângulo, parece o general Jaruzelski.

— Talvez você vá ter um filho ilegítimo com ele — propõe Kinga.

— Ele ainda vive?

— Acho que sim.

Magda aperta os olhos.

— Não. É a cara de Żaba. Não tem dúvida.

— Żaba?

— Quem é Żaba?

— Żaba, o ex dela, que fugiu com a Ruda Zdzira — explico eu a Kinga.

— Tem uma garota chamada Ruda Zdzira? É pior ainda que Baba Yaga.

— Sim, mas é culpa dela. Ela escolheu esse nome.

Magda conta a história toda para Kinga, que faz esgares, mostrando espanto e solidariedade.

— Talvez ele volte — diz Kinga. — Talvez ele se ajoelhe, reconhecendo o erro horrível que cometeu, e lhe implore para voltar para ele.

Magda alisa a franja com a ponta dos dedos e põe o cabelo para trás da orelha. Vejo que ouvir isso a deixa satisfeita.

— Vai ver que ele vai ficar com ciúmes quando descobrir que você vai ter o filho ilegítimo do general Jaruzelski — digo.

— Você é um nojo — ri Magda. — Por isso, a próxima é você.

Pego a vela e fecho os olhos. Firmo a mão e prendo a respiração. Examino o pires. Kinga olha para ele. Magda olha para ele.

— Não sei — diz Magda. — Sinto muito dizer isso, mas é igualzinho a...

— Titica de pombo — diz Kinga e ri.

Magda dá de ombros. — Sinto muito.

— Esse na verdade era o apelido do meu avô.

— Titica de pombo?
— Pombo.
— Por causa dos pés ou do tamanho do nariz? — pergunta Kinga.
— Não sei. Pergunte a sua avó.
— Não fale assim da minha avó.

Nós três estamos bêbadas, bêbadas, bêbadas e mais bêbadas e não conseguimos parar de rir. Não posso acreditar. Passei a vida inteira sem ter amigas. As únicas pessoas da minha idade na Meia-Aldeia e em Pisarowice eram garotos, e, quando fui para o *liceum* em Osiek, as outras garotas já tinham as amigas delas, e eu tinha Nela. Lembro de vê-las passar bilhetinhos na aula ou ficar de braços dados na rua ou nos pontos de ônibus, rindo e cochichando. Elas pareciam habitar um plano totalmente diferente, como autoridades do governo e mães.

— Minha vez! Minha vez!

Kinga bate com as mãos miúdas na mesa.

Não há discussão quanto à forma que assume a cera de Kinga. Juro por Nela morta que cai exatamente na forma da Inglaterra, com a extremidade estreita em cima, a larga costa meridional, a costa ocidental dando uma rabeada para atirar a Irlanda no Oceano Atlântico.

— *Boże* — diz Kinga.
— É a Inglaterra.
— Você também vê?
— Não tem discussão — concorda Magda. É a Inglaterra.
— Ai, meu Deus — torna a dizer Kinga. Ela continua com a vela na mão, e seu rosto se ilumina como se ela tivesse acabado de engolir a chama. — É a Inglaterra! — Ela levanta de um salto da mesa. — Vou para a Inglaterra!

Mas Magda já a segura pelo braço e a leva para a porta. — Vamos. Já são dez para meia-noite. Temos que correr!

— Vou para a Inglaterra.
— Agora você vai para a Rynek.

Pego a câmera e o casaco, e Magda saca não sei de onde um velho capacete do exército. Kinga continua aos pulos, e Magda lhe joga o casaco nos ombros. Várias pessoas da festa também estão indo para a Rynek. Corremos como loucas, eu com a câmera, Magda com o capacete do exército na mão, e Kinga continua berrando.

— Vou para a Inglaterra! Vou para a Inglaterra.

— Então vá — grita alguém atrás de nós. — Traidora.

— Não quero saber! — grita Kinga. — Vou para a Inglaterra!

Tinha começado a nevar, os flocos grudando no ar. Quase não há carros na rua, e os poucos que vemos param ou desviam de nós. Agarro a câmera com a luva e corro, cada vez mais depressa, como corria quando criança, agitando os braços, agarrando desesperadamente a câmera. Deixo Magda e Kinga para trás, e ouço-as gritando para mim, rindo de mim. As ruas secundárias e as lojas e os carros estacionados passam desfocados por mim. O frio cortante me deixa a cara e os pulmões dormentes e começa a me congelar os pés e as mãos. Vejo a torre do relógio e as torres de Santa Maria se erguendo ao longe, e continuo correndo para aquele lado. O sinal está verde quando atravesso a Podwale, e só ao pisar nas pedras da rua do Sapateiro é que paro.

— Ei, você podia correr para as Olimpíadas — diz um garoto de um grupo que passa. Reconheço-o do Stash's como sendo um daqueles para quem Magda aponta às vezes. Ele é alto e normalmente usa uma japona das que os marinheiros com talento para negócios começaram a vender agora que a República Popular da Polônia é apenas a República da Polônia. Sempre que o vejo no Stash's, parece que ele está encostado em alguma coisa — portas, cadeiras, paredes, grades —, como as estátuas romanas cujos membros e bustos brotam de troncos e rochas.

Kinga e Magda finalmente me alcançam, e vamos andando o trecho que falta para a Rynek.

— Que diabo foi isso? — pergunta Magda, me imitando, agitando os braços.

— Quem está carregando o capacete do exército é você — digo.

— Melhor isso do que um traumatismo craniano. — Pesca um cadarço de sapato no bolso e amarra o capacete na cabeça. — Não soube daquela garota em Wrocław ano passado que virou um vegetal depois de ter sido atingida na cabeça por uma garrafa?

Kinga e eu nos entreolhamos e rimos.

O trompetista começa a tocar o *hejnał* justo quando chegamos à ardósia. Há tanta gente apinhada em volta da estátua de Adaś que parece uma tarde quente de verão, mas as pessoas permanecem em silêncio, reverentes, até o movimento rápido na música — o ponto em que, segundo a lenda, o trompetista foi alvejado na garganta por uma flecha tártara. Aí começam os gritos de comemoração. Voam garrafas formando amplos arco-íris no céu noturno, estilhaçando-se na ardósia, e vejo Magda, gritando com o resto do povo, o capacete do exército bem-amarrado na cabeça. Sinto a cabeça nua, mas, estranhamente, tenho os dedos e as orelhas quentes. Todos a minha volta se abraçam e se beijam, e sinto meu corpo sendo comprimido por outros corpos, sinto a cara molhada de neve e os beijos de estranhos.

— *Wszyskiego najlepszego*. Mas a maioria está tão bêbada que só consegue "*Wszystki, wszystki*".

Lembro-me da câmera e de Irena, escapo da multidão e subo num dos ressaltos da Sukiennice. Tenho que proteger a lente com a mão para que a neve não a molhe. Não vejo Magda nem Kinga em lugar nenhum. Tiro um plano panorâmico da multidão espremida e escura.

— Ei. — Kinga aparece ao meu lado e sobe no ressalto. — Cadê Magda?

— Não sei.

Finalmente a localizamos isolada num canto, o capacete do exército lhe caindo nos olhos, paralisada.

— Magda! Magda! Aqui — grita Kinga, mas ela não parece ouvir.

Está parada na frente de um casal, o rapaz com uma jaqueta esportiva preta, a moça com os longos cabelos ruivos lhe caindo nos ombros, uma touca de lã enterrada até os olhos.

— *Cholera* — digo. — Acho que são Żaba e Ruda Zdzira.

— A que escolheu o próprio nome? — pergunta Kinga.

— Segure isso aqui. — E lhe dou a câmera.

Vejo o rapaz com a japona alguns arcos depois na Sukiennice.

— Com licença — digo —, preciso de um favor.

Ele me escuta encostado na arcada, depois encolhe os ombros e se desencosta. Em poucos passos, está ao lado de Magda, passando o braço em volta dela e beijando-a no rosto, conduzindo-a para mim.

— Ai meu Deus — diz Magda. — Ai meu Deus. Ai meu Deus. Acho que estou com falta de ar. Acho que vou desmaiar.

— Era Żaba? — pergunto.

— Ai meu Deus. Acho que vou desmaiar — repete ela, e está mesmo sem cor.

— Você vai ficar bem.

O rapaz de japona assume. Ele a conduz para o ressalto e a faz sentar. A bateria inicial de garrafas diminui, e agora só há explosões solitárias na ardósia e gritos isolados chamando amigos para voltar aos bares ou às festas na casa dos amigos. O rapaz desamarra o cadarço e tira o capacete de Magda. Faz com que ela coloque a cabeça entre os joelhos, destampa uma garrafa marrom que traz com ele e a segura embaixo do nariz dela.

— Você é médico ou coisa assim? — pergunto.

— Ou coisa assim — diz ele. — Agora, respire. Puxe o ar... solte... puxe... solte...

Kinga está em pé ali ao lado, tiritando e batendo os pés. Acende um cigarro e ficamos ali paradas observando as costas de Magda subirem e descerem. Um minuto depois, ela se senta direito.

— Melhorou? — pergunta o rapaz.

Ela faz que sim com a cabeça.

— Quer que a gente acompanhe vocês até a boate? — Ele está com outro rapaz da festa, mais baixo e mais troncudo, de cabelo curto penteado com gel.

— Não precisa — eu digo. — Acho que vamos para casa.

— Pena — diz o rapaz, apresentando a si mesmo e ao amigo. Sebastian é seu nome, e o de seu amigo, Tomek. Sebastian é o perfeito cavalheiro, e apresenta Tomek exatamente como se deve apresentar alguém, dando uma pequena informação, material para conversa. Eles moram juntos num apartamento em Kazimierz, o velho bairro judeu. Sebastian é de uma aldeia perto de Bielsko-Biała e Tomek, de Varsóvia. Digo-lhes que sou de uma aldeia nas Tatras, e eles falam de uma viagem de esqui que estão planejando para Zakopane, mas não quero confessar para eles que sou do lado ovelhas-e-casebres e não do esqui-e-teleféricos.

— E você trabalha no bar da boate, não? — pergunta ele, levantando a gola da japona.

— Nós todas trabalhamos.

Kinga faz um trejeito com a mão, a ponta alaranjada do cigarro revoluteando no escuro.

— Bem, na verdade, sou uma aspirante ao direito — diz Magda —, mas estou dando um tempo.

Tomek murmura algo sobre uma festa, mas Sebastian hesita, mãos nos bolsos, o cabelo preto caindo nos olhos.

— Então, têm certeza de que não podemos acompanhar vocês até em casa?

— Obrigada. Não precisa.

— Tome — diz ele, me entregando a garrafa marrom. — Leve isso pelo menos.

Cheiro.

— *Wiśniówka*.

— Tenho um amigo que faz isso na aldeia.

— Obrigada — digo.

— Cuidado — diz ele.

— *Na razie.*

Eles vão para o lado de Wawel, Magda e eu vamos para casa, e Kinga toma o rumo do apartamento dos avós. Os bondes já pararam de circular há muito.

— Obrigada — diz Magda tão logo estamos do outro lado da Sukiennice. Ela agarra minha mão e a aperta com força. — Obrigada, obrigada, obrigada. Ah, você devia ter visto a cara de Żaba quando Sebastian me abraçou. E a da Ruda Zdzira. Ela ficou morta de ciúmes!

— Que bom.

— Imagine! O cara mais bonito da Rynek.

— Você acha?

— Se eu *acho*?! Você é *cega*?

Ela me toma a garrafa de *wiśniówka* da mão e sai correndo, e corro atrás dela pela Podwale, passando pela drogaria alemã. A neve suavizou as esquinas e os cantos das ruas, abafando os ruídos distantes de carros e vozes. Lembra-me um pouco os lençóis brancos do Cabaré, a sensação de que estamos, de certa forma, ocultas no tempo e o mundo vai parar e nos esperar. Corremos um pouco subindo a Karmelicka e paramos para recobrar o fôlego no parapeito de uma das lojas. É uma loja de fotografia, e examinamos as fotos antigas sépia expostas na vitrine. Noivos, formandos e bebês. Gente indo e vindo.

— Merda — diz Magda. — Não acredito que topei com eles.

Destampa a garrafa e me oferece. Limpo a boca na manga e dou um gole, e ficamos passando a garrafa uma para a outra. Já está em menos da metade.

— Merda. Simplesmente não acredito. A última vez que vi um dos dois foi no patamar da escada da casa da Ruda Zdzira no dia em que entendi tudo.

— Pensei que você tivesse dito que foi brigar com ele.

Magda dá outro gole na *wiśniówka*.

— Eu menti. A verdade é que perdi a coragem.

— Você?

— Eu sei — diz ela. — Eu também não conseguia acreditar. Estava toda preparada. Sabia exatamente o que ia dizer, e depois... simplesmente perdi a coragem.

Sorrio.

— O quê?

— Eu também não briguei com Tadeusz.

— Não?

— Cheguei até a porta do apartamento dele. Uma hora e meia de ônibus. Uma hora e meia até Huta. Tudo o que eu tinha que fazer era bater na porta dele, e não consegui.

Magda começa a rir. Passamos a garrafa uma para a outra, e um pouco de *wiśniówka* me escorre pelo queixo, o que a faz rir mais ainda. Estou tão bêbada que minha cabeça gira.

Magda pega a câmera do meu colo e a revira na mão.

— Sabe o que eu queria ser quando era pequena? — diz.

— Soldado de infantaria?

— Falando sério — diz ela.

— De artilharia?

— Eu queria ser dançarina.

— *Stryptiz*?

— Pare com isso. — Ela me dá um tapa no braço. — Bailarina. Eu queria ser Isadora Duncan e dançar no Bolshoi e me casar com Mikhail Baryshnikov.

Ela ri e me passa a garrafa. Eu a seguro com as duas mãos e dou outro gole. Sinto o calor se acumulando em meu estômago.

— E você? — pergunta ela.

— Geógrafa — rio. — Definitivamente geógrafa.

— Sabe, você não precisa fazer a prova só porque minha mãe quer que você faça.

— Não, sua mãe tem razão. Daqui a pouco estou com vinte e três anos. O que mais vou fazer?

— O que você quiser — diz ela. — Afinal de contas, tudo é possível na Nova Polônia.

Rio e tomo mais um gole.

— Isso é *bzdury* e você sabe.
— Eu sei.

Ficamos sentadas mais um pouco no parapeito, passando a garrafa para lá e para cá. Deve estar pelo menos dez graus abaixo de zero porque os músculos da minha coxa estão duros na minha mão e meu nariz entope quando respiro. Os flocos de neve estão se acumulando no cabelo de Magda. Mesmo assim, nenhuma de nós se mexe.

— Ser geógrafa não é tão ruim assim — digo. — Tem que ser melhor do que vender peças de encanamento no mercado.
— *Ej*?
— Foi o que fiz depois do *liceum*. Naquele verão todo.
— Pensei que você trabalhasse num cinema.
— Isso foi depois.
— Você está brincando, certo?
— Não.
— Você quer dizer descargas? — Começa a rir. — E canos e... Nossa, não *conheço* nenhuma outra peça de encanamento.
— Bem, há sifões e reduções e boias...
— Merda, isso é deprimente.

Mas ela começa a rir tanto que escorrega do parapeito. O capacete bate na calçada gelada e vai quicando até parar.

— Ai — geme ela, e eu rio.

Espantosamente, a garrafa resistiu à queda, e ela a termina sentada na calçada congelada.

— Vamos — digo, puxando-a para que ela se levante. — A gente vai morrer congelada aqui.

Ela pega a garrafa vazia e tenta equilibrá-la numa caixa de correio pendurada num muro ali perto, mas a garrafa cai e se espatifa na calçada, respingando a neve de vermelho.

— É uma bomba! Corra! — grita ela, me agarrando pela mão e me puxando.

Estou tão bêbada que não sinto os pés, mas ouço a neve rangendo quando piso. Balanço a câmera pela alça e me concentro no ruído enquanto Magda me puxa.

Fum, fum, fum, fum, fum, fum.

Ela para de repente na estação do bonde em Urzędnicza e desaba no banco, ofegante.

— Sabe — diz. — Ela gosta mais de você.

— Quem?

— Minha mãe.

— Do que você está falando?

— Quero dizer, se ela tivesse que escolher, escolheria você.

— Não seja ridícula.

— Tudo bem — diz ela, falando enrolado, me dando palmadinhas na mão, tranquilizando-me como se eu fosse uma criança. — De verdade. Tudo bem.

De repente, sinto a *wiśniówka* chacoalhando na minha barriga e me subindo na garganta. Arranco minha mão da dela, levanto-me num pulo do banco e vomito atrás da árvore mais próxima. Magda está atrás de mim num instante, dando-me palmadinhas nas costas e me entregando um punhado de neve limpa.

— Tome isso aqui — diz. — Chupe.

Subimos o resto da Królewska em silêncio, passando pela loja de informática e a loja vinte e quatro horas, subindo a escadaria toda. Como não havia luz na janela quando estávamos na rua de Kazimierz, o Grande, giro a chave fazendo o mínimo de barulho possível. O apartamento está às escuras, mas a porta da sala está aberta, e não vejo o vulto de Irena no sofá.

— *Mamo*?

— Irena?

— Ai, meu Deus, ela foi sequestrada — diz Magda. — Devíamos chamar a polícia.

— Ela não foi sequestrada, sua *głupek*. Foi para a festa. Depois que saímos. Ela e Stash devem estar transando no escritório dele enquanto conversamos.

— Ela foi à *festa*? Acha mesmo?

— Pense nisso.

— Ai, meu Deus, ela foi à festa! Talvez nem venha para casa hoje!

Mas não tenho chance de responder. Ouve-se a descarga do vaso e Irena sai do banheiro de pijama.

— *Głupie panienki* — diz ela. — Estou aqui.

Mas há um sorriso maroto em seu rosto que me faz pensar que ela não desgostou totalmente do que ouviu parcialmente.

31
Em frente rumo ao futuro promissor

Naquele verão, chegou a convocação para as cidades, e as estradas se encheram de gente exatamente como no pânico inicial. Dessa vez, porém, o êxodo tinha a atmosfera do último dia de aula, todo mundo deixando o conteúdo de mais um ano jogado na sala e pulando de cabeça num vasto período ensolarado. As pessoas sabiam, naturalmente, que a liberdade era temporária, e que lá longe a Responsabilidade, o Sofrimento e a Autoridade esperavam para pegá-las pelos braços e colocá-las de novo em suas rotinas. Mas, por ora, havia apenas alegria irrestrita, ausência de muros e bombas. As regras e restrições que lhes esperavam continuavam sendo, por ora, apenas uma assombração que mal se enxergava do outro lado, achando graça no entusiasmo atual.

Tudo acontecia instantaneamente. Flertes que haviam durado a guerra inteira transformavam-se da noite para o dia em amor correspondido. Grandes planos eram traçados com um gesto da mão. Decisões que em qualquer outra época teriam sido debatidas e refugadas durante meses eram tomadas em questão de horas. Pombo e Anielica anunciaram seu noivado; Władysław Jagiełło e Marysia decidiram pegar a pequena Irenka e acompanhá-los quando eles atenderam à convocação para a reconstrução de Cracóvia; os pais de Marysia decidiram se inscrever na Cruz Vermelha para emigrar sem saber para onde. Qualquer lugar menos aqui. E uma das irmãs de Pombo se apaixonara por um engenhoso oficial do Exército do País que cuidara deles durante a guerra e que conseguira *załatwić* a mudança de ambas as famílias para Londres e possivelmente para a América, contanto que partissem imediatamente. A mãe de Pombo, que a vida inteira fora de uma lealdade feroz a seu pedacinho de terra, riscou a hipótese em uma tarde.

— E o que *você* acha de ir para Londres ou para a América? — perguntou Pombo a Anielica em um de seus passeios pela floresta.

Ela parou de súbito e olhou para ele. Nem sequer cogitara deixar a Polônia. Cracóvia parecia o fim do mundo, e ela não conseguia imaginar nada além.

— Nem eu — disse Pombo, beijando-a na testa. — Não posso deixar a Polônia lutar sozinha. Eu me sentiria um traidor. Mas eu gostaria de visitar essa América um dia. Essa Nova York e essa Califórnia.

Anielica ficou aliviada, tanto por não ter que cogitar aquilo como por ser mais um ponto em que concordavam tão plenamente. Apertou mais o braço dele.

— E Jakub? — perguntou. Pois Jakub recusara-se a emigrar com os pais e as irmãs. — Será que devemos levá-lo conosco para Cracóvia? Ele ficará completamente sozinho na aldeia.

Pombo nem pensara em levá-lo. Jakub passara toda a guerra no antigo campo das ovelhas na montanha. Quase não aparecia mais nas aldeias, e depois que todas as ovelhas haviam sido abatidas, ninguém tinha por que subir o morro. No início, Anielica ia de vez em quando lhe levar comida ou suprimentos, mas depois da noite do Barszcz, parou de ir. Por isso, ambos se admiraram por ele não ficar feliz ao vê-los chegar ao alto do Velho Morro Pelado, de mãos dadas pelo capinzal. Na verdade, os dois poderiam jurar que, quando os viu, Jakub virara as costas e entrara no casebre.

— Jakub! Jakub! Sou eu — gritou Pombo.

Foi até o casebre e bateu na tosca porta de madeira, que bambeou nas dobradiças. O casebre não era maior do que um dos conjugados da casa Hetmański, construído por um carpinteiro inferior a Pombo trinta ou quarenta anos antes. As tábuas externas, escuras e podres, seguravam-se na estrutura como os dentes na boca de uma bruxa, as rachaduras e os buracos tapados com pedaços de lã.

Eles ouviram o zumbido da voz de Jakub dentro da casa, o monólogo contínuo que só parava quando ele dormia, e, quando entraram, o volume aumentou, mas ele estava de costas e era difícil dizer a princípio se ele falava com eles de fato.

— ... As bagas já vão amadurecer, então posso colher as bagas, e depois tem os faisões, tenho que ir olhar as armadilhas hoje, os nazistas por enquanto não estão na floresta, mas quem sabe quando vão voltar, e, quando voltarem, talvez tentem me levar para o Baudienst, ou para o exército ou para os campos...

— Jakub, a guerra acabou — disse Pombo. — Os nazistas foram embora.

— ... e vi que não tem mais bombardeios, mas não pode ter acabado, é impossível ter acabado, e ainda vou continuar tendo que carregar água e cortar lenha e limpar minhas roupas, e não preparei jantar para visita, e não tenho tempo para isso, não tenho tempo para visita hoje, não tenho tempo...

— Jakub, trouxemos jantar para você. E só viemos para lhe dizer que estamos noivos e perguntar se você queria ir para Cracóvia conosco. Há uma convocação para a reconstrução das cidades.

— ... e como eu iria saber que vocês viriam me visitar, já que há muito tempo não vinha ninguém, todo mundo estava muito ocupado para me visitar, e agora todo mundo vem e diz que está indo embora, *mama*, *tata*, Julia e o oficial dela e só Anielica vinha me ver durante a guerra, só Anielica trazia remédio para as ovelhas, só Anielica, só Anielica, só Anielica.

Anielica e Pombo se entreolharam. Os olhos de Anielica lhe disseram para sair do casebre, e ele fez isso, com relutância, mas Jakub só parecia cerrar mais os dentes, falando mais depressa e mais alto.

— ... e você lembra aquela vez em que veio ME visitar, e ME trouxe o remédio para as ovelhas de Zakopane, e MEU IRMÃO veio e viu você, mas fui eu que falei com ele de VOCÊ, fui eu, FUI EU, e AGORA você vai casar com ELE, e ir embora com ELE, e Cracóvia é MUITO LONGE, eu nunca fui a Cracóvia, mas é MUITO LONGE. E você vai com ELE e vai casar com ELE, e fui eu que falei com ELE de VOCÊ, FUI EU, FUI EU...

Anielica tocou no braço dele, e, pela primeira vez que alguém pudesse lembrar, ele parou de zumbir. Por um momento, ela receou que ele pudesse ter tido um derrame ou um ataque do coração.

— Jakub? Jakub, você está bem?

Ele olhou para ela de maneira estranha.

— Jakub, seu irmão e eu estamos apaixonados. Mas não quer dizer que a gente não ame você. Vamos para Cracóvia com meu irmão e Marysia, e acho que seria bom para você vir conosco.

Houve um momento de silêncio, depois uma vibração fraca que aumentou e se decompôs em palavras.

— ... e lembra quando você veio me visitar e me trouxe o remédio das ovelhas, e o remédio estava num saquinho de papel, e você trouxe jantar para mim, *bigos* e *kompot* e ovos cozidos, e você estava com a sua saia verde e a sua blusa branca com as flores azuis e o seu cabelo estava para cima, e estava preso com aquele grampo marrom que você tem, e nunca mais vai ser assim, nunca mais vai ser igual, você está se mudando para longe, e com meu irmão, e fui eu que falei de você com ele, se eu não tivesse ficado conversando com você naquele dia, você teria ido embora e ele nunca teria visto você, se eu tivesse parado de falar, se eu tivesse parado de falar...

— Mas, Jakub, quando Pombo e eu nos casarmos, você e eu vamos ser irmãos, e vamos para Cracóvia nos divertir muito lá. Sabe, dizem que a cidade tem calçamento de ouro, que as mulheres são todas princesas andando de carruagem, que um dragão guarda o castelo...

— ... tenho que ir olhar as armadilhas, não tenho tempo para visita, não tenho tempo para ir para Cracóvia, tenho que ir olhar as armadilhas e pegar as bagas e lavar roupa e consertar o telhado, não tenho tempo, você tem que ir embora, e levar ele com você, não tenho tempo...

— Pense no assunto, Jakub — disse Anielica baixinho. — Só vamos na semana que vem.

Inclinou-se e beijou-o no rosto antes de ir embora, e, mais uma vez, ele ficou calado, sem arredar pé daquele chão podre. Não poderia suportar sair de casa para dar adeus ao irmão, embora tenha, sim, puxado a lã de uma das frestas e observado os dois descendo o morro de mãos dadas.

32
Ah, eu feliz, eu muito feliz

O inverno na cidade é muito pior do que nas montanhas. Nas montanhas, simplesmente vestimos mais um suéter, botamos mais lenha no fogão e pingamos umas gotas de vodca no chá. Na cidade, o frio é debilitante. O reflexo do sol do meio-dia no gelo cega as pessoas de tanto que elas apertam os olhos, e cada *mróz*, ou geada, cria uma metrópole de simplórios, chapéus enterrados até os olhos, xingando baixinho de si para si. Mãos e traseiros congelam ao encostar em assentos e grades de metal, e rajadas de vento, mais fortes nas esquinas dos prédios, conduzem à mão armada multidões de corcundas pela rua.

Conduzindo-nos exatamente para onde, não se sabe. O ano-novo traz muitas coisas que os pingos de cera não previram.

Por exemplo, Stash começa a ligar lá para casa para falar com Irena. A primeira vez que isso acontece é um domingo à tarde quando estamos tirando a mesa do *obiad*. Irena atende e, ao ouvir a voz dele do outro lado, larga o fone, que bate na quina da cômoda e vai parar no chão.

— Desligue! — sibila Irena para mim, recuando.

— Não vou desligar na cara dele — respondo baixinho. — É Stash!

— Então atenda. Diga que não estou em casa.

— Ele já ouviu sua voz.

Ouço Stash rindo baixinho pelo fone, que continua em cima do tapete.

— *Słucham* — atendo.

— *Cześć*, Baba Yaga, acha que agora posso falar com Irena?

Olho para Irena, que faz que não violentamente com a cabeça, pronunciando palavras para mim.

— Hum... Sinto muito, mas ela não está?

Stash ri.

— Baba Yaga, sei que ela está. Ela acabou de atender o telefone. Ouço a respiração dela.

— Ela diz que não está.

Irena me dá um tapa no braço.

Stash ri.

— Então está bem, sabe qual seria uma boa hora para ligar de volta?

— Surpreenda-a.

E ela torna a me bater, mas há algo na cara dela que quer pegar o telefone, mesmo que suas mãos não queiram.

Tento fazê-la assistir ao vídeo do Réveillon, mas ela diz que não precisa, que já foi a muitas festas de Réveillon e sabe o que acontece nelas. Deixo a câmera na mesa do meu quarto assim mesmo, com a fita no início, e embora ela nunca toque no assunto, alguns dias depois, o aparelho está ligeiramente fora do lugar, e a fita não foi rebobinada para o mesmo ponto.

— Irena?

— Sim?

— Você nunca me contou o que aconteceu com Stash.

— Vai ver que é porque não é da sua conta.

— Mas você disse que me contaria.

— Quando eu disse isso?

— No dia em que me levou para dar uma volta no Triângulo das Bermudas.

— Não disse, não.

— Você está com *skleroza*. Não se lembra.

Ela franze o cenho para mim.

— Eu nem sequer sei por que você está interessada.

— Porque estou.

— Você sempre quer ouvir as histórias felizes, não é? Sua avó estragou você.

Não respondo. Minha avó dizia que às vezes o silêncio é o melhor lubrificante.

Irena sorri.

Então está bem. Vou lhe contar uma história feliz e só uma. Aqui não é a América, afinal de contas. E você tem que prometer nunca dizer a Stash que lhe contei.

— Prometo.

— Nem à Magda.
— Nunca.
— *Nunca.*
Assinto.
— *Dobrze.* — Ela sorri. — Foi dez anos depois que me casei com Wiktor. Junho de 1982. Wiktor passou aquele ano todo de porre, Magda tinha dez anos, minha mãe morava conosco, e eu tinha acabado de abandonar a companhia dos encrenqueiros e começado a trabalhar na cafeteria. Mas Stash de alguma forma me convenceu, e eu saí com eles cedo, por causa do toque de recolher e, por volta das sete, eu disse a todo mundo que ia para casa. E Stash, sempre um cavalheiro, disse que iria me *odprowadzić* com segurança até em casa; não sei se sua avó lhe contou mas, nas cidades, havia veículos blindados e *milicja* na rua naquela época. Então paramos um carro particular, e imagine quem estava dirigindo senão um de nossos antigos amigos de escola. Ele e a família estavam muito ricos.
— Como?
Ela encolhe os ombros.
— Não sei. Naquela época não se perguntava. Enfim, ele e Stash começaram a falar do festival de música em Opole, que por acaso acontecia naquela semana, e sobre todos os cantores que se apresentavam. E ele, Paweł era o nome dele, andara assistindo ao festival na televisão naquela noite, e havia rumores de que os cantores iriam organizar algo para protestar contra a Lei Marcial. E nós três ficamos falando e falando sobre como seria bom ir lá, e coisa e tal, e, você pode imaginar?, quando chegamos na minha rua, Stash tinha convencido Paweł a nos levar de carro a Opole. Pode imaginar? A Opole.
— Quanto tempo de viagem?
— Quase três horas naquele Fiat pequenininho, e com as estradas no estado em que estavam. Se tivéssemos enguiçado... mas não enguiçamos. E quando chegamos lá, os concertos daquele dia já tinham terminado, mas houve festas no hotel a noite inteira. Naquele tempo, não existia essa coisa de celebridade. Nada de estrelas. Então acabamos numa festa com todos os cantores que tinham se apresentado naquele dia. E não havia nenhum quarto vago, mas, no fim da noite, uma pessoa nos ofereceu o chão do quarto dela. Era assim mesmo naquela época. Então dormimos umas horas no chão e ficamos todo

o dia seguinte para os concertos. E vimos todo mundo. *Todo mundo*. Os Niemenowie, Beata Kozidrak, Krzysztof Krawczyk.

Ela está rindo de orelha a orelha.

— Ah, foi mágico! E, no fim desse dia, voltamos para Cracóvia, chegando justo a tempo para o toque de recolher das dez. Mas eu tinha que estar no trabalho às 6h da manhã, e não sei como *załatwić* um atestado médico dizendo que eu estava doente na véspera. Ah, eu lembro que estava cansadíssima no dia. Eu tinha acabado de começar a trabalhar na cafeteria, fazendo o inventário, e tive que refazer todo o meu trabalho no dia seguinte. Mas eu estava tão feliz que não me importei.

— E houve o protesto?

— Ah, sim. Jan Pietrzak cantou "Para que a Polônia seja sempre a Polônia", e todo mundo ficou de pé e chorou. E naturalmente, houve a árvore.

— A árvore?

— Sim, no palco. Não havia cenário. Nada. Só uma árvore solitária, nua, vergada pelo vento.

— Era um protesto?

— Era um protesto. Isso e continuar com o festival, ir aonde queríamos ir, como se os soldados e Jaruzelski e Moscou simplesmente não importassem. Fingimos que eles não existiam. "Aja como se", dizíamos.

— E sua mãe?

Irena sorri.

— Ficou furiosa. *Furiosa*. Teve que mentir para uma de minhas colegas de trabalho e para Magda. Como ainda não tínhamos telefone, não pude ligar para ela, e quando chegamos a Opole na primeira noite, já era tarde para ligar para os vizinhos. E no dia seguinte, bem, eu era muito egoísta, não queria que ela dissesse para eu voltar para casa. Ela quase me arrancou a orelha quando cheguei. Achou que eu tinha sido presa. — Ela sorri novamente. — Mas, Nossa Senhora, foi emocionante. Quando estávamos naquele Fiat pequenininho... passar lá pela minha casa e seguir direto para Opole...

— E você e Stash? O que aconteceu?

— Nada.

— Nada?

Um sorriso vai surgindo devagar em seu rosto.

— Uma noite de nada.

A outra coisa não prevista na cera foi a noite em que Pani Bożena me entrega o meu pagamento e diz que não precisará mais de mim.

— Sinto muito — digo.

— Por quê?

— Por não lhe contar que eu comprava comida pronta no supermercado.

— Não tem nada a ver com isso.

— É a maquiagem ou os enredos de *Dinastia*?

— Do que você está falando?

— Deixa para lá.

Acho que no momento em que você descobre que não é uma grande dama, simplesmente não faz mais sentido ter plateia. Para dizer a verdade, estou mesmo um pouco aliviada. Com os dois trabalhos, a espessura do maço de dólares americanos embaixo do meu colchão estava ficando alarmante, e, pela primeira vez, eu tinha a opção de deixar o apartamento na Bytomska e me mudar para o meu próprio.

Sempre é mais fácil deixar os outros decidirem as coisas por você.

Então passo o tempo me dedicando a estudar para a prova de geografia. Magda faz um plano do que preciso estudar para a parte de história da prova, e divide os livros comigo. Quase todas as manhãs, graças à identidade de uma aluna antiga, acabo na biblioteca da universidade, sentada a uma das compridas mesas de madeira sob o clarão esverdeado das luminárias, rodeada de livros. É gostoso, na verdade. Me lembra Nela.

Depois que minha mãe adoeceu e meu pai construiu o muro, eu me mudei para o lado de Nela da casa, e nos quinze anos seguintes, passamos quase todas as nossas noites diante do fogão, cobertores enrolados nos ombros, um banquinho embaixo dos pés. Ou conversávamos enquanto Nela costurava, ou líamos. Quando pequena, eu lia contos de fadas e histórias de meninos e meninas que salvavam fazendas coletivas inteiras delatando os pais ou que metiam os dedinhos no mecanismo de uma colheitadeira enguiçada. Com dez ou onze anos, eu lia *As aventuras de Huck*, *Tom Sawyer* e *Ania of the Green Roof*.

Mas eu estava muito longe de ser uma leitora tão voraz como Nela, e quando me entediava, limitava-me a observá-la lendo, os lábios franzidos como os de um velho, as pálpebras caídas, uma ruga funda entre as sobrancelhas. Era a única hora em que ela parecia uma pessoa comum e não uma estrela. Ela ficava tão envolvida em seus romances que conseguia bloquear os ruídos de meu pai do outro lado do muro, tão envolvida que nem notava quando eu me levantava da cadeira e ficava zanzando pela casa mexendo em lugares que eram normalmente proibidos para mim.

— Nela? Sabe que há livros escondidos num compartimento secreto no fundo do guarda-roupa? E que alguns não estão com a capa certa?

Ela levava um susto e saía daquele alheamento. Ficava de novo com cara de estrela e levava um dedo manicurado aos lábios.

— Beata, você nunca deve contar a ninguém.
— Por quê?
— Porque não deve.
— Mas por quê?
— Prometa.

Eu prometia, e ela me sentava diante do fogão de ferro e me contava uma história melhor do que qualquer uma que eu já tivesse lido. Começou com Günter Grass e Émile Zola, passou para George Orwell, Henry Miller e Sławomir Mrożek, e terminou com um eletricista chamado Lech Wałęsa. Minha avó nunca tinha falado comigo sobre política antes, por causa da quantidade de finais tristes que havia na política, mas deve ter achado que havia um final feliz por ali dessa vez, pois estava animada me contando sobre os protestos e as greves nos estaleiros e nas usinas siderúrgicas em Gdańsk e Katowice. A liberdade estava muito perto, Nela me prometia, e queria viver para ver essa liberdade. Até então, ela tinha que se contentar em ler sobre ela.

— Mas os livros que não estão no *indeks*? De onde eles vêm?
— Já lhe contei mais do que devia. Guarde isso para você como um gole d'água.

Assenti solenemente, e Nela tornou a guardar os livros no fundo do guarda-roupa e eu repus a base no lugar.

Ela parecia aliviada por dividir o segredo com alguém e, desse dia em diante, parou de esconder os livros de mim. Quando eu estava na agência dos correios com ela, eu os via chegando no malote, uns poucos de cada vez, em pacotes simples de papel pardo sem endereço de remetente. Eu a ajudava a escondê-los nas caixas velhas no fundo do depósito e, depois do expediente na agência, fazíamos um novo embrulho amarrado com barbante que era selado e carimbado, e endereçado a um destinatário falso. De tantas em tantas semanas, alguém que eu não reconhecia entrava, deixava um cartão das Tatras e ia embora com um ou dois dos pacotes.

Ao longo do tempo, ela juntou os autores franceses. Proust, Zola, Dumas, Camus, Voltaire, Maupassant, Balzac, Flaubert, Hugo, Céline, Lamartine. Todos eles iam parar no compartimento secreto no guarda-roupa, e Nela me fazia prometer pelo menos uma vez por semana que eu nunca os daria, que os levaria comigo quando fosse para Cracóvia. Acho que, para ela, os franceses sempre deram a ideia de liberdade, se não para ela, então para mim.

Nela passou muitos anos ainda lendo sobre liberdade antes que os livros pudessem ser vendidos abertamente. Mas quando a Polônia tornou-se livre, seu fraco coração já a aprisionara. Ela morreu na cama, exatamente como teria morrido se os comunistas ainda estivessem no poder. Quando fui para Cracóvia, guardei *Germinal*, que era o seu preferido e deixei o resto dos franceses escondidos no fundo do guarda-roupa. Tudo mais, eu encaixotei direitinho e deixei na casa para tio Jakub olhar de vez em quando.

— Oi — diz Magda, tirando o casaco e pendurando-o num banco do bar.

— Oi.

Desde meados de janeiro, Magda não trabalha mais oficialmente no Stash's. O bar de vinhos está ficando mais popular, então seu patrão pediu que ela trabalhasse seis noites por semana, e ela aceitou, uma vez que todas já sabíamos que Stash não precisa de fato de três atendentes no bar. Aliás, está tudo tão devagar ultimamente que Kinga passa quase a noite inteira na mesa dos ingleses, e eu *ainda* tenho muito tempo para sonhar acordada com coisas bobas como Tadeusz aparecendo na porta de repente, me dizendo que eu estava certa e o exército tinha sido um erro. Às vezes tento imaginá-lo sentado em seu baú junto ao pé da cama com os demais rapazes de dezenove anos, contando piadas vulgares. Tento imaginá-lo jogando cartas ou abrindo valas ou puxando gatilhos com os dedos que já puderam tirar uma voz de mulher de uma palheta, e isso me faz ansiar, talvez não por ele, mas por outra coisa.

Magda ainda vem quase toda noite depois do bar de vinhos, mas não sei ao certo se ela vem para estar com Kinga e comigo ou para ver se Sebastian voltou a aparecer. É estranho como ele anda sumido desde o Réveillon, desapareceu, e Magda não está mais interessada em nenhum dos outros rapazes. Na maioria das noites, limitamo-nos a nos fazer interrogatórios e observar Kinga tentando falar inglês com os ingleses.

O ruivo gordo é o mais paciente com ela, e ela se concentra muito, a cara tensa enquanto sua boca cospe a língua que sempre soará aos meus ouvidos como alguém comendo pedras.

Está no meio do terceiro número certa noite quando ela volta para o bar, puxando o inglês ruivo pelo braço. Kinga ziguezagueia facilmente por entre as costas das cadeiras espalhadas, mas ele tem dificuldade de se espremer no caminho que ela abriu, e se desculpa com aquele vozeirão naquela língua áspera.

Ronan diz que tem um emprego para mim na Inglaterra. Dá para imaginar? Um emprego na Inglaterra!

— Para fazer o quê?

— Alguma coisa com uma fazenda. Magda, você pode traduzir? Por favor? Quero todos os detalhes.

Ouço Magda e o inglês conversando. Reconheço algumas das palavras dos turistas, mas eles eram, na maioria, americanos ou alemães ou escandinavos, com uma entonação simples, subindo e descendo, e a de Ronan é horrivelmente enviesada. Kinga balança a cabeça solenemente durante todo o diálogo, mas quando Magda explica tudo em polonês, um sorriso largo se abre em seus lábios finos.

Ronan, por acaso, tem uma fazenda na Irlanda e volta todo verão para administrá-la. Ele está habituado a levar alguns de seus alunos do Instituto Agrícola para trabalhar na fazenda, e, em troca, os alunos recebem casa, comida e trezentas libras por mês.

— E uma chance de praticar meu inglês — diz Kinga.

— Mas *você*, Kinga, numa fazenda? — pergunto. — Já *viu* uma vaca?

— Já.

— Quero dizer, não no prato.

— Eu perguntei isso a ele — diz Magda. — Mas ele diz que tem até trabalho para garotas magras que odeiam terra.

Magda e Kinga riem, e Ronan sorri, embora não saiba por quê.

— Mas, Kinga — prossigo —, como você vai aprender inglês se vai com um grupo de poloneses? Não vai falar polonês o tempo todo?

— Tenho certeza de que lá vai ter *alguém* com quem praticar — diz Magda.

— E trezentas libras. Não deve ser nada comparado com os preços de lá.

— Tenho certeza de que será bom — diz Magda.

— Ah, eu feliz — diz Kinga em inglês. Atira os braços em volta do homem que é uma montanha e lhe dá um beijo no rosto. — Eu muito feliz.

Ronan fica rubro, diz alguma coisa para Magda e volta depressa para a mesa.

— Ah, eu feliz — Kinga fica repetindo. — Eu muito feliz.

— Eu *estou* feliz — corrijo-a. — Isso até *eu* sei.

— Eu *estou* feliz — diz ela. — Estou, estou, estou, estou, estou.

É verdade. Nunca a vi mais feliz. Ela se esquece completamente de esconder os dentes ao sorrir, e seus dois dentes tortos se projetam para fora, prontos para voar. Ela trabalha atrás do balcão do bar o resto da noite, o tempo todo conversando sobre seus planos para o dinheiro, tentando decidir se ficará na Irlanda e trabalhará ilegalmente quando terminar o verão, ou voltará com todo o inglês que aprendeu e trabalhará numa agência de turismo em Cracóvia. Talvez, cogita, possa até fazer o vestibular para o departamento de filosofia inglesa na Jagiellonian. Seus avós, diz ela, ficariam muito felizes se ela se formasse.

— Não posso acreditar que eu vou para a Inglaterra — canta ela com a música do hino nacional, e talvez isso *devesse* ser nosso hino nacional.

— É para a *Irlanda*.

— Tudo bem, Pani Geógrafa. Irlanda. Bem pertinho.

Naquela noite, voltando juntas para Bytomska, Magda e eu não damos uma palavra. Só quando estamos na altura da loja vinte e quatro horas é que ela se vira para mim.

— Isso é uma notícia ótima para Kinga — diz.

— É — digo. — Bom para ela.

Há um grupo de adolescentes sentados no meio-fio em frente à loja, de onde saem dois rapazes se xingando, levando garrafas de cerveja.

— Magda?

— O quê?

— Você não está com um *pouquinho* de ciúme?

— Por ela ir para a Irlanda?

— Por ela conseguir exatamente o que quer.

— Claro que não — diz ela. — Que tipo de amiga eu seria então?

Continuamos em direção à esquina, depois de passar a estação do bonde, o correio e os letreiros da firma de informática.
— Estou morrendo de ciúme — digo finalmente.
— Eu também — diz Magda depressa, e ambas rimos.

33
De lá para cá

Eles partiram para Cracóvia de madrugada numa segunda-feira. Os preparativos foram tão desgastantes que sobrou pouco tempo para tristeza ou despedidas. Os homens fizeram duas viagens para Pisarowice com as malas, e esperaram na beira do rio que Pan Romanenko acordasse e os atravessasse na balsa. Dali, para fazer a ligação de um trecho de estrada com outro, eles pegariam qualquer meio de transporte que aparecesse. Eram sete no grupo, incluindo os pais de Marysia, e teria sido mais fácil viajar num grupo menor, mas eles não quiseram se dividir.

Pan Stefanów levou-os de carroça até Biały Dunajec, onde eles encontraram outra carroça disposta a levá-los até Szaflary. Após algumas horas de espera, encontraram sete vagas num ônibus para Nowy Targ. Quando chegaram a Nowy Targ, já era hora do jantar, e o resto do grupo esperou do lado de fora enquanto Anielica e Pombo entraram para verificar o quadro. A rodoviária estava apinhada de gente sentada pelos cantos, crianças dormindo em ninhos de roupas, adultos jogando cartas ou compartindo refeições caseiras em cima da bagagem. Anielica e Pombo iam abrindo caminho entre as pessoas, segurando firme a mão um do outro para não se perderem. Chegaram o mais perto possível do quadro de partidas.

— Você consegue ver o que diz?

Havia pedaços de papel colados aqui e ali no quadro, mudanças de última hora referentes a pistas e horário de embarque. Só havia mais dois ônibus com destino a Cracóvia — às 19h15 e às 22h05.

— Mas como é que pode? Metade dessas pessoas deve estar indo para Cracóvia.

Eles examinaram o povo na rodoviária. Havia estudantes e soldados, avós e famílias, russos, ciganos, até um grupinho de civis franceses. As três filas no balcão eram de vinte pessoas, exceto a do meio, que encurtava à medida que a discussão entre um homem e o agente esquentava.

— Vamos — disse Pombo. — Vamos ter mais sorte lá fora.

Encontraram o ônibus certo na esquina do pátio, o motorista fumando ali perto.

— Espere aqui — disse ele a Anielica.

Antes mesmo de ele perguntar, o motorista respondeu.

— O das dezenove e quinze já está lotado. Desde três da tarde.

— Mas estamos tentando ir para Cracóvia. Temos uma criança pequena conosco, uma avó e um avô. Se tomarmos o das vinte e duas e cinco, chegaremos em Cracóvia à meia-noite e teremos que ficar na estação.

— O das vinte e duas e cinco também já está lotado, mas é melhor para vocês passar a noite aqui do que na estação de Cracóvia de qualquer modo. Tem menos ladrão.

Pombo tornou a olhar para Anielica. Ela continuava com uma cara esperançosa; não ouvia a conversa devido ao barulho dos ônibus com os motores ligados no pátio.

— Por favor, senhor.

— Eu não posso ajudá-lo.

— Podemos pagar.

Ele fez que não com a cabeça e cerrou a mandíbula.

— A Nova Polônia não pode ser construída em cima de corrupção e tratamento preferencial. Temos todos que trabalhar de modo justo e honesto para que haja um futuro promissor.

— Certo.

Pombo foi voltando para junto de Anielica.

— Espere — gritou o motorista. Apagou o cigarro no sapato e correu para alcançá-los. — Anielica, Anielica da Meia-Aldeia. Eu nunca esqueceria esse rosto.

Anielica enrubesceu, e Pombo fechou a cara para ele.

— No início da guerra. Jantei na sua casa. Com seus pais. Passei uma noite no celeiro do seu pai. Estava com meu amigo Marek.

— Eu sou Pombo. Eu enviei Marek.

— *Você* é o *Pombo*?

O motorista conseguiu encaixá-los todos no das dezenove e quinze, embora eles tivessem que ir sentados em cima das malas no corredor. Mesmo assim ninguém os perturbou, nem os empurrou, nem fechou a cara para eles como teriam feito antes da guerra. Estavam todos juntos naquilo agora, todos com o mesmo itinerário, todos sonhando o mesmo sonho. Com exceção do ônibus, que enguiçou logo depois de Jawornik.

Os passageiros desembarcaram em fila, primeiro os do corredor, e formaram pequenos grupos, decidindo o que fazer a seguir. Pombo foi ter com o motorista. Tirou o casaco, arregaçou as mangas e ficou em pé no para-choque para olhar o motor.

— O que acha?

— Radiador. Definitivamente o radiador.

Acabou sendo uma gaxeta estourada, e nem as mãos de ouro de Pombo conseguiram fazer uma nova. Já estava escuro, e havia grupinhos de pessoas andando ao léu pela estrada, arrastando a bagagem na terra. Os otimistas seguiam para o norte na direção de Cracóvia, como brinquedos de corda que não podiam ser parados. Os pessimistas voltavam para o sul, para encontrar um pouso para pernoitar em Krzeczów, a última cidade por que haviam passado. Depois de andar às voltas com a gaxeta, Pombo, o motorista e Władysław Jagiełło finalmente desistiram.

— Vocês devem ir — disse o motorista. — Tentem achar um lugar para ficar antes que seja muito tarde.

— Não, não — disse Anielica. — Você foi muito bom. Não podemos deixá-lo aqui. Vamos esperar com você.

— Já vai chegar outro ônibus — concordou Marysia. — Com certeza. Vamos esperar.

Apareceram uns poucos transportes soviéticos, que pareciam desviar de propósito para a beira da estrada, transformando a terra solta em nuvens de poeira que envolvia a todos. Apareceram alguns "bons samaritanos" que pararam para espiar embaixo do capô, balançar a cabeça, tornar a verificar o que Pombo e o motorista já haviam verificado, e chegar à mesma conclusão a que eles haviam chegado.

— Por que não leva Irenka para o ônibus e prepara um lugar para ela dormir? — disse Pombo a Anielica.

— Não, não, vocês devem ir — disse o motorista. — Eu tenho que esperar aqui, mas vocês devem ir.

Pombo olhou para um lado e para o outro na estrada. Era uma oferta altruísta do motorista. E absolutamente sem sentido. Os outros passageiros tinham sido engolidos pela escuridão já havia muito tempo, e só se via uma luz ou outra piscando no horizonte. Mesmo que achassem uma casa que lhes desse guarida, a casa não poderia receber os sete juntos.

— Aqui — disse o motorista metendo a mão no bolso. — Tem um casarão logo aqui ao leste, controlado por dois caras que conheci no Exército do País. Diga a eles que você é o Pombo, e mostre isso.

Deu a Pombo metade de um santinho de São Sebastião.

— Um casarão?

— Abandonado pelos proprietários.

Quando segurou o santinho, Pombo não teve dúvida de que iriam. Só houve as insistências e contrainsistências de praxe antes que o grupo pudesse sair em tropa pela estrada.

— Ah, mas não podemos simplesmente deixar você aqui.

— Vou ficar bem. O das vinte e duas e cinco deve estar chegando em uma hora mais ou menos.

— Tem certeza?

— Tenho.

Esta foi a versão resumida porque Pombo estava ansioso para botar a família na estrada. Era assim que pensava neles agora, como sua família, que agora incluía três judeus e uma ciganinha. Sua família, e ele faria qualquer coisa por ela.

O casarão ficava a apenas um quilômetro, e quase todo esse trecho era numa estrada de chão particular. Os homens carregavam os pacotes e as trouxas, e a pequena Irenka, que estava meio dormindo, era passada para lá e para cá entre as mulheres. De longe, a casa impressionava. Os portões eram o dobro da altura de um homem, as barras se ramificando e se transformando em trepadeiras e folhas que subiam em espiral justo acima dos puxadores, formando o que pareciam os olhos de uma grande coruja, observando sua chegada. A casa em si ficava bem ao fundo, mas, ao luar, eles conseguiam avistar a arcada, a colunata grandiosa e as carreiras de janelas alinhadas em formação, como empregadas e lacaios sob inspeção.

Quem vem lá?

O homem surgiu do nada, uma sombra cobrindo algumas das barras de ferro.

— Sou o Pombo. Fomos enviados por Stefanek.

— Stefanek quem?

— Ele disse que o conhecia.
— Não conheço nenhum Stefanek.
— Ele nos deu isso.

Pombo passou o meio santinho de São Sebastião pelas barras de ferro. A sombra do outro lado arrancou-o de sua mão. Os grandes olhos do portão continuavam vigiando-os.

— Quantos vocês são? — perguntou o homem secamente.
— Sete. Três homens, três mulheres e uma criança.
— E quanto tempo planejam ficar?
— Só esta noite. Estamos indo para Cracóvia. O ônibus enguiçou.

Todos prenderam a respiração, e, por um momento, parecia que a única coisa que os separava da casa tentacular e de uma boa noite de sonho era a respiração pesada do homem do outro lado da grade.

— Muito bem — disse ele, e eles ouviram o chaveiro chocalhando, o cadeado abrindo, as dobradiças antigas rangendo. O homem abriu o portão só o suficiente para lhes dar passagem, e enquanto eles seguiam pela pista circular de carros, a casa mostrava-se maior, atraindo-os, a porta de entrada se abrindo exatamente na hora em que eles pisaram nos degraus.

— O *Pombo*! Puxa, caramba. — O homem à porta de entrada abraçou-o calorosamente, batendo-lhe nas costas. — Disseram que você tinha sido apanhado entre os nazistas e os soviéticos, e que sua aldeia inteira tinha sido incendiada.

— Bem, ainda estou aqui. Na verdade, estamos indo para Cracóvia.

— E trouxe metade da aldeia com você, estou vendo. — O homem riu. — Entre, entre.

— Sinto-me como uma princesa — sussurrou Marysia para Anielica.

Anielica assentiu, mas seu coração começou a bater descompassado. Ela sabia, provavelmente melhor que Maryisia, que havia quem quisesse ver os judeus longe tanto quanto queria que os nazistas fossem expulsos. Que era provável que até mesmo esse homem, com aquela simpatia, fosse um deles, que se o grupo tivesse chegado de dia ou se Anielica, Pombo e Władysław Jagiełło não tivessem entrado primeiro, era bem possível que não tivessem sido recebidos. E de fato, quando Marysia e seus pais entraram, Anielica julgou ter visto um esgar de desaprovação na cara do homem que saudara os três primeiros com tanta jovialidade.

— Então, lembra-se da vez em que estávamos naquele *bunker* com Krzysiek em Mała Dolina? — disse Pombo com um tapa no ombro do homem, que logo recuperou a alegria, pegou duas das malas e conduziu o grupo inteiro escadas acima.

A casa já fora despojada do mobiliário e dos apêndices, mas eles ainda puderam se maravilhar com os medalhões de gesso e os belos assoalhos que sobraram. O homem os acompanhou até um amplo quarto, que seria só para eles. Ficava no final de uma ala, e quaisquer ruídos de atividade que eles eventualmente pudessem ouvir através das paredes e dos tubos de comunicação, um sono pesado e o calor do ambiente logo abafaram. Para cinco deles pelo menos. Pombo e Anielica não conseguiram dormir por causa da excitação, e ficaram acordados embaixo dos casacos e suéteres, falando baixinho sobre a cidade que viam nos sonhos, a cidade que, já no dia seguinte, chamariam de sua.

— Dizem que o calçamento das ruas é de ouro, e todas as mulheres parecem princesas e são transportadas pela cidade em carruagens de prata — disse Anielica baixinho.

— Bem, então você vai se entrosar logo.

Quando acordaram na manhã seguinte, a aurora desfizera longas faixas implacáveis da noite. As sombras em forma de folhagem nas paredes se revelavam como manchas de umidade amareladas, e no canto do quarto, os tacos de um bom trecho do piso haviam sido arrancados e usados para fazer fogo. Os medalhões no gesso descascado do teto, e a colunata imponente na parte externa, quando examinados com atenção, estavam crivados de buracos de bala. O casarão inteiro deveria ter sido levado para um hospital de campanha. Ou para um comício do Partido, para ser apresentado como uma metáfora da Velha Polônia.

Marysia disse que a casa tinha personalidade, como se estivesse falando de um filho feio mas amado, mas os outros não tinham esse tipo de fidelidade, manifestando abertamente a vontade de partir o quanto antes, de fugir da deterioração do prédio, da ruína que não combinava com seus sonhos, do desespero que não tinha lugar na Nova Polônia que estavam tentando construir. Dois dos homens do casarão os ajudaram com seus pertences. Via-se que eram ex-*partisans*, ambos mostrando os sinais de negligência do homem sem mulher: botões faltando, camisas manchadas, o silêncio interrompido apenas por instruções pragmáticas e utilitárias ao outro quanto aonde ir e o que carregar. Quando chegaram à estrada, não a reconheceram com o dia claro. O motorista e o ônibus haviam ido embora, sendo o capim alto amassado na beira da estrada a única evidência disso. Os sete se sentaram nas malas e deixaram o calor e o silêncio dos dois homens se instalar em volta deles.

Cerca de meia hora depois, um dos homens levantou-se com as mãos nos bolsos, examinando o horizonte como um cão que sente os roncos secretos da terra. E, de fato, na crista da colina ao longe, apontou um ônibus, aparecendo em toda a sua extensão ao descer a ladeira, sumindo no vale, e tornando a aparecer de repente como um grande monstro, roncando e grunhindo, levantando poeira antes de estacionar com docilidade.

A tabuleta no para-brisa dizia Cracóvia, e o motorista só deu uma olhada rápida nos homens antes de saltar e ajudar a carregar as malas. Um minuto depois, os sete da Meia-Aldeia estavam novamente acomodados no corredor, com destino à cidade dourada.

34
Os nazistas, soviéticos, russos, tártaros, otomanos, turcos, cossacos, prussianos e suecos

Stash continua ligando lá para casa, e Irena continua não atendendo o telefone. Se Magda e eu não atendemos, Irena simplesmente o deixa tocar e tocar e tocar. E é por isso que acho que estou imaginando coisas quando, no começo de fevereiro, estou indo para o Stash's uma noite, e vejo Irena do outro lado das Aleje, indo para o lado da praça dos Inválidos. Tento gritar para ela, mas ela não me ouve com o barulho do tráfego.

— Você chegou cedo — diz Stash quando entro.

— Stash, por que acabei de ver Irena na rua? Ela nunca vem para esse lado.

Ele apenas sorri.

— Ela estava aqui, não estava?

— Não estou autorizado a dizer. E, se acha que viu alguma coisa, não está autorizada a dizer.

— Nem para Magda?

— Especialmente para ela.

— Por quê?

Ele sorri.

— Não estou autorizado a dizer.

Magda passa lá depois do bar de vinhos, e falar sobre história e não sobre Irena e Stash é tudo o que posso fazer.

— Estou lhe dizendo — insiste Magda do banco do bar. — Augusto III *não* foi o último rei da dinastia. Foi Jan II Kazimierz Waza. De 1654 a 1665. Pergunte a Kinga.

Kinga encolhe os ombros.

— Acha que me lembro de alguma coisa disso?

— Na verdade, foi de 1648 a 1668 — diz uma voz atrás de nós.

É Sebastian. Faz um mês que ele resgatou Magda de Żaba e Ruda Zdzira, mas age como se fôssemos velhos amigos, beijando cada uma de nós no rosto, um, dois, três. Ele anda com a graça de um dos empresários entrando e saindo do centro telefônico na rua Wielopole, mesmo com aquele jeans surrado e aquela japona.

Passou umas semanas na América, explica enquanto tira dos olhos a mecha de cabelos escuros, visitando um amigo da família em Nova York.

— Ah, Nowy Jork — Magda e eu ecoamos, enchendo as palavras de reverência.

— Sim, a Duże Maçã — diz ele, e rimos todos, Magda muito mais alto e mais demoradamente.

— Está bêbada? — pergunto a ela depois que Sebastian pega a cerveja dele e se senta na mesa com alguns dos outros rapazes.

— Dele.

Bato nela com o pano de prato.

— Ei, ei. Pense nas suas provas. Pense no seu futuro.

— Talvez ele seja o meu futuro.

Rio.

— Você é sempre muito dramática.

— Vamos, não acha estranho eu ter visto Żaba na cera aquela noite, e depois ter topado com ele na Rynek? A primeira vez que nos vimos desde que terminamos.

— Todo mundo estava na Rynek naquela noite.

— E Sebastian surge do nada e finge ser meu namorado?

— Mas eu *pedi* a ele que fosse até você e fingisse ser seu namorado.

— E ele passa quase um mês fora, e, na noite em que volta, calha de eu estar aqui?

— Você *sempre* está aqui.

Ela encolhe os ombros.

— É assim que o destino funciona.

— É verdade — diz Kinga, que virou especialista em destino desde que descobriu sobre o emprego na fazenda.

— Pensei que você tivesse dito que estava ocupada estudando, muito concentrada no exame para se preocupar com rapazes.

— Com rapazes, sim. — Ela sorri e ergue os olhos para mim como costumava fazer quando pedia dinheiro à mãe. — Mas talvez eu tenha que abrir uma exceção para o destino.

Meu destino, ao que parece, é a geografia. Irena me deu uma relação de todos os tópicos da prova, cortesia de sua amiga na universidade, e fico tonta quando olho a lista. Tento ler pela manhã e reter os fatos na cabeça o dia inteiro, repetindo-os a toda hora, tapando os vazamentos em minha mente para guardar direito todos os reis, batalhas, invasões e execuções. A Velha Polônia me faz companhia o dia inteiro e vira a conversa de fundo para todas as minhas atividades. Vou à biblioteca com Vladimir, o Grande; como na lanchonete com Boleslau, o Boca Torcida; chego ao Stash's com Sigismundo, o Velho; desviro as cadeiras com o rei Władysław Jagiełło; e acendo as velas com Tadeusz Kościuszko. Às sextas-feiras, vou ao Mikro com Nicolau Copérnico.

— Aquele *skurwysyn*. Aquele *skurwysyn* gordo.

Kinga joga a mala no chão atrás do bar e se serve de uma dose pura da melhor vodca que Stash tem no estoque. Bebe a dose ainda em pé ali de casaco.

— Quem? — pergunto.

— Kinga, é você? — pergunta Stash do escritório, mas sem sair.

— O merda daquele filho da puta *pieprzony* — diz Kinga. — A porra daquele Ronan inglês.

— Irlandês.

— Babaca.

— *É* você? — torna a gritar Stash do escritório.

— O que aconteceu? — pergunto.

— O que aconteceu? — Kinga abaixa a voz. — Vou contar o que aconteceu. Ele disse que tinha um emprego para mim, sim, mas que eu nem precisava ir para a Inglaterra. Disse que me daria cem libras aqui mesmo em Cracóvia, e tudo o que eu tinha que fazer era dormir com ele. Com aquele filho da puta velho, gordo, seboso, cor de maionese.

— Tem certeza de que entendeu direito o que ele disse?

— Ha! — diz ela. — Acontece que cantar garotas é a *única* coisa que ele sabe fazer fluentemente em polonês.

— E o que você disse?

— Como assim, o que eu disse? Eu disse que não! — chia ela.

— Não foi isso o que eu quis dizer. Como você disse não?

— É exatamente essa a questão. — Ela tira o casaco, pendura-o nas costas de um banco do bar, dá um impulso e se senta ali. — Depois do não, eu não consegui dizer *nada*. Levei um choque tão grande que me limitei a ficar ali sentada um minuto e depois fui embora. Estávamos no café no porão do Ratusz. Nos encontramos ali para tomar um café, e aí ele falou, e eu só disse não. Não consegui pensar em outra coisa para dizer. Nem em polonês e muito menos em inglês. — Ela se serve de mais uma dose pura. — E eu sei que ele vai aparecer aqui hoje à noite com aquele sorriso idiota na cara, aquele *skurwysyn* velho e gordo, e *ainda* não sei o que vou dizer quando o vir. Eca. Quem me dera ter conseguido dizer o babaca que ele é.

Ela descansa a cabeça na palma da mão.

— Eu sei — digo. — Eu sou igual. E aí fico sempre me recriminando depois. Mas sabe quem é boa nessas coisas? Magda.

— Agora não adianta.

— Mas ela vai pensar em alguma coisa, e da próxima vez que o vir, você estará preparada.

Magda fica furiosa quando lhe contamos.

— Como assim, o que você acaba de me dizer? Diga a ele que é mais de cem libras se você tiver que ir numa *pieprzona* de uma expedição de espeluncologia para isso. Diga a ele que ele é um bode velho, um *alfons*, um *kretyn*, um *pajac*, um *szmata*, um *buc*. Diga a ele que ele é tão *skurwysyn* que é repelido até quando quer pagar por isso.

Ela aproxima um banco do bar e continua batendo na mesma tecla, aumentando a virulência de Kinga.

— Tem razão. Tem razão — diz Kinga fervendo. — Deixa ele tentar aparecer aqui. Deixa ele comigo. Vou dizer a ele aonde ir dessa vez.

Mas ele não vem. Na verdade, não vem nenhum dos ingleses. As garotas para quem eles normalmente pagam uma bebida ficam zanzando por ali à toa e começam a avaliar a mesa dos amigos de Sebastian.

— Aquele *skurwysyn* — diz Magda. — Se ele é muito covarde para aparecer aqui, vamos encontrá-lo.

— Encontrá-lo?

— Encontrá-lo.

— Ir a todos os bares e cafés de Cracóvia até encontrá-lo? — pergunto.

— Exatamente.

— Espero que você esteja brincando.

— Ele é estrangeiro — diz Magda. — Deve ter achado o Stash's por sorte. Além daqui, ele só deve conhecer os bares na Rynek. Quantos têm ali? Dez? Quinze?

— Não sei, Magda — diz Kinga. — Como vai ser? "Com licença, sei que não consegui pensar em nada para lhe dizer naquela tarde, mas se você puder ficar aí sentado um minuto enquanto eu lhe digo que testículo de cachorro você é. Em polonês. Que você nem entende."

— Talvez ele entenda a palavra *testículo*.

— Baba Yaga, diga a ela — insiste Magda.

— Não sei, Magda. Se ela não quer...

Mas Magda não para. Vejo aquele brilho em seus olhos. É Magda, a Promotora, em ação para buscar justiça.

— *O quê*? O que há com vocês duas? "Não sei"? *Não*. Não vamos deixar esse escapar. O que ele vai fazer em seguida? Vai sair e cantar outra. *Não*. Não se trata mais de Kinga. Trata-se da Polônia. Nem isso. Trata-se de todas as mulheres em toda parte exploradas por emigrados *skurwysyn* em toda parte. Se não por Kinga, então por elas.

Kinga e eu não conseguimos deixar de sorrir, mas Magda está seriíssima.

Fazemos a limpeza enquanto a banda ainda está tocando e paramos de servir bebidas às 22h45. Quando Stash toca a nota final, começamos a recolher copos, praticamente vigiando as pessoas enquanto elas bebem. De qualquer forma, a maioria já está saindo para pegar seus ônibus mesmo.

— Alguém vai fazer besteira — diz Stash, limpando o suor da testa e passando a mão na cabeça. — Eu fecho a casa. Só não façam nenhuma burrice.

Vamos a todos os bares e cafés que sabemos que os estrangeiros frequentam. Primeiro olhamos os porões — Old Pub, Free Pub, The Garden, Black Gallery, Ritmo Latino, Bunker e Dym. Depois, os cafés — Behemot, Mozaika, Out of Africa e alguns outros, que estão todos fechados ou vazios. Tentamos até o Maska, o novo bar dos atores, onde é fácil examinar a sala porque a sala inteira lhe examina assim que você entra.

— Talvez ele não tenha saído hoje à noite — digo.

Estamos paradas na rua Grodzka, decidindo o que fazer em seguida.

— Ele está na rua — diz Magda. — Eu sinto.

É uma noite particularmente fria, mesmo para o início de fevereiro. O frio se insinua embaixo das minhas roupas, instalando-se nas pregas, e, quando ando, me deixa toda arrepiada.

— Talvez a gente deva desistir por hoje — digo. — Fazer isso outro dia. Ou esperar até ele voltar ao Stash's.

— Ela tem razão — diz Kinga. — Não temos que fazer isso hoje.

Magda não responde. Limita-se a continuar andando. Talvez esteja muito ocupada ensaiando o que vai dizer, atiçando o fogo dentro dela. Talvez, para ela, seja tão óbvio que não podemos parar que ela nem se dá ao trabalho de responder.

Então continuamos andando de um lado para o outro na Rynek, sem mais bares para ir, quando Magda se lembra de mais um, um porão que é ponto de reunião tanto do serviço de segurança quanto de um grupo de *skinheads*, embora ela diga que deixem entrar todo mundo que consiga chegar lá. Não tem letreiro. Você simplesmente tem que saber que passagem atravessar, que escadas descer, que porta abrir.

Todos os outros bares na Rynek têm um emblema — mastros de alumínio e bebidas azuis fosforescentes no Black Gallery, cartazes e bandeiras de filmes americanos no Free Pub, luzes vermelhas e músicas eróticas no Ritmo Latino — mas, neste, não há emblemas. O bar e as mesas são feitos de tábuas toscas, lembrando muito o antigo barracão das ovelhas no Velho Morro Pelado. Entro atrás de Magda e seguro a porta para Kinga. Não sei que horas são, mas até os *skinheads* devem estar cansados, porque lá estão eles, um grupo de estrangeiros diante deles, sem ganhar uma olhada.

— Pelo amor de Deus, feche a porta — grita alguém. — Está frio lá fora.

Viro-me. Kinga está paralisada na porta.

— Entre — digo.

Puxo-a para a sala. Sinto a mão de Kinga dura e fria através de nossas luvas de tricô.

— Não consigo, estou com muita vergonha — diz Kinga, e torna a sair para esperar na ruela. Quero sair com ela. Meus nervos de repente me venceram. Mas Magda já está atravessando a sala em direção à mesa dos ingleses, e não posso deixá-la aqui sozinha.

— Deus do céu, quer fechar a porta? — grita alguém. — Ou entra ou sai.

Nuvens da fumaça de um inverno inteiro acumulada no porão acompanham Magda. Fecho a porta que o vento força no sentido contrário e fico alguns passos atrás. Ronan está sentado na cabeceira da mesa, um sorriso largo no rosto, o vozeirão dando as boas-vindas a Magda, talvez nos oferecendo uma cerveja. Só consigo captar algumas palavras do que eles dizem, mas, para entender o que acontece, basta observar as caras coradas do resto dos ingleses, que só se viram uns para os outros e riem, reviram os olhos e tomam mais um gole de cerveja. O sorriso de Ronan vai aos poucos ficando forçado. Coro de vergonha por ela e por mim.

Mas Magda não está nada inibida. Não parece ligar para o fato de sermos as únicas mulheres nesse bar, de estar gritando em inglês e ninguém estar nem ouvindo o que ela diz. E enquanto estou observando Magda e a mesa dos ingleses, pensando em Kinga tiritando lá fora no frio, algo acontece dentro de mim. Sinto o rubor da vergonha se transformando lentamente em pequenos rios de ressentimento. O de Kinga, o de Tadeusz, o de Magda, o meu. É o ressentimento de um país inteiro, as esperanças confusas de toda uma geração se acumulando no meu estômago, fervilhando, borbulhando.

— Por que você zangada, garotinha? — pergunta um inglês baixinho na ponta da mesa em polonês truncado. — Se vocês garotas polonesas querem não cantada, diga amigas parar de aceitar nossas ofertas.

— *Co*?

Magda e a mesa de ingleses olham para mim. O baixinho encolhe os ombros e continua.

— Cada garota ter um preço. Única diferença se a gente diz alto o bastante. Você. Você e sua amiga aqui também ter preço.

Tudo me vem à cabeça desorientadamente, incluindo os gatos de Irena.

— Seu *skurwysyn* atrevido. Seu babaca, cara de sapo, diabo, filho da puta, vilão, *hooligan*, tirano. Acha que pode ter qualquer polonesa que quiser? Acha que pode se aproveitar de nós porque tem libras e nós temos złote?

Há uns vinte poloneses no bar, todos eles agora nos olhando. Os ingleses estão calados.

— Bem, *não* somos todas *zdziras*. Minha amiga Kinga não tinha preço. *Nós* não temos preço. — Magda está me olhando boquiaberta. — Aprendam história. Nós, poloneses, lutamos contra o opressor muitas e muitas vezes. Durante *séculos*. E agora que temos nossa liberdade não vamos ser transformadas em prostitutas por um bando de *skurwysyns* de cara azeda...

Os homens no bar estão se levantando dos bancos. São fortes e altos, de bigode e bem-barbeados, jovens e velhos.

— Lutamos contra Napoleão. Lutamos contra os nazistas. Lutamos contra os otomanos, os turcos, os soviéticos, os russos antes de serem soviéticos, os cossacos antes de serem russos...

Olho de soslaio para Magda.

— Os tártaros — sopra ela.

— Os tártaros!

— Os prussianos — sopra de novo.

— E os prussianos.

— Os suecos.

— Os suecos?

Ela faz que sim.

— Os suecos!

— Moça — o barman me interrompe. Ele tem a forma de um barril, a cabeça raspada. — Moça — repete ele. — Acho que já entendemos o quadro. Acho que vamos assumir a partir daqui.

Alguns dos ingleses pegam seus casacos, mas o caminho deles está barrado. Um dos homens conduz nós duas para fora.

— Boa noite para vocês, garotas — grita ele para nós, quando estamos saindo depois do espetáculo.

A porta bate atrás de nós e ouvimos a barra de ferro deslizar para o encaixe.

Kinga está sentada no parapeito no beco. Seu rosto está envolto numa nuvem de fumaça, e a ponta do cigarro brilha quando ela dá a última tragada.

— Então? — diz ela.

Magda agarra-a pelo cotovelo.

— Vamos.

Kinga raspa a ponta do cigarro na parede e põe a guimba no bolso. Atravessamos depressa o beco ouvindo ao longe os gritos e o quebra-quebra das cadeiras.

— O que aconteceu? O que aconteceu?

Magda lhe conta tudo o que disse, palavra por palavra.

— E depois Baba Yaga começou. *Cholera*, você devia ter visto! Ela chegou até os cossacos!

— Os cossacos? — Kinga ri.

— E aí os homens no bar se levantaram e nos disseram que terminariam o assunto para a gente. Ah, foi maravilhoso! Eu queria que você tivesse visto as caras deles quando perceberam que iam apanhar pela próxima geração de ingleses!

— É mesmo? — Kinga está pulando, as mãos batendo nos bolsos do casaco. — Sério?

— Eu juro. Você devia ter visto.

Magda e Kinga se agarram pelos ombros e ficam pulando como colegiais, rindo. Alguns vultos na rua se viram para olhar.

— Vamos. Vamos comemorar — diz Magda.

— Vamos! — O sorriso de Kinga é tão rasgado que ela quase morde o lábio de felicidade.

— Vou para casa — digo.

— *O quê?*

— Vou para casa.

— Você não pode ir para casa!

— É, não vá para casa!

— Estou cansada.

— Ah, que isso!

— Precisamos comemorar.

Mas, para mim, não há nada para comemorar. Pensei que brigar com os ingleses seria uma catarse, mas a raiva e o ressentimento não se dissiparam. Não há "final feliz". Depois que tudo termina hoje à noite, continuo sendo apenas uma garota de aldeia, uma *góralka* com um nome estranho que não se lembra da sua história, e nós três somos apenas atendentes de bar, com um futuro pela frente que parece grandioso e de repente se esvai. Penso em nossas chances mínimas de passar para a Jagiellonian, no sonho de Kinga de fugir do país, nas garotas polonesas zanzando em volta da mesa vazia no Stash's, perdidas sem os ingleses. Penso na filmadora esperando na prateleira em cima da minha cama na casa de Irena, seu olhinho de vidro me perfurando cada vez que entro no quarto. E já sei que nenhum de nós vai fazer filmes, nem defender um caso no tribunal, nem ir para o exterior, nem ser o próximo grande *klarnecista*. Nem agora, nem nunca.

— Vamos, Baba Yaga. Só uma bebida.

Mas deixo Magda e Kinga protestando na rua, e vou para casa sozinha.

35
Trabalhe como Stalin lhe ensinou

Anielica imaginara em detalhes o momento da chegada deles. Sob o globo de vidro de sua imaginação, ela assentara pedrinhas para a Rynek e construíra versões em miniatura da loja de tecidos, da torre da cidade e da Igreja de Santa Maria. Pusera mulheres bem-vestidas para andar com as longas pernas esticadas, pisando como se estivessem provando a temperatura da água, criara famílias alimentando pombos, comerciantes abrindo lojas e grupos de colegiais de mãos dadas em compras correntes, ondulando na extensão de ardósia. Sob o globo de vidro também, o minúsculo dragão de Wawel bocejava fumaça e chamas, o Lajkonik galopava com o passo vacilante, e Santa Jadwiga circulava descalça, o frio das pedras penetrando na sola de seus pés.

Mas o quadro diante dela, quando saltaram do ônibus, não tinha nada a ver com o que ela imaginara. Ônibus engasgavam e paravam estrondosamente. O ar úmido fedia a gasolina, cigarros sem filtro e gente. Mãos encardidas buscavam suas malas deformadas e arrastavam-nas com esforço para tirá-las do caminho. Pombos rondavam indefesos, ciscando migalhas. Anielica pôs-se na ponta dos pés e olhou a rodoviária, meio que esperando que aparecesse alguém na multidão para cumprimentá-los, lhes dar as boas-vindas, acusar o brilho que ela sentia irradiar-se de sua pele, a luminosidade que os marcava como especiais, que destacava aquela manhã como algo muito significativo.

Mas eles foram recebidos apenas por uma indiferença cinzenta e medíocre. Indiferença por eles terem deixado as fiéis Tatras e suas famílias queridas para isso; indiferença por terem se sacrificado tanto pela Mãe Polônia, terem corrido o maior risco de suas vidas, que decerto acabaria em triunfo.

Não?

Quando pararam e olharam em volta, constataram que não eram extraordinários. Quase todas aquelas pessoas que chegavam em massa à rodoviária também haviam deixado para trás uma vida real por uma imaginada em Cracóvia. Todas haviam deixado sozinhas suas aldeias, chegado sozinhas, e agora teriam que se orientar na cidade sozinhas.

Diferentemente de Anielica, Pombo não parecia nem surpreso nem desapontado. Ele nunca havia fantasiado a cidade. Tinha um único ideal, e era Anielica; um único objetivo, e era o conforto futuro dela. Saltou imediatamente do ônibus e pôs-se a trabalhar, empilhando os pacotes e as malas da família embaixo da marquise da rodoviária. Havia ninhos de bagagem semelhantes empilhados pelo local, e rodinhas semelhantes de parentes nervosos, pois eles também só haviam pensado até ali, ou talvez até a Rynek, e mais nada.

— E agora?
— O que vamos fazer?
— Aonde devemos ir?
— O que vai acontecer conosco?
— Talvez não devíamos ter vindo.

No final, Pombo assumiu o comando, vencendo o medo e a indecisão que ameaçavam corroê-los.

— Vou ver o que dá pra fazer. Fiquem aqui.

Então o resto do grupo se acomodou para esperar. A princípio estavam empertigados e alertas, examinando as figuras que entravam pelo portão do pátio, tentando reconhecer o passo esquisito de Pombo, seu jeito de pisar para dentro. Meia hora se passou. Uma hora. Ele não voltava. Relaxaram a postura, as mulheres se sentaram, o disco nítido do sol manchado no céu da tarde, e o monte de bagagens espalhadas, deixando escapar um chapéu aqui, um pedaço de pão ali, uma batata mole, um livro, um lenço, à medida que o tempo se estendia e suas necessidades vinham à tona. Os ônibus chegavam e partiam, e a pequena Irenka olhava maravilhada para as descomunais carrocerias de aço, esticando a mão para tocar suas laterais, embora não tivesse autorização para sair da calçada.

Se eles tivessem vindo sessenta anos depois, o lugar exato em que estavam sentados estaria dentro de um megashopping center, e eles poderiam ter ocupado algumas horas passeando da Timberland à Swatch e pela H&M, tomando capuccinos, enviando mensagens de texto para a aldeia e discutindo se os Gêmeos continuariam no cargo depois das eleições. Mas, naquelas circunstâncias, não havia nada a fazer senão esperar sentado. Quando se cansou dos ônibus, Irenka começou a correr em círculos na calçada, tentando pegar os pombos, que calmamente saíam de sua frente. Anielica ficou mais nervosa, sentando e levantando e tornando a sentar, mordendo o interior da bochecha, fazendo um esgar zangado com o lábio superior.

— Já faz muito tempo — disse ela. — Władysław Jagiełło, vá atrás dele.

Seu irmão deu uma risada nervosa.

— Você age como se aqui fosse a aldeia, Nela, como se eu pudesse ir para a floresta gritar o nome dele e ele me ouvisse. Na cidade, ele poderia estar em qualquer lugar, e se eu começar a gritar por ele, as pessoas só vão ficar me olhando como se eu fosse maluco.

— Ele tem razão — disse o pai de Marysia.

Recentemente, havia histórias de homens que abandonavam a família, que estavam tão agoniados com os finais e os começos e com o fato de estarem no meio disso, que a única solução era fugir. Anielica mordeu com mais força o interior da bochecha.

— Tenho certeza de que ele está bem — tranquilizou-a Władysław Jagiełło. — Passei cinco anos na floresta com ele, e nunca houve nada que ele não pudesse conseguir. Só precisamos esperar mais um pouco, e tenho certeza de que ele voltará a qualquer momento.

Mas ele tinha sido muito prolixo para que suas palavras fossem tranquilizadoras. Palavras tranquilizadoras eram corajosas, sucintas, estoicas. "Não seja boba." "Ele está bem." "Confie em mim." Mas Anielica não pressionou. Sabia que o irmão também estava preocupado. Notara sua testa se franzindo mais, suas sobrancelhas se erguendo devagarinho com o passar das horas.

Pombo afinal voltou no fim da tarde com um sorriso largo e um copo cheio de sorvete que fez Anielica sentir-se tola por ter ficado preocupada. Ele deu o sorvete a Irenka, e as aves a rodearam na calçada, exatamente como os cinco adultos rodearam Pombo. Havia milhares de pessoas lá, explicou ele. Milhares. Soldados e civis. Russos e poloneses. Cracovianos e aldeões, alguns só de passagem, outros para sempre. Pombo passou mais ou menos a primeira hora correndo de um lado para o outro, perguntando isso ou aquilo a cada pessoa, tentando captar os boatos fugazes e segui-los até a fonte. Era uma forma frustrante de obter todas as informações de que precisava, uma de cada vez, e ele acabou percebendo que tudo o que tinha que fazer era ficar parado no meio da rua, prestando atenção nas conversas dos passantes, sintonizando nelas como em frequências de rádio rivais, e juntando-as. Depois de uma hora parado no meio da recém-batizada rua Batalha de Lenin, ele descobrira onde poderiam encontrar camas e refeições, onde solicitar seus certificados de *partisans*, como os pais de Marysia poderiam se inscrever na Cruz Vermelha, qual era a possibilidade de emigração e quanto tempo de espera havia por uma data disponível para casamentos.

— Vamos — disse ele. — Muitas coisas a fazer. Não há tempo a perder.

Palavras corajosas, sucintas, estoicas e tranquilizadoras. Anielica sorriu e acrescentou o dia do casamento à cena no globo de vidro.

A princípio, tiveram que ficar nos alojamentos temporários, as mulheres separadas dos homens, encontrando-se para fazer as refeições ou na cantina do Exército ou numa das tendas da Cruz Vermelha. Mas toda semana evoluíam, toda semana davam um passo para o futuro confuso. No fim da primeira semana, os pais de Marysia se inscreveram na Cruz Vermelha. No fim da segunda, Pombo e Władysław Jagiełło conseguiram o certificado de que haviam lutado pelo Exército do Povo comunista e não pelo Exército do País polonês, sua primeira lição de reescrita da história para torná-la mais palatável. No fim da terceira semana, já estavam trabalhando, construindo apartamentos do governo tão depressa quanto podiam ser ocupados e, no fim da quarta, Marysia e Anielica tinham um emprego numa pequena confecção, e Irenka brincava com suas colegas numa das recém-inauguradas pré-escolas.

A vida na cidade passava numa velocidade que saltava aos olhos. Não havia tempo para o lazer. Os homens conservavam seus empregos públicos no setor da construção durante o dia e faziam reformas e *remont* particulares à noite. Anielica e Marysia confeccionavam uniformes: da polícia, de zeladores, de motoristas de ônibus, de escoteiro. Na Nova Polônia, todo mundo tinha que ter uniforme, e as mulheres passavam doze horas por dia debruçadas em cima de suas máquinas de costura para dar conta, só saindo na hora da ceia para o outro emprego em que trabalhavam ilegalmente no Teatro Velho, substituindo os trajes que haviam sido destruídos ou roubados ou usados como vestuário de emergência durante a guerra.

Trabalho, trabalho, trabalho e mais trabalho. Todos eles viviam num estado constante de dor e privação do sono, e as poucas horas que não eram tomadas pelo trabalho eram usadas no aprimoramento da arte de *załatwić*: conseguir favores, amigos de amigos, propinas, presentes e acesso. Qualquer coisa era possível se você conhecesse as pessoas certas, e graças às suas ligações na Resistência, Pombo e Władysław Jagiełło se davam melhor do que a maioria. No fim de julho, os pais de Marysia puderam emigrar para uma cidade escandinava com os "o" do nome cortados como se fossem erros. E, em meados de agosto, graças às suas ligações, eles haviam conseguido colocar os cinco habitantes remanescentes da Meia-Aldeia no início da lista de habitação e mudá-los para um pequeno, mas ensolarado, apartamento comunitário dando para a praça do Bispo.

O único momento em que eles eram vistos era nas manhãs de domingo, quando acordavam tarde o bastante para ver o sol batendo nos parapeitos dos *kanienice* do outro lado da rua. Pombo e Anielica adquiriram o hábito de levar Irenka para longos passeios nas manhãs de domingo para que Marysia e Władysław Jagiełło pudessem ter mais uma hora de privacidade na cama. Pombo e Anielica também encontravam assim sua privacidade, nas multidões de jovens famílias passeando pela sombreada Planty de mãos dadas, as crianças embromando atrás ou correndo na frente, sempre seguras pela barra invisível das saias das mães. No meio de muita gente, quem poderia saber que eles não eram casados? Quem poderia dizer que a menina morena entre eles não recebera um gene recessivo das raízes subterrâneas da árvore genealógica deles? Tantas alianças de casamento haviam sido vendidas ou perdidas na guerra que nem os seus dedos nus chamavam atenção. Quem poderia saber que Anielica ainda conservava o sobrenome do pai? Ou que, à noite, Pombo ainda dormia no chão ao lado do colchão de Anielica? Quem poderia ver as perguntas que iam na cabeça de Anielica enquanto eles caminhavam? A mais misteriosa delas era por que Pombo parecia não ter pressa nenhuma de selar sua união.

Quando passeavam no parque ao lado da praça dos Inválidos num domingo de manhã, Anielica tentou distrair-se olhando as árvores, os quiosques improvisados nas Aleje, os bebês acocorados em volta do chafariz, os outros casais de mãos dadas. Mas em vez de acalmá-la, essas coisas só a afligiam, as criancinhas sendo uma acusação de sua infertilidade, os outros casais, uma acusação formal de seu não casamento com Pombo. De repente, ela começou a andar mais depressa, e a pequena Irenka teve que ir saltitando para acompanhar seu passo. Pombo apertou-lhe mais a mão.

— Ei, ei, mais devagar. Qual é a pressa?

Ela se virou para ele, e as lágrimas marejaram seus olhos.

— O que foi? Anielica? O que foi?

Os sinos de uma igreja vizinha começaram a repicar, lenta e metodicamente. Anielica conteve as lágrimas e engoliu o nó na garganta.

— Vamos nos atrasar para a missa.

— Pensei que hoje iríamos a alguma outra igreja.

— E Marysia e meu irmão? Eles vão ficar doentes de preocupação se não nos virem na Santa Maria.

— Depois a gente se encontra com eles.

— Não quero me encontrar com eles depois. Quero agora.

Ele parou no meio da calçada e segurou a mão dela contra o peito. Ela se contraiu toda. A outra igreja ficava a meio quarteirão dali, e, conforme os sinos tocavam mais alto e com mais insistência, não se ouvia mais nada. Irenka escapuliu deles e saiu correndo na frente. Pombo pronunciou de novo o nome de Anielica.

— *Mamo*! — ouviu ela entre uma badalada e outra.

Ela se virou e viu seu irmão e Marysia parados na escada da igreja, com um ramo de lírios e uma cesta de piquenique. Irenka puxava a mão de Marysia, esticando-lhe o braço, testando se sua mãe aguentava seu peso.

— Mas... o que estão fazendo aqui? Como sabiam que estaríamos aqui?

— Anielica — disse Pombo. — Finalmente vamos nos casar hoje.

— Num domingo? — foi tudo o que lhe ocorreu dizer.

— Temos uma dispensa especial. Tentei arranjar uma cerimônia só para nós, mas há tanta demanda que teríamos que esperar meses.

Hoje?

— Agora mesmo.

Foi uma cerimônia comunitária com mais nove casais, e, quando saíram da igreja, os punhados de moedas produziram uma tempestade metálica ensurdecedora. Moedas que as pessoas haviam poupado antes da guerra, moedas que agora não tinham praticamente nenhum valor, a não ser pelo número de filhos que previam. Os outros casais se agacharam na calçada, catando o máximo que podiam, e, mais tarde, quando tentaram ter filhos, Anielica se culparia por não ter feito o mesmo. Em vez de catar as moedas, Pombo e Anielica ficaram ali parados, agarrados um ao outro no meio do caos, como duas metades que se completavam.

— Está vendo? Vai dar tudo certo — disse Pombo, inclinando-se para olhar para ela. Ela puxou os lábios dele com os dela e o beijou de uma forma que teria dado muito assunto para Pani Plotka, e ficou abraçada a ele muito tempo depois disso, examinando seu rosto como se não o tivesse visto nem antes da guerra.

Não havia dinheiro para uma *wesele* adequada, mas, da igreja, Pombo e Anielica foram de mãos dadas para a Błonia. A Błonia era um imenso pasto de gado no limite da cidade, e, num dia ensolarado de 1979, que quase não foi mencionado no noticiário da TV controlada pelo Estado, dois milhões de pessoas se reuniriam ali para participar da missa celebrada pelo papa recém-empossado. Alguns até chamariam esse dia de verdadeiro fim da guerra.

Mas naquela tarde em 1945, em vez de dois milhões, havia só eles dois, celebrando sua comunhão particular. Marysia ajudara Pombo a preparar a cesta com pão, linguiça, ameixas, uma garrafa de vinho húngaro e um livro de poesia francesa. Não tendo pratos especiais em casa, Pombo e Marysia pegaram emprestados no teatro uma toalha de damasco amarela, dois pratos de porcelana e copos de cristal da próxima produção de *Pan Tadeusz*. Pombo conduziu Anielica para o meio do vasto campo, e eles passaram a tarde lá estendidos no damasco amarelo, comendo, bebendo e se beijando, lendo o livro de poesia, e deitados de costas, olhando para o céu imenso. Ficaram ali a tarde inteira, até o sol se pôr atrás do monte Kościuszko e as estrelas começarem a furar a noite. Nenhum trabalho para fazer, nenhuma ovelha para cuidar e nenhuma fofoca para segui-los, pois eles agora eram marido e mulher.

36
Śmigus Dyngus

Ronan e os ingleses não voltam ao Stash's, e, após a euforia inicial de brigar com eles, Kinga entra em depressão, sorrindo menos e andando mais curvada, como se estivesse encolhendo o corpo miúdo para proteger o coração.

— Ainda vai tentar ir para a Inglaterra? — pergunto. — Por meio de sua amiga em Londres?

— Por que eu haveria de querer ir para a *pieprzona* da Inglaterra agora? Já nem quero mais aprender inglês. Os ingleses devem ser todos pervertidos. Por que eu haveria de querer falar com uma ilha inteira cheia de pervertidos?

— Bem, vai tentar ir para o exterior de algum outro jeito? — pergunto. — A algum lugar que não seja a *pieprzona* da Inglaterra?

— Para quê?

— Então, o que você vai fazer? — provoca Magda.

— Como assim, o que eu vou fazer? Vou ser atendente de bar, é óbvio.

Ela apoia o queixo na mão, contemplando as mesas com um olhar vago.

Depois disso, Magda e eu não tocamos mais nesse assunto com ela, e, com nosso silêncio, é como se a estivéssemos abandonando definitivamente.

Para dizer a verdade, desde a noite dos Cossacos, como diz Magda, às vezes eu me sinto tão desanimada quanto Kinga. Talvez sejam apenas as ruas escuras e desertas do fim do inverno, mas começo a ter a sensação de que minha vida inteira é uma retrospectiva de televisão, sem nada que eu torça para que chegue logo, todas as pessoas de quem já fui próxima desfilando, entaladas numa daquelas passarelas rolantes que agora há em Varsóvia. Meus pais. Nela. Meus colegas do *liceum*. Meus vizinhos. Tadeusz. Até Irena, agora que ela vive na rua e se encontrando às escondidas com Stash. E acho que é por isso que continuo estudando feito louca para aquela prova idiota de geografia, por isso tento ser otimista, esperançosa quando estou com Magda. Para ela não me abandonar definitivamente também.

Ela ainda vem ao Stash's depois do trabalho todas as noites. Sebastian só aparece de quinze em quinze dias, mas mesmo quando ele não está, vejo o seu efeito sobre ela. Algumas garotas viram farinha molhada quando se apaixonam por alguém, as ideias se moldando ao garoto em questão, as palavras pobres e vagas. Mas quando Magda escolhe Sebastian, isso acende algo em seus olhos, e eles se iluminam não só quando ela fala sobre ele, mas também quando fala de qualquer outro assunto. Ela fala com confiança sobre o próximo ano, quando — não usa "se" — estaremos as duas na Jagiellonian, nos encontrando depois das aulas, dividindo o mesmo grupo de amigos. Nela dizia que a rotina pode grudar nas suas botas, e é assim que eu sinto o fim do inverno, cada passo sendo o esforço individual das próprias botas. Mas Magda usa sua rotina para ganhar impulso, como se estivesse de trenó, deslizando facilmente no chão estriado, o vento lhe enchendo as narinas e limpando seus olhos. Tudo o que acontece com ela, de bom ou de ruim, é parte de seu destino, e ela não parece nada surpresa quando, numa noite, Sebastian ao sair se debruça no bar e nos convida para uma festa.

— Que tipo de festa? — pergunta Magda, como se houvesse algo a ser levado em conta.

— Uma festa Śmigus Dyngus.

— Śmigus Dyngus? Quem nesse mundo tem uma festa Śmigus Dyngus?

— Nós. Vocês podem vir?

— Nós?

— Meu colega de quarto e eu. Você se lembra. Tomek.

— Não sei — diz Magda faceira. — Vamos ter que ver para quantas *outras* festas Śmigus Dyngus somos convidadas antes de nos comprometer com uma só.

Sebastian sorri para ela. Ele tem um sorriso maravilhoso, branco e perfeito, como os astros de cinema americanos, e, por uma fração de segundo, fico enciumada porque foi Magda quem o arrancou dele. Ele escreve o endereço num guardanapo de papel.

— Espero que possam ir — diz ele, e, no íntimo, desejo que eu o tivesse pleiteado antes de Magda.

Segunda-feira de Páscoa, vou e volto de bonde da biblioteca da universidade para evitar os bandos de garotinhos patrulhando as ruas com seus baldes e sacos de leite. Quando chego em casa, Magda já está trancada no banheiro.

— Você vai ter que se lavar na pia da cozinha — diz Irena. — Essa porta está fechada há mais tempo do que durou o Bloqueio de Berlim.

Há uma toalha cobrindo a mesa de centro, e Irena está passando uma blusa verde-clara.

— Vai sair com Stash hoje à noite?

— Não é da sua conta.

— *Mamo*, isso já não é mais segredo. — Magda sai do banheiro, úmida, rosada e cheirando a primavera. Está usando um vestido preto tomara que caia e sandálias de salto, ambos prematuros para a estação.

— Você vai de jeans? — pergunta-me ela.

— Pelo menos alguém sabe cobrir a *dupa* — diz Irena.

— Essa *dupa*? — Magda curva as costas e empina o traseiro.

Irena ergue os olhos do ferro de passar.

— Daria para servir chá nessa *dupa* tão protuberante.

— Não é só para isso que ela é útil.

Ela se inclina diante do espelho no hall e passa o rímel.

Irena revira os olhos.

— Não deixe ela transar com ninguém hoje à noite, Baba Yaga.

— Por que Magda? — pergunto. — Não está preocupada que eu transe com alguém?

— Ora — diz Irena. Segura a blusa na luz. — Se um rapaz lhe convidasse para uma transa, você provavelmente começaria a falar de negócios ou de um filme que viu sobre uma transação comercial.

— Eu não.

— Mas essa...

— Eu ouvi, *mamo*.

— Então pare de bisbilhotar.

— Não estou bisbilhotando. Você nem se deu ao trabalho de dizer isso nas minhas costas.

— Então dê meia-volta.

— Você age como se eu fosse completamente irresponsável. Diga um único ato irresponsável que eu tenha cometido — desafia Magda.

— Além de ter sido reprovada na universidade.

Irena tira a camisa e veste a blusa.

— Só porque eu não sei não quer dizer que você não tenha cometido.

— Só porque você imagina não quer dizer que seja verdade.

— Bem, Baba Yaga será minha segurança. Por via das dúvidas.

Magda e eu pegamos o bonde número 13 para Kazimierz, tomando o cuidado de sentar perto da cabine do condutor por segurança. Magda confere o endereço no guardanapo de papel, e saltamos na rua Joseph. São ainda umas oito horas, e, em qualquer outro dia, haveria trabalhadores noturnos e compradores embarcando e saltando dos bondes. Na segunda-feira de Páscoa, porém, a maioria das lojas está fechada, e as ruas estão desertas, com exceção de algumas mulheres corajosas, a maioria de meia-idade.

Andamos no meio da rua Joseph, contando histórias de Śmigus Dyngus pelo caminho. Magda me conta sobre as guerras de água no parque Jordana quando estava no primeiro grau, e eu lhe conto sobre como Nela e eu dormíamos com um regador ao lado da cama e cada uma tentava ser a primeira a se levantar de manhã.

— Quem ganhava?

— Quase todos os anos, ela. Eu acordava e ela já estava em pé ao meu lado com o regador. — Magda ri. — Mas no ano em que minha mãe morreu, ela fingiu estar dormindo e deixou que eu me levantasse primeiro e a encharcasse.

Viramos numa rua de calçamento de pedra, então Magda se apoia no meu braço, pisando com cuidado por causa das sandálias de salto.

— Você sente muita falta dela, não? — pergunta Magda. — Nela, né?

— Sinto.

— Como ela morreu?

— Parada cardíaca. Eu trabalhava no cinema em Osiek naquele época. E um dia, cheguei em casa, e ela tinha morrido.

— Foi você quem a encontrou?

— Não. Meu tio Jakub. Aquele que não é muito bom da cabeça. Ele foi buscar Pani Wzwolenska, nossa vizinha, e ela ficou esperando eu chegar em casa. Todos os vizinhos souberam antes de mim. Eu fui a última a saber.

— Você estava trabalhando.

Sinto a ligeira quentura no couro cabeludo quando passamos embaixo de cada poste de luz. Lembro-me de entrar em casa, pronta para contar a Nela tudo sobre o filme, e, em vez de Nela, Pani Wzwolenska estava sentada me esperando, as mãos espalmadas pousadas na mesa grande de lariço. Só esperando. Assim que entrei em casa, entendi tudo.

— Baba Yaga? Você está bem?

Estava parada no meio da rua. Olho bem para a cara dela.

— Eu não estava trabalhando.

— Como assim? Você acabou de dizer...

— Era mentira. Eu estava lá assistindo a um filme. A troco de nada. Só por diversão. Eu disse a todo mundo que estava trabalhando naquela noite. Só Nela sabia que eu não estava.

Começo a chorar ali no meio da rua. Magda me abraça, e sinto-a tremendo toda naquele vestido e naquele casaco finos.

— Você não sabia que seria aquele dia. Você não sabia.

— Eu devia saber.

— Ela provavelmente não iria querer você lá mesmo.

— Mesmo assim, eu devia estar lá. Quisesse ela ou não.

Sinto Magda me abraçar com mais força. É incrível a intimidade que ganhamos.

Ouvimos um barulho atrás de nós, e ambas nos viramos. Há três deles, de onze ou doze anos no máximo. Têm um arsenal completo de garrafas PET, baldes, regadores e sacos de leite cheios de água, a boca bem fechada.

— Saiam daqui, seus babaquinhas — ruge Magda. — Não veem que não é hora para as suas brincadeirinhas idiotas?

Um dos sacos de leite cai aos nossos pés, a água respingando em nossas canelas.

— Merda.

— Corra!

Corro vários quarteirões, as bocas molhadas do jeans endurecendo, as lágrimas geladas no rosto, o barulho dos saltos de Magda atrás de mim. Na noite do Réveillon, eu tinha a sensação de estar correndo em direção a alguma coisa, mas agora estou fugindo. Corro, corro até meus pulmões não doerem mais, até o sal secar e pinicar meu rosto. Ouço os passos e a voz de Magda bem lá atrás, e paro. A rua está calma, com a luz aquecendo as janelas nos apartamentos acima.

— Acho que os despistamos — diz Magda. Ela está toda ensopada e ofegante.

— Eles pegaram você mesmo.

— Você está bem? — pergunta ela.

Faço que sim com a cabeça.

— Quer ir para casa?

— Vou ficar bem.

— Tem certeza?

— Tenho.

Acho que ela está aliviada. Encontramos o endereço certo. Estamos as duas um lixo; eu, limpando o rosto e o nariz com as costas da luva, Magda tentando limpar a maquiagem e afofar o cabelo, que já está todo respingado.

Antes mesmo de batermos, Sebastian abre a porta, como se estivesse observando da janela.

— Śmigus Dyngus — diz ele.

— Śmigus Dyngus.

— Parece que alguém foi śmigus-dyngusado vindo para cá. — E ri.

Chegamos cedíssimo. O apartamento está vazio, a não ser por algumas vozes na outra sala, e Sebastian nos leva ao banheiro e nos oferece toalhas felpudas de um rack embutido. É um banheiro ocidental — o vaso, a pia e a banheira todos no mesmo ambiente — enorme e recém-remontado com azulejos creme e cromados.

Limpamo-nos um pouco, e eu me sinto relaxada e meio cansada depois de chorar. Sebastian volta com bebidas e nos leva para conhecer o resto do apartamento. É o dobro do apartamento na Bytomska, e vejo que também impressiona Magda, que tenta conter o espanto enquanto andamos pelos ambientes e vemos os assoalhos reluzentes, as camas ocidentais, o mobiliário claro sueco e o computador.

— O que é aquilo? — pergunto, apontando para a máquina ao lado do computador.

— É um aparelho de fax. Basta você botar uma folha de papel aqui, discar um número e ela sai em outro aparelho de fax em qualquer lugar do mundo.

— *Niesamowite.*

— É mesmo. É verdade. — Ele sorri.

— Alguma vez na vida você já viu algo parecido? — pergunto a Magda.

Depois do exercício na rua, sinto uma onda de alívio me relaxando os nervos agora, e tudo que chega a eles parece leve e simples e descontraído.

— Claro — diz Magda, mas sei que ela está mentindo.
— É do meu colega de quarto.
— Tomek?
— Aham.
— O que ele faz?
— Ele é *biznesmen*.
— Que tipo de negócio?

Sebastian encolhe os ombros e ri.

— Nada de tão interessante para ser assunto de conversa.

A cozinha também é recém-remontada, com uma grande ilha no meio. Sebastian nos apresenta a algumas moças que estão sentadas em bancos na frente da bancada, e uma delas fecha a cara para Magda e para mim.

— E vocês se lembram de Tomek do Réveillon.

Tomek está numa cadeira mais afastada, com uma garota sentada no colo. Eles estão se olhando nos olhos, completamente imóveis.

— Posições tântricas com roupa — diz Sebastian. — Finjam que não veem.

Magda ergue as sobrancelhas.

— Eu sei — diz ele. — Experimente *morar* aqui.

— Sebastian, meu amor — chama uma das garotas da ilha. É uma morena com os olhos em forma de contas e nariz arrebitado. — Preciso de mais uma bebida.

— Com certeza, Pani — diz ele com uma mesura, e pega o copo.

— Acha que aquela morena na cozinha era a namorada dele? — diz Magda baixinho.

É quase meia-noite, e estamos sentadas na cama ocidental num dos quartos. Sinto-me relaxada e desperta depois de alguns copos, mas Magda está emburrada. A maioria das outras pessoas da festa é da Jagiellonian ou da Academia de Metalurgia e Mineração, e todas parecem se conhecer. O apartamento encheu desde que chegamos, e Sebastian não parou um minuto, servindo bebidas e buscando toalhas limpas para quem chega ensopado.

— Não. Definitivamente não. Viu como ele olhou para ela? "Com certeza, Pani." Você não diria isso para uma namorada. Não para uma de quem você gostasse mesmo.

Magda toca no cabelo encrespado.

— Eu estou bem?

— Está ótima — digo-lhe.

Mas, na verdade, ela está completamente deslocada com aquele vestido e aqueles saltos. O resto das pessoas na festa está de jeans e suéteres volumosos e sapatos grossos de sola de borracha que foram populares durante todo o inverno.

— Tem certeza?

— Tenho.

— Mas ele não olhou para minha cara duas vezes a noite inteira.

— Ele só está ocupado. Tenho certeza de que ele está por aí.

Quando ele acaba reaparecendo, Magda senta-se direito, já sem o menor vestígio de constrangimento.

— Está gostando da festa?

Ele se senta na beirada da cama ao lado de Magda.

— Acabou de melhorar — diz Magda, e se vira para ele.

— E você?

Ele olha para mim. Tem os olhos mais lindos do mundo, da cor da madeira com anos de cera e lustre.

— É incrível a quantidade de gente aqui.

— Você não tinha festas assim na aldeia?

— Você tinha?

Ele ri.

— As únicas festas que já tivemos foram Darek Wesołowski e eu escondidos atrás da igreja bebendo *bimber*.

— Você era aquele garoto.

— Eu era aquele garoto.

E começamos a falar de nossas aldeias. A dele tem mineiros de carvão em vez de *górale*, mas, enquanto conversamos, descobrimos que também há um Pan Cywilski na aldeia de Sebastian. Um tio Jakub. Uma Pani Wzwolenska. Um Pan Romek. E é reconfortante falar sobre eles, como se eles e Nela estivessem reunidos mais uma vez a minha volta.

Magda me olha fixamente enquanto falo. Vejo que ela está ficando impaciente, cruzando e descruzando as pernas. Levanto-me.

— Acho que vou visitar o banheiro.

— Visitar o banheiro? — Ele me olha de maneira estranha.

— Pode ser?

— Claro. Vou com você.

— Tenho certeza de que encontro sozinha.

— Eu levo você.

— Não precisa.

Sinto Magda espumando, e não quero me virar para ver a cara dela. Sebastian me leva para o corredor. Bate na porta do banheiro e grita para quem estiver lá dentro que abra a porta. Ele me faz entrar e bate a porta, e, por uma fração de segundo, fico chocada, até perceber que há mais cinco pessoas ali, sentadas na borda da banheira e na tampa do vaso, e aí, torno a ficar chocada. O ar é doce e gorduroso, custo um pouco a me dar conta do que está acontecendo.

— Era *isso* que você quis dizer, certo?

Faço que sim com a cabeça. Não consigo dizer a ele que só queria ir ao banheiro. Ele é bem mais alto do que eu, e sinto o seu calor ali ao meu lado. Olho em volta e vejo os outros me olhando, e lembro o que Irena disse, que *głupstwa są najpiękniesze*, e me pergunto se esta é uma das bobagens de que vou me lembrar um dia e achar graça. Uma das garotas dividindo a tampa do vaso começa a rir às gargalhadas, como se tivesse acabado de ler meu pensamento.

Sebastian se abaixa, e sua cara está bem pertinho da minha. Sinto o perfume da colônia dele misturado com a fumaça, e ele tem cheiro de um verdadeiro *chłopisko*, como se tivesse acabado de rachar lenha ou atravessar um riacho com uma criança no colo.

— Já fumou antes?

— Claro.

Sebastian estala a língua, e dois garotos na borda da banheira se levantam. Sentamo-nos e ele saca um cachimbo do bolso e o enche generosamente de *trawa*, apertando a erva com o polegar. Franze a boca em volta do bocal, acende o fornilho e dá várias pitadas curtas e rápidas. É um belo cachimbo, meticulosamente entalhado, e o fornilho brilha incandescente. Ele tapa o bocal com o polegar e passa-o para mim.

Mal sinto a fumaça descer, e ela pousa suavemente em meus pulmões. Depois de algumas pitadas, sinto que isto me faz levitar e virar pelo avesso e percebo que fico cada vez mais concentrada, como se meus pensamentos fossem a única coisa dotada de gravidade nesse lugar.

— Bom, não é? Forte.

Faço que sim. A voz dele parece um dos anúncios de televisão, e eu rio.

— O quê?

Ele me dá uma beliscadinha do lado. Dá umas pitadas também, e torna a me passar o cachimbo. Um dos garotos no chão está contando uma história que dá voltas e voltas sem ter um fim à vista, e os outros o interrompem a toda hora. As duas garotas na tampa do vaso sanitário me olham e cochicham.

Chego para frente, ficando com a boca a alguns centímetros do ouvido de Sebastian, tão perto que sinto o istmo de ar entre nós desmoronar e cair no mar.

— Quer saber a verdade?

— Quero.

— É o banheiro mais lindo que já vi na vida.

Ele ri.

— Eu também.

— Posso lhe dizer mais um coisa?

— Sim — ele sussurra.

Chega mais perto, e sinto sua coxa comprimindo a minha, seu cabelo roçando no meu.

— Eu só queria ir ao banheiro.

Rimos tanto que eu quase escorrego para dentro da banheira. Ele me apara com o braço, e quando nos levantamos, o braço dele continua em volta do meu ombro, e tenho que me controlar para não deixar o meu ir subindo e agarrar a cintura dele.

— Você devia ter dito. Há banheiros públicos no pátio para isso.

— Eu devo lhe lembrar terrivelmente o motivo de você ter saído da aldeia — digo.

O braço dele me envolve.

— Talvez do que eu sinto falta.

Ele sorri para mim, e, por um momento, acho que ele poderia tentar me beijar. Mas penso em Magda, e me esquivo do seu abraço.

— Quer que eu a leve lá embaixo no pátio?

Faço que não com a cabeça. A *trawa* borbulha nas minhas veias, me faz levitar, e eu me esforço para ficar de novo com os pés no chão.

— Eu encontro. Vá ver como está Magda para mim, sim?

Os banheiros públicos no pátio são escuros e sem aquecimento, e dá para eu ver a minha respiração. O espelho em cima da pia está manchado, a prata comida nos cantos, e fico parada diante dele um bom tempo, vendo o bafo sair da minha boca. Inicio um concurso comigo mesma, tentando soltar uma baforada maior que a outra até ver que estou sem fôlego, arfando para o meu reflexo. Rio, e a garota no espelho também ri. Mas ela só parece ser vagamente familiar, e eu tento puxar de volta a minha cara, perdida em algum canto ali atrás do espelho. Contraio as feições e franzo o cenho e fico mais parecida com a Baba Yaga dos contos de fada. Viro de perfil, abaixo o queixo e faço boca de estrela de Hollywood. Olho no espelho velho e tento ver a garotinha que Nela via. Tento ver o que Tadeusz viu. O que Irena vê. Magda. E Sebastian? Por que está interessado em mim? Por que está interessado em mim e não em Magda, nem na morena da cozinha, nem em nenhuma outra garota da festa? E estará interessado em mim, ou será que eu simplesmente lhe lembro a aldeia, ou ele só está alto? E por que sinto isso por ele? Será que gostaria tanto dele se Magda não se derretesse por ele? Será que não sou boa amiga, ou essas coisas simplesmente acontecem? Como vim de lá para cá? Tento libertar meus pensamentos da teia da *trawa* lançada em cima de mim. Será que tenho que ser a bruxa ou a estrela, a heroína ou a vilã, a protagonista ou a coadjuvante?

Não sei quanto tempo fico parada no banheiro.

— Por onde você andou? — pergunta Magda. Ela está emburrada num dos sofás da sala, observando um rapaz na outra ponta da sala dançar um tipo de dança russa ou judaica à base de pernadas. Tomek e a namorada estão no sofá em frente com uma caixa de fósforos, acendendo um por um e os apagando com as pontas dos dedos.

— No banheiro. Eu disse a Sebastian para vir ver como você estava.
— Bem, ele não veio.
— Não veio?
— Vamos — diz ela. — Estou exausta. Vamos embora.
— Mas e Sebastian?

Ela faz um gesto de desdém com a mão.

— Mal falei com ele a noite inteira. Se formos embora, pelo menos será uma boa desculpa para eu procurá-lo e me despedir.

Ficamos um bom tempo à cata dele, mas ao que parece ele tornou a se meter no banheiro; portanto, acabamos simplesmente indo embora. Voltamos pelo mesmo caminho que viemos, pela rua Joseph e pela Starowiślna, as ruas e as calçadas desertas, os garotinhos e seus baldes em segurança dentro de casa até o próximo ano. As luzes dos postes já estão apagadas, os bondes pararam de circular, e Magda vai tiritando com aquele vestido e aquela sandália.

— Que total desperdício — diz ela, e a ponta de seu cigarro ilumina a escuridão.

Quando chegamos em casa, Magda vai direto para cama. Bato no painel translúcido da porta da sala para dar boa-noite a Irena.

— *Chodź* — grita ela.

Está ao telefone, os pés calçados de meias apoiados na mesa de centro. Está com a saia de lã verde-escura e a blusa de seda verde-clara, e, maquiada, parece, pelo menos, cinco anos mais moça.

— Você acredita que ele a deixou por Zofia? — diz. — E que ela foi à festa assim mesmo... Eu sei, mas você poderia algum dia... três filhos, você pode imaginar?

Ela me olha e sorri. Ainda é estranho ouvi-la fofocar. Estou acostumada a ouvi-la falando de pensões e pobreza, de comunistas e ex-comunistas e dos capitalistas de *pieprzone*.

— Basia, tenho que desligar. Já é muito tarde... sim, sim, semana que vem... tudo bem, a gente se vê então.

Ela me entrega o fone, e eu o ponho no gancho para ela, depois de desembaraçar o fio.

— Cadê Magda?

— Foi direto para cama.

— Embriagada?

— De um garoto.

— Ela não transou com ninguém, transou?

— Não, nada disso.

— Por que você está com cheiro de *trawa*?

— Tinha na festa.

— Magda fumou?

— Não.

— Jura?

— Juro.

Irena pega o chá e dá um gole.

— Era minha amiga, Basia — diz. — Fomos a uma festa budista hoje em Wieliczka.

— Budistas?

— Você sabe — diz ela, juntando as mãos na frente do corpo, revirando os olhos. — Hiya, hamyey, hiya, hamyey, bah, bah, bamyey, bah, bah, bamyey...

— Eu sei, eu sei. Mas em Wieliczka?

Irena encolhe os ombros.

— É um mundo novo. Enfim, Basia diz que conhece uma pessoa no Instituto Pedagógico se a geografia não der certo.

— Obrigada.

— Sua voz não está muito animada.

— Eu só estou cansada. — Sorrio. — Muita *głupstwa* hoje à noite. Ela ri.

— Baba Yaga, se alguém pode estar precisando de um pouco mais de *głupstwa* é você.

37
A gota d'água

NA SALA PRINCIPAL do apartamento comunitário na praça do Bispo moravam dois irmãos de Bielsko-Biała com suas mulheres. A mulher do irmão mais velho era a mais bonitinha das duas. Seu nome era Bożena, e ela era do monte de escombros que um dia foi Varsóvia, de modo que estava gratíssima por ter um fogão para cozinhar e um marido tão apaixonado por ela e tão fiel que não tinha cabeça para quase mais nada. Os cinco habitantes da Meia-Aldeia se davam bem com o irmão mais velho e Bożena, e, em seu relacionamento, havia aquelas gentilezas e atenções indispensáveis à convivência de nove pessoas dividindo um vaso sanitário. O irmão mais moço, por outro lado, era careca e agressivo, e sua mulher, uma baixinha de nariz arrebitado chamada Gosia, achava que era seu dever conjugal transferir a agressividade dele para o resto do mundo.

Primeiro, Gosia tentou estabelecer sua autoridade na casa junto aos habitantes da Meia-Aldeia fazendo-se passar por uma grande dama de Cracóvia, pontificando sobre como eram as coisas antes da guerra, antes da tomada do poder pelos nazistas e depois pelos enxames de refugiados. Mas um dia, quando ela estava no meio de uma história sobre Jan Matejko e Stanisław Wyspiański e o mural em Jama Michalika, Bożena inocentemente exclamou nunca ter sabido que a concunhada já morara em Cracóvia, e Gosia foi obrigada a confessar timidamente que nascera e fora criada numa aldeia modesta ao lado de Bielsko-Biała. Depois disso, ela passou uma semana tentando se fazer passar por membro de uma família proprietária de terras, terras essas das quais a família foi trágica e injustamente espoliada, à maneira dos romances do século XIX, mas seu nome de solteira e seus modos não sustentavam a trama, e ela não demorou a perder o ímpeto de contar a história. Com o passar do tempo, quando ela já nem se achava mais tão superior aos companheiros de apartamento, e as outras três mulheres ficavam mais íntimas, ela começou a procurar qualquer coisa, primeiro tentando valorizar suas ligações — impossível quando se tinha o Pombo por perto —, depois seus encantos — risíveis ao lado de uma verdadeira beldade como Anielica —, depois sua inteligência e seu espírito, o que suas reservas rasas não conseguiram sustentar por muito tempo.

No fim, só restou uma coisa para usar. Foi surgindo aos poucos, quase imperceptivelmente a princípio, encaixada nas conversas com as outras duas mulheres enquanto Marysia estava na rua com Irenka. Primeiro eram só suspiros e sussurros, depois reclamações, depois resmungos mais audíveis sobre "umas pessoas". Como *umas pessoas* não disciplinavam os filhos, como *umas pessoas* sempre tiravam o corpo fora na hora de trabalhar no apartamento, como *umas pessoas* usavam o sabonete dos *outros*, merecendo ir direto para o inferno por furtos insignificantes, como *umas pessoas* não limpavam suas escovas de cabelo, nem escovavam os dentes, nem mudavam a roupa de cama com a periodicidade suficiente. Como *umas pessoas* só deveriam se casar com *umas pessoas* e *outras pessoas* só deveriam se casar com *outras pessoas*. Estava claro que ela falava de Marysia, mas Marysia, sempre enxergando o melhor nos outros, nunca notava, mesmo quando estava na sala. E Anielica nunca lhe contou.

Não contou que Irenka perguntara por que seus avós haviam matado Jesus, nem que flagrara Gosia no balcão que dividiam espiando pela janela enquanto Władysław Jagiełło se vestia. Não lhe contou que as *umas pessoas* de Gosia também eram as *umas pessoas* de Hitler, os mesmos seis milhões de *umas pessoas* que haviam morrido nas câmaras de gás ou incineradores, separadas dos irmãos, obrigadas a ir para porões com os ratos e, afinal, autorizadas generosamente a deixar sua terra natal com destino a países com os "o" cortados.

Mas, ao proteger a cunhada, Anielica tinha que aguentar o grosso do ataque todos os dias, então recorreu à estratégia que eles haviam usado contra os nazistas. Aja como se. Aja como se não os visse, e eles não existiam. Aja como se não entendesse a língua deles, e eles se transformavam em idiotas falando à toa. Aja como se não sentisse Hauptmann Schwein ou seu lacaio em cima de você quando você fazia amor com seu marido, e as imagens murchavam imediatamente. Não é? E assim Anielica perseverou no silêncio, que ela via como uma diplomacia necessária à sobrevivência, mas que Gosia do nariz em pé erroneamente interpretava como consentimento ou concordância. Quando o verão terminou, Gosia começou a falar mais diretamente, afiando as palavras na pedra da maldade, porque, no fundo, ela estava procurando substituir os habitantes da Meia-Aldeia por outro casal que eles conheciam de Bielsko-Biała.

— É um milagre como *umas pessoas* são colocadas tão depressa pelo departamento de habitação. Deve ser quase impossível se você nem é casada. E como se pode ser casada aos olhos de Deus se você é da raça que matou o filho Dele? Conhecemos um casal que está esperando há cinco ou seis meses, poloneses puros de quatro costados. Nem uma migalha de chalá entre eles, mas chegaram em março e continuam fazendo bicos, continuam dormindo em camas de campanha como ciganos, tudo porque *umas pessoas* ficam passando à frente deles na fila.

Anielica acabou falando com Pombo sobre isso numa das conversas que tinham noite adentro baixinho, e depois de dar voltas e voltas, eles finalmente concordaram que era tudo mentira, que Pombo era mais bem-relacionado que eles, que Bożena e o irmão mais velho continuavam solidários com eles, e que era mais fácil ignorar outros dois do que *załatwic* outra vaga na lista de habitação. E portanto a coisa continuou.

— *Umas pessoas* não sabem o seu lugar.

— *Umas pessoas* tentam dar um passo maior do que a perna.

— *Umas pessoas* deviam se considerar felizes por ainda estarem vivas.

Umas pessoas, de fato.

Ir ao Teatro Velho toda noite para confeccionar figurinos era a melhor parte do dia de Anielica. O teatro era perto da praça do Bispo, e ela e Marysia tinham tempo de passar em casa para uma ceia rápida e para botar Irenka na cama. Elas chegavam toda noite justo depois do espetáculo, quando os atores estavam indo para o Jama Michalika, e nos bastidores em meio ao cenário e aos acessórios, elas trabalhavam em paz durante três ou quatro horas em suas velhas máquinas de costura Singer.

Todas as noites, quando saíam de casa, era óbvio que Bożena queria ir com elas, que estava cansada de passar os fins de noite com a concunhada. Ela não tinha absolutamente nenhum talento para costura, mas as duas lhe ofereciam alguns złote do salário para repassar os trajes, a tarefa de que menos gostavam, e Bożena alegremente aceitava.

Anielica sempre falava com carinho daquelas noites nos bastidores do teatro, rindo e conversando. Bożena ficava na tábua de passar, cantando músicas da Velha Polônia a pedido das outras duas. Anielica ouvia, debruçada sobre o trabalho, e tentava imaginar as pessoas que haviam saqueado o armário dos figurinos durante a guerra, andando pelas ruas de corpetes e botas até o joelho e bombachas, confirmando a ideia dos alemães de que os poloneses eram primitivos e atrasados.

Com o passar dos meses, como os comunistas proibiam cada vez mais canções — alegavam ser subversivas —, as da Velha Polônia ficavam carregadas de significado, e na noite em que o ator que fazia o papel de Iago em *Otelo* voltou pela porta dos fundos para buscar um chapéu, elas quase desmaiaram de susto.

— Qual de vocês estava cantando? — perguntou ele, surgindo de repente de trás de uma arara de figurinos. — Alguém estava cantando "Corre, Vístula, Corre".

As três mulheres ficaram paralisadas, e Bożena olhou para as outras duas antes de responder.

— Era eu — disse ela numa voz quase inaudível.

Elas prenderam a respiração, esperando que ele a denunciasse, mas, em vez disso, ele começou a elogiar a voz dela, chamando-a de canto de sabiá, esvoaçar de asas de anjo, e outras banalidades que soavam estranhas vindo da boca de um homem que elas só haviam ouvido recitando Shakespeare. Não obstante, na semana seguinte, Bożena se viu cantando para uma pequena plateia de outros atores que havia esticado o programa depois do café, e falou-se em incorporá-la a um cabaré novo que estava sendo planejado.

Gosia sempre dava um jeito de estar limpando alguma coisa quando elas voltavam à noite, como se para mostrar que, enquanto as três estavam na rua meramente se divertindo, ela estava fazendo por elas o que precisava ser feito. Sentia bastante inveja quando elas lhe contavam sobre a confecção de figurinos, e ficava com um ciúme incrível sempre que elas mencionavam ter visto este ou aquele ator, mas ouvir que Bożena fora convidada para cantar na frente de uma plateia foi demais, e novas rugas se formaram em sua testa e ao redor de sua boca.

— Ela estava cantando para os atores?

— Estava, não é maravilhoso? — disse Marysia entusiasmada, esperando que Gosia ficasse feliz por Bożena.

— Canções subversivas?

— Bem, quem diz que são subversivas? — protestou Anielica. — Não houve decreto oficial.

Gosia enrubesceu, e, naquele momento, era difícil ver o que até mesmo seu marido, homenzinho feio que era, via nela.

— *Isso* — disse ela. — *Isso* foi a gota d'água. Fui diplomata. Tratei vocês como membros da minha própria família, mas não tolerarei *isso*. Não permitirei que eles tornem minha concunhada uma inimiga do Estado. Uma coisa é *umas pessoas* se escandalizarem, mas, quando elas começam a corromper *as outras pessoas*, aí é outra história. Acham que não sabemos quem vocês são? Que seus maridos são mercenários? Acham que não sabemos que *ela* é judia? Onde isso vai acabar? Quem vai mantê-los na linha agora?

Ela teria batido a porta se fosse possível, mas, num apartamento comunitário, é difícil achar uma porta para bater, uma saída dramática para fazer, a menos que você queira ficar trancada do lado de fora. Em vez disso, Gosia sentou-se no seu colchão e cruzou os braços numa atitude de desafio.

As outras três se entreolharam. Todas elas, até mesmo Marysia, haviam completado a frase de Gosia mentalmente. *Agora*. Agora que Hitler era apenas uma massa negra e pegajosa de cinzas e suas ideias haviam sido varridas para baixo do tapete da história. Agora que os campos estavam fechados e os *Kommandanten* estavam sendo caçados e enviados para Nuremberg.

Foram todas se deitar aflitas naquela noite e, mesmo quando os homens voltaram e o sol nasceu, a película gordurosa das palavras de Gosia permanecia grudada em tudo no apartamento. As três não podiam comer, nem fazer faxina, nem se lavar sem ser lembradas, e a película parecia se espalhar, cobrindo as lâmpadas e as janelas do apartamento e, a cada dia, parecia que o sol nascia um pouco mais tarde e se punha um pouco mais cedo, as sombras dos habitantes se ampliavam, e suas olheiras ficavam mais pronunciadas.

38
O Triângulo das Bermudas

A PRIMAVERA CHEGA em forma de progresso. Um McDonald's é inaugurado no final da rua Floriańska. Um novo bar chamado Raio X aparece embaixo do escritório da DentAmerica — o primeiro bar a permanecer aberto depois de duas da manhã. Surge o pequeno Fiat em forma de bolha, fazendo todos os outros pequenos Fiats na rua parecerem caixotes. O centro cultural japonês à beira do Vístula tem sua inauguração grandiosa, as pessoas começam a falar baixinho sobre sushi e ramen e outras comidas exóticas. Notícias de cada desdobramento disseminam-se rapidamente pela cidade e monopolizam as conversas fiadas quando o tempo se estabiliza e fica cinzento.

Gosto das *frytki* do McDonald's. Acho que o novo Fiat, o centro cultural japonês e as cabines telefônicas amarelas têm um visual simpático. Limpo. Moderno. Ocidental. Mas o tempo passa, e eu continuo relutante, fazendo corpo mole. Já posso sentir os ruídos surdos da prova de geografia dali a meses, e, sempre que penso nisso, tenho um sentimento de inevitabilidade e irreversibilidade. Ou hei de passar e ser uma geógrafa, seja lá o que isso for, ou hei de ser reprovada e cair no desconhecido. Eu me pergunto o que Nela diria. Me pergunto se a prova de geografia é o que ela imaginou para mim ou se ela está me olhando de cima, com um sorriso triste de resignação e decepção. Faz um ano que ela morreu. Quando cheguei, eu a sentia comigo todos os dias, guiando-me pelas ruas de que falamos tantas vezes. Mas agora que as ruas estão mudando, minha lembrança dela também está se esfacelando. Agora, para recordar seu rosto, tenho que evocar cada traço individualmente e colar todos eles para formar um todo, que só dura alguns segundos fugazes. Tento pegar o exemplar de *Germinal* e ouvir a voz dela lendo-o para mim, mas só há um tom monocórdio aborrecido, como o do locutor que dubla todas as vozes nos programas de televisão estrangeiros.

Mas naturalmente, quando se chega tão longe não se pode recuar. O futuro promissor está esperando junto ao meio-fio, tocando rap americano e techno europeu aos berros no estéreo, e todo mundo a minha volta parece já ter sido seduzido. Magda começa a falar em quando puder ganhar um salário, comprar seu próprio apartamento e se mudar. Stash está pensando em reformar a boate. Irena começa a frequentar cafés como se fosse nada. Até Kinga progrediu, embora continue amarga em relação à Inglaterra, como se o país inteiro a tivesse abandonado por uma mulher mais jovem. Seu novo amigo é polonês, com pelo menos o dobro da nossa idade, e tem um bigode retorcido e uma aba de cabelo preto arroxeado emplastrado no alto da cabeça como uma lona.

— Quem é ele? — pergunto-lhe.

— Só um amigo.

Ela franze o nariz, e em sua pele clara surgem listras rosadinhas, mas ela não explica. Às vezes, ele passa horas no bar observando-a sem dizer uma palavra, mas sempre espera por ela no fim da noite, e os dois sempre saem juntos.

— Quem é ele? — pergunto a Magda um domingo à tarde enquanto esperamos Irena terminar de fazer o jantar.

— Faça o que quiser, mas não pergunte a ela.

— Já perguntei.

— Já perguntou?

— Por quê?

Magda ri.

— *Por quê?* Ele é o patrocinador dela, por isso.

— Patrocinador?

Magda ergue as sobrancelhas como quem sabe das coisas.

— *Quem* tem um patrocinador? — pergunta Irena da cozinha.

— Eu — responde Magda.

— Bem, minha filha, não deixe de dizer a seu patrocinador que precisamos de um novo televisor. O velho já deu o que tinha que dar. Com TV a cabo. Não se esqueça da TV a cabo.

Quando o tempo esquenta, as fundações da cidade se mexem e derretem embaixo de mim, e sinto saudade do chão congelado que mantinha tudo hibernando. Desejo os porões enfumaçados e os cortinados pesados que durante todos os invernos conseguiram prender a inércia e a camaradagem; quando o frio abranda, as pessoas fogem de casa e de seus bares no subsolo e se dispersam.

Atribuo a essa reorganização o fato de Sebastian parar de vir ao Stash's e começar a aparecer em todos os outros lugares — na livraria da rua Pombo, no Kino Mikro, no parque, na Rynek. Toda vez, eu me sinto culpada, como se, de certa forma, eu o tivesse evocado, e é a culpa que me faz fingir não vê-lo, que me faz apressar o passo e olhar para o pulso como se eu tivesse um relógio e um lugar para estar. Quando ele chama meu nome na praça, é a culpa que me faz reagir como se eu estivesse admirada, como se eu não tivesse passado, no mínimo, uma parte de cada dia desde a festa de Śmigus Dyngus fantasiando estar com ele, como se ele não ocupasse uma mesa de canto em minha mente.

— Tem certeza de que ele não tem aparecido no Stash's? — pergunta Magda.

Faço que não com a cabeça.

— Embora eu o tenha visto na rua outro dia.

— Onde? Por que não me contou? Como você consegue vê-lo e eu não?

— Eu não sabia que você ainda estava interessada nele.

— Bem, eu não vou abrir mão do destino tão facilmente assim. Mesmo que ele seja cruel. Onde ele estava exatamente?

— Na Rynek. Bem ao lado do Plac Szczepański.

Começo a relatar tudo a ela, e a culpa diminui. Começo a lhe contar os detalhes de cada encontro, e ela os engole vorazmente como faz um dos pombos na praça do mercado. Conto-lhe quando e onde o vejo, como ele está vestido, o que ele diz, que aparência tem. As únicas coisas que guardo só para mim são os detalhes mais ínfimos, mais insignificantes — o frio que sinto na barriga, meu sorriso nervoso enquanto estamos parados conversando pertinho um do outro, meu prazer secreto ao vê-lo.

Há uns poucos dias em minha vida que eu quero apagar ou jogar fora, ou voltar atrás e tomar impulso para pular por cima como eu saltava as cachoeiras de água da chuva ou do degelo quando descia para Pisarowice. Um deles vem disfarçado de uma segunda-feira normal em meados de maio. Estou sentada no Elefante Cor-de-Rosa lendo, esperando a hora em que eu teria que encontrar Magda na Rynek para estudar. O Elefante Cor-de-Rosa está apinhado; as palestras vespertinas acabaram de terminar, e estou numa das mesas compridas no fundo, onde dez pessoas já sentaram e levantaram sem me distrair da minha leitura.

— Então, acabei de ouvir uma boa piada. — Ergo os olhos. Sebastian põe a xícara e o pires em frente a mim do outro lado da mesa. Vira a cadeira de costas e monta nela como se fosse um cavalo. Pulando até as brincadeiras de praxe, ele começa. — Então, tem um navio polonês navegando no Báltico, e eles pegam um submarino no radar.

— Sabe, eu *estou* tentando estudar.

— E o capitão manda lá embaixo o jovem recruta Leszek ver que tipo de submarino é. Então Leszek vai lá, volta, e diz: "É um submarino americano, senhor." "Bom, como você pode saber?", pergunta o capitão, e Leszek diz: "Porque tinha uma bandeira americana no costado e os alto-falantes estavam tocando o hino americano."

— Estou falando sério, Sebastian. Vou ser reprovada no vestibular e vai ser por sua culpa.

Ele sorri.

— Você não quer estudar geografia mesmo... então, eles continuam navegando e entram em contato com outro submarino, e mandam de novo o pobre Leszek lá embaixo, e ele volta e diz: "É um submarino norueguês." "Como você sabe?" "Porque estão tocando o hino norueguês e tem uma bandeira norueguesa grande pintada no costado."

Sorrio. Ele está muito sério e animado, mostrando com um gesto cada vez que Leszek vai lá embaixo e volta.

— E continuam navegando até que entram em contato com outro submarino. Então eles dizem ao pobre Leszek para tornar a ir lá embaixo, e Leszek vai e volta e diz: "Senhor, é um submarino soviético." "Deixe-me adivinhar... porque tinham a bandeira soviética no costado e tocavam o hino soviético?"

Sebastian está usando uma jaqueta de brim por cima de um blusão de moletom com capuz, e, com aqueles dentes perfeitos, quase parece um americano.

— "Não." — Os olhos dele estão iluminados, e ele abre um sorriso largo. — "Porque eu bati na porta e eles abriram."

É assim que começa a tarde, com uma piada.

— Eu já volto — diz ele, desmontando da cadeira. — Não saia daí.

Tento me concentrar no livro de história de novo, mas quando ele volta, continuo no mesmo parágrafo, relendo-o, tentando fazer as palavras se alinharem em algum tipo de ordem.

— Agora não é apenas um encontro casual — diz ele.

Ele fez o livro de bandeja, de onde tira outra xícara de café, o recipiente com creme e um açucareiro, que ele afanou do balcão.

— Eu não sabia com quantas colheres você adoça. Você gosta de café, não gosta?

— Isso é suborno, sabe.

— Eu sei.

Ele sorri, fica esperando enquanto me sirvo de açúcar, e leva o açucareiro de volta para o bar. Quando volta, vira a cadeira e se senta. Estica a mão e fecha meu livro.

— Eu estava lendo isso.

— Bem, então não adianta, porque você continua na mesma página que estava quando fui pegar o café.

Minha cara queima de vergonha.

— Acho que você nunca estuda para suas aulas.

Ele encolhe os ombros, e delicadamente vira meu livro e dá uma olhada no título.

— Eu não sou bem um estudante. Oficialmente.

— Como assim?

— É uma longa história. Basicamente, apenas assisto às palestras, pego as listas com a bibliografia recomendada, esse tipo de coisa.

— O que você faz, então, se não é estudante?

— Trabalho para Tomek.

— Que tipo de trabalho?

Ele dá um sorriso irônico.

— Acho que é assim na Nova Polônia, hein? Sempre o que você faz? Quanto ganha? Tem videocassete?

— Eu não quis dizer isso.

— Só estou implicando.

— Porque não está a fim de responder à pergunta.

— Você me pegou.

Ele dá um gole no café.

— Por que você disse que eu não queria ser geógrafa?

Ele encolhe os ombros.

— É óbvio. Você nunca fala no assunto. Sua amiga, Magda, por exemplo, dá para ver que ela quer mesmo ser promotora, mas você...

— Falando em Magda, devo encontrá-la daqui a dez minutos.

— Onde?

— No Adás.

Sebastian consulta o relógio.

— Pode ficar mais quinze. Ela tem que lhe conceder o *kwadrans akademicki*.

Eu hesito. E fica assim, na minha hesitação.

— Quer ouvir outra piada russa?

Em vez de piadas, falamos sobre como viemos para a cidade. Conto-lhe sobre minha chegada na porta de Irena com a carta dela na mão. Como ela não me perguntou nada sobre o que eu planejava fazer nem quanto tempo eu pretendia ficar; simplesmente pegou minhas malas e pôs a água do chá para ferver na chaleira. Ele me conta sobre sua chegada no último trem de Bielsko-Biała e sobre ter tido que passar a primeira noite na estação.

— Meus pais ainda não entendem por que eu quis sair da aldeia — diz Sebastian.

— Não?

— Meu pai está convencido de que gente de lugares grandes e gente de lugares pequenos nunca se entendem completamente.

— Acha que isso é verdade? — pergunto.

— Você acha?

— Às vezes.

— Às vezes sinto isso aqui também. E em Nova York, sempre. Meu Deus, você devia ver Nova York. Nova York é dez vezes Cracóvia. Mil vezes. Já estive lá cinco vezes, e sempre que vou, apesar de poder ver a cidade na minha frente, continuo não conseguindo nem *imaginar* quão grande ela é, quão acelerada. Entende o que quero dizer?

— Foi assim que me senti parada nas Aleje pela primeira vez. Levei dez minutos para arranjar coragem para atravessar.

Ele ri, e a gargalhada repercute em mim. Quando penso nos outros rapazes da minha idade, eles parecem grandes mas imaturos, seus corpos cheios da massa infantil que poderia um dia se transformar num homem. Mas com Sebastian, já há uma rigidez em seus músculos, uma segurança no seu jeito de andar. Ele mantém o olhar reto e firme do outro lado da mesa, e minha mente se liquefaz lenta e silenciosamente. As duas garotas na ponta da mesa olham. Elas estiveram o tempo todo nos lançando olhares furtivos, e sei que estão com ciúmes de mim, do que acham que eu tenho.

— Quero dizer, Nova York é quase como assistir a um desenho animado onde os desenhos saltam em cima de você. Você está atravessando a rua e quase é atropelado por aqueles táxis amarelos porque, na verdade, não acredita que o carro seja real, que seja feito de vidro e aço. Porque seu inconsciente fica lhe dizendo que é só uma imagem de um filme. E você se limita a contorná-lo com um sorriso idiota no rosto, sacudindo a cabeça o dia inteiro porque é engraçado. É *muito* engraçado. Toda vez que alguém diz algo como "Okay" ou "Wow!" ou "Have a nice day!", você acha que ele só está dizendo aquilo para entretê-lo, só porque você é turista e é o que espera que ele diga. Nossa, eu adoraria ver sua cara na primeira vez que você vir os arranha-céus lá.

Enrubesço.

Ele sorri. Cada vez que ele sorri, é como se estivesse abrindo um pouco mais a porta, empurrando-me para eu passar.

— *Cholera*. Esqueci completamente. — Levanto-me e jogo o livro na mochila. — Tenho que ir. Ela vai me matar.

Ele não se mexe.

— Diga que estava aqui comigo. Ela vai entender.

— Tenho que ir.

Ele se levanta.

— Vou com você. E se ela não estiver mais esperando, ajudo você com sua história.

Ele põe a mão com firmeza nas minhas costas, e, quando saímos na rua, uma rajada de vento bate em meu rosto como uma repreensão. Atravessamos a Planty e passamos a universidade. Em cima dos prédios a claridade vai virando lusco-fusco, e a Rynek está no mesmo estado de suspensão por que passa todas as noites. Metade das lojas tem as portas cerradas; um apartamento sim e outro não tem as persianas corridas. Os vendedores de flores já recolheram quase todas as mercadorias, e empurram lentamente suas carrocinhas para lá e para cá rumo à Sukiennice. Dois condutores de charrete fumam enquanto aguardam o caminhão para levar os cavalos.

— Espere aqui. Vou olhar a estátua.

Atravesso a Sukiennice para o Adaś. Para dizer a verdade, rezo para que ela não esteja mais me esperando. Examino as caras. Ela não está ali. Quando volto para o outro lado da praça, prendo a respiração, torcendo para não ouvi-la chamando meu nome. Sebastian está encostado na escadaria da Ratusz, pacientemente a minha espera.

— Nada de Magda?

— Nada.

Tento fazer uma voz decepcionada.

— Espere aqui — diz ele, e desaparece numa loja de esquina. Volta com um saco de papel.

— Vodca?

Ele abre um pouquinho o saco e deixa eu ver o que tem dentro. Pepsi.

— Vamos. Hora de trabalhar na sua história.

— Aonde vamos?

— É surpresa.

Passamos o Jama Michalika e vamos até o fim da rua Floriańska, onde as sombras dos adolescentes entram e saem como flechas no clarão fluorescente da iluminação do McDonald's. O local é tão limpo, tão claro, que é como se eles tivessem conseguido encontrar um jeito de empacotar a luz do dia, colocar-lhe uma etiqueta com um preço, e vendê-la acompanhando as *frytki*. Sebastian para e compra dois hambúrgueres enquanto aguardo-o na calçada com os adolescentes.

Quando volta, ele está sorrindo, e as meninas param a conversa um instante para olhar para ele.

— Aonde vamos?

— Você vai ver.

Ele pega minha mão e acompanhamos o muro da cidade até chegarmos a uma escadaria de pedra que há muito tempo foi isolada com correntes. Ele olha para ver se há algum policial por perto.

— Depressa — diz ele.

Segura os sacos com uma das mãos e me ajuda a pular a corrente com a outra. Meu coração dispara. Uma avó passando por ali nos lança um olhar de desaprovação mas não diz nada. Subimos a escada e nos escondemos nas sombras embaixo dos beirais de madeira, rindo, e tento imaginar Sebastian na sua aldeia, divertindo-se com os amigos. Encostamo-nos no muro áspero de pedra, os joelhos encolhidos no peito, exatamente como os soldados do rei e as damas de honra da rainha cinco séculos antes. Dividimos a Pepsi e comemos os hambúrgueres enrolados no papel, e Sebastian me conta sobre o muro da cidade e a família Czartoryski. A luz laranja vai sumindo do céu, as pedras esfriam, e continuamos conversando, só parando a conversa quando vemos um policial, ou uma avó ou um avô particularmente mal-encarados passar lá embaixo.

Não é como se eu não tivesse pensado em Magda. Ela não me saiu da cabeça a tarde inteira — suas sobrancelhas escuras como espadas cruzadas, suas mãos nos quadris, seus lábios mostrando sua desaprovação. Mas enquanto raciocino e justifico e vacilo mentalmente, enquanto minimizo a situação e dou desculpas e invento mentiras, o tempo avança. Sebastian e eu avançamos. Ele me puxa e eu me encosto nele. Seus braços longos me envolvem, ele me alisa os braços até os ombros e brinca com a penugem da minha nuca. Vira-me para ele, e apanha meu queixo na palma da mão. Então, me beija.

Estremeço.

— Está tudo bem?

Faço que sim com a cabeça. Ele se inclina para me beijar de novo, e nossos lábios se contraem e descontraem, se puxam e empurram enquanto seus dedos longos delineiam minhas maçãs do rosto, meu queixo, meu ombro. Tenho que interromper isso. Tenho que lhe contar sobre Magda. Tenho que lhe dizer que preciso ir embora. Tenho que lhe dizer alguma coisa, qualquer coisa, porque aí a gente estaria conversando e não se beijando, e você não pode trair a amiga se estiver só conversando. Mas algo me puxa para frente, exatamente como quando criança eu trepava nas árvores e sentia a copa balançando, os galhos finos e fracos no alto acenando para me chamar mesmo com os de baixo começando a ceder com o meu peso. Sinto o peito dele retumbando, ouço sua respiração engrossando em sua garganta. E aí me dou conta de que é o meu peito também. A minha respiração.

— Quem lhes dá o direito? — grita uma voz de homem, e eu me sobressalto. — Vocês! Aí em cima no muro.

Sebastian e eu nos soltamos e nos levantamos de um pulo, pegando depressa os papéis dos hambúrgueres e a garrafa vazia de Pepsi.

— Por aqui — diz Sebastian, e disparamos para a escada, descemos correndo e pulamos a corrente. Ele agarra minha mão e fugimos por um beco na rua São João. Encostamo-nos na parede, nossos pulmões puxando todo o ar que podem, nossos corações retumbando na pedra.

— Sabe de uma coisa? — diz Sebastian entre as arfadas. — Acho que nem era a polícia. Acho que era só um avô.

Rimos, e nossas vozes se entrelaçam e ecoam na passagem. Ele me agarra e me puxa, e nos encaixamos de novo com a maior facilidade, como se nossas mãos e nossos lábios se lembrassem dos seus lugares de uma vida anterior. Mas, de repente, parece que Magda está ali conosco no beco, fechando a cara, os braços cruzados no peito.

— Tenho mesmo que ir — digo.

— Não tem não — diz ele, e torna a me beijar.

— Tenho.

Afasto-me, e ele endireita minha gola e tira o cabelo dos meus olhos. Encaminhamo-nos para a estação de bonde ao lado do escritório da Lot Airlines encobertos pela escuridão. Ficamos parados ao lado do abrigo com as mãos nos bolsos, tímidos como se nunca tivéssemos nos tocado, como se a barreira invisível entre nós permanecesse, ainda esperando ser quebrada.

— Sabe, vamos ter outra festa este fim de semana. Pela Juvenalia. Quinta-feira.

Já ouço o bonde chiando nos trilhos, o cabo estalando no alto.

— Tenho que trabalhar na quinta-feira.

— Você pode vir depois.

— Tudo bem.

Minha cabeça está girando, pensando no que vou dizer a Magda. Fazemos tudo juntas e, se eu for sem ela, ela vai saber que estou escondendo alguma coisa.

— Só tudo bem?

Ele sorri para mim, divertido. O bonde para atrás de mim, e ouço as portas abrindo, passos descendo e subindo os degraus de aço. Quando me viro para entrar, ele me puxa e me dá um último beijo, um beijo que me faz ficar na ponta dos pés.

— Quinta-feira — diz ele quando estou entrando.

As portas fecham, o sino toca e as rodas começam a girar. Penso em Tadeusz, e tudo parece bobo agora — ficar de mãos dadas e beber suco de laranja, ver filmes, falar sobre sonhos e dar selinhos na boca. Nada desse realismo. Pela janela traseira, olho Sebastian ali parado no meio-fio, diminuindo, e meu corpo zumbe e estala junto com os cabos do bonde no alto, quinta-feira, quinta-feira, quinta-feira, até chegar em casa.

Magda está sentada de pernas cruzadas na cama, encostada na parede, uma pilha de livros do lado apoiando um cinzeiro e uma xícara de chá.

— Sinto muito, Magda.

Ela me fuzila com os olhos.

— Sinto muito. Eu estava estudando e simplesmente perdi a noção do tempo. E aí os *kwadrans akademicki* já tinham passado...

— Esperei meia hora.

— Sinto muito. Quando vi que horas eram, fui lá procurar você, mas você já não estava mais.

Ela ergue as sobrancelhas para mim. Depois, como se conseguisse ler a minha culpa, pergunta:

— Então, encontrou com Sebastian hoje?

Fico gelada. Receio que talvez ela ou até mesmo uma de suas amigas nos tenha visto saindo do Elefante Cor-de-Rosa, ou de mãos dadas em frente ao McDonald's, ou nos beijando no muro da cidade. Devemos ter cruzado com milhões de pessoas.

— Para dizer a verdade, encontrei com ele na estação do bonde. Quando eu vinha para casa.

Tento não falar aos trancos.

— Encontrou agora?

Ela pousa o livro e me olha friamente, desconfiada.

É incrível como o resto da história flui da minha língua, de forma suave e tranquilizadora, e eu me pergunto quando aprendi a mentir tão bem.

— Ele disse que vai ter uma festa quinta-feira à noite. Pela Juvenalia. Disse que eu não deixasse de convidar você. Eu disse que a gente tinha que trabalhar, mas ele insistiu que fôssemos depois.

— Ele me mencionou especificamente?

Faço que sim com a cabeça.

— Ele diz que sente muito não ter aparecido mais no Stash's ultimamente.

— É mesmo?

— Aham.
— Ele disse mesmo para você não deixar de me convidar?
— Aham.

Ela pula da cama e me agarra pelos ombros. Fico imóvel. Sebastian e eu estivemos tão juntos a tarde inteira que é impossível acreditar que ele não tenha deixado vestígio, que ela não consiga sentir seu cheiro em mim, as marcas dos seus dedos nos meus ombros, ver o seu reflexo na minha cara.

— Ai, meu Deus — diz ela. — Quinta-feira! Tenho tanta coisa para fazer antes. Tenho que pintar as unhas. Tenho que aparar a franja. Tenho que comprar uma roupa nova.

— Por que você não usa o vestido que usou na festa de Śmigus Dyngus? Seco, vai ter um visual diferente.

A frase sai mais áspera do que eu queria, e Magda me lança um olhar estranho. Pego um de seus livros e o folheio rapidamente. Finjo um bocejo e largo o livro.

— Desculpe. Estou cansada. Muito estudo. Acho que vou me deitar.
— Tudo bem.

Outro olhar estranho, e vou depressa para a segurança do meu quarto.

Quando Irena chega em casa, estou sentada na cama, relendo as mesmas páginas que estava lendo aquela tarde no Elefante Cor-de-Rosa. Ouço-a jogar as chaves na mesa do hall.

— Magda, apague esse cigarro imediatamente. Estou sentindo o cheiro do corredor.

— É isso que acontece quando você vai a festas e deixa os filhos em casa sem a supervisão de um adulto. Eles começam a fumar cigarros.

— Me admira você ir ao médico semana sim, semana não para fazer um exame ou outro, mas continuar insistindo em ter câncer de pulmão. Está um cheiro absolutamente *repugnante* aqui. Pelo menos, abra a janela.

Irena mete a cabeça no meu quarto.

— Ainda acordada?
— Já vou me deitar.
— Bem, então boa noite.
— Boa noite.

Ela para na porta.

— O que houve?

— Nada. Só estou cansada.

— Você mente muito mal.

Ela entra e se senta na cama. Também cheira a cigarro. Cigarro e perfume. Está usando umas calças cinzentas e um top preto decotado que deixa à mostra sua saboneteira.

— Você saiu com Stash hoje à noite?

— Saí.

— Divertiu-se?

— Não mude de assunto. O que houve?

— É você que está mudando de assunto.

— O que é? A prova? Um rapaz? — Ela para de repente. Um sorriso se insinua lentamente em seu rosto. — É isso, não é? *É* um rapaz. Recebeu uma carta de Tadeusz?

— Não.

— *Outro* rapaz então?

Quero lhe contar tudo nos mínimos detalhes: a onda de cabelos pretos que lhe cai na testa, o jeito como as pessoas nos olham quando passamos por elas na rua, o toque de seus dedos longos e quadrados, seu jeito de beijar, tão diferente do de um assassino. Quero sentir o nome dele rolando na minha boca, repetir nossa conversa literalmente, explicar como ele faz com que eu me sinta uma mulher e não uma bruxa de contos de fadas. Como se eu finalmente encontrasse o meu lugar.

Sorrio sem conseguir me controlar.

— Eu sabia! — diz ela triunfante. — Você *nunca* sobreviveria atrás das linhas inimigas.

— Obrigada.

— E ele sabe?

— Sabe o quê?

— Que só de pensar nele você não consegue deixar de sorrir assim?

Sinto um calafrio e puxo as cobertas até o pescoço como as pessoas fazem nos filmes americanos depois de transarem.

— Chega, Irena. Boa noite.

— Conte a ele — diz ela. — Se guardar seus sentimentos, vai ficar com câncer, septicemia emocional. Faz quase tanto mal quanto fumar.

— Ainda bem que você agora é uma especialista. Não vou deixar de agradecer a Stash.

Ela se levanta e alisa a frente da calça.

— Estamos falando de *você* agora. Conte a ele.

— Ele já sabe, eu acho.

— Eu acho, eu acho. A vida é muito curta para "eu acho"... conte a ele.

O que tenho que dizer? Que ele sabe, que eu sei, que a única que continua sem saber é Magda? Irena está parada na porta e sorri solidária, mas sei que apesar de toda sua solidariedade por mim, de todas as suas queixas em relação a Magda, de todo o sarcasmo que ainda há entre elas, uma filha ainda é uma filha, e uma prima da aldeia não passa disso.

— Vou contar — prometo, mas só falo isso para que ela vá embora.

— Sei que você só está falando isso para me fazer ir embora. Conte a ele.

39
A batida no meio do dia

Ela sabia. No íntimo, ela sabia que eles viriam. Já moravam na cidade havia pouco mais de um ano, e ela estava quase no terceiro mês de gravidez, sozinha em casa com o enjoo matinal. Todo mundo dizia que em breve isso acabaria, que ela deveria estar feliz porque significava que devia ser um menino, mas Anielica estava ficando cansada, tanto da revolta constante de seu corpo contra ela como da repugnância recíproca que ela sentia por seu corpo. Já antes da Batida, ela tinha asco de si mesma.

Quem nunca ouviu a Batida, quem nunca sentiu a Batida ecoando em suas têmporas ou ricocheteando em suas entranhas sempre diz que ela acontece no meio da noite, mas a verdade é que o meio da noite é só um eufemismo para quando menos se espera, e, sinceramente, a gente nunca espera isso. Anielica não pensou duas vezes naquela manhã quando abriu a porta, a boca azeda, o coração disparado, a vista turva, como um bicho selvagem acuado, procurando ou alívio ou alguém para culpar. E certamente o homem do outro lado da porta tinha um aspecto nada ameaçador. Era só uns dez anos mais velho, e usava sapatos de couro amassado e uma jaqueta marrom mal-cortada.

— Estou aqui para falar com Czesław Mrożek.

— Ele está no trabalho — murmurou Anielica, e começou a fechar a porta. Sentia o estômago embrulhado de novo.

— Então talvez você possa ajudar.

— Não quero comprar nada. O que quer que seja, não tenho dinheiro.

— Não estou vendendo nada. Só quero conferir uma informação com você.

— Eu me sentiria melhor se o senhor voltasse quando meu marido estivesse em casa.

Tentou de novo fechar a porta, mas ele a travou com o sapato.

— Só preciso conferir uma informação com você, Anielica.

Quando ele disse seu nome, ela recuou, e ele aproveitou a oportunidade para entrar no apartamento.

— Como acredito que acaba de confirmar, você é Anielica Hetmańska, agora Anielica Mrożek, casada com um Czesław Mrożek, também conhecido como Pombo. Vocês se casaram na Igreja do Santo Sepulcro aqui em Cracóvia, há uns quatro meses.

Ela ficou sem ar.

— Vocês moram aqui com seu irmão... chamado... Władysław Jagiełło? — Ele ergueu uma sobrancelha e continuou lendo o caderno. — ... que é casado com Marysia Holcman, uma judia étnica, embora não praticante, pelo menos ao que nós sabemos. Os pais dela são Jonasz e Judyta Holcman, que hoje residem em Rømø, Dinamarca.

— Quem é *nós*?

— Seu irmão e sua cunhada têm uma filha, Irenka, de cinco anos, que frequenta a Żłobek Número Dois no número um da rua Maio. Você está grávida do primeiro... — Olhou para ela. — Parabéns.

Ela não respondeu. Sua cabeça girava, e seu estômago acompanhava.

— Sua mãe é Maria Hetmańska, de solteira, Maria Kukla, nascida em 11 de dezembro de 1902, casada com Franciszek Hetmański em 4 de abril de 1919. Eles moram na aldeia de... Meia-Aldeia... aproximadamente a dez quilômetros de Osiek, na região de Nowosądeckie...

A sala começou a sufocá-la. Ela foi sentindo a pele esquentar e a boca ficar cheia de saliva.

— ...onde, em 22 de janeiro de 1945, um soldado russo, que estava ali para libertar a aldeia, foi morto a tiros por *partisans* que estariam lutando pelo Exército do País. Atualmente há quinze residentes na Meia-Aldeia: uma Pani Lubicz, que ficou viúva recentemente, uma Pani Epler, que também ficou viúva recentemente...

Ela sentiu uma ânsia de vômito. Correu para o banheiro e bateu a porta ao passar, precipitando-se para o vaso. Não deu tempo, e ela vomitou na borda e no chão. Sentou-se na borda da banheira, exausta, e colocou as mãos em concha embaixo da água, enxaguando o gosto acre da boca, jogando água fria na cara, deixando a água escorrer nos pulsos. Quando fechou a água, ouviu o homem andando pelo apartamento, o assoalho rangendo sob seus pés. Esse homem que ela nunca vira antes estava de repente se colocando à vontade na vida deles, em seu presente e em seu passado. Dependia dela evitar que ele entrasse furtivamente em seu futuro.

Ela se levantou e ficou se olhando no pequeno espelho que Pombo colocara para ela na parede. Ela não queria se reconhecer. No último mês, sentira asco do próprio corpo, da moleza, do inchaço e das cólicas, e a cara ali olhando para ela era feia, inchada, com os lábios pálidos, o cabelo molhado grudado na testa. Ela sabia o que precisava fazer e começou a fazer, do princípio ao fim, como sempre fizera tantas outras coisas nos últimos seis anos. Tirou o pano de chão que estava debaixo da banheira e limpou a sujeira, enxaguou o pano e jogou a água suja pelo ralo, e quando acabou com o chão, foi se limpar com a mesma indiferença, os mesmos movimentos mecânicos de qualquer outra tarefa mecânica. Escovou os dentes e puxou o cabelo para trás, salpicou pó no rosto e passou batom, esticou a bata e tornou a amarrá-la. Olhou uma última vez no espelho, e a cara que olhava para ela era de outra pessoa, não dela, não daquela que sua mãe dera à luz, cujo nome seu pai escolhera, com quem seu irmão implicara, certamente não daquela por quem Pombo se apaixonara.

Voltou para o cômodo principal, o cômodo ocupado pelos dois casais de Bielsko-Biała. Ele estava olhando pela janela, de costas para ela, e, quando se virou e viu sua transformação, deu para ela perceber nos olhos dele.

— Peço desculpas — disse ela docemente. — Estou, como o senhor disse, grávida.

Ela tocou no assunto, pensando que nessa situação isso poderia ser uma vantagem, especialmente para um homem casado.

Os olhos dele foram arrastados para ela, pousando onde quer que tivessem vontade.

— E me desculpe a minha grosseria há pouco. Eu simplesmente não entendo como um homem da sua... clara influência poderia querer se incomodar com a gente.

— Talvez seu marido esteja mais apto a responder isso. Parece que ele não lhe conta muita coisa.

Ela olhou para as mãos do homem, ainda segurando o caderno que lera. Ele usava uma aliança de casamento de alumínio, torta e amassada em alguns pontos, e ela tentou imaginar a mulher que a colocara em seu dedo. Viu uma mulherzinha mansa, uma mulher que catava as roupas dele e sempre tinha o seu jantar pronto quando ele chegava em casa à tarde.

— Certamente deve haver algo que possamos fazer.
— Não sei bem se há.
Mas o jeito que os olhos dele piscaram a fez perguntar de novo.
— Certamente deve haver *algo*.
— Nada, eu receio — disse ele. — A não ser que as notas tenham se perdido. No momento temos um péssimo sistema improvisado. Se este caderno e o arquivo lá na delegacia se perderem...

Ele se aproximou dela, e, de súbito, ficou óbvio tudo o que apenas segundos antes estivera disfarçado de ideias vagas e envolvido em eufemismos ficou patente. Ela não poderia suportar levá-lo para o segundo cômodo — seu e de Pombo —, então levou-o para a cama que Gosia e o irmão mais moço dividiam. Era melhor assim. A repugnância que ela sentiu deitando-se nos lençóis deles, impregnados dos odores deles, ajudou-a a entrar no mais fundo de si mesma, de modo que os movimentos dele em cima dela pareciam tão distantes como os barulhos do apartamento de cima. Ele penetrava desajeitadamente, gemendo como um bicho, sem se importar a mínima com o que se pareciam os ruídos que fazia, e, de repente, os pensamentos dela foram para a mulher dócil à espera dele em casa. Ela afastou a imagem, envergonhada. Os grunhidos ficaram mais guturais, mais rápidos, e ele tentou suprimi-los colando os lábios nos dela, mas ela virou a cabeça violentamente, e ele parou de repente e riu antes de recomeçar. Ela fixou o olhar na jaqueta marrom no chão, nos sapatos que haviam sido descalçados e largados com os calcanhares se tocando. De perto, o casaco era ainda mais surrado, os sapatos, ainda mais batidos.

Não houve sangue dessa vez. Nada de gritos, nada de agarrar-se a um pé de mesa. Nada de resgate dramático, nada de raiva. Só uma simples transa. Uma escolha. Uma escolha entre Cila e Caríbdis, entre o diabo e Belzebu, mas todavia uma escolha. Uma das milhões parecidas que seriam feitas nos próximos cinquenta anos, as negociações secretas acontecendo na privacidade das almas, nunca uma solução em que os dois ganhavam, apenas uma em que ninguém perdia. Na Nova Polônia, sobrevivia quem conseguia se esconder no mais fundo de si mesmo, quem conseguia se trancar dentro da sua consciência.

Quando ele foi embora, o caderno ficou, e Anielica o segurou com ambas as mãos, como se fosse algo precioso e frágil. Era um caderno pequeno, do tipo que os colegiais usam, e ela ficou maravilhada por haver em algum lugar uma fábrica produzindo aquilo tão pouco tempo depois da guerra. Virou cuidadosamente as páginas com as pontas dos dedos. Tudo e todos que ela amava estavam citados: seus pais, a igreja em Pisarowice, a creche de Irenka, seus vizinhos na Meia-Aldeia, a cidadezinha na Inglaterra onde a família de Pombo estava morando provisoriamente enquanto não obtinha os documentos para ir para a América, o chefe na fábrica de uniformes, o capataz no trabalho de Pombo.

Era quase bonito, de fato, ter toda a vida da pessoa contida dentro de margens nítidas, dentro de linhas retas e regulares e capas grossas e duráveis. Mas agora o fedor daquela manhã emanava dali, sobrepujando todo o registro de vida contido nele. O caderno tinha que ser destruído. Completamente. Já. Ela levou o caderno para o banheiro, abriu-o e segurou as capas viradas para trás como uma daquelas árvores de Natal que decoravam a mesa durante um mês e depois eram dobradas com capricho para ser guardadas. Ela meteu o canto de uma única página na boca aberta do aquecedor de água, onde a luz do piloto brilhava como uma pequena língua azul, lambendo a beirada. Primeiro, ela alimentou a chama devagar, torcendo o punho para controlar o fogo. Queria ver as chamas se espalharem de uma página à outra, olhar cada nome, cada lugar, cada data, e depois ver o fogo consumir tudo completamente, mas as chamas cor de laranja rapidamente fugiram do controle. Ela largou o caderno na banheira, e ele caiu de costas sobre as capas abertas, as páginas brancas do miolo virando uma bola de fogo, lançando no ar minúsculas bandeiras negras de rendição.

Quando o fogo acabou de arder, tudo o que restou foi a capa molhada, e Anielica levou-a até a lixeira e simplesmente a jogou fora. Ficou andando para lá e para cá, com medo de se sentar em qualquer uma das camas, que pareciam infestadas de seu ato. Tentou esquecer o caderno, mas ele a perturbava da lixeira, e ela não conseguia pensar em outra coisa. Finalmente, foi até lá e pegou-o cuidadosamente com a ponta dos dedos, como se fosse o cadáver de um bicho pequeno ou de uma ave. Levou-o até a janela. Balançou-o aberto e pulou para o balcão. Pendurara roupa na corda naquela manhã, e a roupa estava quase seca com o sol quente de setembro. Agachou-se embaixo das camisas de trabalho de Pombo, embaixo de suas próprias saias e blusas, embaixo das calcinhas de Irenka, e segurou a capa do caderno por cima da grade um instante antes de largar.

Por uma fração de segundo, ela realmente achou que o caderno poderia abrir as asas, atravessar suavemente a praça do Bispo e voar com o vento por cima dos telhados, sumindo atrás das chaminés, indo parar numa terra muito distante. Em vez disso, ele caiu como uma pedra na calçada justo embaixo da janela, e Anielica ficou olhando, vendo os pedestres se desviarem dele ou chutá-lo para tirá-lo do caminho.

Ninguém jamais descobriu. Anielica lavou a banheira e encheu-a para tomar banho. A capa chamuscada já não estava na calçada ao anoitecer. Gosia e seu marido dormiram nos lençóis o resto da semana, rolando e marinando no mal. Ela nunca conseguiu provar sua suspeita, naturalmente, mas, quando voltou do trabalho na lanchonete naquela noite, Gosia parecia admirada e perplexa por ver os habitantes da Meia-Aldeia ainda lá.

Se fez aquilo para irritar Gosia, para esconder de Pombo ou negar para si mesma, o fato é que de alguma forma Anielica conseguiu reprimir tanto aquela manhã que nem conseguia se lembrar dela. Só seu corpo sabia. Gosia ainda nem tinha trocado os lençóis quando Anielica abortou, e abortou mais duas vezes antes que conseguissem se mudar do apartamento na praça do Bispo, como se seu ventre estivesse tentando expelir um estranho inoportuno que não quisesse ir embora.

Na primavera de 1947, os cinco habitantes da Meia-Aldeia finalmente se mudaram para uma *garsoniera* recém-construída na rua Rydla, que Pombo e Władysław Jagiełło haviam conseguido *załatwić* graças às suas relações. Foi um grande progresso, uma vez que não precisavam dividi-la com mais ninguém, mas Anielica ainda não se acostumara a estar empilhada como lenha em cima dos vizinhos. Havia sempre alguém batendo à porta de alguém ou batendo carne ou batendo um tapete ou ouvindo rádio ou gritando com os filhos.

Havia sempre alguém vigiando você.

Ela nunca mais viu o homem da jaqueta marrom e dos sapatos amassados, mas muitos outros apareciam e iam embora a qualquer hora do dia e da noite. Às vezes havia alguém em casa; às vezes, eles vasculhavam o apartamento enquanto não havia ninguém ou simplesmente deixavam um objeto fora do lugar como um cartão de visita. Pombo era apanhado no trabalho ou quando ia para casa, e Anielica tinha que esperar madrugada adentro até ouvir o ruído na porta de entrada indicando a volta dele.

— Não se preocupe — seu irmão lhe sussurrava. — De manhã ele está de volta. Exatamente como da outra vez. Tente dormir um pouco.

O volume de suas frases tranquilizadoras a acalmava. Na Nova Polônia, as verdades eram separadas das inverdades por decibéis. As inverdades eram agora proclamadas em alto e bom som com banda de música, paradas intermináveis e bandeiras tremulando. Rumo ao Futuro Promissor. Todo Poder aos Trabalhadores. A Vida Melhorou, Camaradas; A Vida Ficou Mais Alegre. Os Soviéticos Vão Mantê-lo Aquecido. Enquanto isso, tudo que era verdade era sussurrado, falado em voz baixa e meticulosamente de uma pessoa para outra. Nos cinquenta anos seguintes seria assim. Os ruídos mais baixos eram os mais importantes. Portanto, quando ela ouvia o ruído na porta de entrada lá embaixo e o atrito suave da chave na fechadura, quando via o vulto dele e o sentia entrando de mansinho na cama ao seu lado, quando chamava baixinho o nome dele, e ele respondia baixinho que tudo ia dar certo, ela acreditava nele.

— Não aconteceu nada — disse ele. — Nem vai acontecer. Eles só querem me incomodar, mais nada. Vão me deixar em paz depois das eleições.

— Eu simplesmente não entendo por que ainda estão atrás de você — sussurrou Anielica. — Por que pararam de andar atrás de Władysław Jagiełło, mas continuam atrás de você?

— Porque são tolos — sussurrou ele em resposta. — Porque são tolos.

Anielica estava muito assustada para perguntar se aquilo era uma acusação ao seu irmão ou uma reafirmação da inocência do marido, mas acabou aprendendo a conviver com o problema. Convivia com a dúvida, os intrusos, a desordem, os vizinhos olhando por seus buracos de fechadura, o lugar vazio na cama ao seu lado algumas noites, o desconhecimento. Acostumou-se com isso, como todo mundo. E quando aprendeu a conviver com essas coisas, seu corpo baixou a guarda, e uma de suas gestações finalmente foi adiante.

40
Juvenalia

CONSIGO CHEGAR À RYNEK a tempo para o fim da cerimônia de abertura. O prefeito está gritando no microfone barulhento, fazendo rodeios para chegar a alguma espécie de conclusão.

— ... então, durante os próximos quatro dias, a cidade estará aos cuidados de nossos estimados estudantes. — Algumas garrafas se espatifam do outro lado do palco. — Cuidem bem de nossa cidade. Deixem-na em condições melhores do que a encontraram. — Há mais gritos e mais garrafas quebrando. — E lembrem-se de que isso é *Juvenalia* e não *Bacchanalia*. — O prefeito ri nervosamente, mas é abafado pelo burburinho que envolve a Rynek, e o presidente da associação dos estudantes rapidamente se adianta e pega a chave da cidade.

A parada começa imediatamente — um fluxo ininterrupto de estudantes da Jagiellonian e de todos os institutos e academias em volta da Rynek. Cada um tem seu próprio traje. Os estudantes de direito vestem togas pretas com esfregões na cabeça à guisa de perucas; os geógrafos rebatem globos inflados no ar; os estudantes de arquitetura montaram seus projetos finais sobre a cabeça, criando uma cidade branquíssima em miniatura com arranha-céus, museus e casas que vão para cima e para baixo no trajeto da parada. O Instituto de Agricultura segue em tratores, e o resto dos institutos, em caminhões, carroças e até num veículo de transporte de tropas. Os estudantes da AGH carregam martelos e usam capacetes, e um casal se pintou de verde-cobre e se vestiu como as estátuas do mineiro e do operário de fábrica que, segundo eles, sairão de seus pedestais defronte à escola se algum dia uma virgem se formar. Uma onda de hurras os acompanha, como acompanha os que desfilam fantasiados de Jaruzelski ou Lenin ou Stalin ou de garota de fazenda empunhando uma foice e tentando alcançar o futuro promissor. Todo Lenin ou Stalin ou Jaruzelski faz algum gesto irreverente — imitando chifres de diabo ou esticando o dedo médio — e todos rimos. A gargalhada triste e experiente dos sobreviventes. A gargalhada a que ninguém da nossa idade tem realmente direito. Afinal de contas, quando o país mais estava sofrendo, éramos todos crianças, e os soviéticos eram apenas personagens caricatos nas paredes das nossas salas de aula.

— Ah, a juventude — diz uma avó na minha frente para a amiga, mas não está claro se diz isso com saudade ou com desdém.

Vou em casa mudar de roupa antes de ir para o Stash's. Magda está saindo apressada do outro lado do pátio levando um pequeno estojo de viagem e uma bolsa com seu vestido, os gatos pretos correndo da sua frente.

— Magda! — chamo. — Magda!

Ela se vira. Tem o rosto contraído. Me espera, e vou até ela.

— O que houve?

— Adivinhe?

— Foi ruim?

— Horrível. Gritos, porta batendo, tudo.

— Sinto muito.

— Quero dizer, ela está *impossível*. Durante quase o ano inteiro, ela disse que a vida é minha, blá, blá, blá, que eu tenho que fazer as minhas próprias escolhas, blá, blá, blá, e agora, de repente, está de novo em cima de mim porque eu saio. Como se ela pudesse falar! Ela sai mais do que eu! A última vez que saí foi naquela festa de Śmigus Dyngus, e o que foi que eu fiz? Fiquei lá sentada e bebi um pouco.

— Você contou isso a ela?

— Contei, mas você a conhece. Quando cisma de não escutar, não escuta.

— Acha que mesmo assim você deve ir à festa?

— Tenho certeza de que não vou ficar em casa.

— É verdade.

Olhe, já estou atrasada. Vou ter que me vestir no trabalho. Você pode me encontrar lá?

— Posso, claro. Até já.

— *Pa.*

Quando subo, Irena ainda está espumando. Tem uma tesoura na mão e ataca as etiquetas de um vestido novo com tanta violência que acho que vai cortar o vestido.

— Vai sair com Stash?

Ela franze o cenho para mim.

— Sei que já falou com ela no pátio.

— Irena, você não acha que está sendo meio insensata? É a primeira vez que ela sai em um mês.

— Não é verdade. Stash diz que ela vai lá quase toda noite.

— Passa uma hora. Na volta do trabalho. E normalmente acabamos conversando sobre história.

Ela se senta na pontinha do sofá, veste a meia-calça, que puxa um fio na mesma hora.

— *Cholera jasna* — resmunga.

— Irena, alguém me disse uma vez que se não para de se preocupar, a pessoa fica com câncer.

— Se não diz o que *sente*, a pessoa fica com câncer. Se não para de *se preocupar*, a pessoa fica com lúpus.

— Bem, seja como for, dê um pouco de crédito a Magda. Ela é muito esperta para fazer alguma coisa que ponha em risco as chances dela agora.

Irena ergue uma sobrancelha.

— Eu também era mais esperta do que isso. E nove meses depois...

— Bem, se isso faz com que você se sinta melhor, ela não é exatamente correspondida pelo rapaz em quem está interessada.

— As moças também são engravidadas por rapazes que não gostam delas.

— Nada disso vai acontecer.

— Você não sabe.

— É só uma festa.

Stash também está de mau humor hoje, reclamando que os cafés ao ar livre na Rynek esão tomando todo o seu negócio. A boate só está com meia lotação, e a banda toca sem entusiasmo. Dá para ele notar que estou ansiosa para ir embora.

— Ah, pode ir — diz ele finalmente. — As outras pessoas todas foram para a Rynek. Vá sentar numa cadeira de vime e comprar uma cerveja a um preço exorbitante. Você também, Kinga. Do jeito que toquei hoje, seria melhor eu estar servindo no bar.

Mas Kinga continua sem se mover, o queixo apoiado na palma da mão. Desde que o homem do bigode retorcido começou a aparecer, observo a esperança se esvair lentamente de seu rosto, seus traços ficando cada vez mais frágeis.

— Quer vir, Kinga? Vou encontrar Magda no bar de vinhos e depois vamos a uma festa.

Kinga olha para o homem do bigode retorcido, que está sentado numa mesa de canto sozinho.

— A Juvenalia é para estudantes — diz. — Não atendentes de bar.

Quando chego na esquina de São Tomé, o Incrédulo, Magda já está na sala dos fundos se trocando. O bar de vinhos está vazio, salvo por um casal estrangeiro, e as garotas com quem Magda trabalha — uma Kasia e duas Agnieszkas — se revezam em posição de sentido com seus aventais de renda enquanto as outras duas ficam relaxadas atrás do bar, fofocando. Magda obviamente lhes contou que esta é "a noite", a noite em que ela vai deixar claro para Sebastian quais são os seus sentimentos por ele. Kasia e as Agnieszkas me interrogam sobre Sebastian quase tão intensamente quanto Magda, e quando ela finalmente sai da sala dos fundos, tem que pigarrear para chamar a nossa atenção.

— Ah, Magda, você está *linda*.

Kasia e as Agnieszkas e eu assobiamos e aplaudimos, e o casal bebendo vinho sorri, unindo suas mãos na mesa, falando baixinho um com o outro na própria língua.

— Absolutamente incrível.

Ela está. Mas quando a vejo parada ali com aquele vestido e aqueles saltos, em vez de ciúme, sinto pena.

— Ele seria um bobo se não ficasse caído por você — diz Kasia, e vai alisar as sobrancelhas de Magda.

Uma das Agnieszkas acha uns alfinetes e prende as alças do sutiã no vestido para que não apareçam.

— Não se preocupe. Se tiver que se despir depressa, sai tudo inteiro — diz ela, e rio junto com elas, uma traidora da pior espécie.

A gerente Agnieszka propõe abrir uma garrafa de vinho para comemorar, mas Magda está impaciente para ir à festa.

— Meu destino me aguarda — diz ela, rodopiando. — E tomara que meu destino esteja usando aqueles jeans que deixam a *dupa* dele parecendo... — Ela manda um beijo e todas tornamos a rir.

São quase onze horas quando tocamos o *domofon* de Tomek e Sebastian. Ninguém vem à porta, embora dê para ouvirmos as pessoas falando e a música. Tocamos de novo, e se passam mais uns minutos até uma garota e um garoto, caindo de porre, abrirem a porta.

— Quem são vocês?

A garota fica rindo.

— Quem são vocês? Quem vocês conhecem?

— Sebastian e Tomek. Essa não é a casa deles?

O garoto deita a cabeça no ombro de Magda, e ela se desvencilha dele.

— Sai de cima de mim!

— Elas não têm cheiro de *policja* — diz ele, e a garota puxa meu braço me fazendo entrar.

O apartamento está apinhado de gente, a maioria das pessoas já trôpega, algumas olhando com um olhar vago quando passamos pelo hall. Alguns dos estudantes de arquitetura ainda têm as maquetes na cabeça, e reconheço a garota de fazenda da parada, usando agora uma blusa decotada, os antebraços e a cara ainda pintados de verde-cobre.

— Tem muita gente aqui hoje.

— Humm — diz Magda.

Ela não está me ouvindo. Só está olhando por cima de mim com um sorriso insípido no rosto, preparada para o momento exato em que Sebastian vai aparecer para nos cumprimentar. Abrimos caminho no meio da multidão e paramos num gargalo na porta da cozinha, os estudantes de arquitetura tentando passar de dois em dois. Magda está decidida a encontrá-lo, e, quando ela entra na cidade branca na minha frente e some, uma mão desliza em volta da minha cintura e me puxa para o lado, para um cantinho ao lado de um guarda-roupa gigantesco no corredor.

— Você está linda — diz Sebastian. — Nada de gangues de garotinhos de doze anos desta vez?

Ele me beija, e o beijo repercute em todo o meu corpo.

— Aqui não — digo. — Em público, não.

Ele sorri.

— Você pode tirar a garota da aldeia...

— Mas não pode lhe prometer um *dzientelmen*?

Ele dá um sorriso.

— Posso lhe prometer que serei um *dzientelmen* por ora. Não posso prometer nada depois.

Algo surge dentro de mim diante dessa ideia, mas me contorço para me soltar dele até sua mão largar minha cintura.

— Eu trouxe Magda.

— Bem, provavelmente a gente deve ir protegê-la daqueles caras da arquitetura. Eles estão todos *babiarze*, todos eles.

Ele me leva para a cozinha. Toco em suas costas, e sinto os músculos enrijecerem como cordas por baixo de sua camisa. Magda está encostada numa das bancadas, conversando com um rapaz que tem uma imitação do novo centro cultural japonês na cabeça. Mas vê-se que continua olhando em volta à procura de Sebastian, e, quando o vê, sua cara se descontrai.

— Olha só — diz ela para mim, depois põe a cabeça de lado e ergue os olhos para Sebastian. — Se-bas-tian — ela prolonga o nome dele.

— Magda, que bom você ter conseguido vir — diz ele, e lhe dá três beijinhos no rosto.

Não há nada nesse gesto, com certeza. É o mesmo beijo que dávamos nas avós na aldeia depois da igreja no domingo. Mas dá para ver pelo jeito como ela sorri para mim que ela vai explorá-lo mais quando falarmos sobre isso depois.

O estudante de arquitetura com quem Magda conversava vai embora sem nem pensar em pedir licença, e Magda não nota. Ela ligou um botão, e de repente está totalmente focada em Sebastian, animada e atraente enquanto os dois conversam sobre a festa, sobre as provas de Magda, sobre o bar de vinhos e o novo centro cultural japonês.

— Então, me conte, Sebastian — diz Magda. — Como é que só Baba Yaga consegue a sorte de encontrar sempre com você?

Ela põe a cabeça de lado e toca no braço dele. Sebastian me lança um olhar estranho.

— Querem me dar licença? — diz ele, acenando a cabeça para alguém atrás de nós. — Tenho que tratar de uma coisa. Sirvam-se de algum drink. Já volto.

Quando ele some de vista, Magda dá um gritinho de prazer.

— Você viu? Viu como ele estava me olhando? E como botou a mão na minha cintura enquanto me beijava? Estou lhe dizendo, Baba Yaga. Eu sinto. Vai ser hoje à noite. Estou sentindo.

— Eu já volto.

— Aonde você vai?

— Preciso ir ao banheiro.

Vou para o pátio, e fico sentada na escada de concreto um bom tempo, só olhando para o céu, que na cidade nunca fica completamente escuro por mais que anoiteça. Se eu disser alguma coisa, ela vai me odiar. Nunca mais vai falar comigo, vai contar a história para Monika e Kasia e as Agnieszkas como um conto exemplar urbano, e eu acabarei sendo chamada de Blondynka Zdzira ou Zdzira da Aldeia ou talvez Baba Zdzira. Se eu disser alguma coisa, ela contará para Irena, Irena fará a escolha que, no íntimo, eu sempre temi, e eu acabarei alugando um quarto de uma *babcia* em Huta. Se eu disser alguma coisa, Magda vai sair aborrecida da festa, vai se dirigir com um ar de desafio para o ponto de táxi na Starowiślna e me deixar chafurdando em minha própria vergonha. Fico ensaiando a cena contra o céu noturno, mas, em todos os finais, sou egoísta. Sou uma traidora. Sou uma covarde. Olho para o céu e torço no íntimo para que ele me puxe para sua escuridão, me faça passar por um portal secreto e me jogue na clareira da aldeia. Mas estou sozinha agora, e não sobrou ninguém para me salvar.

Quando volto para a festa não acho Magda nem Sebastian, então fico circulando um pouco, depois me sento num dos sofás da sala. Tomek e a namorada estão entrelaçados no sofá em frente, e através do mundo de gente, observo-os se revezarem passando a lateral da lâmina de um facão de cozinha no pescoço um do outro, sem chamar nenhuma atenção. A garota sentada ao meu lado se vira como se tivesse algo importante a dizer, mas só fica me olhando.

— Festa boa, não? — digo.

Ela está calada, ainda me olhando. Provavelmente só está alta. Deve ter passado a noite inteira no banheiro sentada na borda da banheira, olhando fixamente para as pessoas até elas terem feito com que ela se retirasse. Para mim, no entanto, seu olhar é uma acusação, e saio depressa para o corredor. Magda está ali, pelejando para sair da cozinha. Vejo seus olhos brilhando na penumbra.

— Ah, Magda.

Fico admirada quando ela me deixa passar o braço em volta de seus ombros e levá-la para o pátio. Sentamo-nos na escada do fundo, e ela tenta enxugar as lágrimas na mesma velocidade com que elas se formam no canto de seus olhos.

— Sinto muito — digo hesitante, mas ela apenas pega na bolsa um lenço de papel amassado e assoa o nariz. Encosta a cabeça em meu ombro, e, pelo peso, dá para ver que ela está completamente bêbada.

— Ai, meu Deus, sou mesmo uma *głupia panienka*. Uma garota muito burra.

— O que aconteceu? — pergunto baixinho, e prendo o fôlego.

— Tentei dar um beijo nele, porra, foi o que aconteceu — diz ela. — Fiquei de porre, e tentei dar um beijo nele, porra. Ai, meu Deus.

Ela começa a chorar de novo, e um casal sentado na escada do outro lado do pátio olha para nós.

— E o que ele disse? — pergunto ansiosa.

Ela esfrega os olhos e começa a rir. Não uma risada de verdade, mas as sobras da frustração e da exaustão.

— A questão é essa. Ele foi um *dzientelmen* completo. Disse que sentia muito, mas que tinha outra pessoa. Disse que tinha outra pessoa, e aí fiquei com cara de *dupa*, e então é isso.

— Quem é? — pergunto, tentando falar com uma voz firme.

— Como vou saber, *kurwa*? Eu não fiquei exatamente perguntando sobre ela. Tomara que seja uma *zdzira* com sífilis.

Eu nunca me senti tão livre. Ela não sabe. Ela não sabe e eu resolvo naquela hora mesmo terminar com Sebastian. Vou terminar, e a gente nunca mais vai voltar aqui, e ela nunca vai descobrir. Tenho a sensação de ter acabado de acordar de um pesadelo no conforto do meu quarto, de ter recebido uma segunda chance, e agarro-a o mais depressa possível.

— É — eu digo. — Aposto que ela é uma *zdzira* mesmo.

— E gorda também.

— Gorda e sem graça — acrescento, e ela ri.

E burra.

Ficamos ali sentadas na escada até termos listado todos os defeitos imagináveis dessa garota imaginária, e depois passamos para Sebastian. De repente, Magda para de rir e fica de novo com os olhos cheios d'água.

— Ora! — Aceno com a mão e aperto os olhos, uma imitação perfeita da mãe dela. — *Srał go pies*.

Magda dá um sorriso amarelo antes de responder:

— E o cachorrinho também.

Ficamos ali mais um pouco, contemplando o quadrado perfeito de céu preto azulado, cortado pelas paredes do pátio.

— Vamos — digo afinal —, vamos para casa.

Mas ela fecha a cara para mim.

— Para casa? — diz ela. — Para casa? — Ela se levanta cambaleando e agarra a grade, equilibrando-se nos degraus. Estica os cantos da boca para cima e põe as mãos na cintura. — Prima, gastei duzentos mil *złotych* nesse vestido. Vou aproveitar o meu dinheiro.

Ela gira nos calcanhares, joga o cabelo e, com um passo altivo, dirige-se ao banheiro do outro lado do pátio. Nunca tinha me chamado de *prima*, e, enquanto está no banheiro, faço outra promessa secreta para o céu.

O estudante de arquitetura com a imitação de centro cultural japonês na cabeça está esperando Magda quando voltamos para dentro, e puxa-a correndo para a cozinha para pegar outra bebida. Sebastian está ocupado fazendo o papel de anfitrião, sempre cochichando alguma coisa para alguém ou ouvindo o que alguém cochicha ou entrando ou saindo com alguém do banheiro, que permanece fechado a noite inteira. Ouço murmúrios de *trawa*, *amfa*, *spid* e *koks*, e, finalmente, tudo faz sentido. Tomek. Sebastian. O apartamento. A *remont*. O banheiro. As festas. Andar pelos arredores da universidade. As pessoas cochichando no ouvido dele o tempo todo. A máquina de fax. Talvez até o amigo da família em Nova York. Só quero que a noite acabe, que aquilo tudo acabe. Quero ir para casa e sentar na sala e perguntar a Irena sobre a noite dela, ouvi-la dizer *srał go pies* a Magda, acordar de manhã e tomar café enquanto Magda dorme para curar o porre, passar o dia inteiro nos chamando e nos respondendo de um cômodo para outro no apartamento.

Evito Sebastian o resto da noite, e estou parada na porta de um dos quartos, ouvindo um dos estudantes de arquitetura pontificar sobre alguém chamado Walter Gropius, quando Magda ressurge do meio do pessoal.

— Está pronta para ir embora? — pergunto.

Ela me aperta o braço em resposta, e há algo pulsando em seus olhos que, a princípio, confundo com raiva.

— O que é? — pergunto, e prendo a respiração, rezando para que ela não tenha de alguma forma descoberto que sou a *zdzira* gorda, sem graça, sifilítica e burra que criticamos no pátio.

— Não consigo respirar — diz ela.

— Como assim?

— Não consigo respirar.

Rio.

— Bem, você *está* falando. Acho que isso quer dizer que está respirando.

Ela faz que não com a cabeça vigorosamente.

— Minha garganta está assim — e cerra o punho no meu rosto.

— Vamos, você só precisa de um pouco de ar. — Aperto a mão dela com força, como uma criança que acaba de ser encontrada, um pouco irritada e um pouco aliviada. Conduzo-a pelo corredor cheio de gente. — Você fumou *trawa* ou alguma coisa?

— *Koks* — diz ela.

— *Koks*? Você é doida?

— Marcin garantiu que ia dar tudo certo... mas agora não consigo achá-lo.

— Você é doida, Magda, sabe disso? *Doida*. Agora sei o que sua mãe quer dizer.

— Por favor... não conte a ela... por favor.

— Não vou contar. Eu estaria tão encrencada quanto você.

Levo-a para fora. Sentir a brisa fria é gostoso. Magda não consegue parar de andar, e eu me sento na escada enquanto ela fica rondando o pátio. Está branca como cera, e sua profusamente.

— Acalme-se. Não force tanto a respiração. Você vai hiperventilar e desmaiar.

— Ai, Jesus... Juro por Deus... Nunca mais tomo drogas... Nunca mais bebo... Nunca mais transo... Vou parar de fumar... Vou entrar para um convento... Vou ser boa para minha mãe.

Rio.

— Só vendo para crer.

— Baba Yaga... promete que vai... contar para minha mãe... Sinto muito.

— Tenho certeza de que não é tão sério, Magda. Você só está nervosa. Respire fundo um pouco. Sente aqui.

Ela se senta, mas ainda está com a respiração curta e acelerada, como um cachorro no calor.

— Talvez... a gente devesse ir... para o hospital.

— E você vai explicar isso para a sua mãe, ou explico eu?

— Baba Yaga.

A voz dela virou um fio.

— Sim.

— Quem sabe... Chame Sebastian.

Então é *isso*. É só *disso* que se trata.

— Sebastian? — digo irritada. — O que ele vai fazer? Aqui, bote a cabeça entre os joelhos. Quer que eu lhe busque um pouco d'água?

— Não vá embora.

O vestido abafa sua voz.

Ela para de falar, depois fica inerte. Primeiro, acho que ela está apenas sendo dramática, então chamo seu nome, sacudindo-a pelos ombros. Ela cai para o lado.

— Merda. Sebastian! — grito. O apartamento dele é no térreo, e vou correndo para lá, empurrando todo mundo. — Sebastian! — As pessoas se viram para me olhar, centenas de olhos injetados, os prédios brancos dos estudantes de arquitetura de repente parados.

Ele vem dos lados da cozinha.

— Baba Yaga — diz, e umas pessoas se viram e riem do meu nome. Ele vai e me segura. — Por onde você andou?

— Não dá tempo — digo, agarrando-o e puxando-o pelo braço.

— Quanto mais bruto melhor.

Ele ri. Estouram gargalhadas a nossa volta e ele vira a cabeça para apreciar.

— É Magda. Ela desmaiou na escada.

— Exagerou um pouquinho na vodca, hã?

— Ela disse que tomou umas *koks*.

Ele fica pasmo e vai correndo na minha frente para o pátio. Magda continua na mesma posição na escada, mas a figura prostrada nem se parece mais com ela.

— Ai, Jesus — diz Sebastian.

Ele a coloca sobre o ombro, e os braços e as pernas dela pendem inertes.

— Vou chamar uma ambulância.

Ele faz que não com a cabeça.

— Nada de ambulância. Nem pensar.

Ele abre a porta da frente do apartamento e chama aos gritos qualquer pessoa que tenha carro. Um chaveiro pousa a seus pés, e ele corre para um velho Fiatzinho vermelho estacionado na rua. A cabeça e os braços de Magda vão balançando enquanto ele corre. Ela tem o cabelo grudado, e baba nas costas dele. Tudo em que consigo pensar agora é que ela vai me matar quando voltar a si por eu ter deixado que ele a visse desse jeito.

Ele abre a porta do carro e joga-a no banco de trás, a cabeça entrando primeiro. Entro por cima dela e equilibro sua cabeça em meu colo. Sebastian abaixa o banco do motorista e entra.

— Merda, não tinha nada de errado com essa parada. Você tem que acreditar em mim. Não tinha nada ali.

Seguro a cabeça de Magda para impedir que role no meu colo nas curvas e pule quando passamos nos buracos. Penteio com os dedos seus cabelos grudados, algumas mechas ainda duras de laquê. Suas sobrancelhas escuras se desfranzem suavemente, e ela parece estranhamente em paz.

— Continua tudo bem com a gente, certo? — diz Sebastian do banco da frente.

— O quê?

— Você e eu, nós continuamos amigos, certo? — A voz dele é insistente, e acho estranho falar nisso com a cabeça de Magda rolando no meu colo.

No hospital, ele salta correndo e joga as chaves no chão do veículo. Tira Magda do carro e apoia sua cabeça nos braços. Aperta a campainha da noite com o cotovelo, e alguém aciona o porteiro eletrônico para nos deixar entrar. A mulher no plantão noturno remexe em alguns papéis, mas quando vê Magda, levanta-se de um pulo da mesa e grita no corredor comprido à direita. Aparecem dois homens com uma maca.

— Ainda somos amigos, certo?

Sebastian pega minha mão e aperta-a enquanto botam Magda na maca, nada mais que um peso morto, um fardo.

— Claro — digo distraída, vendo Magda ser levada pelo corredor branco muito claro, com iluminação fluorescente.

A enfermeira na recepção me leva para uma cadeira. Pergunta o nome de Magda e mais algumas coisas.

— Vou só estacionar o carro — diz Sebastian, abaixando-se e me dando um beijo no rosto. — Já volto.

41
O fim para encerrar todos os fins

UMA NOITE, POMBO não voltou para casa. Anielica ficou acordada na cama, prestando atenção nos ruídos fracos que de dia eram abafados: o roçar suave dos números do medidor de luz correndo, lembrando as pernas de um gafanhoto roçando uma na outra, os estalos leves do assoalho enquanto um dos vizinhos ficava andando pela casa para espantar a insônia, os movimentos de seu irmão e da mulher e da filha deles na cama em frente, e até sua própria respiração, que, estranhamente, parecia independente dela. O silêncio murmurava a verdade horrível, mas verdadeira.

— Ele falou alguma coisa ontem? — sussurrou Anielica para o irmão quando ele acordou no lusco-fusco rosado da aurora. — Qualquer coisa?

— Nada sobre isso. Com você?

— Não.

Ficaram sentados juntos em silêncio até o sol sair totalmente, e quando abriram os olhos e viram os dois acordados, Marysia e Irenka ficaram desorientadas, sem saber se o sol se pusera e se levantara como devia ou passara a noite inteira no céu, só escurecendo um pouco de madrugada.

— Tenho certeza de que ele está bem — disse Marysia alegremente. — É como ele sempre diz, eles só querem assustá-lo. Hoje à noite, ele estará de volta, garanto.

Anielica fez que sim com a cabeça, mas Marysia falou demais e num tom muito alto para que fosse verdade.

Eles tinham que ir trabalhar naquele dia. Se não fossem, as pessoas desconfiariam, e eles poderiam estar condenados. Anielica vira isso acontecer com outra moça na fábrica de uniformes. A moça era de uma aldeia perto de Zamość, e seu marido fora levado por atividades da Resistência. Na manhã seguinte, angustiada, ela falara sobre isso com sua vizinha de máquina. No intervalo, todo mundo sabia, e quando ela se aproximava das colegas para conversar, elas se dispersavam como um bando de pássaros. Anielica e Marysia queriam tranquilizar a pobre coitada, mas sabiam que não podiam. A subversão era considerada contagiosa. A situação acabou deprimindo até as supervisoras, e elas tiveram que deixar a moça ir embora.

Então trabalharam e fizeram as compras e foram à igreja, mas Pombo não voltou. Três dias. Uma semana. Duas. Um mês. Todos os vizinhos notaram sua ausência, mas até Irenka, que só tinha sete anos, soube não falar no assunto, nem com os amiguinhos no parque.

À noite, os três adultos sentavam-se e traçavam estratégias, falando mais baixo que o ruído do medidor de luz.

— Precisamos encontrar outro apartamento.

— Encontrar outro apartamento? Mas onde?

— Não sei onde. Mas é óbvio que tem alguém nesse prédio que quer acertar as contas com a gente. Vão voltar para me pegar, e talvez para pegar vocês também.

— Não seja bobo. Ninguém vem nos pegar. Não fizemos nada. Pombo vai voltar. Espere só.

— Acho que é melhor a gente se mudar. Tem um cara no trabalho com quem posso falar.

— E se Pombo voltar, e não tiver ninguém aqui? Como ele vai saber onde nos encontrar?

— *Quando* ele voltar.

— Ele vai nos encontrar. Se ele pode passar cinco anos morando em *bunkers* e celeiros, se ele pode explodir veículos de transporte alemães e rechaçar pelotões inteiros de russos, é garantido que pode nos encontrar.

— Ele me disse que estava distribuindo jornais clandestinos.

— Bem, isso também.

— Cruz-credo. — E ela fez o sinal da cruz.

O único consolo de Anielica era que enquanto o vazio dentro dela aumentava, crescia um neném para preenchê-lo. Ela adiou enquanto pôde tomar quaisquer decisões definitivas, mas quando passou a ser muito escandaloso para ela fazer serão no teatro, quando sua barriga não encaixava mais embaixo da máquina durante o dia, ela autorizou o irmão a comprar-lhe uma passagem para Osiek, no trem que, como tudo mais, circulava novamente num horário regular e eficiente.

O problema todo realmente era esse. Na primavera de 1947, tudo *caminhava* Rumo ao Futuro Próspero. A construção e a reconstrução aconteciam tão depressa que as ruas tornavam-se irreconhecíveis de um dia para o outro, e os nomes eram trocados na mesma velocidade em que os heróis comunistas podiam ser cultivados e as placas, arrancadas. Havia até planos de construir uma nova usina siderúrgica e sua própria cidade dormitório a leste. Nowa Huta, é como iria chamar-se. Tudo era *nowa* na Nowa Polônia. Novas fachadas de loja brotavam como cogumelos, ligadas por ruas e calçadas novas, e com novos clientes que moravam nos *osiedla* novos. O guarda-roupa das mulheres tornou a florescer, depois de ter passado anos deixado de lado, com tons de azul e cor-de-rosa novos surgindo nas ruas tão depressa quanto as fábricas eram capazes de produzi-los. Todo mundo estava se livrando da privação e da tragédia da guerra. Todo mundo estava seguindo em frente, exceto Pombo, que, onde quer que estivesse, estava sendo deixado para trás. E vendo a moda e as fachadas mudarem, observando até seu corpo se transformar, Anielica sentia aquilo como uma traição, como se o estivesse abandonando definitivamente.

Ela sabia, claro, que não podia fugir das mudanças simplesmente regressando à Meia-Aldeia. Nas cartas, sua mãe lhe contara que as escolas tinham voltado a funcionar e os comunistas haviam construído uma agência postal em Pisarowice ao lado da igreja. Mas, pelo menos lá, as mudanças aconteciam mais lentamente do que na cidade, e, pelo menos lá, o legado de Pombo permanecia na boca de todo mundo. Aqui, até o seu próprio irmão evitava ao máximo tocar no nome de Pombo, e tentava mudar de assunto toda vez que Anielica falava nele.

— Você vai continuar procurando Pombo enquanto eu não estiver aqui? — perguntou ela na véspera da partida.

Eles fizeram a última refeição juntos como haviam feito quase todas as outras na *garsoniera*, os pratos equilibrados nos joelhos.

— Irmãzinha... — começou o irmão.

Não se deu ao trabalho de terminar a frase — todos eles sabiam como terminava — e, a essa altura, nem Marysia o contradisse.

Anielica dormiu mal naquela noite, acordando várias vezes e apalpando o lugar vago ao seu lado, como se Pombo estivesse o tempo todo fazendo uma brincadeira e fosse desistir dela no último minuto. Parada na plataforma do trem na manhã seguinte, ela olhava sempre que sua visão periférica captava um movimento, e Marysia e Bożena se revezavam para acalmá-la.

— Não vai demorar. Assim que o bebê já for bastante crescido, você pode voltar e vir morar com a gente — propôs Marysia.

— E falei com Małgosia no teatro — acrescentou Bożena — e ela disse que podia arranjar trabalho para você se você der um jeito de conseguir *załatwić* uma máquina lá na aldeia.

Anielica assentiu e deu um sorriso forçado, e houve uma última rodada de beijos, que foram mais consoladores para os três que ficavam. O trem parou na plataforma, as rodas gemendo, os passageiros vindos de Varsóvia olhando sonolentos pelas janelas quadradas. Anielica deu uma última olhada para um lado e para o outro na plataforma, meio que esperando ver Pombo correndo para ela, gritando sobre o terrível mal-entendido, o aperto que ele passara para voltar para ela. Mas ele não apareceu, e, pela primeira vez, passou-lhe pela cabeça a ideia de que ele nunca mais voltaria, que havia ido embora para sempre.

42
O fim para encerrar todos os outros fins

Pela manhã, é como se nunca tivesse anoitecido, o sol nunca tivesse nascido, como se o amanhecer no pátio lá fora fosse um mero vestígio do crepúsculo da noite anterior. A espera foi suportável à noite, quando o mundo todo esperava comigo, com as pernas e os braços encolhidos e a respiração regular. Mas quando os pássaros começam a cantar e ouço a vassoura de gravetos de Pani Kulikowska roçando as placas de concreto do pátio, sei que o tempo começou sua marcha inexorável, e que, de agora em diante, estou esperando sozinha.

Vou de um quarto para o outro. Sinto meu corpo como uma estranha coleção de partes, nenhuma delas sincronizada. Meus braços e minhas pernas resistem a meus movimentos, e as formas de meus pensamentos não combinam com as palavras que correm em minha cabeça. Todos os nervos estão alertas, à flor da pele, mas se há algo para sentir, eles não passam nada. Não sinto sede. Não fico cansada nem aborrecida. Nem mesmo choro. A única coisa que me diz que estou viva é a sensação de estar sendo esvaziada por dentro, ficando oca como uma abóbora.

A enfermeira da noite no hospital disse-me que foi um ataque cardíaco, que ela devia ter uma lesão congênita no coração do tamanho da meia-lua de uma unha. O único legado de seu pai. Talvez todas aquelas vezes em que ia ao médico, de alguma forma, ela soubesse.

Sebastian não voltou, e afinal me ocorreu que, no carro, ele implorou o meu silêncio e não a minha amizade. Cerca de uma hora depois, a enfermeira me disse que Irena tinha chegado, e que eu podia ir embora. Foi exatamente assim que ela disse, que eu podia ir embora.

— Eu não quero ir embora — falei. — Eu lhe disse. Quero ver Magda, quero ver a mãe dela.

— Posso lhe chamar um táxi se quiser.

— Eu não vou embora.

Acho que dava para ver que eu falava sério porque ela não disse mais nada, mas ficou me vigiando na sala de espera.

Foi Stash quem finalmente chegou e me convenceu de que era melhor eu ir para casa um pouco.

— Cadê Irena?

— Está lá atrás. Falando com os médicos.

— Será que ela acha que foi minha culpa?

— Na verdade, acho que ela se culpa.

— Então por que não vem falar comigo?

— Dê um tempinho a ela.

Espero em casa a manhã inteira, mas Irena não vem, não telefona. Faço o trajeto do telefone à porta até imaginar que vejo as pegadas no tapete, depois mudo o percurso — da cozinha para a televisão, do banheiro para a porta do balcão. Para dizer a verdade, fico longe do quarto de Magda por medo e repugnância, como se ali dentro jazessem seu corpo atirado, seu cabelo grudado, sua mandíbula flácida.

Já passa do meio da tarde quando o telefone toca.

— *Słucham*.

— Magda está?

É Kasia do bar de vinhos.

— Baba Yaga, é você?

— Sou.

— Magda está? Quero dizer, ela voltou mesmo para casa ontem à noite, não?

Magda me contou histórias de Kasia, que ela é uma fofoqueira terrível.

— Baba Yaga, acordei você?

— Não.

— Bem, sabe quando ela volta?

— Ela não volta.

Há um silêncio pesado do outro lado.

— Bem... eu ligo depois então?

Desligo. Passo o resto do dia sentada no chão ao lado do telefone, tão inanimada quanto o sofá ou a lâmpada, um objeto lançando sombras. A luz muda através das cortinas de renda, amarela, depois rosada, depois cinzenta. Finalmente, o telefone torna a tocar, e eu atendo sem uma palavra, levando-o timidamente ao ouvido, como se fosse uma concha mágica que eu tivesse pegado numa praia longínqua.

— Baba Yaga? — Há uma pausa. — Baba Yaga, é Stash.

— Eu sei.

— Irena pediu para eu ligar para você. Ela não... ela não acha boa ideia você ficar no apartamento hoje à noite.

— Tudo bem.

— Ela não acha mais boa ideia você continuar no apartamento — corrige-se ele, como se a primeira frase fosse meramente para ganhar impulso. — Liguei para Bożena — prossegue ele. — Ela está lhe esperando. Disse que pode ficar com um dos outros apartamentos no prédio dela, e pelo tempo que quiser.

— E Magda? — Mas eu já sei.

— Sinto muito — diz ele baixinho.

Parece que minha cabeça vai se enchendo, e ouço tudo mais que ele diz como se estivesse embaixo d'água. Algo sobre vir me pegar, sobre o bar, algo sobre Irena.

Assim que desligo, começo a fazer as malas. Na mesma hora, mecanicamente. Andei esperando alguma versão disso desde que a enfermeira disse que eu podia ir para casa, e minha mente tropeça na palavra *casa*. Ponho minhas coisas na mochila e em duas sacolas de compras sem sentir nada me passar pelas mãos e vou para o bonde, os pés procurando sentir o chão que não está ali.

Já é noite, o fim da hora do rush de uma sexta-feira, e os retardatários voltam para casa com sacolas de legumes e o pagamento metido dentro dos sapatos. O bonde para a cidade velha está meio vazio, mas fico em pé no final do carro, com a testa encostada na janela. Observo os trilhos correndo embaixo dos meus pés, as vitrines das lojas passando, os quiosques ainda acesos e funcionando. É uma sensação estranha pular um dia que outros viveram, e minha mente compensa repetindo a noite passada várias vezes, um filme tremendo no projetor, um disco com defeito.

— Posso ver sua passagem, Pani?

Chego um pouco para trás, e vejo na janela o reflexo de um homem com um paletó surrado exibindo um crachá.

— Eu não tenho.

— Bem, então precisa pagar a multa.

Olho para a cara dele no vidro, para seus olhos severos me acusando.

— Você está andando clandestinamente — diz ele. — Tem que pagar a multa. — Saca a caderneta e procura uma página em branco. — Nome e endereço.

Viro-me para ele e começo a chorar. Não consigo evitar. Passei o dia inteiro com o choro engasgado. Agarro-o pelas lapelas, apoio-me nele para não cair. Soluço convulsivamente em seu paletó surrado, puxando e soltando enormes goles de ar.

— Tudo bem, tudo bem — diz ele. — Chega.

Dá palmadinhas em minhas costas como se estivesse fazendo um bebê arrotar, como se nunca tivesse consolado outro ser humano na vida. Sinto os outros passageiros me olhando, mas não ligo.

— Onde vai saltar, Pani?

Não consigo responder. Não consigo largar seu paletó. Não consigo parar de chorar.

— Eu perguntei, onde vai saltar, Pani?

Não me lembro de dar o endereço, mas há uma conferência de vozes ao meu redor, e, de alguma forma, minhas malas e eu passamos de um braço forte a outro até eu estar parada diante do prédio de Pani Bożena. Ouço o *domofon* apitar, a discussão abafada lá em cima, o ruído distante de uma sucessão de trancas, a bondade na voz da estranha que me levou até ali.

— Obrigada — diz Pani Bożena. — Obrigada. Ela teve um dia difícil.

— Parece — diz a voz da mulher ao meu lado.

Mais tarde ouço o tom grave da voz de Stash através do chão, falando com Pani Bożena. Tento ver se escuto a voz de Irena, mas ela não está lá embaixo, e Stash também não sobe.

43
Os anos não voltam; o rio não corre para trás

Pan e Pani Hetmańska encontraram Anielica na estação de trem em Osiek. Foram juntos de ônibus para Pisarowice, onde Pan Stefanów esperava com sua carroça vazia. Anielica só passara dois anos fora, e trocara cartas com os pais quase toda semana, mas eles pareciam muito mais velhos do que quando ela partira. Sua mãe ficara mais corpulenta, mais grisalha, e seu pai agora se esforçava para carregar as malas.

Quando o bebê nasceu, não houve a fanfarra que acompanhara o nascimento de Irenka, em parte porque Anielica estivera tanto tempo ausente, em parte porque ela era mãe solteira, e se os *górale* não mostrassem pelo menos algum comedimento, logo haveria uma enxurrada de mães solteiras nas montanhas, e não dava para ter isso agora, dava? Mesmo assim, apareceram algumas visitas trazendo presentes. Pan Cywilski trouxe um rádio novo que construíra com as peças que haviam sobrado da última guerra. O menino Romantowski trouxe o violino para tocar. Jakub trouxe toda uma coleção de bichos de madeira que ele entalhara em seu retiro no Velho Morro Pelado.

— ... São para a bebê Ania, para a bebê Ania e para você, se lembra, eu trouxe um urso de madeira para Irenka, mas eu não era muito bom na época, e o urso parecia um gato, mas agora, sou melhor, e você vê que tem um urso, e um urso melhor, e um bode, e uma ovelha, e um javali...

Ele continuava o mesmo Jakub, e Anielica, embora estivesse cansada, ainda tinha paciência com ele. Pegou as figuras uma por uma, virando-as nas mãos, reparando nos olhos ou no nariz ou na parte que achasse mais perfeita.

— ... e uma minhoca, e um cachorro, e uma galinha, e uma baleia, e um passarinho...

A essa altura ela sabia que ele estava morto. Seu pai ainda falava sobre quando Pombo voltasse, e sua mãe a tranquilizava dizendo que ela estaria de novo em Cracóvia antes do fim do ano, mas Anielica sabia intuitivamente que ele se fora, que o fim de sua vida seria na Meia-Aldeia, e que nos próximos quarenta ou cinquenta anos — se Deus quisesse — ela meramente teria que viver do que tinha. Além de tudo, se ele ainda estivesse vivo, haveria mais visitas de homens de terno marrom. Se ele ainda estivesse vivo, as pessoas não agiriam daquela maneira com ela, condolências nos apertos de mão, nos olhares, nos sorrisos melancólicos. Se ele ainda estivesse vivo, a Meia-Aldeia toda não estaria imbuída de seu espírito nem de sua imagem. Ela sentia a presença dele em toda parte. Em cada pedra, cada tábua, cada prego, cada corda, cada árvore. Às vezes ela esfregava a mão no guarda-roupa ou tocava nos buracos deixados pelas estacas no chão e imaginava que sentia a marca dos dedos dele nos dela, que via o reflexo dele na textura da madeira e liberava o cheiro dele com seu toque.

Ela sabia que ele estava morto, mas há uma diferença entre saber alguma coisa e ser capaz de falar sobre ela, e era mais fácil descer todos os dias com a pequena Ania para o correio em Pisarowice do que admitir isso para qualquer um. Pani Plotka finalmente encontrara seu pequeno trono em seu pequeno reino do império, como funcionária dos Correios da República Popular da Polônia, agência 43, região de Nowosądeckie. Se chegava alguma correspondência para Anielica, estava no balcão a sua espera, e ela abria avidamente os envelopes enquanto Pani Plotka observava. Mas a primeira linha das cartas de Marysia sempre era sobre a escola de Irenka ou o trabalho do irmão, ou o progresso na cidade, e Anielica sentia uma caverna se abrindo para engoli-la pelo avesso. Pani Plotka ficava olhando para ela de trás do balcão enquanto ela lia, dando muxoxos de pena, esperando que o gesto de solidariedade lhe desse direito a alguma informação. Mas Anielica estava muito preocupada para notar e, com um adeusinho rápido, voltava para casa o mais depressa possível. Ia direto para o quarto conjugado que ela e Ania dividiam e tateava embaixo do travesseiro à procura do retrato emoldurado que guardava ali, desesperada para provar a si mesma que ele algum dia existira.

Era a única fotografia que tinha dele. Fora feita por um de seus amigos do Exército do País no fim da guerra. Ele estava encostado numa árvore usando bombachas, botas e o paletó que ela confeccionara. Apertava os olhos, tinha um sorriso gaiato no rosto, o nariz adunco sobressaindo de forma petulante, recusando-se a ficar à sombra da aba do chapéu. Ela era capaz de passar horas sentada contemplando-o, uma das mãos segurando a coxa gorducha de Ania em seu colo, a outra agarrando a moldura do retrato. Deixava-se ir para o momento na floresta em que a foto fora feita. Ela não esteve lá, mas agora devia conhecer aquele momento, aquela árvore, aquele trecho de mata melhor do que o próprio Pombo conhecera. Era sua única fuga da aldeia agora, e ela se demorava ali o máximo possível, até Ania acabar se contorcendo em seu colo ou seus pais virem ver por que ela estava entocada no quarto de novo.

44
A simulação de vida

À NOITE É O PIOR MOMENTO. Às vezes é difícil dizer se estou acordada ou dormindo. As paredes do quarto são azuis, não o azul-claro do céu ou dos olhos de um recém-nascido, mas o turquesa das instituições, e, a noite inteira, os clarões coloridos criados pelos faróis dos carros caçoam de mim durante minha insônia. Quando cochilo, acordo confusa. Minha cabeça está na ponta errada da cama, a luz vem do outro lado do quarto e um pavor sem forma, mas profundo, me ocupa o peito. Confiro meus pensamentos, um por um, tentando encontrar a fonte, e aí me dou conta de que Magda morreu, e a culpa e a saudade começam a me incomodar e me afligir de novo.

Como nos primeiros dias não suporto acordar para sentir isso, evito ao máximo dormir. Passo a noite inteira andando do quarto azul para o marrom e voltando, ou sento no parapeito da janela, as duas folhas escancaradas como todas as outras do quarteirão. Observo as prostitutas na esquina, vestidas apenas com fios de roupa por causa do calor, o corpo largado, brincando enquanto esperam. Quando um carro encosta, a mais alta se aproxima, se abaixa e apoia o braço na janela para falar com o motorista. Elas recusam mais carros no verão do que no inverno, e riem quando eles se afastam envergonhados. Parecem tão livres de onde estou sentada, uma prisioneira condenada numa torre, só tendo a mim mesma para culpar.

E depois, quando vai amanhecendo, ouço os ruídos do dia começando — as chaleiras batendo, os programas matutinos de televisão aos berros, os carros deixando as moças da noite anterior e se afastando a toda. E quando a ampulheta do dia é virada e a areia começa a correr de novo, parece impossível que o mundo continue comendo e assistindo à televisão e traindo as esposas, que as pessoas na rua não parem nem por uma fração de segundo para acusar a ausência que Magda deixou. Para os outros, ela não é mais do que um aviso fúnebre anônimo em preto e branco colado na parede, pronto para ser coberto pelo próximo a qualquer momento.

Deve ser mais para o fim da primeira semana que acordo no meio da noite. Há um aroma floral enjoativo no ar, como dois meses de primavera comprimidos num só dia. Levo um minuto para situar o cheiro, para reconhecer o brilho de seu cabelo, o peso no pé da cama que não me pertence.

— Magda — sussurro.

Sua mão segura minha perna esquerda, logo abaixo do joelho, demorando-se aí o suficiente para que eu sinta o calor passando de sua mão para minha panturrilha. Fico esperando que ela ofereça algum alívio, alguma resolução, algum conforto para relaxar meu corpo paralisado, os músculos se contraindo mais e se isolando mais dos outros a cada segundo que passa.

— Como foi capaz? — sussurra ela ao contrário do que eu queria.

— Sinto muito, Magda. Sinto muito. Me perdoe.

Mas ali, sozinha no escuro, minha voz perturbando o silêncio é a coisa mais assustadora que se pode imaginar.

— Me perdoe — digo de novo, mas o eco da minha voz volta como da primeira vez.

As molas da cama soltam um gemido, e a pressão suave em volta da minha perna é liberada. Mas a última coisa que vejo quando o vulto se dissipa na escuridão não é o brilho do cabelo de Magda, mas sim a curva das maçãs do rosto de Nela.

Passo o resto de maio e junho inteiro sem sair do *kamienica*. Não vou ao hipermercado Europa, não vou ao Stash's, não vou à biblioteca, não vou ao Mikro. Nem saio no balcão. Afinal de contas, como você pode trair a prima, deixá-la morrer no banco traseiro de um Fiatzinho e depois sair de casa e dar de cara com o mundo ensolarado? Como pode voltar a viver entre os lojistas e os turistas, os avós e as criancinhas e não fazer um Ato de Contrição para todo mundo que você encontra? Como pode deixar sua avó ser descoberta por seu tio retardado mental porque você estava vendo um filme e continuar comendo bolo de ameixa e contando piadas e beijando e ouvindo jazz e indo ao cinema como se nada tivesse acontecido?

Pani Bożena faz tudo sozinha agora. Já está de pé ao amanhecer, circulando lá embaixo, deixando a água correr e batendo os pratos. Ela tem uma chave do meu apartamento e vem aqui todas as manhãs me convencer a tomar banho e me pentear diante do pedaço de espelho pendurado no banheiro. Faz o café da manhã para mim. Lava a louça. Vai ao mercado. Luta com a máquina de lavar. Não reclama, não desmaia. Liz Taylor e Katharine Hepburn, a grande dama, a estrela de cabaré e sua *skleroza* desapareceram. O fogo de sua depressão naquele inverno parece ter consumido tudo, e agora o que sobra nas cinzas é a verdadeira Pani Bożena, que acaba sendo uma pessoa muito paciente e solidária.

— Não se preocupe, *kochana* — diz-me ela todo dia. — Vou tomar conta de você.

E toma. Passo os dias no apartamento dela, sentada em sua espreguiçadeira, zapeando os canais de televisão, cochilando e acordando.

Em algum momento, na segunda semana, Stash aparece.

— *Co słychać?* — pergunta, despenteando meu cabelo.

— Nada.

Ele traz uma sacola de plástico.

— Irena pediu que eu lhe desse isso. Algumas coisas que você deixou lá.

Põe a sacola na ponta da espreguiçadeira, e eu me sento direito. Abro a sacola com cuidado e toco no que está lá dentro como se estivesse verificando uma panela de água no fogo. Está tudo socado, como se a ideia de guardar aquelas coisas para mim só tivesse lhe ocorrido depois.

— Como ela está?

— Igual a você.

— Será que ela algum dia vai falar comigo?

— Não é você. Ela só precisa de tempo.

Eu andara alimentando um pequeno raio de esperança, mas a sacola na ponta da espreguiçadeira é a última pedra na porta do porão. Não resta mais nada aberto entre mim e Irena, nada por terminar, nem mesmo alguns objetos de uso pessoal deixados consciente, inconsciente ou subconscientemente numa gaveta.

— Aguente aí — diz Stash. — Torno a passar aqui em breve.

Pani Bożena leva a sacola lá para cima para mim e, naquela noite, guardo-a no canto mais escuro do armário.

O dia da prova de direito e o da prova de geografia passam como outro qualquer a não ser pela dor difusa em meu peito. Penso nos estudantes debruçados sobre suas provas, o lugar vazio na mesa marcada com o meu nome. Penso nos aspirantes à faculdade de direito e em seus pais parados em volta do arco na rua Pombo esperando a lista ser afixada. Tento imaginar Irena do outro lado da cidade, sentada no sofá. Tento posicionar Magda encostada no marco da porta da sala, sorrindo e afofando o cabelo, brigando com a mãe. Mas não consigo. Tudo que consigo imaginar é seu corpo jogado no ombro de Sebastian, sua cabeça em meu colo no carro, os contornos embaixo do lençol branco na maca sendo levada pelo corredor completamente branco.

45
Quem não trabalha não come

ANIELICA ACABOU INDO TRABALHAR como professora do ensino fundamental em Osiek. Algumas das crianças que haviam ido a sua casa durante a guerra estavam na escola, o que de certa forma tornou mais fácil aceitar os slogans e as novas cartilhas, até mesmo os miúdos olhos geórgicos que não a largavam. O que não conseguia aceitar no fim era a eliminação dos crucifixos. Os soviéticos ainda não haviam aprendido a pular a etapa da discussão quando se tratava dos montanheses; portanto, o fato foi comentado durante semanas antes que se concretizasse, e a ordem para sua execução foi dada semanas antes da chegada prevista dos inspetores.

— Não consigo fazer isso, Pani Rita — sussurrou Anielica um dia depois da escola. Pani Rita dava aula para o nono ano; e Anielica, para o oitavo. — Eu me sentiria como se estivesse participando da crucificação.

— Eles vão nos demitir se não fizermos isso. Ou coisa pior.

— Não posso fazer isso.

— Pense nas crianças. Pense em quem eles vão arranjar para dar aulas para elas se você for embora.

Em poucos anos, já havia um Eles. Um Eles onisciente, onipresente, ameaçador, que tinha que ser mencionado em voz baixa e nunca muito articulada.

Anielica foi para casa e rezou à Virgem Maria, e quando voltou de manhã, o crucifixo já não estava lá.

— Obrigada — disse ela quando viu Pani Rita.

O crucifixo ficara tanto tempo pendurado na sala de aula que deixou uma marca amarela luminosa na parede pintada de ocre, como se Cristo de fato tivesse ressuscitado e deixado ali seu halo.

— Agora essa marca servirá para lembrar a Ressurreição — disse Pani Rita.

E a marca, de fato, trouxe esperança durante umas curtas semanas, esperança de que mesmo quando algo se foi, não foi *realmente* embora. Os inspetores vieram, fizeram um gesto de cabeça positivo, constataram o cumprimento da ordem e se foram, e todos os professores da escola suspiraram aliviados. Mas após o feriado prolongado, elas voltaram e encontraram as paredes caiadas, os retratos duplos de Vovô Lenin e Tio Stalin um de cada lado do ponto onde ficara o crucifixo, lugares anteriormente reservados aos dois ladrões.

Anielica não conseguiu aguentar a caiação. Largou o emprego no fim da semana.

Mas como "quem não trabalha não come", quando Pani Plotka se aposentou dos correios pouco depois disso, Anielica assumiu. Era uma agência pequena, servindo apenas à Meia-Aldeia e a Pisarowice, e a maioria das pessoas só ia lá uma ou duas vezes por semana. A agência de Osiek seria suficiente, e era consenso que aquela só havia sido realmente erguida para proporcionar empregos na construção civil e mais uma parede para pendurar os retratos. Mas Anielica se orgulhava de manter a pequena agência funcionando — atendendo clientes, organizando a correspondência e distribuindo os pacotes de ajuda humanitária.

No ano em que Tio Stalin morreu, no ano em que a pequena Ania fez seis anos, eles começaram a chegar. Vinham abarrotados da compaixão de colegiais americanos, canadenses e ingleses, e Anielica, como agente dos correios, tinha a responsabilidade de distribuir a compaixão deles equitativamente às famílias dos arredores. Eram pacotes anônimos, endereçados a códigos postais e não a pessoas, e contendo o que provavelmente se dizia que faltava nos países da Żelazna Kurtina, ou Cortina de Ferro, como começara a ser chamada. Pés esquerdos de sapatos. Calças jeans. Batom. Fotos de Tony Bennett. Nada de dinheiro, senão seria confiscado. Nada de livros que não figurassem no *indeks*. Toda correspondência era monitorada, embora os bilhetes do Ocidente fossem em geral tão banais que não valia a pena traduzir.

Era a melhor parte do seu trabalho, distribuir os pacotes de ajuda. Sempre havia pelo menos algumas coisas que podiam ser usadas ou trocadas, e a família que as recebia passava uma semana feliz. Algumas não entendiam como Anielica não guardava os pacotes todos para si, ou pelo menos os usava para *załatwić* outras coisas. Na Nova Polônia, você pegava o que podia, precisasse ou não, e depois ia ver como aquilo lhe seria útil. Mas, para Anielica, a utilidade era ver a cara animada dos vizinhos quando abriam as caixas, ver, quando ia à casa deles depois, as latas e garrafas coloridas transformadas em vasos, os desenhos a lápis de cera das crianças ocidentais pregados nas paredes dos casebres. Era um pouco como ser Święty Mikołaj o ano inteiro.

Mas, um dia, chegou um pacote, com o mesmo código postal, mas endereçado à Meia-Aldeia e não a Pisarowice, e embora o endereço fosse escrito com a mesma letra uniforme que todo mundo tinha, havia uma rebeldia nos "f" que fez Anielica guardar o pacote para si.

Esperou a hora de fechar a agência e trancou a porta. Pôs o pacote em cima do balcão, pegou uma ponta da fita marrom e puxou. Dentro, havia maços de gibis coloridos, um corte de seis metros de lã buclê embrulhado com papel e barbante, três livros, dez barras de chocolate, um pacote de cigarros e uma lata grande de café com um rótulo vermelho vivo. Embaixo de tudo, havia um pedacinho de papel. Com a letra dela.

Perdi o segundo molar
inferior do lado direito.

46
Onde o diabo perdeu as botas

— Ba-ba Ya-ga! Ba-ba Ya-ga!

É Pani Bożena vindo me chamar para descer, mas hoje, especificamente, sua voz é insistente como a das mulheres na sala na manhã em que minha mãe morreu. Já estou acordada na cama há algum tempo e me levanto quando a ouço subindo as escadas. Ela sempre fica com uma cara profundamente desapontada se ainda estou deitada, como se tivesse falhado comigo e eu, falhado com ela, e é isso, apenas isso, que leva meus pés para o chão todos os dias.

Em geral, ela fica até eu ter escolhido roupas limpas e aberto a água, até ter certeza de que tenho energia suficiente para descer, mas hoje, fica parada em frente à porta do banheiro, perguntando várias vezes se já acabei, dizendo para eu me apressar antes que o dia acabe. Ela desce na minha frente, olhando para trás periodicamente para se certificar de que estou ali e, quando abre a porta do apartamento, anuncia com uma voz aguda:

— Cá está ela! — Por um momento, receio que isto seja alguma encenação, que ela tenha voltado a ser como era, e que hoje eu tenha sido de fato acordada por Ingrid Bergman ou Vivien Leigh ou Sophia Loren.

Mas quando entro na sala, vejo um homem sentado à mesa, um homem que nunca vi antes. Está sentado na sala de estar de Pani Bożena como se estivesse em casa, as pernas esticadas à frente e cruzadas no tornozelo, uma xícara de chá na mesa lateral. Não é muito diferente dos turistas na casa de Irena, com aquelas calças castanhas e aqueles tênis, mas quando se vira para me olhar, vejo as pálpebras caídas de minha mãe e meu nariz adunco. Sinto algo dentro de mim ceder como a porta de um alçapão. É *ele*. Da foto. Cem por cento.

— Beata? É você mesmo?

Ele se levanta e alisa a frente das calças. Beata. É meu nome de batismo, o nome em todos os meus documentos oficiais, o nome que chamaram na floresta no dia em que minha mãe morreu, o nome nos avisos fúnebres de Nela embaixo das palavras *deixa uma neta*.

— Baba Yaga — digo cautelosa. — Todo mundo me chama de Baba Yaga agora.

— Beata — insiste ele. — Beata.

Ele me olha do mesmo jeito que Nela me olhava, tentando ver no meu rosto os traços de Nela, exatamente como Nela tentava ver os dele.

— Beata — diz ele de novo, mas, dessa vez, fica com a voz embargada e os olhos rasos d'água. — Sinto muito — diz. — Sinto muito, mas olho para você e... — Ele tira do bolso um lenço branco dobrado e enxuga o nariz.

Quero consolá-lo, mas não sei como. Ele é um personagem de ficção, uma criação da minha imaginação. É a mesma coisa que se alguém me convidasse para tomar chá com a Baba Yaga de verdade ou o dragão de Wawel ou o Pinóquio e sustentar uma conversa. Ele me faz perguntas, e tento respondê-las. Ele fala o polonês de cinquenta anos atrás, as palavras dos noticiários nas retrospectivas.

Pani Bożena serve mais chá e põe um *drożdżówka* num prato para mim, mas não tenho apetite. Ela e meu avô ficam fazendo graça um para o outro se chamando pelo primeiro nome, e compreendo que, logo depois da guerra, oito deles dividiam um apartamento comunitário defronte à praça do Bispo com uma mulherzinha má chamada Gosia, que nem merece um "que Deus a tenha" depois do nome. Ouço quando Pani Bożena lhe pergunta sobre a América, e ele lhe diz que é dono de uma empresa de construção em Nowy Jork, que anda tentando sair da lista negra desde que os comunistas foram derrubados pelo voto popular, e só uma semana atrás recebeu a notícia de que finalmente estava autorizado a regressar. Todas as suas irmãs estão hoje na América, e ele tem vinte e dois sobrinhos, embora nunca tenha voltado a se casar em toda a sua vida. Nunca em toda a sua vida. É exatamente como ele diz.

— Nela também nunca se casou de novo — digo eu, e ambos me olham.

As palavras parecem tão escassas, tão pobres. Não conseguem começar a descrever o vazio nos olhos dela quando ela ficava sentada na frente do fogão, tocando a gola de pele em seu pescoço. Ou a resignação de todos os homens nas aldeias vizinhas que a adoravam, mas sabiam que nunca poderiam ultrapassar a distância respeitosa que ela mantinha deles — uma cerca bem-aparada isolando seu coração.

— Baba Yaga — diz Pani Bożena. — Seu avô quer ver um pouco da cidade. Você o leva, claro.

— Quando?

— Bem, hoje, claro. Assim que você terminar o seu chá.

E é assim que um estranho da América me resgata das paredes azuis-turquesas do apartamento no terceiro andar do *kamienica* de Pani Bożena. E da minha dor. Na semana que Czesław passa em Cracóvia, vamos a todos os lugares. Comemos no Wierzynek, onde só uma salada custa cinquenta mil złotych e fico com medo de sujar os guardanapos. Vamos ao Jama Michalika, e os garçons se desdobram para nos trazer bandejas de doces e chá. Sentamos às mesas vermelhas no Maska e comemos torres de sorvete de creme com andaimes de *wafer*. Pegamos a excursão do castelo de Wawel e das minas de sal em Wieliczka. Vamos a Huta e à Igreja da Arca no carro que Czesław alugou e sentamos na parte mais fresca embaixo do enorme crucifixo e do teto que parece o fundo de um barco. Vamos à ópera e ao Cabaré, olhamos butiques e antiquários, e assistimos a um filme no Mikro.

É o mais perto de um conto de fadas que minha avó já chegou.

Dois dias antes da data prevista para o regresso de Czesław para a América, deitamo-nos no meio da Błonia já de noite, sem vivalma por perto.

— Eu vinha aqui quando queria fugir da cidade — diz ele.

— Eu também.

— Sabe, sua avó e eu fizemos um piquenique aqui depois do nosso casamento.

— Ela me contou.

Sinto a grama eriçada na mão e ouço a algazarra dos grilos no escuro. Todos os grilos da cidade devem ter se reunido aqui hoje.

— Sabe, só me arrependo de não ter me casado com ela antes. Durante a guerra. No porão, se fosse preciso. Talvez as coisas tivessem sido diferentes então.

Estamos deitados lado a lado, olhando para o céu. Quando as luzes dos postes se apagam à meia-noite, o céu fica tão estrelado quanto nas montanhas.

— Beata?

— Sim?

— Irena me disse que você estava se preparando para fazer o vestibular para a Jagiellonian.

— Eu estava.

— Para geografia?

— Aham.

— E por que não fez?

— Sei lá.

— E Bożena me disse que antes dessa semana, você passou um mês sem sair de casa.

— Sim.

— Porque acha que tem culpa pelo que aconteceu com a filha de Irenka?

— Sim — respondo num tom quase inaudível na algazarra dos grilos.

— Não acha que deveria ligar para ela?

— Ela não quer falar comigo.

— Só porque você a faz lembrar do que ela sente falta. Mas seria melhor para vocês duas, eu acho.

Estou calada. Para dizer a verdade, há uma parte de mim que nunca mais quer ver Irena, que quer deixar a lembrança dela e de Magda se dissipar e se apagar. Porque às vezes é mais fácil ir em frente do que continuar rodando em volta da mesma mancha no chão. Às vezes, é mais fácil fazer novos amigos do que ficar voltando para a família. Mas isso eu só digo para as estrelas.

— Beata — ele diz. — Você vai comigo à aldeia amanhã?

— Acho que você ficaria decepcionado — digo. — Lá não tem quase mais nada.

É verdade. Quando fui embora de lá ano passado, a Meia-Aldeia só tinha quatro habitantes, incluindo tio Jakub, que se mudara para a antiga casa Lubicz já que não havia mais ovelhas para cuidar.

— Quando fui embora também não tinha quase mais nada.

E ele sorri no escuro, o mesmo sorriso sépia atrevido da fotografia.

Partimos na manhã seguinte no carro alemão alugado com um saco de sanduíches que Pani Bożena preparou para nós. Czesław parece nervoso, e dá para ver que ele não quer conversa. Acomodo-me no meu banco. É um bom carro de aluguel, com teto solar e bancos de couro, e a engenharia alemã coloca um silêncio artificial a nossa volta.

Tento imaginar o carro de Czesław na América. Sua vida na América. Tento vê-lo em meio aos arranha-céus e aos táxis amarelos ou num escritório em algum lugar, administrando sua construtora. Tento imaginá-lo comemorando os aniversários de seus sobrinhos com bolos gigantescos e montes de presentes, como já vi nos filmes.

Olho para ele e observo seus olhos saltando de uma coisa para outra, tentando enxergar a nova realidade. As casas recém-construídas e as antenas parabólicas, os novos Fiatzinhos, as avós nas bicicletas, os cartazes com anúncios de casas de campo, pneus, iogurte. Mesmo lá, onde — como diziam — o diabo perdeu as botas, há cartazes por todo lado.

Eu me pergunto quanta mudança somos capazes de aceitar na vida.

Os campos dão lugar a florestas. O ar-condicionado sai suavemente das bocas de ventilação, e o sol entra pelo teto solar. Só levamos uma hora e meia para chegar a Nowy Targ; de Nowy Targ até Pisarowice é só mais meia hora. Penso em todas as vezes que Nela falava sobre Cracóvia como se fosse um cosmos totalmente diferente. Mesmo no ônibus quando vim pela primeira vez, pareceu muito longe. Duas horas. Só isso. E em cinquenta anos, ela nunca voltou. Nem mesmo de visita.

Chegamos à última placa de "pare" antes do rio, e o carro ronrona baixinho embaixo de nós, a seta piscando pacientemente enquanto Czesław decide que direção tomar. Finalmente, entra à esquerda.

— Pan Romanenko ainda pilota a balsa?

— Pan Romek?

— Acho que não era muito fácil ser ucraniano depois da guerra.

Mas quando chegamos ao rio, não há balsa nem Pan Romek. Só uma laje de concreto no lugar. Mesmo diante disso, Czesław apenas dá de ombros e passa. Só quando chegamos a Pisarowice é que ele para o carro.

— Caramba — diz.

Olha a estrada para a Meia-Aldeia e balança a cabeça. Não consegue falar. Vai subindo devagar como se a estrada fosse apenas uma miragem e, lá em cima, desliga o carro e se apoia no volante, reunindo forças.

— Está pronto? — pergunto.

Ele assente.

Saltamos, e as portas batem suavemente atrás de nós. Lá fora, o calor do meio-dia é sufocante e a algazarra dos insetos supera qualquer outro ruído. Atravessamos o capinzal, a clareira, passamos a pedra que marca a sepultura do menino Epler e paramos primeiro na antiga casa Lubicz para ver se tio Jakub está.

— Tio Jakub — chamo, e bato à porta. — Tio Jakub.

Ninguém responde, então entro direto, como fazia quando morava lá. E, primeiro, penso que estou na casa errada, ou que outra pessoa se mudou para lá. Tento entender tudo o que está diante dos meus olhos.

— *Niesamowite* — digo.

— Incrível — ecoa Czesław atrás de mim.

Diante de nós, estão todas as coisas de Nela. Não encaixotadas como as deixei, mas sim expostas como quando ela era viva. A mesa está posta para quatro com sua louça e seu faqueiro, e suas pantufas e sapatos estão enfileirados ao lado da porta. Suas roupas, seus casacos e suas bolsas estão pendurados pela sala inteira como quadros, e ele até dispôs as saias e os suéteres formando os conjuntos que ela costumava usar. A escova de cabelo, o pente, o perfume e o pó estão arrumados com capricho numa mesa ao lado da cama, e o batom está aberto e pronto para ser usado na penteadeira. Alguns de seus livros estão ali, enfileirados no console da lareira, e há um livro de Miłosz pousado com a primeira capa virada para baixo numa cadeira em frente à lareira.

Czesław corre o dedo pelas lombadas no console, examinando os títulos. Anda pela sala, tocando em uma coisa e outra: as bainhas dos vestidos e os dentes do pente dela. Tio Jakub deixou suas aparas de madeira na mesa junto com meia xícara de chá e uma casca de ovo, portanto sei que ele só deu uma saída e já volta. Preocupa-me o que dizer se ele entrar e der de cara com a gente, mas como posso apressar Czesław? Ela era a *mulher* dele. Ele deve estar zangado. Alguma coisa.

— Podemos ir — diz ele com calma.

Pega distraidamente um dos garfos na mesa e lhe examina os dentes, depois torna a colocá-lo exatamente no mesmo lugar em que o encontrou.

— Sinto muito — digo. — Deixei todas as coisas dela lá em casa. Embaladas. Ele disse que tomaria conta. Tenho certeza de que, se eu pedir, você pode levar tudo com você para a América.

Mas ele não está ouvindo. Seu olhar está focado em nossa casa do outro lado da clareira. Quando nos aproximamos, ele estremece. Nela e eu demos duro para conservá-la sozinhas, e após um ano de abandono, está num estado pior ainda do que quando a deixei. O teto tem furos comidos pela ferrugem, há umas janelas quebradas. Czesław instintivamente limpa o caminho para a porta, batendo com o pé as pedras soltas, arrancando ervas daninhas, jogando gravetos e galhos no mato.

— Sinto muito — digo. — Nela me contou que você construiu quase tudo aqui, e agora... olhe só.

— Nada de lamentos — diz ele. — É só uma casa.

Mas dá para ver que está desapontado.

Ele abre a porta entalhada, e ela bambeia na dobradiça. Entramos na sala. Lá dentro, o mato cresce nas frestas da parede, que ruiu num lugar, deixando um buraco aberto.

— O que é *isso*?

— Meu pai fez. Quando *mama* ficou doente, ele e Nela brigavam o tempo todo. Por causa da bebida dele. Por causa da *mama*. Por minha causa. Um dia, ele botou abaixo o muro do jardim e fez essa parede aqui. Bem no meio da sala. Provavelmente foi para o melhor. Quando *mama* piorou, consegui me mudar com Nela para o lado dela.

Pombo deixa os olhos passearem pela parede de cima a baixo, depois balança a cabeça.

— E aí?

— E aí, depois que *mama* morreu e meu pai foi embora, acho que Nela não quis mais de jeito nenhum ir para o outro lado. Nenhuma de nós quis. Então, a gente simplesmente deixou a parede em pé.

Ele dá a impressão de querer sentar-se, mas não há nenhum lugar para sentar. Toda nossa mobília, salvo o gigantesco guarda-roupa, está agora na casa de tio Jakub. Czesław passa a mão no armário, exatamente como Nela fazia, e me pergunto se restam vestígios da loção ou das impressões digitais dela. Ele passeia por ali, examinando as paredes e as janelas, depois passa para o outro lado pelo rombo da parede. Vou atrás dele, e ele vai direto para a velha mancha de *barszcz* no meio do piso. Abaixa-se para tocar nela e, de repente, parece muito velho. Esfrega a mancha com a mão e olha para a palma.

— Você estava aqui? — pergunto. — Estava no dia em que Ciocia Marysia derramou a panela de *barszcz*?

Ele me olha, confuso, e vai se abaixando, se abaixando, se abaixando no chão. Por um minuto, penso que ele está tendo um ataque do coração ou um derrame, mas seus movimentos são graciosos e lúcidos. Ele se estica no chão, o rosto e a mão encostados na mancha.

— Czesław? Você está bem? Czesław?

Ele está chorando, e não sei o que fazer. É só uma mancha de *barszcz*, e por que alguém haveria de chorar pelo *barszcz* derramado?

— Você está bem? — torno a perguntar. — Czesław? Czesław? Pombo?

Mas ele não responde, e, finalmente, me dou conta de que esta deve ser uma daquelas histórias com o final triste que Nela nunca me contou. Agacho-me ao lado dele, este homem que tem o meu nariz, as pálpebras de minha mãe e o coração de minha avó. Este homem que só conheci esta semana. Apalpo suas costas. Toco em seu cabelo branco. Mas não basta.

— Eu deveria estar — diz ele baixinho. — Eu deveria estar. Eu disse a ela que estaria. E me atrasei naquele dia. Eu me atrasei. Cheguei tarde *demais*. E agora. Tarde demais.

E, de repente, também estou chorando. Pelo fim que eu segurei no colo no banco traseiro de um Fiatzinho. Pelo fim que aconteceu quando eu estava no cinema em Osiek. Pelo fim da história do *barszcz* que eu nem sequer conheço.

Fico deitada com ele em cima da mancha de *barszcz* e ponho minha mão sobre a dele, nossos rostos ficam a uma distância de, mais ou menos, uma tábua de largura. Olho para seus olhos embaçados e sinto o calor de sua respiração, e ele olha para mim. Nenhum de nós tenta tranquilizar o outro. Nenhum de nós deseja suavizar a dureza do chão de madeira nem apagar a mancha. Só ficamos ali deitados, nos olhando, procurando enxergar a aceitação total do que dissemos. Ou do que fizemos. Ou do que não conseguimos fazer.

Ficamos muito tempo deitados em cima da mancha. A mancha que sempre esteve ali e há de sobreviver a nós dois. Nossos corpos se acomodam e nossa respiração fica profunda e regular. Ele puxa o lenço do bolso e não pensa duas vezes antes de entregá-lo a mim, e eu não penso duas vezes antes de aceitá-lo. Porque estamos juntos agora e somos da mesma família, e ele, Irena e eu somos os únicos que sobraram.

E acho que é por isso que decidimos mudar a parede de volta para o seu devido lugar, porque sabemos que ninguém depois de nós fará isso, nem mesmo saberá onde esteve um dia, protegendo minha avó e sua família do avanço do mundo externo. Jogamos as pedras para fora da casa e as alinhamos toscamente aos chutes. Entrego-as a ele uma por uma, e ele assenta-as cuidadosamente, movendo-as até elas se segurarem. Pani Wzwolenska sai de casa e balança a cabeça como se fôssemos doidos, mas torna a entrar e sai de vez com dois copos de suco de maçã. No fim, levamos três ou quatro horas nisso, e fico o tempo todo aflita, achando que será demais para ele, que o dia está muito quente e as pedras são muito pesadas. Mas esse homem de setenta anos ainda tem muita força, e me pergunto se sempre teve essa força toda na América, ou veio buscá-la aqui.

Conversamos enquanto trabalhamos, e agora parece que não há nada que não possamos dizer. Ele me conta sobre suas atividades como *partisan* durante a guerra e sua resistência aos comunistas em Cracóvia, conta como vieram buscá-lo primeiro na calada da noite, e afinal, o que foi mais assustador, em plena luz do dia. Como lhe deram duas opções: a primeira, morte para ele e perigo para seus familiares e amigos; a segunda, um "bilhete só de ida". Conta isso tudo com simplicidade, sem rodeios. Não há contos de fada, desfechos omitidos nem manchas de *barszcz*. Só quando chega à parte em que o botaram no trem é que ele, de repente, se cala, como se nada de importante tivesse acontecido depois disso.

— Mas se você estava na América esse tempo todo, por que não tentou entrar em contato com ela?

Ele para e se endireita. Olha para mim, confuso.

— Mas eu estive sempre em contato com sua avó.

— Esteve?

— Ela nunca lhe contou?

— Contou a todo mundo que você tinha morrido.

Ele se senta no muro.

— Trocávamos cartas pelo correio, pelos pacotes de ajuda humanitária e por algumas de suas clientes de costura que não estavam sob suspeita. E eu tentei voltar. Muitas vezes. Mas eu estava na lista e nos arquivos, e, quando você entra na lista, nunca mais sai. Tentei fazer com que ela também saísse do país. Mandei fazer os documentos e comprei as passagens. Uma vez em 1956, outra em 1968 e depois em 1984.

— Ela poderia ter saído?

— Seria difícil, mas poderia.

— Por que não saiu?

— Como assim, por quê? Por causa de você e de sua mãe. Ela teria que deixar vocês sozinhas. Deixar vocês para trás.

Voltamos ao trabalho, mas agora em silêncio, cada um de nós recuando para seus próprios pensamentos, só se ouvindo o ruído das pedras sendo assentadas umas sobre as outras. Quando terminamos, o muro está sólido e regular. Pani Wzwolenska nos convida a entrar para jantar, mas queremos ficar do lado de fora para ver o sol se pôr, então ela vai buscar sanduíches e mais suco de maçã. As copas das árvores estão justamente penetrando no sol poente, e convidamos Pani Wzwolenska para se juntar a nós, mas ela se limita a balançar a cabeça e rir porque pode ver o sol se pôr assim qualquer noite da semana.

Ficamos muito tempo sentados no muro, comendo nossos sanduíches e ouvindo os grilos até o sol ser apenas alguns reflexos dourados no pé das árvores. Sei que ambos estamos esperando que tio Jakub volte. Seria uma pena termos vindo aqui e não o ver, mas talvez seja melhor assim. Talvez ele ficasse muito constrangido se soubesse que vimos seu santuário para a mulher de outro homem, para uma mulher que nunca permitiu que ele fizesse mais do que cuidar de suas ovelhas, revolver seu jardim e cortar sua lenha.

E é quando estou revolvendo isso mentalmente que ouço o ronco do velho Trabant chegando à clareira, abafando os grilos por um instante até o motor ser desligado. Ouço-o saltar e bater a porta, produzindo o zumbido do monólogo constante que lhe fez companhia nestes anos. A porta de sua casa abre e fecha, abre e fecha, e olho ansiosa para Czesław, que só apalpa meu joelho e ri.

As casas na aldeia formam uma ferradura perfeita em volta da pedra no meio, a estrada para Pisarowice preenchendo a abertura, e, se serpear atrás das casas, você pode passar por todos os quintais. Aparentemente é isso o que tio Jakub faz, e não demora muito até o vermos virando a esquina da casa de Pani Wzwolenska.

— ... Eu vi o carro, e Baba Yaga, eu não posso acreditar, Baba Yaga, você voltou e ando pensando muito em você ultimamente, e você não escreve há tempos, e construiu de novo o muro, mas como...

De repente, ele se cala. Czesław se levanta e estende as mãos.

— Sou eu, Jakub — diz. — Sou eu.

Tio Jakub aproxima-se dele devagarinho.

— ... É você, é você mesmo, e eu não sabia que você vinha, eu convidaria você para entrar se minha casa não estivesse tão bagunçada, Baba Yaga lhe contou que estou morando na antiga casa Lubicz?, e é uma pena eu não poder convidar você para entrar, por que não me disse que vinha?, ah, não posso acreditar, minha casa está tão bagunçada, eu ficaria tão envergonhado...

Fico esperando Czesław interrompê-lo, dizer-lhe que já estivemos na casa, e pedir-lhe as coisas de Nela para levar para a América. Mas tio Jakub continua, e, lentamente, me dou conta de que Czesław não vai tocar nesse assunto. Passamos mais uma hora sentados no muro, os traseiros se fundindo com as pedras. Conversamos no escuro, em meio aos enxames de mosquitos, e nenhum de nós sugere que entremos. Quando estamos prontos para partir, Czesław entrega dois envelopes a tio Jakub, um cheio de fotos, o outro, de dólares.

— Você não disse nada — falo quando estamos indo para o carro na clareira.

— Ele é meu irmão.

— Mas ela era sua mulher.

— Ela era muita coisa para muita gente — diz ele baixinho. — Além do mais, eu não posso recuperar esses anos pegando de volta os vestidos dela.

Mas eu não quero que ele venha até aqui e saia sem nada.

— Espere. Acho que ainda tem uma coisa dela. No guarda-roupa.

Tornamos a entrar, e eles continuam lá, escondidos no compartimento secreto no fundo do guarda-roupa. Os franceses. Proust, Zola, Dumas, Camus, Voltaire, Maupassant, Balzac, Flaubert, Hugo, Céline, Lamartine.

— Ela me fez prometer levá-los comigo para Cracóvia — digo —, mas não deu. Você não quer levá-los para a América? Pelo menos alguns?

Ele pega um dos livros e o vira nas mãos.

— Os franceses sempre foram os preferidos dela — digo. — Eu levei, sim, um exemplar do *Germinal*. Ela sempre o lia para mim...

Mas ele não parece ouvir. Está totalmente concentrado no livro em suas mãos. Olha para a contracapa e franze o cenho. Saca um canivete e abre a lâmina.

— Czesław?

Ele segura firme a capa contra o corpo e enfia a lâmina embaixo da última página, cortando-a com um gesto rápido. Separa-a da capa, e dali caem duas notas novinhas de cem dólares.

— *Boże*.

Ele sorri.

— Ela sabia?

— Claro. Aqui — diz ele, me entregando aquilo. Eu nunca havia pegado numa nota de cem dólares. É mais do que apenas dinheiro. Ali parada, tenho a sensação de estar segurando toda a vida de Nela, todas as suas oportunidades e possibilidades, que ela não se deu o direito de ter e escondeu de mim.

Czesław não terminou. Separa a capa da contracapa do livro como se fossem asas e enfia a ponta da faca na lombada até aparecer um pedacinho de papel do outro lado. Balança o papel como um dente solto até arrancá-lo, um rolinho apertado de uns dez centímetros de comprimento. Entrega-o a mim.

— Vá em frente.

Levo um minuto para desenrolar o papel, que não quer parar desenrolado. Está escrito dos dois lados, uma letra miúda, como insetos esmagados. O papel foi dobrado e desdobrado tantas vezes que ficou macio como flanela.

— Cada livro?

— Cada livro.

A princípio, mal consigo ver as palavras ao luar, mas quando termino, entendo perfeitamente por que Nela nunca voltou a se casar, por que guardou a fotografia dele embaixo do travesseiro aqueles anos todos, por que nem precisou amplificar a letra miúda com a voz nem falar sobre o que já sabia no íntimo.

Há cerca de oitenta livros escondidos no fundo do guarda-roupa. Quando terminamos, voltamos a guardar todos embaixo do fundo falso, exceto dois. O maço de bilhetes deixa a casinha achatado entre as páginas de Maupassant, o dinheiro metido no Dumas.

Não há mais nada a dizer na viagem de volta. Olho de rabo de olho para Czesław, sua cara sisuda de vez em quando não conseguindo conter um sorriso secreto. Penso na quantidade de coisas que Nela abriu mão por minha mãe e por mim. Todo dia, durante anos e anos, sem nunca se queixar. Eu me pergunto se ela, algum dia, ficou ressentida conosco ou se arrependeu da escolha que fez. Penso nos outros de sua geração discretamente cuidando dos próprios assuntos mesmo depois que o mundo virou de pernas para o ar. Duas vezes. Penso em Stash no porão da delegacia em Rondo Mogilskie, e nas famílias dos operários em greve jogando comida por cima dos muros, e nos manifestantes na Rynek sendo pulverizados com mangueiras de incêndio, e as milhares de batidas na porta no meio da noite. Penso em Irena e no quanto ela se sacrificou por Magda exatamente como Nela, por mim.

Quando chegamos de volta a Cracóvia, é uma noite comum de verão, e as pessoas estão em toda parte, andando de mãos dadas, rindo, gritando umas com as outras na rua. Mas dentro do carro alemão alugado, todos os ruídos são abafados, como se de alguma forma tivéssemos conservado o silêncio da aldeia e o trazido conosco.

— Beata?
— Sim?
— Beata, quero que você pense em ir para a América comigo.

É uma grande questão, e quero responder a ela com uma longa lista de motivos pelos quais não posso ir, pelos quais tenho que ficar aqui. Mas, para dizer a verdade, agora, sem Nela, sem Magda e Irena, sem apartamento, nem namorado, nem curso universitário, o que há realmente aqui para mim? Ruas? *Kamienice*? A Rynek? A Błonia? Até mesmo essas coisas são mais de Nela do que minhas.

— Preciso pensar sobre isso.
— Espero que pense.

Pani Bożena me deu uma chave quando me mudei para o andar de cima, mas só a usei efetivamente nesta semana. É tarde e, como seu apartamento já está apagado, subo direto e busco no guarda-roupa a sacola de compras que Stash trouxe. Levo-a para a cama e jogo o conteúdo em cima do *pierzyna*. Se me perguntassem o que deixei para trás, eu conseguiria citar algumas coisas. A filmadora, minha passagem para Cracóvia, um par de sandálias velhas, o exemplar de *Germinal*, a fotografia de Pombo. E a gola de pele de Nela.

Separo-a do monte de coisas e trago-a até meu rosto, e o cheiro é uma mistura perfeita do perfume de Nela com fumaça de cigarro e cebola cozida do apartamento de Irena. Afago-a, e a pele se agita como água no leito rochoso de um rio. Deixo os dedos em cima de um ponto na costura, um ponto pronunciado aparecendo, com um fio de linha saindo. Quando ele falou aquilo, eu soube exatamente onde procurar. Meus dedos sempre pararam ali, preocupados com aquilo, como com um dente mole ou uma verruga ou uma afta no interior da minha bochecha. Puxo a linha pendurada, e em vez de ficar presa pelo ponto, ela cede logo. Sempre havia escassez, e Nela usava o que conseguia encontrar para estruturar suas golas: um pedaço de caderno, ou um cartão de Natal dobrado ou um panfleto do Partido. Puxo o primeiro e o desdobro, depois puxo os outros dois pela abertura. É exatamente como ele disse. 1956. 1968. 1984. Passagens aéreas para Nova York, roçando em seu pescoço aqueles anos todos.

Tento imaginar a América, como seria o país. Na minha cabeça, recrio a linguagem barulhenta dos turistas de Irena. Lembro-me do que Sebastian dizia sobre Nova York, sobre os táxis e os arranha-céus e o "Have a nice day". Penso em todos os filmes americanos que vi, com o indefectível "final feliz". Vejo a velha Kinga pulando e me perguntando se sou *doida*, dizendo-me que *é óbvio* que devo ir. Por que não *iria*? O inflexível ponto de interrogação fica martelando em minha cabeça. Mas, quando seguro as passagens, minhas mãos começam a tremer, e um plano diferente vai se formando em outro lugar no meu cérebro, no lugar que ainda lembra como empilhar pedras e trepar em árvores, e enxergar longe e correr para salvar a pele.

47
Solidaność

Não durmo muito bem, prevendo a manhã. Acordo cedo e vou encontrar Czesław em seu hotel. O carro alemão alugado já está esperando na frente, e o porteiro faz um gesto e me chama de Pani Beata. Sento-me no saguão luxuoso, aguardando que ele desça.

— E aí? — diz ele quando me vê, tentando enxergar a resposta em meu rosto.

— Sinto muito — digo.

Mas se sinto, é só por ele. Não quero ir para a América. Não quero viver num filme com táxis amarelos pulando para fora da tela e arranha-céus se elevando do chão como em "João e o pé de feijão". Não quero viver à sombra de um certo "final feliz". Nem um "final feliz" fingido, construído com caixas de coisas velhas dos outros. Não quero falar a língua dos outros nem viver o destino dos outros. Nem o de Nela.

— Nada de lamentos — diz ele. — Tem certeza?

— Tenho.

É o adeus mais difícil que já tive que dizer. Dá a sensação de ser definitivo, como se ele estivesse levando Nela para atravessar o oceano com ele, e eu finalmente estivesse me despedindo dela também. Ele me leva de carro até o prédio de Pani Bożena, e ficamos parados na calçada em frente ao velho *kamienica*. Ele me dá três beijos à polonesa e um abraço à americana. Só o conheço há uma semana, mas nossos movimentos parecem tão naturais que quem visse pensaria que éramos avô e neta desde sempre.

— Você sabe que pode vir me visitar quando quiser — diz ele.

— Sei.

— E que sempre pode mudar de ideia em relação à América.

— Sei.

— E que volto para visitar você assim que puder.

— Sei.

Fico olhando o carro ir embora, e, pela primeira vez desde que pus os pés na praça do Bispo, duas das prostitutas deixadas depois do programa da noite da véspera me olham e balançam a cabeça em sinal de reconhecimento. É um momento de pura solidariedade numa manhã ensolarada de verão. Somos irmãs aqui, e embora ainda não tenhamos apresentado nossas três gerações de ocupação ilegal, todas nós já sofremos o suficiente nesta cidade para dizer que somos daqui.

Subo e enrolo a filmadora no pano de prato, amarrando os cantos para fazer um embrulho firme. Guardo-a no fundo da mochila com mais umas coisas, vou para a praça do Bispo e começo a andar. Não para o lado da Rynek e dos turistas, mas para o outro lado, onde, em vez de *kamienice* imponentes, há *osiedla* de concreto; em vez de cafés, lanchonetes; em vez de butiques com nomes em francês ou italiano, há lojas e quiosques muito baixos batizados à moda comunista: Vegetais. Frutas. Calçados. Vestuário Feminino. Passo pelos quiosques, pela *lombardy* e pelas lojas de artigos de segunda mão. Acabo em Huta perto da praça do Povo. Aqui havia uma estátua gigantesca de Lenin, uma das primeiras e mais dramáticas a ser derrubada. Entro numa lanchonete comum pouco antes do movimento da hora do almoço. Escolho uma mesa com duas avós e um avô e me sento no lugar vazio.

— Com licença. — Viro-me para uma das mulheres. — A Pani se incomodaria de me dar uma entrevista?

A mulher finge não me ouvir. A outra recua, cautelosa.

— Para quê?

— Para um filme.

— Você é de um programa de televisão?

— Não.

— É da polícia?

— Não.

— Da polícia secreta?

— Não.

— Da polícia fiscal?

— Não.

Nós, poloneses, não somos conhecidos por confiar em estranhos.

— Quantas perguntas?

— Só umas poucas.

— Sobre o quê?
— Sobre a vida da Pani.
Ela ri.
— Sobre a minha *vida*? Sobre a *minha* vida? Você choraria de tédio num instante, *kochana*.
— Provavelmente é mais interessante do que a Pani pensa.
— Querida — ela se inclina para mim e sussurra em tom de conspiração —, olhe em volta. Estamos numa lanchonete em Huta com um bando de pensionistas, e, além do mais, este é o ponto alto do meu dia.
Ela sorri e balança a cabeça com rigidez. A outra só olha para sua sopa.
— Vou responder às perguntas — diz o avô finalmente. — Passei seis anos lutando na guerra e onze num campo na Sibéria. Não tenho medo de nada.
Ele tem dois dentes de prata, e seu cabelo é branco e grosso como mato.
Desembrulho a filmadora com cuidado, tiro a tampa da lente e focalizo até enxergá-lo na telinha do lado. Minhas mãos tremem, e, de repente, aquilo tudo parece uma má ideia.
— Está pronto — digo.
— Estou pronto — responde ele.
— Bem, em primeiro lugar, eu estava pensando... sabe, pensando se... bem, se o Pan poderia me contar um pouco sobre sua vida.
Então ele me conta sobre a guerra, sobre a construção de Huta nos anos cinquenta, sobre as condições nas usinas siderúrgicas e as greves nos anos setenta e oitenta. As duas avós ouvem e acrescentam as datas e os nomes de ruas que ele não se lembra. Quando termina, ele olha para mim como se estivesse esperando para receber uma nota.
— Mais alguma coisa?
— Foram histórias ótimas — digo timidamente —, mas e sobre sua família?
— Como assim?
Há umas quinze mesas na lanchonete, e todo mundo está nos olhando, salvo uma mulher atrás do balcão, que, desconfio, poderia continuar servindo sopa e registrando pratos durante um ataque aéreo ou um furacão. Tenho o coração aos pulos e as axilas molhadas. Tento pensar em Magda, em como ela foi direto para a mesa dos ingleses no bar dos

seguranças. E então me dou conta. Eu estava ali ao lado dela. Eu também briguei com os ingleses.

— Sua família — digo, dessa vez um pouco mais alto.
— Minha família?
— Sim.
— Eu não tenho família. Meus pais morreram cedo na guerra.
— Irmãos?
— Eu era filho único.
— Filhos?
— Não.
— Mulher?
— Nunca me casei.
— Uma namorada, então?

Se o estivesse observando a olho nu, se não tivesse olhando pela tela, eu poderia ter perdido. Eu poderia não ter visto sua testa franzir, seus olhos desviarem. Ele olha para o outro lado e se levanta da mesa.

— Olhe, acho que não posso ajudá-la com seu trabalho escolar. Acho que está procurando outra pessoa, alguém infeliz. Minha vida tem sido boa. Boa.

Ouço o burburinho a minha volta, e sinto meu rosto enrubescer. As avós também se retiram, e fico sentada à mesa sozinha, embora a público esteja aumentando. Penso no que Irena me disse uma vez, que há uma grande diferença entre saber uma coisa e ser capaz de falar sobre ela. Sinto os olhos desaprovadores em mim quando abro o pano de prato e envolvo a filmadora, dando um nó nos cantos. Sinto alguém atrás de mim.

— Estou saindo — digo. — Pode ficar com a mesa. Estou saindo.
— Que pena.

Olho para a pessoa. É uma avó de aspecto muito moderno, com óculos de leitura aninhados no cabelo grisalho curto, batom neutro e calças elegantes. Quase não se vê uma avó de calças, mesmo na Nova Polônia.

— Quem você está entrevistando?
— Só cracovianos médios.

Ela pousa sua tigela de sopa na mesa.

— Bem, eu não sou de Cracóvia. Mas, mesmo assim, pode me entrevistar.

Meus dedos começam a desfazer os nós no pano de prato.

— Então, de onde é a Pani?
— Da aldeia.
— Eu também. De qual?
— Ninguém nunca pergunta de qual.
— Eu sei.
— Água Fria. É no leste, em Bieszczady.
— Nunca ouvi falar.
— E você?
— Da Meia-Aldeia. Perto de Osiek.
— Nunca ouvi falar — diz ela.

Ambas rimos. A risada dela está bem na superfície, uma bolha que estoura tão logo entra em contato com o ar.

— Posso ligar a filmadora?
— Vá em frente. Não que alguém queira olhar para mim com a idade que tenho.
— Que nada. Acho a Pani muito elegante.
— Obrigada, *kochana* — diz ela, e abaixa os óculos apoiando-os no nariz. — Não enxergo mais nada — explica. — Nem minha sopa.

Ela pega a colher de alumínio e começa a comer, os óculos descendo e subindo em seu rosto conforme ela abaixa e levanta a cabeça.

— E como a vista da Pani ficou tão ruim? — pergunto.
— Lendo. Eu lia o tempo todo — diz. — Essa droga de literomania.

Ela torna a rir. Uma das outras avós que observam dá um muxoxo desaprovando sua linguagem.

— Só de ler?
— Ah, sim, eu vivia lendo quando era criança. O tempo todo. Nunca conseguiam me manter suficientemente abastecida de livros.

Duas estudantes sentam-se à mesa conosco e começam a comer.

— Eu me escondia no *stodoła* quando era garota. Arrumei um esconderijo para mim no feno.

Faço um gesto de positivo com a cabeça.

— Eu tinha que me esconder porque minha mãe não queria que eu lesse. Ela achava que eu estaria menos propensa a seguir a Igreja se ficasse muito esperta. Então, eu ficava no *stodoła* e ouvia minha mãe gritando: "Han-ka! Han-ka!" Eu escutava, mas fingia que não.

Ela ri disfarçadamente para mim como se fôssemos cúmplices de algo acontecido cinquenta anos atrás.

— Então de onde a Pani conseguia os livros? — pergunto.

— Bem, naturalmente, não tínhamos livros em casa — diz ela. — Só a Bíblia. Por causa do jeito da minha mãe. Mas sabe, as professoras na escola gostavam muito de mim e entendiam, então me emprestavam livros para ler. Tinha uma professora em particular, Pani Anita. E quando terminei todos os livros da escola, ela pegava livros na biblioteca e me dava. Ou pelo menos me dizia que eram da biblioteca. Mais tarde, percebi que a maioria não estava no *indeks*, então acho que ela os conseguia em outros lugares. Lembro uma vez em que eu estava lendo Émile Zola...

— Émile Zola?

— Émile Zola. Já leu?

— Era um dos preferidos da minha avó. Ela adorava os franceses.

— Sim, então você sabe, ele era um escândalo total, especialmente naquela época. Um escândalo total. E minha mãe me encontrou com ele no *stodoła*. O pior livro que ela poderia ter encontrado. E só precisou ler algumas frases antes de fazer um discurso bombástico sobre os *niemoralny* e Sodoma e Gomorra e os fariseus. — As duas estudantes na nossa mesa ouvem embevecidas. A mulher pousa a colher e leva a mão à cabeça. — *Oj*! E aí... ah, foi *horrível*... ela jogou o livro no fogo e me obrigou a ficar olhando enquanto ele ardia. Ah, foi *horrível*. E então, quando ele se consumiu, ela apanhou as cinzas no fogão, embrulhou-as num papel e me fez levá-las de volta para a professora que tinha me dado o livro na escola. Ah, fiquei envergonhadíssima — diz ela. — Envergonhadíssima.

— E a professora parou de dar livros para a Pani? — pergunto.

— Ah não — diz ela. — Continuou dando. Não tinha medo da minha mãe. Na verdade, depois disso, acho que ela tentava encontrar os livros mais polêmicos que conseguia... sabe, de raiva. Ela não tinha medo. Pani Anita. Ela era incrível.

— E aí?

Ela faz uma pausa e olha para o outro lado, e, por um momento, receio que ela não continue. Na verdade, ela só está saboreando o desfecho, revirando-o uma última vez na mente antes de dividi-lo comigo.

— E aí, fui para a universidade e virei professora. Filologia francesa. Não aqui. Em Lublin.

As duas estudantes conferenciam rapidamente e pegam seus pratos de sopa.

— Obrigada.

— Nós que agradecemos — respondemos, mas não tiro os olhos da telinha.

A mulher consulta o relógio.

— Tenho que ir também — diz. — Mas boa sorte.

Ele segura minha mão por um instante apenas, e sinto seu carinho.

Mais uma vez, minha mesa está vazia. Temo erguer os olhos e ver todos me olhando, mas quando imagino Magda, aqueles dias todos que passamos nos preocupando com reis e rainhas e batalhas e invasões, fico sentada, o coração disparado.

— Vou responder às suas perguntas. Você paga?

A mulher é mal-ajambrada, não tem os dentes da frente e usa um casaco comprido e sujo de pelo de ovelha, embora estejamos em julho.

— Não.

Ela encolhe os ombros e se senta assim mesmo.

Mexo canhestramente na filmadora.

— Tudo bem. Pronto.

— Cadê o microfone? — murmura a mulher banguela, e estende a mão.

— Não, não. É bem aqui.

Indico o quadrado de tela prateada, não maior do que um botão.

— Isso é o microfone?

— É, Pani.

— E a imagem?

Viro a tela para ela ver.

— *Matko Boska* — diz ela, e seus lábios começam a tremer ligeiramente.

A mulher observa com olhos esbugalhados como se estivesse presenciando as fadas da floresta dançando na tela.

Depois dela, mais duas avós se sentam. Uma me conta que foi secretária executiva de uma empresa de produtos químicos. Tem cabelo cor de cereja e se mexe na cadeira para endireitar as costas.

— Durante 32 anos. E sabe o que tenho como resultado disso? Uma pensão que não dá para alimentar um gato e o medo de ser estuprada por algum *hooligan* quando ando na rua. Os capitalistas desgraçados com aquela terapia de choque congratulam-se porque as lojas estão cheias, mas quem tem dinheiro para comprar alguma coisa? E para piorar, cada vez que ligo a televisão, tenho que assistir a comerciais de porcarias que não posso comprar ou ver o desgraçado daquele Wałęsa puxando o saco do Reagan cada vez num quadrante diferente.

— Clinton.

— O quê?

— O saco do Clinton.

A mulher encolhe os ombros.

— Dá no mesmo.

— Ah, não dê ouvidos a ela — diz a amiga —, essa aí vive falando de política. Política, política, política.

Várias pessoas em volta começam a discutir sobre capitalismo, e até a mulher atrás do balcão ergue os olhos do caixa.

— E a Pani? — pergunto. — O que a Pani faz?

— Eu trabalhava no teatro de ópera.

— Como cantora?

— Na bilheteria. Mas eu poderia ter sido cantora. Eu tinha uma voz linda quando era jovem. Até ganhei uma bolsa para estudar em Berlim. Trabalhando na bilheteria, conheci todos os cantores e músicos e regentes famosos na ópera, e todos eles me conheciam. Na verdade, quando me aposentei, fizeram uma festa para mim, e pediram que eu cantasse, e Jadwiga Romańska me disse que eu tinha uma voz linda. Você pode imaginar? Jadwiga Romańska.

— E a bolsa em Berlim?

— O que é que tem?

— Por que não foi?

— Eu me casei.

— E como era o seu marido?

— Ah! Ele era muito bonito! E dançava muito bem.

— *Muito* bem — diz a amiga do cabelo framboesa.

— Sim, e ela sempre dava em cima dele. — A mulher aponta para a amiga.

— Eu não!

— Dava, sim. Enfim, não fui para Berlim. Fiquei aqui, me casei com Sławek e tivemos três filhos encantadores.

— Bem, dois filhos encantadores e um totalmente sem noção — intervém a amiga.

— Eu digo isso dos seus filhos?

— Meus filhos não são assim.

Quando vou para casa, com o sol no rosto, começo a pensar nessas duas mulheres e em como discutiam do jeito que Magda, Irena e eu fazíamos. Penso em todas as histórias e todos os segredos que ouvi de estranhos na lanchonete enquanto Irena continua em silêncio do outro lado da cidade. Quando chego ao prédio de Pani Bożena, sigo em frente e vou até o dormitório das professoras no fim da rua. Estou trepidando, cheia de adrenalina. A recepcionista me faz um gesto de cabeça positivo, e me fecho na pequena cabine. Pego o fone e passo o cartão. Meus dedos sabem o número de cor. Espero. Prendo a respiração nas pausas, com o coração aos pulos. O telefone toca do outro lado, e os toques e pausas longos enviam minha defesa em código Morse.

Não responde. Fico sentada na cabine olhando para o telefone um bom tempo ainda.

Nas três semanas seguintes, passo todos os dias filmando em lanchonetes ou parques afastados do centro. No fim das contas, minhas mãos *góralka*, as que Irena brincava que serviam para depenar galinhas e tosquiar ovelhas, também servem para escavar o interior das pessoas, puxar raízes familiares e buscar lembranças embaixo da poeira. E me dou conta de que meus olhos *góralka* servem para reconhecer os vestígios de sonhos e os sinais de arrependimento.

Às vezes, atraio olhares desconfiados, e, às vezes, quando se aproximam de mim nos caminhos, as pessoas mudam de direção ou desviam, mas quando se sentam, quase todas ficam aliviadas por falar, por ter alguém para escutá-las. Elas me falam de 1939, 1945, 1956, 1970, 1981, 1989, e de todos os anos nos intervalos. Falam dos comunistas e da Resistência, da culpa de Jaruzelski ou de sua perspicácia política. Todos têm uma lembrança de uma das missas do papa na Błonia. Há as histórias incríveis e impressionantes — infidelidades, crianças perdidas, visitas da SB no meio da noite, visões milagrosas, a guerra, os trens, morte e mortalidade dos sonhos. Mas também ouço sobre o prosaico. Ouço as receitas dos anos de escassez, estratégias para esperar em filas, nomes de bichos de estimação da família, plantas de apartamentos da infância, detalhes de férias antigas à beira-mar, caprichos de marido e mulher. Às vezes, tenho a sensação de que Magda está ali ao meu lado, fumando um cigarro, ou com seu capacete do Exército debaixo do braço, ou me contando piadas baixinho no ouvido. Como se estivéssemos numa caça ao tesouro em busca de todas as histórias que minha avó omitiu. E reúno o máximo possível — começos, meios e fins, felizes e tristes — e as embalsamo em plástico preto, envolvendo-as num pano de prato simples. Com o tempo, fico surpresa de ver que quanto mais histórias eu gravo, e quanto mais tempo as carrego, mais leves elas se tornam. Vejo que a diferença entre saber uma coisa e ser capaz de falar sobre ela é que agora as mãos são muitas, e todos dividimos o fardo.

As últimas entrevistas que faço são na festa da Assunção. Passo a manhã inteira instalada num ressalto na rua Grodzka, o sol batendo em mim enquanto a procissão passa. Lembro-me das histórias que Irena me contou sobre os protestos, as mangueiras de incêndio e a tinta azul, e algumas das pessoas com quem falo contam as mesmas histórias.

Mais um verão chega ao fim e mais um ano letivo se inicia. Já recebi quatro cartas de Czesław da América, mas nada da rua Bytomska. Não tive coragem de tornar a ligar, então escrevi. Quatro linhas, cada palavra cuidadosamente revisada. Mas nada. A única resposta que recebi foi de Stash, que passou lá em casa na minha ausência e deixou um bilhete com Pani Bożena. Sete palavras solitárias. *Tenha paciência. Estou me empenhando com ela.*

Achei que teria notícias dela a esta altura. Achei mesmo.

Volto para o *kamienica* depois da procissão, e Pani Bożena me chama de um dos apartamentos vazios do primeiro andar.

— Aqui! — Ela está com um vestido de andar em casa e um lenço na cabeça, esfregando a madeira pintada. Nunca vi nenhum dos outros apartamentos, mas este parece feito para um solar. É todo branco, com janelas que vão do teto ao chão e um grande medalhão de gesso no meio do teto. Não consigo acreditar que estivesse fechado e vazio esse tempo todo.

— Foi à procissão hoje de manhã, *kochana*?

— Aham.

— E fez mais das suas entrevistas?

— Fiz. Algumas boas. O que você está fazendo?

— Faxina — diz ela. — Hoje apareceu um casal. Vão se mudar semana que vem.

— É um belo apartamento. Aposto que você pode pedir muito por ele.

— Acho que vai ser bom simplesmente ter mais gente em volta.

Viro-me para subir.

— Baba Yaga?

— Sim?

— Você sabe que pode ficar o tempo que quiser. Não vou alugar o seu apartamento para mais ninguém.

— Obrigada. — Começo a subir de novo a escada.

— Baba Yaga? — ela torna a me chamar.

— Sim?

— Se quiser, pode fazer uma de suas entrevistas comigo.

Pani Bożena responde a cada pergunta que lhe faço. Ficamos conversando por mais de uma hora, e tenho que subir no meio para pegar uma fita nova. É minha nonagésima oitava, e última, entrevista.

48
Para que a Polônia seja sempre a Polônia

Como diziam os soviéticos, "os anos não param; o rio não corre para trás". No outono, consigo um emprego de assistente num dos novos estúdios de produção inaugurados em Huta. Fazem principalmente comerciais da TV local, mas, de vez em quando, há um documentário ou uma retrospectiva. Minha chefe é uma mulher chamada Zenka, que é ruiva, usa o cabelo curto e óculos de gatinho azuis, e não ri quando lhe digo que quero me candidatar para a Łódź no ano que vem. Ela até me deixa ficar depois do expediente e usar as máquinas de edição, e as entrevistas que fiz no verão, aos poucos, vão sendo montadas.

Mudo-me da casa de Pani Bożena para uma *garsoniera* em Siemaszki, longe do centro mas perto do ponto de ônibus. Não é nada de especial — um quarto, meia banheira, um telefone, um fogareiro elétrico e uma geladeira — mas esfrego e lustro tudo até sentir que lá é a minha casa.

Uma noite, quando estou parada no corredor catando as chaves, ouço o telefone. A campainha é estridente, como uma criança batendo panelas. Largo a mochila e a sacola de compras e enfio a chave na fechadura, mas não chego a tempo. O telefone para de tocar assim que ponho a mão nele e, quando atendo, ouço apenas o ruído de discar constante e monótono.

Vejo a hora. São onze e meia, um desrespeito à regra tácita de não se ligar para ninguém depois das dez, exceto em casos de morte ou infidelidade. Poderia ser Czesław ligando da América. Ou talvez algo tenha acontecido com Pani Bożena. Fico ao lado do telefone alguns minutos, esperando que toque de novo, o coração palpitando e as mãos trêmulas.

— Toca de novo, seu skurwysynzinho.

— Está tudo bem? — É a vizinha de frente, parada de robe na porta.

— Não consegui atender — digo. — Sinto muito se acordei você. Não sei quem poderia estar ligando tão tarde.

— Espero que esteja tudo bem — diz ela. — Já tocou algumas vezes hoje à noite.

Só volta a tocar dois dias depois, de manhã tão cedo que ainda estou na cama.

— *Słucham*.

Ouço um "*Oj*" abafado do outro lado, e o barulho do telefone caindo no chão.

— *Hallo*? — digo. — *Hallo*?

— Baba Yaga?

É Irena. Meu Deus, é Irena.

— Sim? Irena? É você?

— Baba Yaga, venha almoçar no domingo. Domingo à uma.

É uma ordem. Sucinta, contundente, eficaz. Tipicamente Irena. Sem esperar pela resposta, ela desliga.

Fico deitada na cama de pijama, rindo até me virem lágrimas aos olhos. Ela ligou. Ela ligou. Meu Deus do céu, ela ligou.

Nunca fiquei tão nervosa na vida. Mais nervosa do que antes do primeiro encontro com Tadeusz, mais nervosa do que naquela vez no muro com Sebastian, mais nervosa do que no primeiro dia em que tentei filmar na lanchonete em Huta. Aperto o botão do *domofon* e espero.

— *Tak*?

— É Baba Yaga.

A porta zumbe e eu entro. A fita de vídeo e a garrafa de vinho húngaro na mochila batem em minhas costas. Subo a escada, que agora parece vazia e árida. Toco a campainha e fico prestando atenção nos passos apressados e nas vozes atrás da porta enquanto espero. Não é Irena mas, sim, Stash que finalmente abre a porta. Ele me dá um beijo no rosto e sorri.

— Você cortou o cabelo — digo.

O rabo de cavalo desapareceu, e, com o novo corte, o que eram mechas grisalhas agora são apenas umas aparas de metal esparsas perto das têmporas.

Irena está sentada no mesmo lugar do sofá em que a vi da última vez antes da festa da Juvenalia, mas parece muito diferente. Clareou o cabelo e está usando uns óculos menores de aro de metal. Levanta-se e alisa a frente das calças.

— Seja bem-vinda, Baba Yaga.

Fala com uma voz dura e mecânica, e ficamos as duas paradas ali, sem saber o que fazer.

— Por que não se senta — diz Stash. — Quer beber alguma coisa?

— Chá, por favor — digo, mas quando ele sai da sala para buscar, faz-se um silêncio constrangedor, e me arrependo de ter pedido algo.

— Então — diz Irena.

— Então — digo.

— Machucou a perna?

Faço que não com a cabeça.

— Por quê?

— Ah, achei que você estava mancando um pouco.

— Não.

Observo a sala. O quadro em cima da televisão ainda é o mesmo, mas ela pôs outro em cima do sofá.

— Deve ter sido a mochila — diz ela. — O peso da mochila.

— É.

Seus olhos circulam nervosamente pela sala.

— Pani Bożena disse que você está fazendo um filme — diz ela. — E que agora está trabalhando num estúdio de cinema em Huta.

— É. Vou me candidatar para a Łódź no ano que vem.

— Eu não sabia que havia estúdios de cinema em Huta.

— Bem, todo mundo está fazendo comerciais de TV agora — digo. — É principalmente para comerciais de TV.

Mais silêncio. Ela parece estar com vontade de se levantar e fugir, mas se obriga a ficar no sofá.

— Gosto muito desse quadro.

— É velho — diz ela.

— É bonito.

— Recomecei.

— A pintar?

— É. Mal. Nada que eu penduraria nas paredes. Mas recomecei.

— Ótimo.

— É.

Felizmente, Stash volta com o chá, e começa a conversar e a tentar acabar com o mal-estar. Fala principalmente da boate, de seus planos para a *remont*, da nova atendente do bar que ele não acha que vá durar muito. Presto atenção para ver se menciona Kinga e Tadeusz, mas ele não diz nada, e eu não quero perguntar.

Irena se levanta para servir a comida, e Stash acompanha.

— Posso ajudar?

— Ah não, não — diz Irena. — Você é minha convidada.

Aquela palavra.

Comemos na mesa de centro como antes, só que hoje a mesa está coberta com uma toalha de renda, e usamos a porcelana boa. Irena pergunta educadamente se estamos satisfeitos ou queremos mais *kotlet*, *surowka*, batatas, *kompot*. Falamos da visita de Czesław e da surpresa que foi. Após o almoço, tomamos chá. Pergunto como está sendo a temporada dos turistas, e ela me fala sobre os idiotas que inauguraram a nova hospedaria para jovens. Idiotas, diz ela, nada mais forte, e me pergunto se ela está se contendo por causa de Stash ou porque agora eu sou a convidada.

Peço licença para ir ao banheiro e dou uma olhada no painel de plástico translúcido que levava ao quarto de Magda. Meio que espero ver as manchas de luz traindo algum movimento lá dentro, ou sentir o cheiro de cigarro passando por debaixo da porta, ou escutar a voz de Magda me chamando. Mas está tudo em silêncio.

Volto para a sala e conversamos mais um pouco. No fim, os assuntos de Stash se esgotam. Não quero ir embora, mas não consigo pensar em mais nada para dizer, e ninguém me detém quando me levanto.

— Obrigada pelo almoço — digo. — Foi bom ver você de novo.

— De nada. Foi um prazer ter você aqui.

Stash pega a minha mochila.

— Ah, eu tinha esquecido. Trouxe um vinho para você.

E Irena passa um minuto falando entusiasmada sobre como aquele vinho é o seu preferido.

Fico ali parada, a porta já aberta, e esfrego a fita de vídeo através do tecido da mochila. Não dissemos uma palavra sobre Magda a tarde inteira. Torno a olhar o apartamento. Com as portas abertas, vê-se o interior de todos os quartos do hall de entrada, e, no fim, são os quartos e as coisas — o sofá de dois lugares, o linóleo sujo, o espelho do hall de entrada — que me pressionam para lembrar, que me imploram para não ir embora já. E eu sei também. Sei que se eu for embora agora, com nossa polidez comedida intacta, será um fim certo para nós. Da próxima vez que falarmos, estaremos fadadas à superfície, vulneráveis a qualquer ventinho.

— Irena, copiei isso para você. — Entrego a ela a fita de vídeo. — É de Magda.

Havia sete minutos e meio de imagens de Magda do Réveillon. Quando gravei, parecia muito tempo, mas, no fim, foram só sete minutos e meio. É tudo o que posso devolver a ela de uma vida inteira.

Ela segura a fita com as duas mãos e olha para mim, os olhos arregalados e marejados atrás dos óculos.

— Sinto muito. — Assusto-me com a minha voz, e agarro Irena com mais violência do que qualquer uma de nós está esperando. — Irena, sinto muito mesmo — digo, e, dessa vez, minha voz não volta para mim sem ter sido acolhida, mas é engolida pelo calor do seu ombro e pelas pregas da sua blusa.

Ela me abraça com força e afaga meu cabelo. Minha avó me dizia que as coisas mais importantes que a gente diz são aquelas que quase não se ouvem, e Irena me diz baixinho o que Magda não poderia, o que Czesław não poderia, o que a própria Nela não poderia.

— Não é sua culpa — diz. — Nunca foi.

Já não sou ingênua. Sei que nunca será como antes de Magda morrer. Nunca vai ficar tudo bem. A fita ficará guardada sem ser vista na última gaveta embaixo da televisão onde as cartas costumavam ficar, e cada vez que surgir inesperadamente no meio de uma história, o nome de Magda azedará em nossa boca, e Irena ou eu teremos que parar e mudar de assunto. Sei que quando discutirmos, a falta da terceira voz será sempre óbvia, e quando nos abraçarmos, ambas tatearemos à procura de um membro fantasma. Mas também sei que, se Irena continuar se culpando ou me culpando, tentará não demonstrar. Porque família é família, e é isso que fazemos uns pelos outros. E se eu tiver alguma dúvida de que um dia irei para a escola de cinema na Łódź me tornar diretora, eu nunca direi. Porque, bem lá no fundo, sei que todos estamos agora trabalhando para a "grande vida" de Magda, de Tadeusz, de Kinga, de Nela e da Polônia, e que só estamos no começo. Eu ainda não estou encalhada. O livro de Irena ainda está aberto. E em algum lugar por aí há um desfecho que até a minha avó poderia ter contado.

Agradecimentos

Agradeço a muitas pessoas:

A Anna e Anita, que me tornaram uma delas quando eu era apenas uma *głupia panienka*. À falecida Susanna Zantop e à família Brandenbusch por terem atiçado meu amor por viagens e pela língua. A Steve Pergam e Angela Chan por terem sido os primeiros a me falar das ruas douradas de Cracóvia. A Robert Binswanger por me mostrar a importância de arriscar. Ao Dartmouth College por apostar nesses riscos.

A Gołębia 3, Andrzej Kowalczyk, Kornet, Kino Mikro e Pod Baranami pelo café, os pombos, o jazz Dixieland, os filmes e a inspiração. A Patrycja Stefanów e à família Stefanów de Krynica, à família Kubas da Meia-Aldeia/ Pół-Wieś, Bartek e Dominika Kisielewski, Dave Murgio e Magda Samborska-Murgio, Luca Casati, Dave Lundberg, Zenka Toczkowska, Marzena, à família Hessel, Władysław Jagiełło, Gaetane, Katell, Marcin, Paweł, Peter, Ignacy, Adam, Baba Jaga e Johnny, aos dois Agnieszki, ao *klarnecista* e à moça de Long Island, onde quer que estejam, pela casualidade e as *głupstwa*.

Ao povo de Cracóvia, por me contar espontaneamente suas histórias em estações de bonde e lanchonetes de Rydla a Huta. E também por perdoar os erros que cometi com relação à sua amada cidade.

A Tara Hardin-Burke, minha primeira leitora na escrita e na vida. A Aleks e Barbara Kuźmińska por verificar meu polonês. A Stephany Wisiol-Albert, Bill Betz, e Damian Grivetti por ajudar Magda a ter uma morte plausível.

A meu pai, por me encorajar em épocas diferentes a virar leitora, jogadora de beisebol, vagabunda, marceneira, cartunista, assistente social, professora, escritora e uma mulher que perdoa. A minha mãe, por me dizer desde cedo que eu só tinha que dar o melhor de mim e não ligar para o resto. A Mags e Clay, Matt e Aleks, Dan e Diana. Não sei o que faria sem vocês. A todos os meus familiares, amigos, alunos, professores e colegas. Estou sempre aprendendo com vocês, quer se deem conta disso ou não.

A minha agente, Wendy Sherman, por me ajudar a enxergar longe. A Michelle Brower, por resgatar meu texto da pilha de manuscritos não solicitados para análise. A minha editora, Anjali Singh, por me estimular a ser mais fiel a mim mesma e mais próxima da minha visão. A todos da Houghton Mifflin Harcourt.

E, finalmente, a Marcel Łoziński, que nunca tive a sorte de conhecer, mas que, num filme de quarenta minutos, estabeleceu meu nível de exigência para a arte e para a vida.

Produção editorial
Daniele Cajueiro
Rosana Alencar

Revisão de tradução
Tamara Sender

Revisão
Ellen Kerscher
Maria Helena Huebra
Mariana Oliveira

Diagramação
Trio Studio

Design de capa
Tita Nigrí

Assistente de design de capa
Marília Bruno

Este livro foi impresso no Rio de Janeiro, em abril de 2010, pela Ediouro Gráfica, para a Editora Nova Fronteira.
A fonte usada no miolo é Adobe Garamond Pro, corpo 12/15.
O papel do miolo é pólen soft 70g/m², e o da capa é cartão 250g/m².